WHITE SMOKE

Collection Stardust dirigée par Dorothy Aubert
Ouvrage dirigé par Dorothy Aubert
Couverture : Design et illustration par Jeff Manning

Titre original : *White Smoke*
Première publication par Katherine Tegen Books, une division de HarperCollins Publishers

Pour la présente édition :

34-36, rue La Pérouse
75116 – Paris
www.hugopublishing.fr

ISBN : 9782755665178
Dépôt légal : juin 2023
Imprimé en France par CPI Bussière

WHITE SMOKE

TIFFANY D. JACKSON

Traduit de l'anglais par Karine Forestier

STARDUST

À mon petit frère, Duane Jackson,
qui déteste toujours les films d'horreur
et ne lira probablement jamais ce livre.

PROLOGUE

Ah ! Vous voilà… Ils avaient dit que vous viendriez bientôt. Toutes ces années, ils m'ont laissé pourrir et disparaître… et mourir. Et maintenant, vous voilà. Une famille qui essaie de me remplacer. De m'effacer. De nous effacer.

Mais ça n'arrivera jamais. Parce que c'est ma maison. Peu importe le nombre de couches de peinture, les planches qu'on remplace… ce sera toujours ma maison. Vous ne me l'enlèverez jamais. Elle est à moi. Payée avec le sang de ma famille. Elle sera toujours à moi. À moi. À moi. À moi. Tout à moi. Ils ne peuvent pas me la prendre.

Tu l'apprendras bien assez tôt : ma maison, mes règles. Tout ce qui est à toi est désormais à moi. Et tu obéiras à mes règles jusqu'au jour où tu partiras. C'est vrai, tu ne resteras pas longtemps ici. Je vais m'en assurer.

Oh, et regarde. Tu m'as apporté un petit compagnon.

1

ALARME : C'est l'heure de tes pilules !

La chaleur du soleil me manque.

Le ciel bleu sans nuage, les plages de galets, la vue sur les montagnes, les palmiers et les épines des cactus me manquent. La terre humide entre mes mains, le piquant des feuilles d'aloe vera… les souvenirs sont aigus, tessons de verre brisé qui me transpercent.

Le changement est bon. Le changement est nécessaire. Le changement est vital.

Ces trois derniers jours, je n'ai rien vu d'autre que d'interminables autoroutes en ciment depuis la banquette arrière de notre minivan, le ciel de plus en plus gris à mesure que défilent les États. Et, mec, je donnerais mon sein droit pour voir autre chose que des motels louches, des restos graisseux et des toilettes de stations-service.

– Papa, on arrive quand ? demande Piper depuis la banquette du milieu, un livre sur les genoux.

– Bientôt, mon cœur, répond Alec derrière le volant. Tu vois ces immeubles, là-bas ? On est à environ huit kilomètres.

– Notre nouvelle maison, dit maman avec un sourire plein d'espoir, en entremêlant ses doigts dorés à ceux, beaucoup plus pâles, d'Alec.

Piper les regarde, la mâchoire serrée.

– J'ai envie de faire pipi, annonce-t-elle. Maintenant.

Et son air hautain rend l'atmosphère étouffante dans le van plein comme un œuf.

– Sérieusement, encore ? marmonne Sammy à mi-voix, en s'efforçant de ne pas reporter sa frustration sur une bande dessinée.

Buddy, notre berger allemand croisé, donne un coup de museau dans le bras de Sammy, pour obtenir de nouvelles caresses derrière les oreilles.

– Mais on y est presque, ma chérie, reprend maman, rayonnante comme un soleil. Tu crois que tu peux tenir encore un peu ?

– Non, rétorque Piper. Ce n'est pas bien de se retenir. Grand-mère l'a dit.

Maman se retourne vers la route, avec un sourire qui est à moitié une grimace. Elle fait son possible pour la dégeler, mais Piper reste un bloc de glace, quoi qu'on fasse.

Sammy, qui grignote une barre aux fruits bio, ôte un écouteur et se penche pour chuchoter :

– Cette playlist aurait dû nous durer le temps du voyage, d'après Google Maps, et ça fait déjà deux fois que je l'écoute. J'aurais dû ajouter un jour de plus à cause de Mademoiselle Petite Vessie.

Piper se tait, raidit le cou, fait semblant de ne pas l'entendre. Mais elle écoute. Elle écoute toujours. C'est ce que j'ai appris sur elle au cours des dix derniers mois. Elle écoute, elle emmagasine les informations, et puis elle manigance. Piper est blond vénitien, avec des taches de rousseur et des lèvres roses qui esquissent rarement le moindre sourire. Regardez-la sous la plupart des angles, elle est d'une pâleur de spectre. Assez pour m'amener à penser qu'on aurait peut-être dû rester en Californie, ne serait-ce que pour que le soleil lui poudre un peu les pommettes.

– On va prendre la prochaine sortie et trouver une station-service, dit Alec à maman. Ce n'est pas très grave, d'accord ?

– Hum, d'accord, répond maman en lâchant sa main pour enrouler ses longues dreadlocks en un chignon haut.

Quand elle se tripote les cheveux, c'est qu'elle est mal à l'aise. Je me demande si Alec l'a déjà remarqué.

Le changement est bon. Le changement est nécessaire. Le changement est vital.

Je me suis répété ce mantra au moins un million de fois depuis que nous avons quitté le passé pour rouler vers un avenir incertain. L'incertitude n'est pas nécessairement une mauvaise chose, vous vous sentez simplement à l'étroit dans une prison que vous vous êtes créée vous-même. Mais mon gourou m'a dit de me raccrocher à mon mantra, comme à une bouée de sauvetage, chaque fois que je commence à me noyer dans mes pensées, et d'attendre que l'univers m'envoie des secours. La méthode a vraiment fonctionné ces trois derniers mois sans mes médicaments contre l'anxiété.

Et puis, soudain, je la vois. Une tache noire sur ma robe beige.

– Non, non, non, non… je gémis, secouée d'un spasme, alors qu'une information mémorisée s'impose à moi.

FLASH INFO Au cours de leur vie, les punaises de lit femelles peuvent pondre des centaines d'œufs de la taille d'un grain de poussière.

Toutes les voitures de l'autoroute entrent en collision et mon corps s'enflamme.

Des centaines d'œufs, peut-être des milliers, sont pondus sur ma robe, sur ma peau, à chaque seconde qui passe. Éclosion, accouplement, éclosion partout sur mon corps, je ne peux pas respirer, besoin d'air, non, besoin d'eau chaude, chaleur, soleil, feu, brûler la voiture, l'enlever, l'enlever, l'enlever !

Je gratte la tache avec mes ongles, la lève vers la lumière, en frottant les fibres douces.

Pas une punaise de lit. Juste une peluche. C'est bon. Tout va bien. OK, OK-OK-OK-OK…

Je la jette par la fenêtre et je serre le terrarium en verre sur mes genoux de peur qu'une secousse ne le fasse tomber. Il me faut un joint, un pet, un bédo… Bon sang, je me contenterais d'une défonce passive, là, tellement j'ai besoin de m'engourdir. Mes nerfs agités tentent de s'extraire de la peau lourde qui les étouffe. Je ne peux pas exploser là-dedans. Pas devant Sammy et surtout pas devant maman.

Ancrage. Ouais, j'ai besoin de m'ancrer. *Tu vas y arriver, Mari. Prête ? Partez !* Cinq choses que je peux voir :

1. La ligne d'horizon bleue de la ville et ses buildings, devant nous.

2. Une église incendiée et ombragée par des arbres.

3. Une vieille tour d'horloge, pas à l'heure.

4. À gauche, loin, loin, quatre bâtiments blanc-gris sans fenêtres, qui ressemblent à des parpaings géants.

5. Plus près de l'autoroute, une sorte d'usine abandonnée. On voit qu'elle n'a pas servi depuis des années à l'épaisseur des herbes qui poussent dans les fissures du parking et à l'enseigne au néon Art déco – Motor Sport – qui pendouille du toit. L'air qui s'insinue par tous les carreaux cassés doit produire un sifflement qui ressemble au chant des baleines.

Je me demande comment c'est à l'intérieur. Probablement une sorte de coquille décrépite et effrayante de la vieille Amérique, super dégueu, avec des posters de l'époque de la Seconde Guerre mondiale montrant des femmes en salopettes, armées de pistolets à rivet. Je lève mon téléphone pour prendre une photo, pile à l'instant où un SMS de Tamara m'arrive.

T-Money : Ça y est, t arrivée ?

Moi : Non. On roule pas vite. Je pense qu'Alec nous kidnappe.

T-Money : Lance ta géoloc, que je puisse retrouver ton corps.

Moi : Et j'ai fini ton petit cadeau si sympa.

T-Money : Merde !!! Déjà ?

Moi : Ça m'a pas tenu 2 États.

T-Money : Maintenant que tu le dis, pousse cette petite garce hors de la caisse ASAP.

Tamara me manque. Et c'est à peu près tout. À part elle, ceux que j'ai laissés derrière moi peuvent bien mourir à petit feu. C'est agressif, hein ? Vous voyez pourquoi j'aurais bien besoin d'un joint ?

– Papa, est-ce que quelque chose ne va pas chez moi ?

La voix aiguë de Piper pourrait fêler la porcelaine.

Dans le rétroviseur, Alec regarde sa fille, dont le visage angélique lui masque la réalité.

– Bien sûr que non ! Qu'est-ce qui te fait penser ça ?

– Sammy dit que j'ai une petite vessie. Qu'est-ce que ça veut dire ?

– Quoi !

Du Piper tout craché. Elle attend le bon moment pour lâcher des bombes. Une partie d'échecs, pas de dames.

Alors que mon petit frère se dispute avec le bloc parental sur le sujet des insultes, Piper contemple la ville qu'elle va sans aucun doute conquérir avec un sourire satisfait.

***

Vous avez déjà regardé le premier épisode de *The Walking Dead* ? Vous savez, celui où Rick Grimes se réveille dans son lit d'hôpital, qu'il a oublié les dernières quarante-huit heures, puis enfourche son cheval dans les rues ravagées par l'apocalypse, sidéré de constater que le monde est devenu complètement merdique ? Eh bien, c'est ce qu'on ressent en prenant la sortie vers la route désolée de Cedarville.

Piper se penche plus près de la vitre, les sourcils froncés.

– Papa, il y a eu un incendie ?

Je suis son regard vers les pâtés de maisons brûlées qui bordent l'avenue.

– Euh, peut-être, mon cœur, répond Alec en plissant les yeux. Ou alors elles sont juste… très vieilles.

– Pourquoi ils ne les réparent pas ?

– Eh bien, cette ville a eu quelques… problèmes financiers par le passé. Mais ça s'améliore. C'est pour ça qu'on est là !

Sammy me donne un coup de coude.

– Mari, regarde.

De son côté, d'autres bâtiments abandonnés, des magasins, même des écoles. Et au vu des panneaux, ils sont fermés depuis au moins les années 1990.

– Mon Dieu ! s'exclame maman.

Rien à voir avec la ville balnéaire où elle a grandi. Où j'ai grandi. Où je ne pourrai jamais retourner.

Alec tourne à un croisement pour se retrouver dans Maple Street. Je ne remarque son nom qu'à cause de la plaque tordue qui se balance devant une grande maison victorienne en brique rouge de trois étages, le toit en forme de clocher effondré, la suie encadrant les fenêtres condamnées, du lierre mort sur le mur de côté.

La maison suivante, c'est encore pire. Un bungalow blanc de plain-pied, au toit semblable à un paquet de chips à moitié éventré, un arbre poussant à travers la charpente. La suivante m'évoque une maison de poupées flippante… et ainsi de suite.

Maman et Alec échangent un regard inquiet.

– Où… on… est ? marmonne Sammy en regardant autour de lui.

– Ah ! lance maman, un doigt tendu. Là, un peu plus haut. On y est !

Nous nous garons devant une remise à calèches d'un blanc éclatant, avec un large porche inachevé, des baies vitrées, une pelouse émeraude et une porte bleu cobalt. Contraste frappant avec le reste des maisons du quartier, et la seule à être animée par le bourdonnement des ouvriers qui s'affairent autour.

Une femme blanche en tailleur jupe gris nous fait signe depuis le perron, un portfolio en cuir à la main.

– Ce doit être Irma, dit maman en lui faisant signe à son tour. Elle représente la Fondation. Soyez gentils, vous autres.

Sourire faux bien accroché, nous sortons du van et nous plantons sur le trottoir, les yeux levés vers notre nouvelle maison. Mais je ne peux m'empêcher de jeter des coups d'œil furtifs aux alentours, sûre qu'un zombie va surgir des buissons.

Irma descend l'allée au cliquetis de ses talons aiguilles, ses boucles brunes rebondissant. De près, elle est plus vieille que ce que ses cheveux teints ne laissent paraître.

– Bonjour ! Bonjour ! Bienvenue ! Vous devez être Raquel. Je suis Irma Von Hoven, nous nous sommes parlé au téléphone.

Maman lui serre la main.

– Irma, oui, ravie de vous rencontrer en personne !

– Félicitations encore une fois pour avoir gagné la Résidence GWYP. Nous sommes ravis de vous accueillir à Cedarville !

– Merci ! Voici mon mari, Alec ; notre fils, Sam ; et nos filles, Marigold et Piper.

– Belle-fille, corrige Piper.

Alec lui serre les deux épaules en gloussant.

– Rappelle-toi, ma chérie, nous sommes une famille maintenant, d'accord ? Tu peux dire bonjour à Madame Von Hoven ?

– Je pensais qu'on l'avait déjà fait.

Dossier serré contre elle, Irma écarquille les yeux, puis les lève vers moi.

– Eh bien, ce que tu es grande !

Je soupire.

– Oui, c'est ce qu'on m'a dit des millions de fois.

– Euh… d'accord. Alors que diriez-vous d'une visite ?

– Oui, ce serait gentil, merci, répond maman, légèrement moins enthousiaste. Sammy, laisse Bud dans la voiture.

– Entrez donc. Et ne faites pas attention aux entrepreneurs, ils terminent juste deux trois bricoles ici et là. Nous avons eu quelques petits soucis, il y a peu, mais tout va bien maintenant.

La porte grince et nous entrons dans le vestibule. L'intérieur est gigantesque. Trois fois la taille de notre « cabane de plage », comme mon père aimait l'appeler.

– La maison d'origine a été construite au début des années 1970, mais, bien sûr, nous l'avons modernisée. Électroménager en inox, plomberie et sols neufs, tout rénové. À gauche, vous avez le salon, ne faites pas attention aux outils. À droite, une grande salle à manger, idéale pour recevoir à dîner. Ils viennent de teindre l'escalier, n'est-il pas superbe ?

Du bois. C'est tout ce que je vois. Du bois partout. Plein d'endroits où les punaises de lit peuvent se terrer…

FLASH INFO Les punaises de lit aiment se loger dans les matelas, les valises, les livres, les fissures dans les murs, les prises de courant et tout ce qui est en bois.

– Et là, une superbe cuisine ouverte sur la salle à manger familiale. L'endroit idéal où jouer pour les enfants. Quant à ce petit coin repas, pour le petit déjeuner, il jouit d'énormément de lumière naturelle. Grand cellier, beaucoup d'espaces de rangement…

Un million de placards en merisier, des baies vitrées en bois, des sols cirés… du bois, du bois et encore du bois.

Les mains tremblantes, je pose mon terrarium à côté d'un panier de bienvenue composé de charcuterie, de fromages, de noix et de biscuits salés. J'attrape les noix et les jette dans la poubelle, d'un geste brutal qui fait sursauter Irma.

Maman intervient aussitôt.

– Désolée, Sammy est allergique.

– Oh, je vois, dit Irma sur un battement de cils. Euh… première porte par ici, une petite bibliothèque. Qui pourrait faire un joli petit espace de bureau.

Je toque contre un mur. Creux. L'endroit a de bonnes bases, mais une isolation de merde. Je tape du pied au sol, ça vibre.

Irma jette à maman un regard appuyé.

– Euh… leur père est architecte, explique maman d'un air penaud.

– Ah. Je vois.

Je ne sais pas pourquoi tout le monde me regarde comme si c'était moi, la folle. Si les hivers dans le Midwest ressemblent à ce qu'on voit dans les films, on va mourir de froid d'ici novembre ! J'enregistre une nouvelle alarme dans mon téléphone :

10 h 25. ALARME : Commander des couvertures chauffantes.

– Qu'est-ce que c'est ? demande Sammy en désignant une porte sous l'escalier.

Le bois sombre et déformé détonne parmi le reste de l'intérieur, teinté et poli.

– Ah. Oui, euh… c'est le sous-sol, mais vous n'y avez pas accès. Monsieur Watson, le chef de chantier, vous expliquera. Et si nous allions voir les chambres ?

Nous montons à l'étage, où nous nous agglutinons dans un couloir sans fenêtre. Un gros bruit sourd retentit au-dessus de nous. Piper lâche un cri et s'accroche à Alec.

– Ne vous inquiétez pas ! Ils travaillent juste sur le toit. Bref, il y a quatre chambres : trois plus la suite parentale avec salle de bains. La suite parentale est orientée sur l'avant de la maison et bénéficie d'une lumière incroyable.

– Qu'est-ce que tu en penses ? me chuchote maman, radieuse. Joli, non ?

– C'est… y a beaucoup de bois, je marmonne, en me grattant l'intérieur du bras.

– Et par ici, nous avons la salle de bains de l'étage. Géante, n'est-ce pas ? Avec une véritable baignoire sur pieds en état de fonctionnement.

Je les laisse s'entasser pour admirer le carrelage en damier et m'isole pour appeler papa. Il est presque minuit au Japon, mais il devrait être encore debout.

Pas de réseau. En plein milieu d'une ville ? C'est... impossible.

Le plancher craque derrière moi, comme si un pied lourd s'était posé sur le bois vieilli. Enveloppée par l'obscurité, j'ai les bras couverts de chair de poule. Il fait plus froid ici que dehors. Je me retourne à temps pour voir une ombre passer sous l'une des portes de chambre.

Je croyais qu'elle avait dit qu'ils étaient sur le toit.

– Bonjour ? je lance en me rapprochant doucement, d'un pas discret.

Le son est faible, mais je perçois une lente inspiration alors que l'ombre s'éloigne. Puis le silence.

J'essaie la poignée et le verrou cliquette. La porte s'ouvre d'elle-même, lentement, et je m'attends presque à découvrir quelqu'un pile derrière.

Mais il n'y a personne.

La pièce est vide. Les murs sont blancs et nus. Pas même de rideaux aux fenêtres qui donnent sur un jardin rempli de grands pins, dont les branches sont bercées par la brise.

– Oh...

J'ai envie de rire de moi. La brise, le soleil, les branches... bien sûr, tout cela peint des ombres sur le sol.

Vous voyez pourquoi j'ai besoin de me détendre ?

La pièce baignée de soleil, avec son petit placard et son parquet inégal, est comme un cocon paisible. Mon gourou a dit un jour : « Un foyer n'est pas un lieu, c'est un sentiment. » Peut-être que cet endroit n'est pas si mal, au fond. Mais aussitôt, je suis distraite par le trou béant dans l'encadrement de la fenêtre.

Enfin, pas béant. Pas une ouverture, n'empêche qu'il y a assez d'espace pour que les punaises s'y installent.

Je sors une carte de crédit de mon portefeuille et la fais glisser dans la fente.

On peut probablement sceller ça avec du calfeutrage…

Irma et ses talons entrent dans la pièce, suivis de ma famille.

– Et ici, nous avons… euh, ma puce ? Qu'est-ce que tu fais ?

Je me redresse.

– Ben… je vérifie s'il y a des punaises.

Maman grimace un sourire.

– Mari est très, euh… entreprenante en matière d'entretien de la maison.

Irma reste un instant bouche bée, mais parvient à afficher un sourire faux.

– Oh. D'accord, OK. On retourne discuter de tout ça à la cuisine ?

Sourire narquois aux lèvres, Sammy me souffle : « Chelou », alors que nous redescendons.

– Oh, Monsieur Watson, chantonne Irma en faisant signe à l'homme d'un certain âge qui se tient dans le vestibule. Voici la famille Anderson-Green. Je leur faisais justement visiter leur nouvelle maison.

Monsieur Watson soupire, sans parvenir à masquer l'agacement que lui inspire Irma. Chauve, avec une épaisse barbe grisonnante et une peau chocolat, il mesure un bon mètre quatre-vingt-dix. Il enlève son casque de chantier et nous adresse un bref signe de tête.

– Bonjour, dit-il. Attention à la pression de l'eau. Ne tirez pas trop dessus, le ballon est neuf. Faut que j'aille voir les gars.

Et sur un autre hochement de tête, il remet son casque et s'éclipse par la porte d'entrée.

– OOOOOK, pouffe Alec.

Un homme de peu de mots. Je l'apprécie déjà, moi.

– Bon, soupire Irma. À nous ? (Elle pose son portfolio sur l'îlot de cuisine en granit, et en sort divers dépliants et autres papiers.) Dacodac. Voici le contrat que vous devez signer. Et pour des raisons légales, je dois revoir une fois de plus le règlement avec vous.

– Oui, bien sûr, opine maman.

À ses côtés, Alec lui masse la nuque. Dans la seconde qui suit, Piper s'est plantée derrière lui, pour tirer sur sa chemise. Il serait comique, son besoin incessant de l'attention de son père, s'il n'était pas si irritant.

Irma ajuste ses lunettes et lit l'un de ses papiers.

– Comme convenu, les artistes participant au programme Résidence Grow Where You're Planted, ou GWYP, sont autorisés à vivre gratuitement dans l'une de nos maisons historiques restaurées pendant la durée de leur résidence, avec la possibilité de l'acheter. Chaque trimestre, l'artiste, c'est-à-dire vous, est censé participer à des dîners de collecte de fonds, à des événements de mise en réseau et des galas, qui contribueront à promouvoir les efforts de la Fondation Sterling pour reconstruire la communauté de Cedarville. À la fin de sa résidence, l'artiste doit produire au moins un projet majeur, en l'occurrence votre nouveau livre. La résiliation du contrat entraînerait l'expulsion immédiate et l'obligation pour l'artiste de rembourser le prêt hypothécaire ainsi que les intérêts et dommages éventuels, en fonction de la durée de son séjour.

– Papa, ça veut dire quoi, « expulsion » ?

Alec coince les cheveux de Piper derrière ses oreilles.

– Ça signifie que nous devrions quitter la maison tout de suite. Mais ne t'inquiète pas. Ça n'arrivera jamais.

Une mise en garde sous-tend pourtant les mots d'Alec.

Maman prend une profonde inspiration.

– Alors, où est-ce que je signe ?

Pendant que maman et Alec finalisent les formalités administratives, je vais me planter devant une porte vitrée qui donne sur un étroit jardin clôturé et j'essaie d'appeler papa comme je le lui ai promis, mais avec en tout et pour tout une barre de réseau, je peux à peine envoyer un texto. Dehors, un ouvrier teint la terrasse couleur merisier foncé. Ses coups de pinceau sont extrêmement rapides et erratiques, de la sueur lui coule dans la nuque.

Mec, t'es nerveux ?

Maman me rejoint et passe un bras autour de mes épaules. Sa peau exsude une aura de chaleur apaisante.

– Il y a plein d'espace pour un nouveau jardin. On pourra construire des parterres surélevés dans ce coin, là, les clôturer pour que Bud n'aille pas y gratter.

Elle essaie de me montrer le côté positif de toute cette entreprise, dont je ne vois pas poindre la moindre lueur. Mais elle est heureuse. J'ai toujours voulu qu'elle soit heureuse.

– Oh ! Vous jardinez ? intervient Irma derrière nous. Cedarville a un super programme de jardinage urbain, géré via la bibliothèque. Le dernier dimanche du mois.

Suivant Irma sur le perron, nous observons le voisinage et je m'attends presque à voir passer un virevoltant.

– Madame Von Hoven, ne le prenez pas mal, mais euh, où sont les gens ? demande Sammy en se grattant la tête. Est-ce qu'il y a, genre, un barbecue dans un autre État auquel on n'a pas été invités ?

En matière de petit frère, j'ai touché le gros lot avec Sammy. Intellectuellement deux fois plus avancé que son âge, avec un sens de l'humour et une ironie à toute épreuve, je peux toujours compter sur lui pour briser la tension en disant tout haut ce que tout le monde pense tout bas.

Irma glousse.

– Eh bien, vous êtes notre premier artiste en résidence ! Mais il y en aura beaucoup d'autres. La Fondation Sterling possède toutes les propriétés de ce côté de Maple Street. Venez ! Laissez-moi vous donner un bref aperçu.

Elle attrape Sammy et, passant son bras sous le sien, l'entraîne vers le bout de l'allée. Piper se faufile entre maman et Alec, dont elle prend la main tandis que nous les suivons.

– OK ! Vous, jeune homme, vivez sur Maple Street, entre les avenues Division et Sweetwater, dans le quartier Maplewood de Cedarville, explique-t-elle en désignant les emplacements concernés tout en parlant. Ce qui représente une quinzaine de pâtés de maisons. Soit environ deux mille habitants. Trois rues plus haut sur Maple Street se trouve Cedarville Park. Derrière le parc, le cimetière. Prenez à gauche sur Sweetwater, quatre rues et vous êtes au lycée Kings High. Tournez à droite, trois rues et vous êtes à l'école primaire Benning, juste à côté du collège

Pinewood. Ensuite, prenez à gauche sur Division et vous tombez sur l'épicerie du quartier et un accès facile aux autoroutes. Vous êtes à environ quinze minutes du centre-ville et de la Riverwalk, la promenade au bord de la rivière.

– Il y a une rivière ? demande Piper.

Allez savoir pourquoi ça l'intéresse.

– Oh oui. Et une jolie promenade aussi. Beaucoup de nouveaux restaurants, de casinos et une salle de jeux. Alors, quelques conseils pour les parents, si je peux me permettre. Sweetwater Avenue est encore un peu… le côté obscur de la force, si vous voyez ce que je veux dire. Votre quartier est une zone en devenir, en quelque sorte. (Sa voix devient plus grave.) Verrouillez vos portes et fenêtres tous les soirs. Ne laissez jamais rien dans la voiture ou sur le perron, et ne laissez pas traîner les enfants. Surtout dans ces vieilles maisons, là.

On pourrait entendre une mouche voler à l'autre bout de la rue, vu l'immobilité dont nous sommes frappés.

Irma laisse échapper un rire.

– Mais vraiment, Cedarville est l'une des villes avec la population la plus sympathique du pays. Un petit côté craspouille, ça ajoute juste du caractère.

– C'est une façon de voir les choses, marmonne Sammy.

– Très bien. Je pense qu'on a à peu près fait le tour. Le mois prochain, Monsieur Sterling souhaiterait organiser chez lui un dîner de bienvenue en votre honneur. Je vous enverrai les détails. Les entrepreneurs devraient avoir tout fini d'ici une semaine ou deux. Vous avez mon numéro, donc s'il y a le moindre problème, faites-le-moi savoir. Et encore une fois, bienvenue à Cedarville !

Sur quoi Irma se dirige vers sa voiture en agitant le bras, nous laissant stupéfaits, les bras chargés des informations qu'elle a déversées sur nous.

Alors qu'elle démarre, je coiffe Sammy sur le poteau, avec mon :

– Bon… on ne va pas vraiment rester ici, hein ?

– Pourquoi pas ? se moque maman.

– Euh… pour commencer, vous avez regardé autour de vous ? intervient Sammy en montrant la rue déserte.

La maison en brique sur notre droite, étouffée par le lierre, ressemble plutôt à une haie géante qui aurait des planches de bois placardées sur chaque fenêtre et chaque porte.

– Certes, admet Alec, mais elle a dit que d'autres familles allaient s'installer. Bientôt.

– Allez, plaide maman, c'est une super opportunité et, plus important, c'est GRATUIT !

– Ouais, je pouffe en croisant les bras. Et on en a vraiment pour notre argent.

– Gratuit, ça veut aussi dire pas de dettes, renchérit Alec. (Je vois un boulier de comptable qui tourne derrière ses yeux bleus brillants.) Voyez ça comme une aventure. Nous serons des pionniers !

– Tu veux dire des colonisateurs, je rétorque, puisque toutes ces maisons appartenaient à quelqu'un d'autre avant, non ?

C'est maintenant au tour d'Alec de grimacer, ce qui me semble justice, après le nombre de fois où Piper a mis maman mal à l'aise.

– Papa, je peux choisir ma chambre maintenant ? s'enquiert-elle justement en lui tirant sur la manche.

– Euh… bien sûr, ma chérie, bien sûr. Allons donc les voir.

Sur ce, Alec saisit la main de Piper et ils disparaissent à l'intérieur, sans se soucier de vérifier si les autres enfants eux aussi ont envie de choisir leur chambre. Mais de qui je me moque ? Piper passera toujours en premier.

Maman étudie notre visage et lève les mains.

– Bon. Je sais que vous avez des… appréhensions. Mais voyez le bon côté des choses : si ça ne marche pas, nous ne sommes tenus de rester ici que trois ans.

– Trois ans !

Notre cri a jailli d'un même élan, de Sammy comme de moi.

– C'est comme ça que fonctionne la Résidence. Ça va être un nouveau départ, *sans* dettes. Pour nous *tous*. Soit exactement ce dont nous avons besoin. (Elle me regarde.) Pas vrai, Marigold ?

Ah, bien sûr. *Sans* dettes, le truc obligé puisque mon séjour au centre de désintox Strawberry Pines n'était pas ce que je qualifierais de bon marché. Juste un peu en deçà des frais de scolarité d'une université de l'Ivy League. C'est un test. La plupart des scénarios vont se dérouler comme ça à partir de maintenant. Et je n'ai pas le droit à l'échec, sans quoi je perdrai le minuscule espace de liberté qu'ils ont promis de m'accorder.

Alors je me mords la langue et je crache le mantra tant de fois répété.

– *Le changement est bon. Le changement est nécessaire. Le changement est vital.*

Sammy lève les yeux au ciel.

– Si tu le dis, Oprah.

Tut-tut !

Le camion de déménagement s'arrête derrière nous.

– Pile au bon moment, commente Sammy. Notre ancienne vie est arrivée.

Maman s'époussette les mains.

– Sammy, file à l'intérieur chercher Alec. Marigold, tu peux commencer à sortir des trucs du van ? Je ne veux pas que nos herbes fanent et que Buddy fonde.

Sitôt les portes du van ouvertes, Buddy bondit dehors pour me lécher le visage comme si on était partis depuis une éternité. On ne peut qu'aimer les chiens vu la dimension inconditionnelle de leur amour.

– Bonjour, dit maman aux gars du camion. Je croyais que vous étiez censés arriver ce matin. Que s'est-il passé ?

L'un des déménageurs, que je reconnais pour l'avoir vu en Californie, saute au bas de la cabine tandis que les autres remontent la porte arrière, avant d'abaisser la rampe.

– Ouais, les indications sont terribles par ici ! On s'est arrêtés pour demander notre chemin, mais personne n'en a jamais entendu parler, de votre rue Maple.

– Vraiment ? À qui avez-vous demandé ?

Il s'esclaffe et montre du doigt derrière nous.

– À vos voisins.

En haut de la rue, de l'autre côté de Sweetwater Avenue, de la vie est apparue sous la forme de corps sortant des maisons pour venir se planter sur les pelouses à moitié mortes et nous observer en silence.

– Waouh, je marmonne.

Venant d'une petite ville blanche, je n'ai jamais vu autant de Noirs dans la vraie vie.

Faut montrer ça à Tamara !

Je sors mon téléphone portable de ma poche, mais maman m'oblige à baisser le bras d'un geste preste.

– Marigold, chuchote-t-elle, on ne photographie pas les gens sans leur consentement. C'est malpoli.

– Tu ne les trouves pas impolis, eux ? Ils nous regardent comme si on était des monstres de foire.

– C'est peut-être ta tenue de plage, tes tongs et tes bijoux motif chanvre qui les intriguent, s'esclaffe Sammy en sautant du trottoir. (Il se plante au milieu de la rue et agite la main.) Salut !

Silence. Aucune réponse. Pas même de la part des enfants. Une foule d'épouvantails.

– Zut alors, grogne Sammy. Je croyais qu'elle avait dit que Cedarville était la ville la plus sympa du pays ?

– Bien sûr, Sammy. N'es-tu pas charmé par notre comité d'accueil ?

– Allez, vous deux, nous interrompt maman en gloussant. Mettons-nous au travail !

Nous aidons les déménageurs à décharger le camion, à transporter les meubles et les cartons à l'intérieur. J'ai supervisé la plupart des opérations d'emballage et de conditionnement avant notre départ, afin de m'assurer qu'aucune punaise de lit ne puisse s'installer dans notre nouvelle maison.

DING DING DING

Un chœur d'alarmes retentit de l'étage, du bas et de l'extérieur. Des alarmes téléphoniques. Tous les ouvriers contractuels ont réglé la leur à la même heure. 17 h 35. Les outils sont tous lâchés en même temps et les hommes se redressent, se ruent vers la porte et plongent la tête la première dans leur voiture.

– Qu'est-ce qui se passe ? s'étonne Sammy, qui tire une valise à travers le salon.

– Je… je n'en ai aucune idée, admet maman depuis la cuisine, où elle déballe un carton de vaisselle.

Monsieur Watson descend l'escalier au trot et s'arrête dans le vestibule.

– Fini pour aujourd'hui. On revient demain. Le câble et Internet devraient être en fonction à la fin de la semaine prochaine. Normalement.

– La semaine prochaine ! s'écrie Sammy, une main sur le cœur.

– La compagnie d'électricité a dû recâbler toute cette partie du quartier. Personne n'a vécu ici depuis trente ans.

– Ça alors, je marmonne. On ne s'en douterait pas un instant.

Monsieur Watson hoche la tête et se précipite vers la sortie. Les pneus de sa voiture crissent au démarrage.

– Ils sont pressés de rentrer chez eux, j'imagine, fait maman avec un haussement d'épaules. Ou peut-être qu'ils vont tous à une fête.

Je n'ai pas l'impression qu'ils courent vers quelque chose, moi… plutôt qu'ils fuient.

2

J'ai toujours détesté l'odeur de la maison des autres.

Cette maison sent le bois mouillé. Et pas du genre qu'on sent dans la rosée du matin, plutôt le genre feu de camp, bûches-brûlées-détrempées, qu'aucune quantité de peinture ou de cire ne pourra jamais masquer.

La petite bougie sous mon récipient à huile vacille. Aromathérapie. Un des trucs que j'ai appris pour soulager mon anxiété. Musique douce, plantes, bougies… tout ce que vous voulez, j'ai. Les nouveaux endroits comme ça peuvent salement me déséquilibrer, or je dois prouver que je peux me gérer. Pas mécontente d'avoir racheté de l'encens et un flacon d'huile essentielle de menthe poivrée chez mon apothicaire préféré.

Mais où je vais aller quand je tomberai en panne ? Où est le Trader Joe's le plus proche ? Le studio de yoga le plus proche ? Le salon de thé ? Le resto végan ? L'endroit où je pourrai me faire tresser les cheveux ? Et surtout, où vais-je trouver de l'herbe ? Je serais probablement en mesure de répondre à toutes ces questions si j'avais ne serait-ce qu'une barre de réseau correcte. Enfin, au moins en ce qui concerne le supermarché Trader Joe's. J'attrape mon portable pour me programmer un rappel…

11 h 00. ALARME : Se renseigner sur les magasins.

Buddy saute au fond de mon lit et s'enfouit dans les couvertures. Il passe la plupart de son temps avec Sammy, mais il adore dormir avec moi.

À quatre pattes, je fais le tour de la pièce et j'inspecte les plinthes avec la lampe de poche de mon téléphone, je les frotte à l'eau chaude savonneuse, je bouche les trous et j'ajoute quelques gouttes d'huile essentielle de cannelle.

FLASH INFO Les punaises de lit détestent l'odeur de la cannelle.

Pour une éradication totale, mieux vaudrait un traitement thermique, mais mon sèche-cheveux et mon appareil à vapeur sont toujours au fond d'un carton quelque part, donc ces mesures préventives simples devront faire l'affaire pour le moment.

Kof ! Kof ! Kof !

– Papa ! Marigold est encore en train de fumer !

Les pas d'Alec résonnent dans le couloir et arrivent au seuil de ma chambre ; sa bouche est pincée, les accusations au bout de la langue. Depuis le sol où je suis assise, je rencontre son regard avec le même dédain. Il pousse un soupir et fait volte-face vers la chambre de Piper, de l'autre côté du couloir.

– Chérie, elle ne fume pas. Ce sont ces bâtons odorants dont on a déjà parlé, tu te souviens ?

Elle simule un autre accès de toux.

– Je n'arrive pas à respirer.

– Tu veux que je ferme ta porte ?

– Non ! J'ai peur.

Je claque la mienne, non sans m'accorder un moment pour apprécier le fait d'avoir à nouveau une poignée. Maman avait enlevé la serrure de ma dernière porte, il ne restait qu'un trou béant. L'intimité, ce concept risible.

« Juste par sécurité, chérie », avait-elle argué, les yeux emplis de pitié. Je ne pouvais même pas argumenter, je le méritais.

Au bout d'une autre heure de nettoyage, la maison se calme et je mets mes écouteurs, sur une application de méditation qui aide à calmer l'esprit.

Ding. Ding. Ding.

On entend tout de ma nouvelle chambre. Les tuyaux qui pleurent. Le bois qui respire. Les arbres qui caressent le toit. Le chant des cigales dans l'arrière-cour. La vaisselle qui s'entrechoque.

Quelqu'un qui bouge en bas.

Buddy se redresse, les oreilles au garde-à-vous, un grognement sourd dans la gorge.

– Oooh… Buddy, calme-toi, je grommelle dans un brouillard somnolent, en rabattant les couvertures sur ma tête. C'est juste le vent.

***

– Qui a laissé cette tasse dehors ?

Dans la cuisine, maman agite une de ses tasses en cristal de Waterford, cadeau de mariage hérité de sa grand-mère.

Enfin, cadeau de son premier mariage. Je ne pense même pas qu'elle a eu une liste de mariage pour sa cérémonie au palais de justice avec Alec.

– Pas moi, répond Sammy, en sortant son Granola du placard voisin.

– Rappelez-vous, pas de vaisselle dans l'évier. Chacun est responsable de lui-même.

– Nous, on le sait, s'esclaffe Sammy. Mais est-ce que les autres sont au courant ?

Je hausse les épaules.

– Je ne sais pas quoi te dire, maman. En tout cas, quelqu'un s'est levé dans la nuit, j'ai entendu marcher.

– Pas moi, déclare Sammy. Je suis tombé comme une masse.

Maman regarde la tasse, puis la place qui lui est impartie sur l'étagère supérieure du placard.

– C'est trop haut pour Piper.

– Elle a peut-être grimpé sur le plan de travail.

– Pas les fesses sur le plan de travail, récite Piper depuis l'escalier. C'est grand-mère qui l'a dit.

Je glousse. J'aurais été étonnée qu'elle ne soit pas en train d'écouter aux portes quelque part. Elle a l'oreille pour les drames.

Maman s'éclaircit la gorge et sourit.

– Bonjour, Piper. Bien dormi ? Qu'est-ce que je peux te proposer pour le petit déjeuner ?

Piper nous rejoint dans la cuisine avec un sourire malicieux.

– Des œufs au bacon.

Maman croise les mains.

– Chérie, on en a déjà parlé… on ne mange pas de ça.

– Oui, ben moi, si. Et papa aussi, quand il n'est pas avec toi.

Maman se redresse, sourire en berne. Elle se détourne, se verse une tasse de café, sans doute pour s'éviter de réagir.

BIP BIP BIP BIP

8 h 05. ALARME : C'est l'heure de tes cachets !

Mince, j'ai failli oublier.

– Marigold, dit maman en agitant deux des EpiPen de Sammy, avant de les placer dans le placard au-dessus du frigo. Les EpiPen… je les mets là.

– C'est pas un peu haut pour Piper, avec sa politique du « pas de fesses sur le plan de travail » ?

Maman sourit.

– Arrête.

– Bonjour tout le monde !

Alec entre, l'air frais et dispos. Pas genre le gars qui serait resté debout toute la nuit à boire dans la tasse en cristal de maman.

– Bonjour, répondent maman et Sammy.

– Belle journée dans le quartier ! chantonne Alec à l'oreille de maman, qui glousse.

Piper vire au rouge cramoisi, la tête à deux doigts de lui tomber des épaules.

– Papa, j'ai faim.

– Moi aussi, ma chérie, répond-il sans lâcher maman. Alors, quel est le programme aujourd'hui, bébé ?

– Du déballage et encore du déballage. Je veux au moins installer mon bureau. Je suis super en retard sur mon planning. Et toi ?

– Eh bien, je pensais emmener Piper prendre un petit déjeuner.

Maman cligne des yeux.

– Ah oui ?

– Oui. Je me suis dit qu'on irait manger un morceau, puis faire des courses.

Elle boit son café à petites gorgées.

– Hum. Tu prends tout le monde ou juste Piper ?

Alec se redresse.

– Tout le monde, bébé ! Bien sûr. Euh… tu veux me dresser une liste ?

– Bien sûr.

– Euh… eh, Sammy, tu veux te joindre à nous ?

Sammy secoue la tête en sortant le lait d'avoine du frigo.

– Non merci. Je suis encore en train d'aménager ma chambre. Je veux être prêt quand Internet sera opérationnel.

– Bon, d'accord. (Alec regarde Piper.) Eh bien, on se met en route, alors, ma chérie.

Il ne prend même pas la peine de me demander. Il sait.

Sa voiture est en train de reculer dans l'allée quand les entrepreneurs se garent au ralenti : ils contemplent la maison avec de l'appréhension dans les yeux et, d'une certaine manière, je connais ce sentiment.

– Bonjour, M'dame, marmonne Monsieur Watson en entrant dans la cuisine. Vous, euh… z'avez pas vu traîner un marteau ? À peu près gros comme ça, un manche rouge et noir ?

Maman secoue la tête.

– Non, je ne l'ai pas vu.

Monsieur Watson se balance sur son pied arrière.

– Ah. Euh… OK. C'est pour un des gars… Il doit l'avoir perdu quelque part.

Il rejoint les autres dans la cour, leur annonce la nouvelle qui donne lieu à un débat tendu, mais silencieux, où chaque ouvrier a l'air carrément méfiant à l'idée d'entrer.

Le reste de la journée, je passe mon temps entre aider Sammy et maman à vider des cartons. En tant que minimaliste fraîchement intronisée, je n'ai pas grand-chose à déballer : quelques tee-shirts, shorts et robes, tous de couleur blanche ou crème, des photos dans des cadres de plastique blanc, une parure de couette blanche et une enceinte Bluetooth. Tout le reste a été brûlé.

Profitant de ce que maman est dans son bureau et Sammy en pause jeu vidéo, j'ai décidé de me concentrer sur les parties communes de la maison, où je vaporise un mélange d'alcool dénaturé et d'eau distillée dans tout recoin et fissure, Post Malone dans les oreilles.

FLASH INFO Pulvériser une solution d'alcool isopropylique à 91% directement sur les surfaces infestées permet de tuer ou de repousser les punaises de lit, en dissolvant leurs cellules et en asséchant leurs œufs.

Le salon, confortable, est l'endroit idéal pour attirer les punaises de lit. Je lance une attaque autour des cadres des fenêtres et des étagères encastrées, en faisant bien attention à ne pas faire de taches.

CRAAAACCC…

Je n'entends pas le craquement, je le sens. Le plancher derrière moi ploie sous un poids lourd.

– Je sais, Sammy, je grogne sans me retourner. Je sais que ça a l'air fou. Mais tu me remercieras quand on ne jettera pas ton matelas sur un feu de joie.

J'ôte un AirPod et jette un coup d'œil par-dessus mon épaule. Je suis seule, mais pas seule à la fois. Car je sens encore l'essence de quelqu'un… qui flotte là comme un brouillard.

– Sammy ?

Une porte grince dans le couloir. Je traverse le salon à toute vitesse et entre dans la cuisine. Vide. Tout comme la pièce de vie, la cuisine, le coin repas et même le vestibule.

– Maman ?

La porte de son bureau est fermée, mais le chant cadencé de Fela Kuti s'échappe de la fente au ras du sol, signe qu'elle est dans la place.

Un frisson glacé me parcourt l'échine alors que je fais demi-tour et m'arrête net. La porte du sous-sol est entrouverte, un souffle d'air en monte, avec un sifflement.

Elle était ouverte avant ?

Je tire un peu dessus, ses charnières grincent doucement, et je regarde en bas des marches dans l'obscurité sans fin, puis j'actionne deux fois l'interrupteur. Rien.

– Ohé ? j'appelle.

Ma voix résonne, mais seul le silence me répond. Je repousse la porte et retourne vers le salon, incapable de me défaire de l'impression qu'on me suit quand quelque chose se rue sur moi depuis un coin.

– AHH ! je crie en reculant sous l'effet de la panique.

Buddy se tient au milieu de la pièce, qui remue la queue, un sourire niais comme s'il disait : « Salut ! Tu m'as manqué ! »

Je lui frotte la tête en riant. Je suis enfermée ici depuis trop longtemps. On ne peut pas rester indéfiniment sans contact avec le monde extérieur, sinon on commence à perdre la boule.

Une barre. Toujours. J'ai maintenant testé tous les coins de la maison pour capter du réseau. Buddy me suit partout comme si on jouait à un jeu, en reniflant mes traces dans chaque endroit que je quitte.

Il est temps de partir en exploration. Le quartier semble assez accessible à pied. Ce qui sera bien utile, vu que maman et Alec m'ont clairement fait comprendre qu'il était hors de question que j'aie à nouveau une voiture. Ils m'autorisaient juste à aller chez Tamara toute seule à pied. Ça, ajouté au couvre-feu à 20 h 30 et à l'inspection obligatoire des sacs… on pourrait presque confondre ma situation avec une assignation à résidence.

– Où tu vas ? me lance Sammy du haut des marches.

J'attache la laisse de Bud à son collier et j'enfile mes baskets.

– J'emmène Bud faire un tour. Et voir si j'ai un meilleur réseau au coin de la rue, par exemple. Tu veux venir ?

Sammy hausse les épaules et descend d'un pas lourd.

– Ouais, OK. Je n'en reviens pas qu'Alec ne soit toujours pas revenu avec Piper. Ça fait des heures.

– Mec, plus longtemps cette morveuse est sortie, mieux c'est.

Et j'ouvre la porte, pour me prendre un poing en pleine face.

– Mari ! s'écrie Sammy, qui se précipite afin de me rattraper avant que je tombe sur le cul.

Buddy aboie frénétiquement et moi, je vois des points blancs.

– Oh merde ! Merde, tu vas bien ? dit une voix profonde de… quelque part.

La pièce tourne trop vite pour que je puisse la remettre. *Attends, lui ?*

– Maman ! hurle Sammy. Maman, au secours !

Maman jaillit de son bureau en trombe.

– Marigold ! Que s'est-il passé ?

– Ouais, yo, c'est ma faute ! J'étais sur le point de frapper, la sonnette est pétée… et… yo, désolé ! Attends, laisse-moi t'aider.

Deux mains rugueuses m'agrippent le bras, essaient de me relever, mais je les repousse sèchement.

– Mec… c'est quoi ce bordel, je rétorque quand mes yeux refont le focus.

L'homme qui m'a collé son poing dans l'œil droit n'est pas tout à fait un homme. Sans doute pas beaucoup plus âgé que moi, il a des yeux marron clair et d'épaisses dreads qui pendent dans son cou. Prenant soudain conscience que je suis étalée devant lui comme un dessin à la craie de scène de crime, je me redresse rapidement. La pièce virevolte tandis que maman m'examine.

– Vous vouliez quelque chose ? demande-t-elle, légèrement agacée.

– Euh… ouais. Youssef Brown. Je suis de la société Brown Town Mowing. On a, euh… rencontré votre mari à la station-service au coin de la rue. Il a dit qu'vous aviez du jardinage à faire et nous a demandé de passer.

Il a la peau couleur café foncé. Ou chocolat chaud avec du lait de coco par une journée un peu trop fraîche à la plage, genre. Bon Dieu, j'espère que les mots ridiculement fleuris qui dansent dans ma tête ne sont pas en train de sortir de ma bouche.

Maman soupire, agacée.

– Aide-moi à la remettre sur pied, Sammy. Il faut qu'on la fasse marcher un peu, pour vérifier qu'elle n'a pas de commotion.

– Non, laissez-moi faire, insiste Youssef.

– Je vais bien, je…

Hop là… je suis sur mes deux pieds, sorte de toupie bancale.

– Voilà. Ça va ? Et… punaise, meuf. T'es grande !

– Merci, capitaine Lapalisse, je grommelle.

Sauf qu'il est grand, lui aussi. Au moins un mètre quatre-vingt-quinze. Je ne pensais même pas que ça existait, les garçons de cette taille. En Californie, je dépassais tout le monde dans ma classe de seconde.

– C'est sympa, votre maison, dit-il en me faisant faire le tour de l'îlot de cuisine. Et un peu d'eau, non ? Chaque fois que je me prends une rouste, moi, je demande toujours de l'eau.

– Oui. De l'eau, je gémis.

Pas envie de faire des phrases complètes.

Maman secoue la tête.

– Je vais te faire une poche de glace. Sammy, donne de l'eau à ta sœur.

Sans me quitter des yeux une seconde, Sammy se déplace d'un pas traînant dans la cuisine, le visage blême. Le même air qu'il avait il y a six mois, quand il m'a trouvée. Pauvre gosse, je lui ai fait peur. Encore.

– Je vais bien, Sammy, c'est bon.

Il hoche la tête, mais sa main, qui me passe le verre d'eau, est tremblante. Youssef lui tend son poing à cogner.

– Salut, man. Je suis Youssef. Eh, t'inquiète pour ta sœur, c'est une championne. (Il s'arrête pour m'adresser un clin d'œil.) J'ai cogné un pote du quartier hier et il dort encore.

Les yeux de Sammy s'écarquillent. Youssef se fend d'un large sourire éclatant et lui tapote l'épaule.

– Je blague, mec ! Eh, tu veux des bonbons ? Sont p't'être un peu fondus, mais j'ai un Snickers et…

– NON ! je m'écrie.

– Lâchez ça ! hurle maman.

Youssef laisse tomber le Snickers, les deux mains en l'air.

– Désolée, Sammy est allergique à… eh bien, à tout, j'explique. Mais surtout aux noix.

– C'est probablement pour ça que mon mari vous a contacté. J'ai parlé hier soir d'éliminer au maximum les mauvaises herbes, rapport aux allergies de Sammy.

– Oh ! Au temps pour moi. Je cherche pas à tuer vos deux gamins, M'dame.

Maman glousse en me posant délicatement une poche de glace sur l'œil. Je retiens un gémissement, mais grimace au contact du froid vif du plastique.

Youssef m'étudie. Une main toujours à mon coude, il se penche en avant et renifle.

Il me sent les cheveux, là ?

– Hum. Ça sent bon. C'est quoi ?

– C'est de la lavande, répond-elle. Ça aide à résorber les hématomes.

Il acquiesce et remplace la main de maman par la sienne pour maintenir la poche de glace. Si proche que je peux le reluquer autant que je veux. Il est pas mal, dans le genre je-suis-mignon-et-je-le-sais. Moi aussi, je suis allergique : à ce genre de types.

On frappe à la porte.

– Oh, ça doit être mon oncle, curieux de savoir ce que je fabrique.

– Je m'en occupe, annonce maman, qui démarre en courant.

– Alors, j'ai pas compris ton nom, reprend-il en souriant.

– Marigold Anderson, je lâche.

– Marigold, c'est une fleur, commente-t-il. Le souci. Une annuelle. Qui fleurit, puis meurt. Intéressant.

Ne sachant pas comment réagir, je change de sujet.

– Tu vis dans le coin ?

– Pas loin. Vers Rosemary et Sweetwater, près du collège.

– Eh ! C'est là que je vais aller la semaine prochaine, intervient Sammy.

– Tu charries ? J'y suis allé aussi. Fais gaffe à Madame Dutton. C'est une vieille chouette ! (Il me sourit.) Donc je suppose que tu vas commencer à Kings High, toi ?

Je lève les yeux au ciel.

– Ben oui, je suppose aussi.

– Changer d'école, c'est pas facile, mais, au moins, tu auras un ami là-bas pour ta rentrée.

Depuis quand on est « amis », lui et moi ?

Maman revient avec un homme chauve entre deux âges. La ressemblance est frappante. L'oncle de Youssef balaie la pièce du regard – le Snickers par terre, son neveu en train de tenir de la glace sur le visage d'une inconnue – et soupire.

– Mon garçon, dans quoi tu t'es encore fourré ?

– Eh, yo, tonton, j'te présente Marigold et mon homme de main, Sam.

Il s'esclaffe.

– Enchanté de vous rencontrer tous. Je suis Monsieur Brown.

Maman accompagne Monsieur Brown dans le jardin, où elle lui montre les haies à tailler, et Sammy sort Buddy pour le calmer, nous laissant seuls, Youssef et moi. Il continue de tenir la poche de glace sur mon visage, tandis que ses yeux passent des lumières du plafond aux sols, comme s'il faisait l'inventaire.

– T'es au courant que je peux tenir ça toute seule ? je grogne.

– Ouais, mais c'est carrément plus sympa si je t'aide, non ? (Penché au-dessus de mon épaule, il désigne mon terrarium d'un signe de tête.) Il est très cool, ton jardin de succulentes. C'est la plus grosse sempervivum que j'aie jamais vue. Et ce motif, avec les pierres, c'est joli… Quoi ? De quoi tu ris ?

– C'est drôle d'entendre un type… je sais pas, s'extasier sur un modèle de terrarium.

Il hausse les épaules.

– Eh meuf, chacun son truc. Où elle a acheté ça, ta mère ? Ça coûte une fortune en ligne.

– C'est moi qui l'ai fabriqué.

– Sans dec ? Pour de vrai ? Regarde-moi ça, le talent que t'as, Cali.

Un surnom. Quelque chose fleurit dans ma poitrine, que j'arrache aussitôt à la racine.

– Et toi, tu travailles avec ton oncle depuis longtemps ?

– Depuis que je suis gosse. Il est plus dans l'entretien des pelouses, le désherbage, tout ça. Moi, je suis le jardinier. L'artiste.

– J'avais un jardin avant, je marmonne, surprise d'avoir lâché quelque chose d'aussi… personnel.

– Ah ouais ? Eh ben, on pourrait peut-être travailler à en concevoir un nouveau ensemble, fait-il en souriant. Tu sais, j'ai tous les outils qui vont bien.

Arrogant, prétentieux, et il sait qu'il est beau gosse… Exactement ce dont je n'ai pas besoin en ce moment. Je lui arrache la poche de glace des mains.

– Ouais, bon, je pense qu'il est temps que tu files.

Il rit.

– Relax ! Je déconnais, c'est tout !

Je croise les bras.

– Tu devrais pas aller voir si ton oncle a besoin d'aide ou je sais pas quoi ?

Le sourire de Youssef retombe tandis qu'il semble soupeser ses options, entre insister ou lâcher l'affaire. Il choisit la seconde, secoue la tête et s'en va, non sans me frôler au passage. La porte de derrière se referme et je prends une grande inspiration.

Ne te monte pas la tête, je me répète en tapotant mes deux poches. *Il n'en vaut pas la peine et… eh, où est mon téléphone ?*

S'il y a un point positif à avoir fait l'expérience des punaises de lit, c'est que je suis maintenant capable de trouver littéralement une aiguille dans une botte de foin, avec une précision de rayon laser. Je reviens sur mes pas : vestibule, salon et cuisine. Il a dû tomber dans le feu de l'action, pourtant il n'y a rien par terre, les plans de travail et autres surfaces sont nus. Sans Wi-Fi, je ne peux pas utiliser l'application de localisation de mon appareil sur mon ordinateur, en revanche je peux peut-être m'appeler avec le téléphone de ma mère. Enfin, si elle a un peu de réseau.

– Maman ! Je peux emprunter ton téléphone ? je crie depuis la terrasse. Je ne trouve pas le mien.

– Bien sûr, chérie, il est dans ma chambre.

Youssef me jette un regard appuyé et je me précipite à l'intérieur.

Ne te monte pas la tête. Tu n'es pas responsable des émotions des autres. Seulement des tiennes.

Dans l'escalier, mon téléphone m'attend, bien en vue au milieu de la troisième marche, comme s'il s'y était planté lui-même. Je me gratte le crâne, un peu trop fort. Il n'était pas là. Je sais qu'il n'y était pas, parce que j'ai regardé. Je n'aurais pas pu passer à côté de cette énorme tache blanche sur une latte de chêne. Quelqu'un a dû le placer là.

Sammy. Forcément.

3

– Premier jour complet dans la grande ville et tu te fais botter le cul.

– La ferme, Sammy, je m'esclaffe.

Sammy m'asperge d'eau pendant que j'essuie nos assiettes. Si nous étions à la maison, j'aurais sauté le dîner, je serais allé chez Tamara, au bout de la rue, j'aurais fumé un joint et raconté mon échange avec Youssef. Et si on avait le Wi-Fi, j'aurais au moins pu l'appeler en FaceTime...

– Les enfants, vous êtes au courant qu'on a un lave-vaisselle ? intervient Alec en désignant la machine près de mes jambes.

– Ah oui. J'avais oublié, je réponds avec un haussement d'épaules. On n'avait jamais eu de lave-vaisselle avant.

– Et c'est beaucoup plus sympa de faire la vaisselle ensemble, renchérit Sammy, qui m'éclabousse de nouveau.

Le visage indéchiffrable, Piper nous observe depuis la table. Elle essaie probablement de trouver un moyen de mettre fin à nos réjouissances. On dirait que cette gamine est allergique au bonheur.

– Oh là, oh là, les gamins ! Attention au sol ! nous rappelle maman. Très bien, je vais me coucher. J'ai un mal de dos pas possible.

Alec fait le tour de la table et lui masse les épaules. Puis il lui dépose un baiser au sommet du crâne.

– Vous allez vous débrouiller sans moi demain ? ironise-t-il.

– On s'en est sortis aujourd'hui, quand tu nous as envoyé un dangereux étranger pour assommer ma sœur et m'empoisonner.

Alec et maman lancent le même regard à Sammy, avant que maman ne tapote la main d'Alec.

– Ça va aller, mon bébé. Ne t'inquiète pas pour nous. Demain est un grand jour !

Quand maman a été acceptée pour la résidence d'écrivain, Alec n'était pas ravi à l'idée de déménager. C'était juste niveau argent et il avait du mal à trouver du travail en ville après mon… incident. Puis la Fondation Sterling lui a trouvé un poste d'analyste financier dans l'un de ses cabinets partenaires. À partir de là, il a été à fond.

– Papa, tu peux me lire une histoire avant que je m'endorme ? demande Piper avec impatience.

– Et si c'était toi qui m'en lisais une à la place, hein ? Tu rentres bientôt en CM2 !

Piper grimace un sourire. Elle non plus n'est pas très enthousiaste à l'idée de commencer l'école. Pour une fois, on a quelque chose en commun.

– Tu n'as pas vu ma montre ? demande Alec. Je ne la trouve nulle part.

– Tu as regardé dans le bac de la salle de bains ?

– Elle n'y est pas. Bizarre, je l'avais il y a un instant.

Alec emmène Piper au lit et maman va dans son bureau, nous laissant Sammy et moi terminer à la cuisine. Dans le miroir du couloir, je constate la marque d'un gros poing sur ma joue et des poches sous mes yeux. J'ai pris un coup de vieux en une seule nuit, ici.

– Beurk, Marigold ! lance Sammy, le nez plissé.

– Quoi ?

– Tu as pété, fait-il en se couvrant la bouche, au bord du haut-le-cœur.

– N'importe quoi ! (Je renifle et recule.) Beurk, c'est quoi ce bordel ?

L'odeur âcre qui flotte ici donne l'impression qu'on a emménagé dans des toilettes publiques. Le nez pincé, on tourne en rond jusqu'à ce que Sammy s'arrête devant une bouche d'aération, juste en dessous du miroir du couloir, sous l'escalier.

– Ça vient de là-dedans.

***

Le lendemain matin, Monsieur Watson renifle, à bonne distance, puis secoue la tête.

– Je ne sens rien.

Ce n'est pas son manque d'intérêt. C'est le fait qu'il ne s'approche même pas de la bouche d'aération qui me fait lever les yeux de mon café. Piper, qui balance ses jambes sur le tabouret de l'îlot de cuisine en avalant ses Cheerios au miel et aux noix, semble elle aussi curieuse.

– Vous êtes sûr ? insiste maman, perplexe. Les enfants ont dit qu'ils avaient senti quelque chose.

– C'était peut-être passager.

– Donc y a des animaux qui passent là par hasard et qui lâchent un pet, glousse Sammy. Les pets de Bud sont mortels, mais pas à ce point. On aurait dit que quelque chose était décédé là-dedans.

Monsieur Watson se raidit. Un mouvement léger, mais perceptible.

Maman s'essuie la main sur un torchon.

– Ça doit venir du sous-sol. On va vérifier ?

Quelques secondes s'écoulent avant que Monsieur Watson réponde :

– Non, on ne va pas au sous-sol.

Le ton est dur, violent même. Maman le dévisage, bouche bée. Il incline son chapeau et s'en va d'un pas pressé.

Sammy hoche la tête.

– Bon, ça s'est bien passé.

CLIC !

Sur un cliquetis sonore, la télé s'allume, avec le volume réglé sur mille. L'image d'un vieil homme blanc en costume bleu, assis à un bureau en acajou, apparaît en fondu enchaîné, sur le fond vert bien reconnaissable des immeubles de la ville. Et il crie :

« *Ainsi, je vous le dis : chassez la méchanceté de votre cœur pour le bien de votre prochain, purifiez votre âme par le feu !* »

– Qui c'est ? demande Sammy en se dirigeant vers la pièce de vie.

Le type du câble surgit de derrière le meuble TV en s'époussetant les mains.

– Scott Clark, dit-il en enroulant un cordon autour de son bras. Qui fait son sermon quotidien sur la chaîne locale, la numéro 12.

– Son sermon « quotidien » ? je répète. Vous voulez dire qu'il braille comme ça tous les jours ?

Le gars du câble fronce les sourcils.

– Vous z'êtes pas chrétiens ?

– Non. Nous sommes, euh… spiritualistes.

– Genre la scientologie ?

– Quoi ? Non ! Nous… croyons juste en une puissance supérieure.

Il lève les yeux au ciel.

– Si vous le dites. Le câble est branché, mais l'Internet, ça va prendre un peu de temps.

« *Je vois l'abondance dans votre avenir. Dieu sait où se trouve l'argent et il veut vous le donner. Dieu veut toucher vos vies ! Mais il a besoin de votre aide. Et si vous appelez maintenant, commandez vos SAINTES GRAINES gratuitement et suivez les instructions, je vous promets qu'une onction tombera sur vos vies. Faites-moi confiance. Je ne vous induirais pas en erreur.* »

Malgré sa rhétorique, je suis attirée par l'homme aux cheveux blancs, si squelettique qu'il semble aux portes de la mort, en train de puiser dans son dernier souffle de vie. Une veine pulse à son cou rougi, sa peau est blême, ses yeux gris exorbités, ses tempes zébrées de veines bleues, comme envahies par du lierre. Le même effet qu'un accident de voiture dont on est incapable de détourner les yeux.

– Tout le monde le regarde, à Cedarville, ajoute le gars du câble. C'est un prophète puissant par ici.

BIP BIP

8 h 05. ALARME : C'est l'heure de tes cachets !

« *Au nom de Jésus, vous serez délivrés des drogues, des dettes, de la méchanceté et du péché…* »

***

La fin de l'après-midi venue, on a déballé tous les cartons et l'endroit commence à ressembler à une vraie maison. Je m'arrête plusieurs fois près de la bouche d'aération pour renifler. Rien.

Peut-être que c'était vraiment juste un truc passager.

DING DING DING

Une armée de bottes martèlent le sol de la maison, descendent les escaliers et franchissent la porte d'entrée. Monsieur Watson ne prend même pas la peine de nous dire au revoir, cette fois.

On s'installe à table pour le dîner : un mélange de légumes racines et de salade, qu'on dévore. Sauf Piper, à qui Alec prépare un sandwich au fromage fondu et des frites.

– Maman, tu pourras racheter du lait d'avoine ? demande Sammy entre deux bouchées. On n'en a plus.

– Quoi ? Déjà ? Alec en a rapporté hier.

Sammy pouffe.

– Faut croire que je ne suis pas le seul à en boire dans la maison.

– Je ne bois pas ce truc dégoûtant, déclare Piper.

C'est peut-être pour ça qu'elle est si pâle, elle manque de nutriments. Je ne crois pas l'avoir vue prendre ne serait-ce qu'une gélule de vitamine.

Elle me surprend en train de l'observer et plisse les paupières en arrachant la croûte de son sandwich en triangle.

– J'ai vu quelqu'un hier soir, déclare-t-elle, les yeux baissés sur son assiette.

Alec attrape une frite.

– Qui ?

– Je ne sais pas. Quelqu'un dans le couloir.

– Qui faisait quoi ? demande son père.

Elle hausse les épaules.

– Juste debout.

– C'était Marigold ?

Je plisse les yeux.

– Pourquoi tu penses automatiquement que c'était moi ?

Alec ne m'accorde pas un regard.

– Je pose juste la question.

Oui, une simple question, mais chargée en sous-entendus, tu veux dire. Je tourne le regard vers maman, qui secoue la tête : on évite la confrontation.

– Ce n'était pas Marigold, c'était… quelqu'un d'autre. Elle a dit qu'elle vivait ici, avant.

Alec sourit et adresse un clin d'œil à maman.

– Ah, vraiment ? C'est un nouvel ami imaginaire ?

Sans moufter, Piper construit un petit fort avec ses frites, l'air de rien, comme si elle ne venait pas de mentionner la présence d'un étranger traînant dans les couloirs de notre maison pendant qu'on dormait.

***

Vous vous êtes déjà réveillé dans votre lit avec l'impression de ne pas être… seul ?

Recroquevillée contre le mur, j'ouvre brusquement les yeux, la peau hérissée de chair de poule au son des voix qui m'entourent, murmures lointains et étouffés. *Il y a quelqu'un au pied du* lit, me crient mes sens. Quelqu'un qui se tient planté là, à me regarder rêver. Je me redresse d'un coup, assise, le cœur affolé. Je suis seule. Mes couvertures sont par terre, la pièce est glaciale, les voix silencieuses…

Et ma porte est grande ouverte.

Dans le couloir, aucune autre porte n'est ouverte. Tout est silencieux, la maison est encore endormie. En revanche, il y a une lumière en bas.

Buddy trotte dans une boucle infinie entre la cuisine et la pièce à vivre, le nez au ras du sol comme un chien de chasse.

– Comment tu es sorti, toi ? je lui demande, avant qu'un scintillement n'attire mon attention.

La tasse en cristal est à nouveau sur le plan de travail.

Je la ramasse, jette un coup d'œil à sa place sur l'étagère. L'intérieur de la tasse est encore humide d'eau trouble. Ou peut-être… de lait.

– Bizarre, je marmonne.

CRAAAAAAAC

Buddy se fige, la queue dressée.

– C'est rien, Bud, relax, je lui dis, rinçant la tasse avant de la ranger.

Cet endroit est vieux, plein des bruits typiques d'une vieille maison. Mes orteils pianotent sur le plancher. Pieds nus, je sens étrangement que la maison n'est pas plate, que le sol penche vers l'avant, comme s'il essayait de déverser son contenu dans la rue. Le froid mord mes jambes nues. Je vérifie l'heure : 3 h 19 du matin.

– Bud, on y va, j'ordonne, et je me dirige vers l'escalier.

Mais je me heurte à un mur d'une puanteur si violente que je manque vomir. C'est rance. Un animal en décomposition, un cadavre en putréfaction.

CRAAAAAAC

Cette fois, le son est distinct. Net. Et tout proche. Comme si c'était juste à côté de moi.

Comme si ça venait du placard de l'entrée.

Un frisson m'enveloppe les bras de glace, la peur monte de plusieurs crans.

CRAC

– Merde !

Et je détale en vitesse, direction ma chambre, Buddy sur mes talons.

4

– Alors ?

Avec un bâillement, je brandis mon téléphone comme une épée vers le soleil à l'angle de Division et Maple. Sammy tient fermement la laisse de Buddy, qui renifle les bordures d'une cour envahie par la végétation.

Trois barres et plusieurs SMS de Tamara arrivent.

– Assez pour appeler papa, je réponds, soulagée.

Sammy sourit.

– Vas-y !

J'appuie sur le bouton d'appel et mets sur haut-parleur. La sonnerie crépite de parasites, mais dès qu'il décroche…

– Enfin ! Je croyais que vous aviez oublié votre vieux père.

– Salut, papa ! on lance à l'unisson.

– Eh, eh ! Pourquoi on dirait que vous êtes sous l'eau ?

– Pas de réseau dans la maison.

– Pas d'Internet non plus, ajoute Sammy.

– Retour à l'âge de pierre. Bon, j'ai une réunion dans quinze minutes, mais racontez-moi tout !

Nous le mettons au courant, pour notre nouvelle maison et les voisins tout sauf accueillants. Papa vit à Los Angeles, mais il est sur un projet de long terme au Japon. En tant qu'architecte contractuel, il conçoit des immeubles d'habitations et de bureaux.

– J'ai entendu parler de Cedarville, dit-il. La plupart de ces maisons ont été saisies lors de la crise financière, les gens sont partis en masse. C'est assez horrible, mais ce que la Fondation Sterling essaie de faire est intéressant. Renommer la ville, racheter toutes les propriétés et les rénover. Certaines de ces maisons ont été construites au début des années 1900. Dommage que la plupart aient brûlé pendant les émeutes.

– Les émeutes ?

– Ouais. Je vous raconterai tout ça plus tard, mais là, mes poulets, je dois y aller. Dites bonjour à maman et à Alec pour moi, d'accord ? Je vous aime !

– On t'aime aussi, papa !

– Oh, attends. Marigold, enlève le haut-parleur une seconde, tu veux ?

Je lance un regard à Sammy et m'éloigne de quelques pas.

– Voilà, papa, je l'ai coupé.

Et je me prépare à ce qui va suivre.

– Est-ce que tout va bien ? demande-t-il avec sa voix super sérieuse.

– Oui, tout va bien.

– D'accord. Rappelle-toi ce dont on a parlé, on se donne une chance… et on verra. Mais tu dois respecter ta part du marché. Pas de dérapages. Une nouvelle pierre à ton dossier, et c'est fini.

– Je sais, papa. Tu n'as pas besoin de me le rappeler.

Il lâche un grognement.

– Je le fais parce que je t'aime, gamine.

Sur ce, il raccroche et je tape « Cedarville » dans Google. Je ne sais pas pourquoi je ne l'ai pas fait avant. Accaparée par la perspective de tout laisser derrière moi, je n'ai même pas envisagé dans quel enfer je risquais de m'engager.

– Qu'est-ce que tu fais maintenant ? me demande Sammy.

– Du fact-checking, je réponds avec un soupir. Mec, c'est pas bizarre qu'on soit au milieu d'une ville et qu'on ait un réseau aussi merdique ?

Sammy hausse les épaules et un sourire se dessine sur son visage.

– Viens, dit-il, en m'adressant un signe de tête pardessus son épaule. Allons visiter.

Je suis son regard jusqu'à la maison à l'angle, dont la peinture blanche s'écaille sur le bois rouge. Un rideau déchiré nous fait signe par sa baie vitrée cassée.

– T'es maboule ! Pas question que j'aille là-dedans !

– Mais c'est une maison vide. Comme celles que papa concevait.

– Non, lui, il faisait des maisons neuves. Ça, c'est une maison abandonnée remplie des déchets laissés par d'autres.

– Et c'est exactement pourquoi faut qu'on aille y jeter un coup d'œil ! Ce sera comme une exploration. Allez, viens ! Je veux juste voir comment c'est à l'intérieur ! Tu n'es même pas un tout petit peu curieuse ? Je parie que tu pourras prendre des photos vachement cool.

En théorie, je devrais donner le bon exemple – je suis sa grande sœur, quoi – et lui dire non, c'est trop dangereux. Sauf que je suis super curieuse. Qui vivait ici avant ? Et pourquoi ont-ils tout laissé derrière eux ? Pourquoi une telle hâte ?

Je retiens mon souffle en contemplant la porte barrée de planches.

Il y a probablement des milliers de punaises de lit là-dedans…

Sammy jauge ma réaction.

– Dès qu'on ressort, je te promets, on brûle nos vêtements.

Je hoche la tête.

– Plus douche brûlante et scanner intégral.

– Marché conclu !

Sammy attache Bud à une boîte aux lettres cassée à la limite de la propriété. Nous nous frayons un chemin à travers des mauvaises herbes qui nous montent jusqu'aux hanches, au milieu d'abeilles et de moucherons soucieux de défendre leur territoire. Près du perron, je trébuche sur une marche cachée.

– Attention, j'avertis Sammy.

Je regrette déjà d'avoir accepté, mais pas question de le laisser y aller sans moi. Un petit joint aurait rendu cette aventure un peu plus gérable. Sammy regarde par la fenêtre cassée tandis que j'observe les maisons voisines. Il règne un silence étrange, quand on vit dans une rue vide. Pas la sensation qu'on éprouverait dans une cabane au fond des bois, plutôt… quelque chose de déstabilisant, parce qu'on sait qu'il devrait y avoir des gens autour. On sent presque l'ombre de leur présence. Pourtant, il n'y a personne. On est isolés.

La porte n'est rien de plus qu'un vieux morceau de contreplaqué, déformé et usé par le temps. Sammy la pousse d'un coup d'épaule. Le battant lâche un soupir puis s'ouvre dans un grincement. Les fenêtres cassées offrent juste assez de lumière pour éclairer un salon tapissé de cendre volcanique. Du moins, c'est l'impression que donne l'épaisse couche de poussière grise.

– Waouh, chuchote Sammy. On dirait qu'ils ont laissé… ben tout, en fait.

On se sépare pour naviguer entre les meubles abandonnés, les écailles de peinture au sol, la vaisselle cassée, les abat-jour déchirés, une table à deux pieds, des bibliothèques vides et une vieille télévision en bois dont l'écran est défoncé.

– Mec, c'est trop cool, je commente.

Et sortant mon téléphone, je choisis le bon angle et prends la photo parfaite. Personne n'a plus vu ce type de télé depuis des décennies.

Chaque marche de l'escalier qui mène à l'étage est jonchée de piles de détritus aléatoires qui bloquent le chemin : des chaussures trouées, un matelas, des peluches à moitié pourries et des pneus.

Sammy essaie une porte verrouillée au pied de l'escalier. Je passe les doigts sur mes bras hérissés de chair de poule alors que nous nous enfonçons plus avant.

Cet endroit me semble… familier.

Au milieu du salon, un canapé rouge est incliné sur le côté, à moitié brûlé, couvert de moisissures.

FLASH INFO Les punaises de lit pondent leurs œufs dans les fissures et les entailles de votre canapé.

– Sammy, ne touche à rien ! je crie.

Sammy sursaute.

– Ah ! Non, je touche à rien ! Purée !

– Tu renifles ? C'est tes allergies ? On ferait mieux d'y aller.

Sammy enjambe des planches cassées pour s'approcher d'un miroir renversé.

– Merde, tu veux bien te détendre ? Cet endroit est génial !

Quelque chose crisse sous mon pied. Des crackers. Et frais, qui forment une piste. Je la suis jusqu'à la pièce suivante. Un soleil éclatant jaillit de la cuisine ouverte et éclaire une salle à manger étroite dotée d'une cheminée en brique. Dans un coin, un sac de couchage vert, vieux et couvert de poussière.

Sammy se glisse derrière moi.

– Des squatteurs, je marmonne en inspectant une boîte de soupe ouverte avec la pointe de ma basket.

– Qu'est-ce que ça veut dire ?

– Quelqu'un, un SDF quoi, a vécu ici, je lui explique. Genre il faisait du camping dans une maison qui n'est pas la sienne.

– Quelqu'un vivait ici… comme ça ? Pourquoi ?

Je hausse les épaules.

– Si tu n'as nulle part où aller, pourquoi ne pas te réfugier dans une maison vide ?

Sammy regarde autour de lui.

– Eh, cet endroit me rappelle un peu notre maison.

Il y a du bois calciné dans l'âtre de la cheminée noircie. Son manteau poussiéreux est sculpté de fleurs complexes et d'une sorte de blason familial.

Je prends une photo et suis en train de tester quelques filtres quand un craquement au-dessus de nos têtes me fait relever brusquement la tête.

– C'était quoi ? demande Sammy dans un hoquet.

Des bruits de pas. Silencieux, à l'étage. Il y a quelqu'un dans la maison ! Le sac de couchage, les boîtes de conserve ouvertes… merde, j'aurais dû m'en douter.

Je repousse Sammy derrière moi pour fouiller la pièce des yeux, à la recherche d'une arme. Une batte, une pierre, une bouteille en verre que je pourrais casser, n'importe quoi. Sammy s'accroche à l'arrière de mon tee-shirt.

Un autre craquement, un pied sur du verre brisé. Beaucoup plus proche cette fois. Le cœur battant, je recule d'un pas de plus, histoire de nous cacher derrière le mur de la cuisine. Des chaises cassées et de la ferraille barricadent la porte de derrière. Sans accès sûr à la porte d'entrée, on n'arrivera jamais à sortir avant que l'occupant de la maison n'atteigne le bas de ces marches.

– Mari, gémit Sammy, et je porte un doigt à mes lèvres, tout en lui désignant la fenêtre brisée de la cuisine.

Je pourrais le faire passer à travers, en le poussant, lui donner la possibilité d'aller chercher de l'aide. Sammy secoue la tête, à quoi j'insiste sans un mot. Il continue de poser sur moi son regard suppliant, mais je place déjà mon sweat à capuche sur le verre brisé pour lui éviter de se couper. Et juste au moment où je suis prête à le hisser, Piper passe la tête par l'ouverture.

– MERDE ! je lâche. Piper !

– Tu as dit un gros mot, crie-t-elle, le doigt tendu.

– Putain, qu'est-ce que tu foutais à jouer là-haut ?

– Je n'étais pas en haut…

– Meuf, tu as dix ans, s'esclaffe Sammy. À ton âge, j'y allais dur, avec les gros mots.

Piper plisse les paupières.

– Ce n'est pas bien, de dire des gros mots. Grand-mère dit que les gens qui jurent sont stupides.

Sammy lève les yeux au ciel.

– Laisse tomber.

– Ce n'était pas drôle, Piper ! Tu nous as foutu la trouille, je m'emporte.

– Ouais, renchérit Sammy. Et pourquoi tu ne fais pas de bruit quand tu marches, comme tout humain normal, au lieu de te faufiler comme un chat ?

– Je croyais que tu étais allergique aux chats ? réplique-t-elle.

– Là, elle t'a eu, je glousse. Mais sans déconner, qu'est-ce que tu fais ici ?

Piper réfléchit, sans doute dans l'espoir de forger une explication plausible, mais ne parvient qu'à gonfler les joues.

– Vous non plus, vous ne devriez pas être ici.

– Oh, c'est ta grand-mère qui t'a dit ça ?

Le visage de Piper s'effondre, ça lui a bien coupé la chique. Elle nous regarde tour à tour, Sammy et moi, les yeux inondés de larmes, avant de sortir en courant par la porte d'entrée. Sammy renverse la tête en arrière et lâche un sifflement.

– Meuf, c'était sauvage.

– Tu m'étonnes, je grommelle. Un coup bas, mais j'en ai marre de ses conneries.

– T'es au courant que Mademoiselle Vendlamèche va nous dénoncer ?

Je soupire.

– Ouais. Je sais.

***

Piper passe le reste de l'après-midi assise sur les marches du perron, à attendre qu'Alec rentre à la maison. Les ouvriers ne mouftent pas et la contournent comme si de rien n'était, telle l'eau autour d'un rocher, chargés de tout un tas de matériaux de construction, dans une sorte de course contre une horloge imaginaire.

Dans la cuisine, maman s'est attelée à la préparation de notre plat préféré : des burgers aux haricots noirs sur des tranches de patate douce avec des frites de courgette. Maman était une mangeuse de viande, avant la naissance de Sammy et la découverte qu'il était allergique au monde entier. Elle a alors changé de braquet, étudié la nutrition et appris à tout cuisiner, de la croûte de chou-fleur au beurre végétalien.

– On devrait avoir Internet d'ici vendredi, annonce-t-elle en sortant du frigo une assiette de snacks de légumes avec du houmous à l'ail, pour la poser sur l'îlot.

– Voilà la meilleure nouvelle de la semaine, je marmonne.

– Et pas étonnant qu'Irma fasse pression, ajoute-t-elle en faisant défiler les pages de son téléphone. Je vous jure, cette femme a envoyé plus d'une dizaine de mails et d'invitations. Événements autour du secteur scolaire, réunions de conseil d'administration, et puis une soirée de lancement. Je n'ai même pas écrit dix mots de l'article à rendre vendredi pour le *New York Times*. Entre le déménagement, les deadlines et ces entrepreneurs… Eh, quelqu'un a vu mon spiraliseur à courgettes ?

– Non.

– Hum. Je sais que je l'ai déballé, pourtant. J'ai l'impression de devenir folle, je n'arrête pas d'égarer des objets.

Je jette un coup d'œil au perron, à Piper assise sur les marches, le dos raide, qui de toute évidence nous écoute à travers la porte moustiquaire.

La petite garce.

En me déplaçant pour aller claquer la porte d'entrée, je vois Monsieur Watson dans le salon, en train de ranger des outils. Le déplacement de l'échelle appuyée au mur me permet de remarquer les sculptures ouvragées de la cheminée, récemment teintée.

– Salut, Monsieur Watson, je lance, attirée par les sculptures.

Il lève les yeux, hoche la tête et continue à remballer sa scie.

Du doigt, je suis l'écusson familial.

Comme dans l'autre maison...

Si cette maison était dans le même état que celle de l'angle, il aurait été plus simple de la démolir et de rebâtir de zéro. Pourtant, ils ne l'ont pas fait, ils l'ont gardée. Presque comme s'ils tenaient à ce qu'elle reste identique à elle-même.

– Monsieur Watson, vous avez travaillé dans toutes les maisons du quartier ?

Il secoue la tête.

– Non. C'est la première fois que je viens ici depuis que je suis gamin.

– Pourquoi ils ont décidé de rénover plutôt que de démolir cette bâtisse ?

Il prend une gorgée d'eau, en évitant mon regard.

– Je sais pas. J'ai repris le chantier après Smith, qui lui-même avait pris la place de Davis, qui avait remplacé toutes les tuyauteries volées.

– Volées ?

– Ouais, les gens aiment voler les matériaux de construction, ils les apportent à la casse. On peut tirer un bon prix des tuyaux en cuivre. Davis a tout remplacé par du plastique.

– Donc, trois entreprises ont travaillé sur cette maison au cours de l'année dernière ?

– Des quatre derniers mois, en fait. Il y en a eu plus, en tout.

– Pourquoi autant ?

Il hésite, avant de hausser les épaules et de retourner à son travail.

Une chaudière neuve et des tuyauteries en plastique, ça veut dire une eau à la température parfaite pour la grande toilette.

Tandis que la vapeur tourbillonne et embue les miroirs de la salle de bains, je déroule ma torsade, tout en examinant la rougeur sous mon œil. Je pourrais peut-être la camoufler avec du maquillage, dans le genre épais, que j'utilisais lorsque l'acné me creusait des cratères sur le visage.

La dernière fois que je me suis lavé les cheveux, c'était avec l'eau de la Californie, et la coiffure a survécu au déménagement. Mais allez savoir ce que ça va donner ici. Il va falloir que j'essaie plusieurs styles avant la rentrée, histoire d'éviter de devenir la cible de blagues stupides. Déjà que je vais me pointer au lycée affublée de l'étiquette « petite nouvelle » pour ma première année… Au passage, j'ai envie de me frapper quand je me surprends à me demander si Youssef sera dans l'un de mes cours. Je ne devrais pas m'inquiéter des garçons alors que je suis sur la voie de l'auto-guérison. Les garçons ne sont rien d'autre que des distractions.

N'empêche, il est agréable à regarder.

J'actionne la poignée au-dessus du robinet. La pomme de douche vrombit avant de cracher un jet d'eau régulier. J'entre dans la baignoire et tire le rideau de douche orné de l'image d'une fleur de tournesol géante. Maman a choisi de décorer la plupart des pièces de la maison dans des tons jaune, bleu et orange vifs, afin de nous rappeler les jours plus chauds et plus ensoleillés. Ma chambre restera blanc immaculé, assez claire pour me permettre de repérer les punaises de lit.

L'eau chaude tombe en cascade sur mes cheveux : le paradis pour mon cuir chevelu. Cette sensation de « aaaahhhh » ne vieillit jamais. Je profite au maximum du massage naturel avec quelques inspirations profondes et, au moment où je penche la tête en arrière et ferme les yeux, l'eau s'arrête.

– C'est quoi, ce bordel ?

La manette de la douche s'est abaissée, l'eau s'écoule désormais du robinet, contre l'arrière de mes talons. Je remonte la poignée et reprends ma séance – deux lavages avec un shampoing sans sulfate à la menthe poivrée, quinze minutes d'après-shampoing en profondeur, puis démêlage avec un peigne à dents larges avant le rinçage à l'eau froide. Je suis dans la mousse jusqu'aux coudes quand la douche s'arrête à nouveau et qu'une brise fraîche me balaie la nuque, me faisant frissonner. Bizarre. Ça n'a jamais fait ça avant. Je soulève la manette une fois de plus pour la remettre en place.

Laisse-moi juste aller au bout de ce dernier lavage…

Elle reste en place, me donnant assez de temps pour me rincer des racines aux pointes. Je passe la tête sous l'eau qui coule et prends une autre grande inspiration, regrettant de n'être pas dans l'eau de l'océan plutôt que sous le meilleur robinet de Cedarville.

Est-ce que je reverrai la plage un jour ? En ai-je seulement envie ?

J'ouvre un œil pour attraper l'après-shampoing et je vois une ombre à travers le rideau alors qu'une main tremblante cherche à atteindre le robinet.

– AHHHHH !

Je recule, me heurte la tête au carrelage et dérape, les bras battant l'air, avant d'atterrir sur les fesses. Ooouh ! L'eau ruisselle sur mon visage, remplit mes narines et ma bouche, jusqu'à ce que je me mette à quatre pattes pour la couper.

Je tire brusquement le rideau, le cœur battant. Personne. La salle de bains est vide. En revanche, la porte est grande ouverte, qui oscille doucement contre le mur.

En quelques secondes, je suis sortie de la douche, enveloppée dans une serviette, et je me précipite dans le couloir.

Où je découvre Sammy, qui me tourne le dos et se dirige vers sa chambre.

– Eh !

Il pivote, les mains chargées de divers snacks et une pomme dans la bouche, tel un cochon sur le point d'être rôti à la broche.

– Ce n'était pas drôle, Sammy ! Tu m'as foutu la trouille.

– Hein ?

– Ne me donne pas du « hein ». Ta farce, elle était nulle.

Il laisse tomber deux sachets de pop-corn, histoire de libérer une main pour attraper la pomme qui l'empêche de parler.

– Une farce ? Est-ce que j'ai l'air de quelqu'un qui a le temps de faire des farces ?

La mousse du shampoing dégouline sur le tapis. Mon pouls est un tambour.

– Il y avait QUELQU'UN dans la salle de bains. QUELQU'UN qui n'arrêtait pas de couper l'eau, bon sang.

– Beurk. Qu'est-ce que tu veux que je fasse dans la salle de bains avec toi toute nue ? C'est dégueulasse.

– Sammy, je suis sérieuse !

Il lève les yeux au ciel.

– OK, bon, à quoi ressemblait ce « quelqu'un » ?

– Je ne sais pas ! J'avais les yeux fermés.

– Tu as vu quelqu'un avec les yeux fermés ?

– C'est... difficile à expliquer, Sammy.

Je halète, réalisant soudain que je retenais ma respiration. Je porte les mains à ma poitrine, désireuse de soulager mes poumons trop étroits.

Sammy oublie alors le sarcasme et le reste de son casse-croûte : il m'accompagne dans ma chambre tandis que j'agrippe ma serviette tout en essayant de me faire de l'air avec ma main libre. Sitôt assise sur le lit, je mets la tête entre mes jambes et j'inspire l'huile essentielle de citronnelle que je me tamponne sur la paume.

Sammy me passe mon inhalateur en secouant la tête.

– Tu es sûre que tu ne t'es pas juste mis du savon dans l'œil et que ça t'a fait paniquer ?

Je prends deux bouffées, dont je laisse la vapeur descendre dans ma gorge. Honnêtement, je n'avais pas pensé à ça. Mais même si la manette s'est abaissée toute seule... je sais que je n'étais pas seule dans cette salle de bains.

Bon sang, je regrette de l'avoir fumé, ce dernier joint.

– Non. Sammy, il y avait quelqu'un. J'ai vu une main...

– Eh ben, ce n'était pas moi.

La même pensée nous frappe tous les deux en même temps et nous nous tournons vers la porte ouverte de la chambre de Piper.

Assise au bord de son lit, les jambes ballantes, celle-ci nous regarde fixement. Elle ne dit pas un mot, mais quelque chose dans son attitude montre clairement qu'elle n'éprouve pas même un début de curiosité quant à ce qui se passe.

Car elle sait déjà.

5

Le visage radieux de Tamara s'affiche sur l'écran hyper lumineux de mon MacBook au bout de la troisième sonnerie.

– Meuf ! Enfin !

– Salut, salut, je dis en fermant la porte. Quoi de neuf ? Le réseau est toujours aussi merdique, mais au moins je peux communiquer avec le monde extérieur. J'ai l'impression que ça fait une éternité !

– Meuf, ça fait des décennies !

– Des siècles.

– Des millénaires.

– Des lustres !

On éclate de rire et je remarque un clou argenté qui scintille à sa narine droite. Un nouveau piercing ? Pourquoi a-t-elle attendu que je sois partie pour se le faire ? Est-ce qu'elle y est allée avec quelqu'un d'autre ? Une autre amie ? Je me gratte l'intérieur du bras et vérifie ma peau.

FLASH INFO Les piqûres de punaises de lit se présentent sous la forme de bosses rouges qui démangent la peau, généralement des bras ou des épaules. La plupart des piqûres de punaises de lit sont indolores au début, mais se transforment vite en rougeurs urticantes.

– Oh, punaise, ta chambre est immense, dit Tamara en regardant derrière moi. Genre trois fois la taille de ton ancienne chambre. Vous êtes devenus riches ou quoi ? Je croyais que les écrivains ne gagnaient pas d'argent.

– Tais-toi, je réplique en jetant du pop-corn sur l'écran.

– Alors ! C'est comment, le reste de la maison ?

– Sympa, je dirais, quoiqu'un poil flippant. J'ai l'impression de dormir dans le lit d'un autre, dans ses draps, avec la lunette des toilettes encore chaude comme si quelqu'un venait d'en sortir. Et je te jure, la nuit, j'entends des choses bouger.

Elle glousse.

– Tu es sûre que ce n'est pas juste la beuh ?

– Rien à voir ! Même Buddy est sur les nerfs. Et ça n'aide pas qu'on soit entourés de tout un tas de vieilles maisons décrépies. Oh, avant que j'oublie, mon père a dit que tu pouvais venir nous voir à Los Angeles pendant les vacances de Noël.

– Hum, ouais. Faut que je voie, répond-elle en évitant mon regard pour jeter un coup d'œil à son téléphone. Y a toute ma famille qui vient à ce moment-là, alors… tu sais comment ça se passe.

Tamara a environ un milliard de cousins, tantes et oncles. La chaleur de sa maison, le riz, les haricots de sa mère et le maïs mexicain à la crème me manquent.

En vivant si près l'une de l'autre, on était plus des sœurs que des meilleures amies. Mais je pensais qu'elle pourrait au moins venir quelques jours. Elle sait que je ne peux pas retourner à Carmel… peut-être jamais.

– Bref, quoi d'autre à signaler ? Et qu'est-ce qui est arrivé à ton visage, bon sang ?

Je lui fais le compte-rendu de la semaine écoulée, y compris ma rencontre frappante avec Youssef.

– Meuf, le mec t'a littéralement tapé dans l'œil ! Si c'est pas de la drague : le gars te parle jardinage, c'est pratiquement des préliminaires. Mieux que ce gros naze de David.

– Ne prononce pas son nom !

Tamara cligne des yeux.

– Désolée. L'habitude.

Le ventilateur au-dessus de ma tête tourne avec un cliquetis qui souligne le silence gênant. Je m'éclaircis la gorge : changement de sujet.

– Et bien sûr, Piper est toujours aussi pénible.

– C'est un truc normal chez les petites sœurs, idiote. Mais qu'est-ce que tu vas faire pour ton… euh… autre problème ?

Je baisse le volume de mon ordinateur et me penche plus près.

– Tu veux parler de mon manque de marie-jeanne ? Je sais pas. Mais d'après ce que j'ai lu, la drogue frappe fort, dans cette ville, donc je vais forcément trouver quelqu'un à l'école.

– Ton nouveau petit copain pourrait peut-être t'aider, me taquine-t-elle.

Je montre la marque rouge sur mon visage.

– Meuf, c'est pas la meilleure façon de commencer une histoire d'amour.

– Vous aurez une histoire rigolote à partager sur Insta pour votre premier anniversaire.

– Je préfère tenter ma chance auprès d'inconnus.

Tamara soupire.

– En tout cas… méfie-toi, Mari. Te fais pas choper à nouveau.

– Je ne me suis pas fait choper, Tamara, je réplique fermement. J'ai été *empoisonnée.*

– Hum, ouais. C'est vrai, désolée. Eh ! Je sais… pourquoi t'en cultiverais pas toi-même ?

J'incline la tête sur la gauche.

– Meuf, t'es défoncée, là ?

– Non, sérieusement, j'ai vu une émission sur YouTube sur les cultivateurs d'herbe qui transforment leur arrière-cour en jardin du bien et du mal. Tu pourrais être ton propre fournisseur ! Et comme ça, t'aurais pas à t'inquiéter de te fournir auprès d'un inconnu.

– Meuf, je ne peux pas faire pousser de l'herbe dans mon jardin. Ma mère me tuerait !

Elle se fend d'un sourire de petite maligne.

– Qui a parlé de ton jardin ? Tu as dit que tu étais entourée de maisons vides. Choisis-en une.

Pendant un moment, je reste abasourdie par l'ingéniosité de son idée.

– Je ne peux pas… ou… enfin, il me faudrait tout le matos…

– Ha ! Et il semble que tu aies rencontré pile le gars qu'il faut pour t'en filer.

Je déglutis, incapable de refréner ma question plus longtemps.

– Et sinon… tu l'as vu ? je demande à contrecœur. Le gros naze ?

Tamara se mordille la lèvre inférieure en tressant ses cheveux noirs brillants.

– Juste en ligne. L'entraînement a commencé cette semaine.

– Quoi ! Ils l'ont laissé réintégrer l'équipe ?

– Eh ben, euh… il est quand même arrivé en régionale l'année dernière.

– Moi aussi ! Et je suis deux fois meilleure que ce trou du cul !

Elle secoue la tête.

– Pourquoi tu t'inscris pas dans l'équipe de là-bas ? T'es super rapide, ils te prendraient sûrement.

J'hésite.

– Nan.

Elle pouffe.

– D'accord. Alors tu vas faire quoi ?

Rien. Absolument rien. Après ces derniers mois, tout ce à quoi j'aspire, c'est la liberté. Ça ne veut pas dire que j'aie envie d'aller faire la fête dans une beuverie sauvage, ou de fumer comme une malade. Ça veut juste dire que je ne veux pas être sous la coupe de mes parents vingt-quatre heures sur vingt-quatre et sept jours sur sept, pour changer. C'est pourquoi plus je parais cool, plus ils le deviennent, plus je gagne en liberté.

La porte de la chambre émet un cliquètement et s'ouvre lentement en grinçant. Tamara fronce les sourcils, se penche pour voir au-delà de moi.

– Euh, Mari…

– Ouais, je sais. Ici, les portes s'ouvrent tout le temps toutes seules. D'après l'entrepreneur, c'est à cause des « vieilles serrures ».

– Ouais, ben, par saints Ghostbusters et Batman, c'est pas normal.

Je pousse un soupir.

– M'en parle pas.

***

– Piper, tu te sens bien ? demande maman. Tu as l'air un peu… fatiguée.

Un soupçon d'inquiétude dans l'expression, maman regarde Piper jouer avec ses céréales.

– Je vais bien, crache la gamine.

Elle a l'air fatiguée, en effet. Je n'ai jamais rencontré une enfant de dix ans avec des poches sous les yeux. Et par-dessus le marché, je la trouve plus pâle et un peu plus mince que d'habitude. Non que je lui accorde beaucoup d'attention.

Alors que j'enfile des chaussures, mon téléphone vibre sur le plan de travail.

– C'est papa ! annonce Sammy, qui appuie aussitôt sur « Accepter ». Salut, papa !

– Salut, papa, je renchéris. Tu es sur haut-parleur.

– Coucou… ou ! Je voulais juste vous attraper avant le premier jour d'école.

– Maman est là aussi ! s'empresse de préciser Sammy, en poussant notre mère plus près du téléphone.

– Oh ! Salut, Raq, dit papa. Comment va notre progéniture ?

– Tu veux dire quand ils ne mangent pas tout ce qu'il y a dans le frigo ? Ils vont bien, répond maman en chatouillant le flanc de Sammy.

– On dirait qu'ils tiennent de moi.

Alec entre dans la cuisine avec son sac de sport et embrasse Piper sur la tête.

– Qui c'est ? demande-t-il.

– Chay, lui indique maman. Qui appelle du Japon.

– Ah ! Salut, frère ! Comment vas-tu ?

– Alec ! Ça va, ça va. Je mange juste mon poids en sushi. Comment ça se passe, le nouveau boulot ?

J'aimerais être irritée que papa et Alec soient plus ou moins copains, sauf qu'en fait… c'est plutôt cool. Pas de bizarrerie ou de tension, du moins à ce que je vois, mais un jour, je l'ai interrogé sur le sujet pendant une partie d'échecs.

– Eh, papa, pourquoi tu essaies d'être cool avec ce crétin qui t'a piqué ta femme et tes enfants ?

Papa rigole.

– J'aime ta mère, je veux qu'elle soit heureuse. On n'était pas vraiment heureux ensemble et personne ne mérite l'amour à temps partiel d'un type qui voyage partout tout le temps. Donc si ce type la rend heureuse, alors je veux qu'il sache que pour moi, c'est OK.

Sammy, en revanche, fronce les sourcils alors qu'il regarde Alec parler. Il est tout sauf enthousiaste.

– Au fait, Alec, tu as reçu mon message ? demande papa.

– Ouaip ! Je suis sur le point de livrer. Attends, pendant que tu es en ligne…

– Non, non, mec, fais ton truc. On se reparle plus tard.

Papa nous fait ses aurevoirs, tandis qu'Alec court vers le couloir.

– C'était quoi tout ça ? s'étonne maman.

Alec ouvre le placard et récupère une boîte à chaussures rouge sur l'étagère du haut. Il revient, rayonnant, avant de me la tendre.

– Voilà ! Ton père m'a demandé de te faire la surprise !

Je fixe la boîte en clignant des yeux. Le visage de maman s'illumine.

– Qu'est-ce que c'est ?

– Des baskets neuves, dit-il en souriant. Pour l'athlétisme ! Il a pensé que tu pourrais en avoir besoin.

Oh non !

Les pensées tourbillonnent et je me passe la langue sur les lèvres.

– Euh, merci, mais… je ne vais pas faire d'athlé.

Le visage d'Alec s'effondre.

– Quoi ?

– Tu peux les rendre si tu veux. Je suis sûre qu'elles ont coûté cher.

La pièce se fige autour de moi. Trop de regards interrogateurs. J'attrape mon sac vite fait, contourne Alec et me dirige vers la porte.

– Mari, me rappelle maman d'un ton sec. (Elle m'a suivie.) Tu ne veux pas reprendre l'athlétisme ?

– Je… veux juste me concentrer sur ma guérison, cette année. Je n'ai pas besoin de distractions. (Elle ouvre la bouche, mais je la coupe aussitôt.) Bref, faut que j'y aille, je veux pas être en retard !

***

Voici la première chose que je remarque à propos du lycée de Kings High : il est vieux. Genre, sièges attachés à des mini-bureaux, tableaux à craie verts. Des casiers couleur foie, la plupart des manuels scolaires n'ont pas de couverture, un laboratoire informatique de l'âge des dinosaures. Au moins, le bois n'est pas légion, donc je ne passerai pas pour la grosse malade qui inspecte son siège tous les jours.

La deuxième chose que je remarque : les élèves. À première vue, on pourrait croire que c'est uniquement une école de filles. Ce n'est pas que je cherche des garçons, mais on sent pratiquement les œstrogènes flotter dans l'air. Au déjeuner, je n'ai pas compté plus de six garçons au total. Dont Youssef, entouré d'une bande de groupies, qui participaient à une sorte de concours de mode visant à attirer son attention. Je garde la tête basse et mes distances.

La troisième chose que je remarque : l'odeur. Ça ne pue pas, mais il plane ici une odeur de moisi qui me rappelle une maison de retraite. Et pourtant, j'ai passé ma journée à renifler les couloirs inconnus, les salles de classe, le gymnase mal éclairé. Renifler m'a suffisamment occupée pour passer outre les quelques murmures dans mon dos.

– C'est la nouvelle qui vit à Maple Street...

– Qu'est-ce qu'elle a au visage ?

Bon, je n'ai pas reniflé l'école en quête d'une bouffée de nostalgie. Non, je cherchais quelque chose de... spécifique.

Juste avant la dernière heure de cours, les narines pleines de poussière, j'en ai vaguement perçu l'odeur. Une fille avec de longues tresses et une veste en jean trop grande, enveloppée dans cette odeur familière, douce et acidulée, mélangée à celle de la fumée ardente.

Juste le genre de fumée que je recherche.

Elle marche dans le couloir avec ses écouteurs et je la suis, droit dans des w.-c. étroits avec deux cabines. *Merde.*

– Euh... salut, je dis au lavabo, en me lavant maladroitement les mains parce que je viens de réaliser que je n'ai pas de plan d'attaque.

– Saaaluuut, répond-elle en se mettant des gouttes au coin des yeux.

L'odeur est encore plus forte avec son sac ouvert.

Je suis nulle pour ce qui est de faire copain-copain avec de parfaits inconnus, alors je lâche la seule chose qui me vient à l'esprit.

– Euh... t'aurais un tampon ?

Elle glousse.

– Meuf, elle est naze, ton entrée en matière. Va falloir que tu fasses mieux que ça. (Elle se tourne face à moi.) Tu savais que les éléphantes sont enceintes pendant deux ans et accouchent plus ou moins par le cul ? T'imagines, chargée pendant deux ans ? (Elle marque une pause, tout sourire.) Tu vois ? C'est comme ça qu'on engage une conversation. Au fait, je m'appelle Erika.

Soulagée, je souris.

– Marigold.

– Je sais, répond-elle en riant. T'en trouveras pas un dans toute l'école qui ignore ton nom.

– Je rentre pile-poil dans le cliché de la petite nouvelle, c'est ça ?

– Ouaip. Nouvelle concurrente.

– Concurrente ?

– Si t'as pas remarqué, on est une population forte en chattes.

– Contente que ça soit pas juste mon imagination. Et donc, toi, tu te sens pas menacée ?

Elle sourit.

– On joue pas dans la même équipe, meuf.

On sort dans le couloir et je suis réconfortée par son odeur familière. Assez réconfortée pour lui demander si elle en a. Mais… la voix de Tamara retentit dans ma tête, qui me rappelle de faire attention. Erika est encore une étrangère et, si ce déménagement m'a appris quelque chose, c'est bien à être prudente avec les gens que je ne connais pas.

Maintenant qu'on touche à la fin de la journée, je suis assez fière d'en être sortie indemne et de m'être fait au moins une nouvelle amie. Jusqu'à ce que j'entende une voix familière appeler mon nom.

– Cali, quoi de neuf ?

Oh non…

Youssef avance vers moi, tout sourire, et le couloir entier se fige. Les yeux de toutes les filles sans exception se concentrent sur nous. Erika hausse un sourcil.

– Bon, c'est le signal de ma sortie de scène, lâche-t-elle en gloussant. On se voit plus tard.

Je me tortille alors qu'elle file, et je m'empresse de remballer mon sac et de prendre mes AirPods. La mine renfrognée, une fille me cogne l'épaule en passant.

– Sérieux ?

On est au collège ou quoi ?

Youssef s'arrête derrière moi au moment où je claque la porte de mon casier.

– Salut, je marmonne.

Et je m'éloigne à toute vitesse vers les portes, mais il me suit.

– Quoi de neuf, ma biche ? Je ne t'ai pas vue de la journée !

– C'est une grande école, je grommelle, en évitant de croiser son regard.

– Merde, meuf, reprend-il en dessinant ma blessure du bout du doigt. Tu marques facilement.

Je lui jette un regard noir.

– Tellement paaaaaas drôle.

– Au moins, tu t'es pointée à l'école en ayant l'air d'une dure à cuire.

– Ou de m'être fait botter le cul.

Il glousse.

– Je les ferais pencher dans l'autre sens et je les laisserais deviner. Alors ? Comment tu trouves ?

On franchit les portes d'entrée avec toute la population de Kings High qui nous observe.

– C'est l'école. Comment veux-tu que je trouve ça ? je réponds en descendant les marches quatre à quatre.

– Bon point, rigole-t-il. Je te raccompagne chez toi ? On pourra comparer nos horaires des semaines A et B.

Je m'arrête net pour lui faire face, en veillant à garder la voix basse.

– Mec, pas moyen !

– Quoi ?

– Tu veux que je me fasse botter le cul pour de vrai ?

– Meuf, de quoi tu parles ?

Je jette un coup d'œil par-dessus mon épaule. L'endroit bruisse de voix qui chuchotent dans mon dos. Des cliques de filles se rassemblent sur les marches de l'entrée, à marmonner entre elles, le regard glacial.

– Juste… reste loin de moi, Youssef. Sans déconner.

Il me dévisage, abasourdi.

– Hum. OK.

Sur quoi, je détale au pas de charge. Avec une pointe de culpabilité qui menace de me rattraper.

***

– Et ils ont un club de sciences. Et un club de science-fiction. Et un club de codage !

Sammy débite ses découvertes au-dessus d'une assiette de bâtonnets de carotte, son sac de livres encore accroché à ses épaules.

– Tu vois ? Je t'avais dit que tu te plairais là-bas, dit maman en faisant glisser sur le comptoir un bol de flocons d'avoine, le goûter préféré de mon frère. Et toi, Piper, comment s'est passé ton premier jour ?

Piper ne lève pas les yeux de son Lunchable, et ne répond pas non plus.

– Oooo… Kèèèè ! Et toi, mon autre mignonne ?

Je hausse les épaules.

– J'ai survécu.

– Ça doit te faire… bizarre, dit maman. Après avoir passé tes derniers mois d'école à la maison.

– Un peu, ouais, je marmonne en portant une poignée de raisins à ma bouche. Ils ne prennent pas les cartes à la cantine, je vais avoir besoin de liquide.

Maman me regarde fixement pendant quelques secondes, je vois presque tourner les rouages de son cerveau.

– Ils ont… un compte scolaire. Je vais envoyer un chèque.

– Tu es sérieuse ? Je veux juste acheter le déjeuner. Tu ne peux même pas me faire confiance pour ça ?

Maman pivote rapidement, pour poser la bouilloire sur la cuisinière.

– Si, mais c'est plus facile comme ça. Pas vrai ?

Elle ne me fait toujours pas confiance pour l'argent. Au fond, je ne peux pas vraiment la blâmer.

– Je vais courir, j'annonce entre mes dents serrées.

Je lace mes baskets sur le perron et m'étire les mollets. Courir libère les toxines accumulées dans les organes via la transpiration. Ce n'est pas une course d'athlétisme, mais c'est un bon substitut. Et j'espère que ça atténuera au moins les envies d'herbe qui me rongent.

Une fois que j'ai traversé Sweetwater, l'autre extrémité de Maple Street est idyllique comparée à la nôtre. Il y a au moins un semblant de vie. Des vieux bonshommes qui arrosent des pelouses à moitié mortes, des femmes sur les perrons, des gamins qui jouent dans les allées, l'odeur du charbon de bois qui brûle, un après-midi normal, quoi. Mais au moment où je la traverse au pas de course, l'image idyllique se fige, comme immobilisée par une prise de télévision arrachée.

Les regards me frappent la peau et s'enfoncent dans mon système sanguin. Ça me rappelle le lendemain de mon arrestation. Toute l'école s'était arrêtée pour me regarder vider mon casier, flanquée d'une escorte policière. Megan O'Connell, qui avait menacé de faire exploser l'école, on l'avait seulement envoyée à l'infirmerie, elle.

Je monte le volume de ma musique et j'allonge mes foulées, histoire de brûler toutes mes pensées – les filles à l'école, le visage de Youssef, l'image de cette main qui se faufile dans la douche –, de les effacer de mon lobe frontal. Ce n'était que mon imagination, je me le répète en boucle. L'épuisement et ce nouvel environnement qui me jouent des tours. Il n'y avait pas de main. Mais…

Sa peau était sombre, comme carbonisée, du plastique brûlé, des ongles noirs de saleté…

Comment j'aurais pu inventer un truc pareil ? Si j'étais encore sous Percocet, j'aurais pu mettre ça sur le compte d'un trip déglingos. Merde, j'aurais vraiment bien besoin d'un petit joint. Je sais que j'ai fait une promesse à papa, seulement c'est la seule chose qui apaise mon anxiété. Entourée de squelettes de maisons, sans réseau mobile, avec un beau-père abruti et des étrangers qui se glissent dans ma salle de bains… Il ne s'attend quand même pas à ce que je gère dans ce genre de conditions. L'herbe me soulagerait, au moins, elle ferait de moi un être humain fonctionnel.

Mon jogging se transforme en sprint, mes muscles ne sont pas assez chauds, mais je les pousse plus fort quand même… l'esprit occupé par la beuh.

***

Quelque chose essaie de s'introduire dans ma chambre.

Ça gratte à ma porte, fébrile et désespéré. Affamé. Je connais ce type de faim.

OK, OK, OK, si j'arrive à ouvrir la porte de maman, je peux avoir les soixante dollars que j'ai vus hier, et alors… allez ! Ouvre-toi !

Je remue et cligne des yeux dans l'obscurité, les lèvres craquelées, la bouche desséchée. Je me redresse dans le lit, les poings serrés pour les empêcher de trembler. La porte tremble à nouveau, violemment. À présent complètement réveillée, je rampe vers le bout du lit.

Buddy est dans la posture du chien tête en bas, qui gratte le seuil de la porte.

– Arrête ! Bud ! Tu me tues !

Nouvelle alarme de 10 h du matin : Acheter à Buddy de nouveaux jouets à mâcher avant de l'abandonner sur le bord de l'autoroute.

Buddy gratte plus fort, geint et me regarde comme s'il voulait me dire : « Tu vas vraiment rester assise sans bouger ? »

– Buddy ! Arrête ça. Il n'y a personne…

Et puis je pense à l'amie dont Piper a parlé… et à cette main dans la douche. La porte grince bruyamment lorsque je l'entrouvre pour jeter un coup d'œil au couloir plongé dans l'obscurité. Buddy fourre son nez entre mes jambes, puis dévale l'escalier à fond de train.

– Buddy ! je crie à voix basse.

Je ne veux pas réveiller toute la maisonnée. Mais il y a une lumière allumée en bas.

Je pensais avoir tout éteint.

Je le suis sur la pointe des pieds, direction la lumière dans la cuisine. L'endroit est vide. Tout comme la pièce de vie. Ma mère, en grande protectrice de l'environnement, n'aurait jamais laissé les lumières allumées comme ça. Ça doit être Alec.

Et encore cette tasse sur le plan de travail.

Buddy fait les cent pas devant la porte de la cave, le nez collé au sol, il renifle. Heure sur le micro-ondes : 3 h 19.

Est-ce que je vais finir par passer une bonne nuit de sommeil dans cette maison ?

De qui je me moque ? Je n'ai pas passé une bonne nuit de sommeil depuis plus d'un an.

En bâillant, je me sers de l'eau. Les fenêtres donnant sur l'arrière-cour sont comme des carrés noirs, un néant traversé par un courant d'air qui siffle en s'insinuant à travers les fissures. Dehors, quelque chose me regarde fixement. Ou quelqu'un. Je ne vois pas bien, mais je le sens, là. Qui attend…

Pourquoi fait-il toujours aussi froid dans cette maison ?

Buddy se retourne et m'adresse le regard classique du chien battu, agrémenté d'un gémissement.

– Oublie ! Je ne vais pas descendre dans une cave sinistre au milieu de la nuit.

Buddy baisse la queue et geint à nouveau.

– Merde, Bud, y a rien là-bas, regarde !

Je tire d'un coup sur la porte du sous-sol, geste qui me fait sursauter. Verrouillée. Verrouillée ? Elle n'était pas fermée à clé l'autre jour. La poignée est vieille, en laiton, les vis desserrées, la serrure ancienne. Je tire à nouveau. Oui, elle est bien fermée, mais on dirait que c'est de l'intérieur.

Comment c'est possible, ça ?

– Alec doit… avoir la clé ou quelque chose comme ça, je dis à Buddy en lâchant la poignée.

C'est là que je le sens à nouveau. Ce mélange de merde et… de mort. Et plus fort, maintenant, comme un nuage qui plane au-dessus de mon visage.

CRAAAAC

Est-ce que je perds la tête, ou quelque chose… a bougé derrière la porte ?

Je recule de deux pas, j'écoute le silence.

Un coup sourd et sonore ébranle la porte, la secoue sur ses gonds. Un glapissement m'échappe et Bud geint. Quelque chose a fait vibrer cette porte, pas de doute possible. Et à la fois, c'est n'importe quoi, car il n'y a rien là-dedans.

C'est un courant d'air. Il y a probablement une fenêtre ouverte...

Je claque des doigts, sans quitter la porte des yeux.

– Bud, viens. Tu as largement dépassé l'heure du coucher.

Je l'attrape par son collier et me dirige vers l'escalier, mais sur la première marche...

– AAAHHH !

Piper est en haut de l'escalier, dans son pyjama rose, qui me regarde froidement, le visage caché dans l'ombre.

– Merde, Piper ! Qu'est-ce que tu fais ?!

Elle reste plantée là plusieurs secondes. Le regard fixe et immobile. Je fais un pas vers elle et une grande ombre semble se déplacer dans son dos. Mon corps se raidit.

– Piper ?

Un long bruit tout à fait improbable sort de sa bouche, comme du métal froissé. C'est terrifiant et ça perce les tympans. Puis elle bondit, flottant dans les airs, atterrit sur ma poitrine. Je me retrouve plaquée contre la porte d'entrée. Ma tête cogne le bois et je vois brièvement des étoiles avant qu'on glisse au sol, Piper sur moi. Ses yeux sont des trous noirs, des veines sanglantes sorties de leurs orbites comme des racines arrachées. Du sang noir suinte de sa bouche. J'essaie de crier, de bouger, mais je suis pétrifiée.

Ses petites mains se resserrent autour de ma gorge, ses pouces s'enfoncent dans mes cordes vocales. Elle est forte, ses doigts sont glacés. Je me débats, je ne sens plus mes jambes, mes bras, ni quoi que ce soit. La pièce s'assombrit et mes lèvres s'agitent comme celles d'un poisson en quête d'air.

Et soudain, je suis debout, à fouetter l'air des bras, pantelante et en sueur. Buddy lève les yeux de sa balle au bout du lit, furieux que je l'aie dérangé.

Un rêve. Ce n'était qu'un rêve.

Le cœur battant, je saute du lit et vais verrouiller ma porte, avant de vérifier la poche secrète dans mon sac de livres. L'endroit où j'avais l'habitude de cacher mon matos.

Vide. Je le savais, mais j'espérais quand même un miracle.

Bon Dieu, j'ai besoin d'un joint.

***

Mon genou tressaute sur le tabouret de cuisine en métal. J'ai les yeux rivés sur la porte du sous-sol. Elle est verrouillée. Comme la nuit dernière. Habituellement, les punaises de lit sont les stars de mes cauchemars. Et si ce n'était pas un rêve, tout compte fait ?

Arrête. Tu passes pour une folle !

– OK. Elle s'appelle comment, son amie ? demande maman.

– Madame Suga, répond Alec en se fourrant une poignée de framboises dans la bouche. C'est mignon. Elle prétend qu'il s'agit d'une vieille femme noire qui aime faire des tartes aux pommes.

J'ai besoin de fumer j'ai besoin de fumer j'ai besoin de fumer.

Maman coupe des bananes pour nos smoothies du matin, le front barré d'un pli soucieux.

– Alec, elle a dix ans. N'est-elle pas un peu… vieille pour avoir des amis imaginaires ?

Un joint, un bédo, un pèt, un hit. N'importe quoi. Tout. J'ai besoin de weed de weed de weed.

Alec se redresse, prompt à prendre la défense de Piper.

– Avec tous les changements récents… le mariage, le déménagement, la nouvelle école… je m'attendais à ce que ça sorte d'une manière ou d'une autre. Elle a déjà eu des amis imaginaires comme ça, quand ma mère est morte.

– Oui, mais… on devrait peut-être s'arranger pour qu'elle en parle à quelqu'un. J'admets qu'il y a eu beaucoup de changements, mais étant donné sa relation privilégiée avec feu sa grand-mère…

Weed weed weed weed

Alec pose sa tasse de café dans un choc sonore, avant de quitter la pièce.

– Bien sûr, marmonne-t-il. On pourrait l'envoyer au même endroit que Marigold.

L'effort que je dois produire pour ne pas réagir est immense, alors je m'éloigne de l'îlot de cuisine. Je suis en train de perdre le contrôle. Et si je perds le contrôle, ils le verront, ils le sauront… or ça ne doit pas se produire ou je serai de nouveau confinée. Mon terrarium se trouve sur le rebord de la fenêtre qui donne sur le jardin, où la lumière est moins violente. J'en avais des dizaines, avant, qui occupaient toutes les surfaces libres de notre maison. Chaque fenêtre, chaque bureau, chaque rebord de salle de bains avait son morceau du paradis que j'avais moi-même créé. Maintenant, c'est le seul qui me reste et qui a survécu à… eh bien, à moi, et je m'y accroche comme à une bouée de sauvetage.

« Tu peux reconstruire », avait suggéré mon gourou après que j'avais envoyé valser le verre et la terre.

Peut-être. Peut-être que je peux construire un tout nouveau jardin. D'un autre type.

***

En bordure du jardin de derrière, je plante une truelle dans le sol et extrais une motte de terre, que je frotte entre mes doigts. Elle est humide, légèrement argileuse et pierreuse. Même si Tamara m'envoyait les graines demain, la météo d'ici n'est pas celle de la Californie. Il me faudrait au moins huit semaines avant de pouvoir récolter, sauf si un coup de froid précoce tue tous les semis en une matinée.

J'aurai également besoin de terreau, d'engrais, d'un tuyau d'arrosage, de jardinières et d'un jardin surélevé de deux mètres sur quatre pour mettre mon projet à exécution. Je pourrais probablement trouver des bouts de bois et des clous dans les maisons voisines, mais ça ne me mènerait pas bien loin. Si j'avais su que je me remettrais aussi vite au jardinage, je n'aurais jamais donné tout mon matériel à la mère de Tamara. Je vais avoir besoin d'outils, mais je ne peux pas dépenser mon propre argent, avec maman qui me surveille au centime près. J'ai aussi besoin de temps sans Sammy et Piper la fouineuse aux basques.

… tous les derniers dimanches du mois.

J'attrape mon tote bag et me précipite vers la porte avant que quelqu'un ait le temps de me rejoindre.

– Je vais à la bibliothèque !

La bibliothèque de Maplewood se trouve en face de l'école primaire, à quelques rues de notre maison. C'est un vieux bâtiment de brique rouge, dont l'enseigne aux lettres métalliques pleure des larmes de rouille et la porte en verre embué est zébrée de fissures. Près de l'entrée se trouve un tableau d'affichage avec des prospectus de diverses entreprises, des convocations à des réunions et des manifestations déjà passées. Une carte de visite de la Brown Town Mowing Company est punaisée dans le coin supérieur droit. En dessous, un prospectus pour le club de jardinage mentionné par Irma.

– Bonjour ! Vous êtes ici pour le club de jardinage ?

Une femme en tee-shirt bleu vif assorti à ses yeux et jean bien usé me sourit.

– Euh… oui.

– Super, bienvenue ! Nous sommes sur le point de commencer.

La réunion se tient dans une salle de conférences, près de la section histoire. L'assistance est clairsemée. Quelques vieilles bonnes femmes, quatre étudiants et trois vieux Noirs. À l'avant de la salle, qui s'installe, Youssef.

Nos regards se croisent et il m'adresse un signe de tête hésitant. Il garde ses distances, maintenant, tandis que j'évite maladroitement tout contact visuel pour que les filles ne me démolissent pas. Je m'habille même volontairement mal et j'essaie de me fondre dans le décor pour éviter les embrouilles. C'est censé être un nouveau départ.

Le changement est bon. Le changement est nécessaire. Le changement est vital.

Je m'assieds dans une rangée vide du milieu, près d'une des grands-mères. OK, oui, je sais, l'option la plus facile serait de demander à Erika de me brancher avec un vendeur, mais, comme je l'ai dit, je ne connais pas Erika. Je ne peux pas prendre ce risque. Encore un coup et je suis envoyée en désintox, comme si j'avais un vrai problème, ce qui n'est absolument pas le cas. Donc aux grands maux les grands remèdes.

La femme qui m'a accueillie occupe le devant de la scène.

– Bonjour, tout le monde, bienvenue ! Nous avons un nouveau membre aujourd'hui, alors bonjour ! Je m'appelle Laura Fern. Oui, c'est mon vrai nom de famille et, oui, ça veut dire « fougère » en anglais. J'adore les fougères. Bienvenue dans notre club de jardinage urbain.

Laura fait un point sur les évolutions des projets à venir, les tendances en matière de plantations et les visites prévues d'une ferme en banlieue.

– Je suis également heureuse d'annoncer que nous sommes à deux doigts de l'approbation concernant une maison sur Maple Street, qui accueillera notre initiative à but non lucratif d'embellissement de la ville, grâce à une généreuse donation de la Fondation Sterling. Les rénovations commenceront dès novembre.

Bon sang, la Fondation Sterling a les mains dans tous les pots.

– Et je pense que c'est à peu près tout. Comme d'habitude, les outils sont dans la cabane.

Une cabane à outils… parfait.

– Nous partons dans quinze minutes. Les arrangements pour le covoiturage sont sur le tableau. On se retrouve là-bas !

La présentation terminée, le groupe se rassemble autour du tableau. Je me tourne vers une voisine, une vieille femme noire qui arbore une magnifique perruque auburn et un sourire éclatant.

– Euh, excusez-moi. Où est la cabane à outils ?

– Dehors, près du parking.

Lentement, je sors de la pièce à reculons, en m'efforçant de ne pas attirer l'attention sur moi. Une fois à l'extérieur, je contourne le bâtiment en marchant le plus vite possible jusqu'à une cabane érigée dans l'herbe qui borde un parking en ruine. Le cadenas étant ouvert, pendouillant sur le côté, j'ouvre la porte en grand et me fige d'émerveillement. Les outils sont magnifiques. Des râteaux tout neufs, des houes, des cisailles de jardin, des pelles de toutes tailles. Et même une tondeuse.

– Parfait, je marmonne.

– Donc, euh… j'espère que ça ne te dérange pas de faire la route avec moi ?

Youssef se tient derrière moi, qui me tend les clés de son pick-up tandis que les participants à la réunion s'entassent dans leurs voitures respectives.

– Toutes les autres voitures sont pleines, explique-t-il. On ne s'attendait pas à accueillir un nouveau membre aujourd'hui.

– Faire la route… vers où ? je demande.

– Jusqu'au projet d'aujourd'hui. On doit planter quelques arbres sur la voie rapide.

– Ah, euhhh… désolée. Peut-être une autre fois.

Youssef fronce les sourcils, puis sa voix devient sérieuse.

– Yo, c'est comme ça que ça marche, Cali. Tu te portes volontaire, tu as accès gratuit aux outils et à tout le compost et la terre que tu veux. Alors, tu viens, ou pas ?

Je soupèse les options qui s'offrent à moi avec un soupir mécontent.

– T'as des sièges en cuir ?

FLASH INFO Les punaises de lit préfèrent le tissu au cuir.

Nous roulons quelques minutes en silence et, une fois de plus, je regrette que l'alcool ne soit pas ma drogue de prédilection : ça m'éviterait de devoir franchir tous ces fichus obstacles. Malheureusement je déteste la gueule de bois et la bière ressemble à de la pisse mousseuse.

En revanche, ça ne me dérange pas de faire un tour de voiture, ça me donne l'occasion de vraiment découvrir mon environnement – les ordures sur les terrains vagues, les vieilles églises en ruine, les décombres des fondations qui dépassent des hautes herbes. L'espace de quelques brefs instants, j'oublie que je ne suis pas en vacances, que je vis vraiment ici, dans une autre ville, à des kilomètres de tout et de tous ceux que j'ai jamais connus, au milieu des décombres de… quoi ? Je ne suis même pas sûre. C'est comme si une bombe avait explosé ici et que personne ne l'avait signalé.

– J'en déduis que tu as décidé de te lancer dans le jardinage, tout compte fait ? dit Youssef.

– Euh, ouais, j'admets en me grattant le bras, par habitude.

– Bon, ben, mon offre tient toujours. Tu vas avoir besoin d'un bon motoculteur pour travailler dans ton jardin. On en a pas dans la remise, mais tu peux emprunter le mien à la maison.

Je suis sur le point de l'envoyer promener quand je me rends compte que j'ai en effet besoin de lui. Il sait comment travailler la terre par ici. Ce gars, c'est probablement la meilleure ressource à laquelle je puisse avoir accès avec Google.

– Ouais, ça serait cool. Merci. Et, euh… je suis désolée que ce soit… bizarre entre nous au lycée. C'est juste que je suis nouvelle et que je ne veux vraiment pas d'ennuis, tu vois ?

Il suit la caravane de voitures sur la voie rapide.

– Ouais, j'imagine. Je comprends.

Je rigole.

– Tu « comprends » que 75% des filles de notre lycée veulent sortir avec toi ? En toute humilité…

Tout sourire, il monte le son de sa musique.

– C'est pas aussi cool que ça en a l'air.

Plus près du centre-ville, nous nous arrêtons près d'un stade et nous garons derrière un gros pick-up, qui transporte huit jeunes arbres sur son plateau. Le club de jardinage commence à décharger des tas de terre et d'outils. De cette position sur la voie express, on se trouve plus proches de ces grands blocs de ciment gris que j'ai vus lorsqu'on est arrivés à Cedarville.

– Eh, c'est quoi ces immeubles là-bas ? je demande à Youssef. Ils sont, genre, vraiment énormes ! C'est des usines ?

Youssef suit mon regard et son sourire disparaît d'un coup, sa mâchoire se serre.

– C'est la prison, lâche-t-il d'un ton dur.

– Toutes les bâtisses ?

Il attrape une pelle dans le pick-up et s'éloigne à grands pas.

– Ouais.

Le groupe passe l'après-midi à creuser des trous profonds et à planter les nouveaux arbres le long de la sortie d'autoroute. Aussitôt, l'endroit paraît plus joli. C'est assez agréable de faire quelque chose d'utile, d'être un membre productif de la société plutôt qu'une ratée. Ou du moins ce que je ressens, ce que la déception de mes parents me fait ressentir. Ils ne le disent pas, mais je le sais. C'est écrit sur leur visage.

Silencieux, Youssef tourne le dos aux blocs gris pendant qu'on travaille. Quand il enlève son sweat à capuche… bon sang. Le mec est carrément gaulé, sous ce débardeur.

Arrête de mater, idiote !

Quand on termine nos plantations, il m'adresse un sourire fatigué.

– Prête à rentrer à la maison ?

Le quartier bordé d'arbres qu'habite Youssef est presque identique au nôtre, à cette différence près que les maisons ne sont pas des reliques abandonnées. Elles sont bien habitées, paisibles, avec des perrons parfaits pour prendre un thé glacé à la menthe fraîche. Mais le calme est interrompu par la voix sinistre du révérend, qui braille par les fenêtres ouvertes.

« *Et je vous le dis, méfiez-vous des pécheurs habillés en anges. Car ils vous entraîneront sur le mauvais chemin.* »

Youssef habite au milieu du pâté de maisons, dans une bâtisse coloniale marron à un étage avec une pelouse impeccable, un jardin luxuriant et un petit oiseau sur la boîte aux lettres. Je reconnais le pick-up de Monsieur Brown dans l'allée, qui sèche après un récent lavage.

Monsieur Brown sort de l'ombre en s'essuyant les mains.

– C'est la nouvelle ? Il me semblait bien que je t'avais reconnue.

– Bonjour, Monsieur Brown.

– Viens, entre. Tu veux une boisson gazeuse ?

L'intérieur est un voyage dans le passé, sucré et accueillant. Un bocal rempli de bonbons à la fraise et de menthes blanches Life Saver nous accueille à la porte. Des photos dans des cadres en laiton doré sont accrochées le long du couloir tapissé. Un canapé jaune canari avec un fauteuil inclinable vert pois font face à une vieille télé, d'où je vois dépasser un crâne marron et chauve tandis que la voix de Scott Clark continue de retentir…

« *Avez-vous la foi ? Avez-vous la guérison ? La confiance dans l'Église de Jésus-Christ…* »

– Qui c'est ? demande une voix enrouée.

Au début, je crois que le vieil homme fait référence à Clark, mais il pivote son fauteuil dans ma direction.

– Pop-Pop, voici Marigold, répond Youssef. De la famille qui vient d'emménager sur Maple.

Le vieil homme me jauge.

– Maple Street, hein ? Humf.

Monsieur Brown sort de la cuisine avec deux cannettes de ginger ale.

– Tiens. Tu peux t'asseoir.

Le canapé a l'air de dater du début des années 1980 – un tissu usé avec un motif floral délavé. Ma gorge se serre, je me gratte le bras.

– Euh… non merci. Je suis bien debout.

– Eh, donne pas ma limonade au gingembre à n'importe qui ! s'exclame Pop-Pop avec une toux sèche.

– Du calme, Pop ! On en a plein.

– Merci, je dis avec un petit sourire, en adressant un signe de tête au vieil homme.

Il grogne et retourne à ses programmes.

« *Écoutez le témoignage d'un des enfants fidèles de Dieu…* »

L'écran passe sur l'image d'une femme noire qui parle face caméra, apparemment dans une de ces méga-églises avec des centaines de personnes autour d'elle.

« *J'avais quarante mille dollars de dettes. J'étais complètement fauchée et je n'avais personne vers qui me tourner. Un jour, j'ai appelé le numéro et j'ai planté mes SAINTES GRAINES, comme le pasteur Clark me l'avait dit. Trois semaines plus tard, elles ont commencé à pousser ; et avant que j'aie le temps de réfléchir, j'avais quarante mille dollars sur mon compte et, par Dieu tout-puissant, j'étais sauvée !* »

La foule applaudit, avant que la caméra ne revienne sur Scott Clark derrière son bureau.

« *Vous voyez ça, mes enfants ? DIEU peut déplacer des montagnes ! Il est un libérateur ! Rejetez vos péchés et mettez toute votre confiance en lui et en ses prophètes. Je ne vous égarerai pas. Faites-moi confiance.* »

Monsieur Brown glousse et retourne à la cuisine.

– Je ferais mieux de commencer à préparer le dîner avant qu'il se mette à brailler à ce sujet-là aussi.

Je ricane et chuchote à Youssef :

– C'est quoi, ce taré ?

– Qui ? Pop-Pop ?

– Non ! Ce mec, Scott Clark.

Youssef se concentre sur la télévision et se raidit.

– Oh, lui. Et ses « Saintes Graines » ?

– Ouais, c'est quoi son truc ?

Il soupire.

– OK. Je te la fais courte : tu appelles la hotline de Scott Clark et tu passes une commande. Eux, ils t'envoient leur enveloppe, qui contient un paquet de graines et une lettre qui t'explique très spécifiquement comment les planter et les arroser. Jusqu'à la prière que tu dois réciter devant. En retour, tu renvoies l'enveloppe avec ta « joyeuse donation ». Plus le don est important, plus la bénédiction est grande. Si tes graines poussent pas, c'est que t'as pas prié ni payé assez.

Je m'esclaffe.

– Attends, personne croit à cette merde, si ?

Il secoue la tête.

– Je peux pas te dire combien de jardins j'ai labourés pour que les gens puissent planter leurs graines.

– Waouh, ce mec est une sorte de génie du mal ! Mais c'est quoi, ces graines ? Des haricots magiques pour le paradis ?

– Maintenant, tu poses les bonnes questions, Cali, commente-t-il avec un sourire en coin. Personne sait. Tu les plantes et elles germent parfois un peu, mais ensuite elles meurent rapidement. Pas très surprenant, rien ne pousse par ici à part les mauvaises herbes. Le sol prend pas.

– Ben alors, comment tu fais pousser tes plants, monsieur le Jardinier ?

– Donne à la terre la bonne dose d'amour, retourne le sol, mélange-le avec un peu de compost et de nutriments pour les plantes, et tu peux tout faire pousser. Mais ces graines, même Dieu lui-même pourrait pas les faire pousser. Crois-moi, on a essayé. On n'est pas dans le jardinage depuis trois générations par hasard. (Youssef désigne Pop-Pop d'un signe du menton en levant les yeux au ciel.) Allez, viens. Par ici.

Alors qu'il me précède dans un étroit couloir, j'entends de la musique pulser à travers les murs, assez pour faire trembler les cadres des photos de famille en noir et blanc. Il ouvre la première porte sur la droite et la musique me plaque les cheveux en arrière.

– Merde, tu économises un peu l'énergie ?

– Désolé, fait-il en riant.

Pendant qu'il va baisser le volume, je découvre la pièce spacieuse – les maillots de football épinglés aux murs bleus, les piles de boîtes de baskets, l'installation informatique à trois écrans, les enceintes géantes et la platine de DJ trafiquée.

– Waouh ! T'es DJ ? Mec, combien de jobs tu as ?

– C'était à mon père. Il était DJ, avant. Je suis… je m'entraîne, j'essaie de reprendre une autre entreprise familiale.

C'est la première fois qu'il mentionne son père. Remarquant son malaise, je change de sujet.

– C'est quoi, ton nom de DJ ?

– J'ai pas encore trouvé. Mais écoute ce set que je travaille. J'ai trouvé cette chanson vachement cool dans la collection de mon père. (Il appuie sur quelques boutons et le morceau se lance.) Y avait un groupe de rap, à l'époque, qui s'appelait Crucial Conflict, et ils avaient un morceau appelé « Hay ». Écoute-moi ce rythme, c'est du feu !

Il augmente encore le volume.

« *The hay got me goin' through a stage and I just can't get enough*

Smokin' every day, I got some hay and you know I'm finna roll it up. »

L'herbe. C'est une chanson sur la weed. J'en ai l'eau à la bouche.

– Alors, euh, tu fumes ?

Son visage se plisse.

– Non. Je touche pas à cette merde !

– Bien sûr ! D'accord, ouais, bien sûr.

Rétropédalage en règle.

Il ne me retourne pas la question, et je prends ça comme le signe de sa certitude que je ne fume pas non plus. Ma jambe frôle le cadre d'un lit jumeau défait contre le mur, dont les draps traînent par terre. Un lit en bois, l'endroit où un million de punaises de lit aiment se développer.

FLASH INFO Bien que les punaises de lit n'aient pas d'ailes, elles peuvent sauter sur de courtes distances et se déplacer ainsi pour infester la maison suivante.

J'aspire une grosse goulée d'air et je m'éloigne, la peau en feu. *C'est cool, reste cool, reste cool. Ne panique pas. Tu laveras tes vêtements quand tu…*

JE DOIS SORTIR D'ICI MAINTENANT !

– Hum, bon je dois rentrer chez moi sans tarder…

– Ah, d'accord ! Par ici !

La porte au bout du couloir nous ramène au garage et à un mur géant couvert d'outils. Parmi les meilleurs que j'aie vus.

– Très bien. Voyons ce qu'on a ici.

Je profite que Youssef soit en train de fouiller dans les étagères pour m'éclipser dehors et admirer les rosiers qui bordent l'allée. De l'autre côté de la rue, une femme sur son perron me regarde fixement, sans broncher. Je retourne à l'intérieur, mal à l'aise.

– Eh, quand est-ce qu'il commence à faire froid par ici ? je demande.

– Fin septembre.

– C'est… très bientôt, je marmonne en faisant quelques calculs rapides dans ma tête.

Le dernier article que j'ai lu dit que le stade végétatif pour les graines de cannabis peut durer trois à quatre semaines, avant le stade de la floraison, qui peut prendre cinq semaines de plus. Et vu les outils avec lesquels je vais travailler, je ne pourrai peut-être rien récolter avant novembre.

– Enfin, avec cette histoire de réchauffement climatique, parfois, c'est plus tard. L'an dernier, on est pas descendus en dessous de vingt avant la troisième semaine d'octobre. Pas un pet de gel avant Thanksgiving. Alors t'inquiète,

Cali, tu vas pas mourir de froid tout de suite. Mais tu ferais mieux d'acheter un bon manteau vite fait.

Je commence à bien l'aimer, ce surnom. Mais attention, uniquement parce qu'il me rappelle la maison. Je regarde son jardin luxuriant. De l'autre côté de la rue, la femme me fixe toujours, même si elle est au téléphone maintenant.

– Je croyais que tu avais dit que rien ne poussait ici à part les mauvaises herbes ? je demande à Youssef en désignant les rosiers.

Il sourit, l'air content de lui.

– Je te dis, faut donner à la terre un peu plus de nutriments, si on veut que quelque chose pousse.

Il tapote un sac marqué « Engrais pour plantes » à côté de lui. Je me passe la langue sur les lèvres.

– T'en as d'autres ?

6

La pièce est plongée dans un noir d'encre quand j'ouvre les yeux. Je suis réveillée… mais pas complètement. Tout est vague et flou. Ma peau me picote, mes nerfs tapent contre mes os. Je cligne des paupières et réalise que c'est tout ce dont je suis capable. Bras, jambes, mains… rien ne bouge comme ça le devrait. Je suis bloquée. Bloquée. Bloquée ?

Qu'est-ce qui se passe ?

La porte s'ouvre lentement, dans un grincement sinistre de ses charnières, comme une mélopée. J'essaie de me retourner, mais je reste figée. Ça fait mal physiquement de bouger et je peine à parler. Qui est là ?

Quelqu'un. La silhouette, peu visible, d'un corps dans l'ombre. Un grand corps. Maman ? Alec ? Qui est-ce ?

Mon corps palpite comme ce nerf sur lequel on tape et qui vous fait tressauter le genou, des mains invisibles m'enfoncent dans le matelas. Buddy se redresse avec un gémissement, les yeux braqués sur la porte. Puis il baisse la tête et grogne.

J'ai la bouche sèche à force d'essayer d'en faire sortir des mots, les poings serrés, agrippés à mes draps.

L'ombre se déplace. Je ne la vois plus. Où va-t-elle ?

Ne pars pas, aide-moi. Je t'en prie. Je ne peux pas bouger.

La salive s'accumule dans le fond de ma gorge. Je m'étouffe, je me noie, je meurs.

Des choses rampent sur moi, des punaises de lit, enlevez-les ! Enlevez-les !!

Puisant dans mes dernières forces, je me cramponne, je pousse de l'intérieur. Ma colonne vertébrale craque à mon oreille, les muscles de mon cou se tendent et je halète.

Buddy tord le cou quand je m'élance, avide d'air.

C'était quoi ce bordel ?

Pantelante, je regarde dans le couloir, les yeux maintenant adaptés au noir. L'ombre a disparu. Mais j'ai vu quelque chose. Ou quelqu'un. Je le sais.

Buddy renifle de-ci de-là dans le noir et je vais ouvrir le réfrigérateur pour éclairer la cuisine. J'ai encore mal à la peau, les mains qui picotent quand je me sers un verre d'eau.

Encore 3 h 19. Le silence est assourdissant. Mortel.

Sauf que tout n'est pas totalement silencieux. Les tuyaux résonnent encore, le bois respire... mais quelque part au loin, j'entends un grognement, un grondement.

Est-ce que ça vient de l'extérieur ?

Notre rue est une ville fantôme, muette, désolée. Nous vivons pratiquement sur notre propre île déserte. Alors quand je jette un coup d'œil par le carreau de la porte d'entrée, je suis à deux doigts de penser que je rêve encore. Parce qu'il y a un pick-up garé de l'autre côté de la rue, tous feux éteints, le moteur ronronnant, une ombre derrière le volant.

– C'est quoi ce bordel ? je marmonne.

C'est qui, merde ?

J'écarte le rideau pour saisir la poignée de la porte. Le chauffeur a dû déceler du mouvement, car le pick-up recule rapidement, fait demi-tour et disparaît.

***

– Quoi ! Pas question !

Le rejet de Tamara me laisse surprise et gênée. Je repositionne mon ordinateur.

– Comment ça ? C'était ton idée !

– Je suggérais que toi, tu trouves des graines là-bas, à Cedarville. Meuf, tu sais la tonne de problèmes que ça m'apporterait ? Tu ne peux pas les acheter en ligne ou un truc du genre ?

– Mes parents surveillent ma carte de crédit et chaque dollar que je dépense. Je ne serais jamais en mesure d'expliquer ça.

Tamara lève les yeux au ciel.

– Parce que moi, je pourrais ?

Il est rare qu'on se dispute. Au pire, on évite la confrontation, on laisse retomber la pression. D'accord, lui demander de commettre un délit fédéral, c'est peut-être un peu beaucoup, mais… son agacement est injustifié.

– M'enfin, c'est pas grand-chose !

– Bien sûr que si ! Et puis d'abord, c'est quoi l'urgence ?

Oh, rien, juste des rêves de malade et des rôdeurs devant la maison qui m'empêchent de dormir. Rien de grave.

La serrure cliquète, la porte s'ouvre en grinçant. Je me suis habituée aux bruits chelous de cette maison… jusqu'à ce qu'elle se referme en claquant.

– Merde ! C'était quoi ça ? lâche Tamara, qui s'efforce de voir derrière moi.

Buddy bondit et grogne, fourrure hérissée. Mes yeux volent entre lui et la porte.

– Je… je sais pas, je murmure. Bouge pas.

Le couloir est silencieux, comme il se doit à 2 h du matin. Toutes les portes des chambres sont fermées et je n'ai pas senti de courant d'air. Je teste la poignée, j'inspecte le loquet. Que la porte s'ouvre toute seule, c'est une chose, mais qu'elle claque ensuite… ça n'a aucun sens.

Buddy renifle, tourne en rond et suit sa piste jusqu'à la salle de bains. L'odeur est de retour, celle de la cuisine, mais pas aussi forte. Est-ce qu'elle monte à l'étage ?

Beurk ! Je n'ai pas le temps pour ça !

J'ai des priorités plus importantes, la beuh étant l'une d'entre elles.

– Tout va bien ? demande Tamara.

– Euh, ouais, je réponds en refermant la porte. Bref, alors qu'est-ce que t'en penses ?

– Je ne sais pas, Mari. Je peux m'attirer beaucoup d'ennuis.

– Je ne te demande pas de m'envoyer des kilos. Juste quelques graines ! Dis-toi que c'est des tournesols ou des tulipes si ça te rassure. Tamara, j'en ai besoin. C'est la meilleure de toutes les alternatives. Tu veux vraiment que je rechute ? Après tout ce qui s'est passé ?

Tamara prend une profonde inspiration.

OK, je sais que c'est carrément nul de ma part de culpabiliser ma meilleure amie comme ça, mais aux grands maux les grands remèdes.

– Bien. Où je te les envoie ?

Je lui donne l'adresse de la bibliothèque.

***

– Joyeux anniversaire, bébé !

Alec entre dans le bureau de maman avec un énorme bouquet de roses jaunes.

– Oooh, merci, dit-elle en l'embrassant. Mes préférées ! Elles sont magnifiques.

Il enroule ses bras autour d'elle.

– Pas autant que toi.

J'ai envie de vomir mon guacamole, mais honnêtement, c'est sympa de voir maman se faire cajoler comme ça, après deux ans de célibat. J'ai beau adorer papa, il n'était malheureusement pas le mari de l'année. Parti pendant des mois d'affilée, certains diraient qu'il aimait son travail un peu plus que d'être enchaîné à une femme et des enfants. Le divorce ne s'est pas mal passé : ils étaient amis avant et ça marchait mieux comme ça entre eux, du coup son absence ne m'a pas trop perturbée. Je m'étais déjà habituée aux séances en FaceTime quand il était sur la route. En plus, j'avais le Percocet pour me tenir compagnie. Je ne me suis rendu compte que bien plus tard que l'un de nous avait vraiment ressenti une perte… Sammy.

Piper entre dans la cuisine avec sa lunch box Mon Petit Poney. Elle jette un regard noir à maman et Alec dans le bureau, hésite, puis, étonnamment, résiste à l'envie d'interrompre leur étreinte. Au lieu de quoi, elle entre à grands pas et vient poser sa boîte ouverte sur le comptoir.

– Tu fugues ? je plaisante.

Elle me dévisage, paupières plissées, avant d'ouvrir le frigo.

– Prête ? La réservation est dans vingt minutes, annonce Alec à maman.

Piper entreprend de remplir sa boîte de biscuits, chips, tranches de concombre, mini-briques de jus de fruits et autres en-cas tout prêts, qu'elle range bien soigneusement. Elle prend ensuite deux tasses à thé et des soucoupes dans le placard.

Maman rit.

– Je t'avais dit que tu n'avais pas besoin de rentrer à la maison. Je t'aurais retrouvé là-bas.

– Non. Je passe prendre ma copine et je l'emmène moi-même à un vrai rendez-vous !

« *J'étais sans-abri, accro au crack. J'ai été drogué pendant dix ans. J'ai prié pour un miracle. C'est alors que j'ai appelé le révérend Clark et commandé ses Saintes Graines GRATUITES. J'ai planté ces graines devant une maison que je désirais acheter, et c'est comme si elles avaient poussé en une nuit, elles sont devenues immenses. Deux semaines plus tard, l'acte de propriété de cette maison était entre mes mains et je n'ai plus jamais touché aux bonbons du diable ! Loué soit Dieu.* »

Je fais volte-face.

– Mec, éteins ça !

Sammy, assis sur le canapé, regarde fixement la télévision, comme hypnotisé.

– Tu l'as raté : un homme s'est levé de son fauteuil roulant et s'est mis à breaker. Les graines l'ont guéri !

Maman rayonne lorsqu'ils sortent du bureau. Elle a remonté ses cheveux en un chignon haut et porte sa robe rouge préférée, avec des talons.

– Merci de garder les enfants ce soir, Mari. Tu auras un petit supplément d'argent de poche cette semaine.

Je fais mine de m'extasier :

– Oh miammm ! Je vais pouvoir m'acheter un cookie à l'école.

– Petite maligne, dit-elle en réprimant un sourire, avant de remarquer la précision avec laquelle Piper prépare sa lunch box. Piper, qu'est-ce que tu fais, ma chérie ? Où tu t'en vas avec mes jolies tasses à thé ?

Elle s'interrompt pour leur faire face et, très sérieusement, réplique :

– Je prends le thé avec Madame Suga.

– Aaaah, dit maman avec un hochement de tête et un clin d'œil à Alec. Bien sûr. Bon, tu veux d'autres en-cas pour ta fête ? J'ai fait du houmous tout à l'heure.

– Non, fulmine Piper. Madame Suga n'aime pas la nourriture pour oiseaux.

Maman cligne des yeux, mais Piper referme déjà sa boîte, embarque les tasses et s'en va.

Nous nous tournons vers Alec, dans l'attente d'une explication.

– Euh, désolé, lâche-t-il en riant. Elle est très à cheval sur le menu de son goûter.

***

Si notre maison est au 214 Maple Street, et que la maison à l'angle est au 218 Maple Street, ça signifie que la maison voisine de la nôtre est au 216 Maple Street et que celle d'en face doit être au 217. Donc celle à l'angle opposé se trouve sans doute au 219.

Le 219 Maple Street est la seule maison vacante de notre quartier, apparemment dotée d'un toit correct, qui ne menace pas de s'effondrer si on lui jette une pierre, un jardin de derrière fermé entouré de grands arbres, et la plupart des fenêtres encore intactes. Le fait qu'elle soit au coin lui donne plusieurs points d'accès, c'est donc plus facile d'y entrer et d'en sortir sans être vu.

Munie de mes nouveaux outils, je me faufile entre les buissons épais, escalade la clôture cassée jusqu'à la porte de derrière, entrouverte. J'entre dans une cuisine en ruine et je tends l'oreille.

– Bonjour ? j'appelle – mon aventure avec Sammy m'a servi de leçon. Bonjou… ou… ou… r !

Silence. La pièce est criblée d'éclats de plâtre et de boue séchée. Les portes des placards sont arrachées de leurs charnières rouillées, un évier en fer gît au sol, les murs sont verts et tachés de moisissure. Il fait chaud, humide, l'air est vicié. Le soleil, qui cogne sur les carreaux, crée un effet de serre.

Exactement ce dont j'ai besoin.

Sans perdre de temps, je traîne mes affaires à l'intérieur.

Tous les articles que j'ai lus en ligne sur la façon de faire pousser du cannabis conseillaient d'utiliser des conteneurs, pour un environnement plus contrôlé. J'en ai créé avec de vieilles bouteilles de soda de deux litres, que j'ai casées dans la plate-bande d'un mètre par un mètre que j'ai construite après mes footings du matin, à base de vieilles planches et de clous rouillés. Je me suis presque cassé le dos, à force de traverser furtivement la rue chargée des deux sacs de nourriture pour plantes que Youssef m'a donnés, afin de les mélanger avec le reste des ordures jusqu'à ce que mon compost de fortune soit prêt à l'utilisation. Faire germer les graines sous mon lit était risqué, vu comment Buddy peut être fouineur.

Mais au bout du compte, ça en aura valu la peine.

Tout en donnant une bonne dose d'eau aux jeunes plants, maintenant repiqués dans leur nouvelle maison, je jette un coup d'œil à l'endroit. Une femme a vécu ici, c'est sûr, peut-être même seule, à en juger par le canapé jadis rose, les cadres fleuris et la collection de poupées de porcelaine cassées. Un miroir ouvragé désormais fêlé trône au-dessus de la cheminée et, malgré la peinture blanche écaillée et l'épaisse couche de poussière, je reconnais la même cheminée soigneusement sculptée, comme celle de notre maison, avec l'étrange blason familial.

C'est la même personne qui a dû construire toutes ces bâtisses. Dommage qu'on les laisse tomber en ruines comme ça.

Je me recule pour admirer mon travail.

– Et je vous appellerai mon jardin secret.

***

Maman perce les ampoules de mes paumes et j'inspire entre mes dents serrées pour ne pas pleurnicher.

– Je n'avais jamais rien vu de pareil, marmonne-t-elle en secouant la tête. Tu es sûre que tu portais des gants ?

– C'est peut-être juste… parce que ça faisait longtemps. Et puis, la terre d'ici qui est différente, tout ça.

Malgré mes gants de travail, mon travail intense dans le jardin secret a fait des ravages sur mes mains. On dirait que je me suis suspendue à des roches volcaniques acérées.

– Tu devrais y aller doucement ces prochains jours, déclare maman. Laisse peut-être Youssef s'occuper du gros du travail au club de jardinage. On dirait que tu t'es fait un bon… ami.

Derrière les mots, je perçois l'accusation aussi nettement que si elle parlait dans un porte-voix.

– Ce n'est pas ce que tu penses.

– Je n'ai rien dit, fait-elle sur ce ton agaçant propre aux parents, qui indique clairement que si, elle a dit quelque chose. Je pense que tu es assez intelligente pour ne pas te laisser avoir par un garçon qui prétend vouloir t'aider. Encore une fois.

Les parents ont une façon unique de vous rappeler les façons dont vous les avez déçus, sans le dire clairement.

– OK, finit-elle par soupirer. En haut, sous le lavabo de la salle de bains, va chercher la pommade apaisante. Je vais couper quelques pansements.

Je prends mon temps dans l'escalier. Oui, mes mains sont ravagées, mais ce ne sont que des blessures externes.

J'ai l'impression d'avoir perdu un combat de catch contre Mère Nature elle-même. J'ai mal au bas du dos, aux pieds et aux bras. Sans l'athlétisme pour me maintenir en forme, j'ai le corps d'une femme de quatre-vingt-quinze ans.

Mais ça en vaudra la peine, voilà ce que je me répète alors que j'arrive en haut des marches et que j'entends les murmures de Piper.

– Vraiment ? Tu ferais ça ? Mais s'ils le découvrent ?

Sa lampe à lave rose illumine le couloir autrement sombre. Elle parle à quelqu'un de beaucoup plus grand qu'elle, mais le mur près de sa porte entrouverte me cache la vue. Ce n'est pas Alec, il est en bas en train de regarder la télé avec Sammy.

Je m'approche en tâchant de marcher à pas légers, mais le plancher qui grince me trahit et elle tourne la tête dans ma direction.

– À qui tu parles ? je demande.

Elle se précipite sur moi, pour me bloquer l'entrée de ses bras.

– Hein ? Personne.

– Ben si, tu étais en train de parler à quelqu'un.

L'espace d'un instant, Piper semble décontenancée. Puis elle se redresse rapidement, rabat ses cheveux en arrière. Son regard devient froid.

– Non.

– Si.

Piper inspire et sourit avant de crier :

– J'ai dit NON, Marigold ! L'argent du cochon est à MOI !

Des pas lourds écrasent le sol : Alec bondit dans l'escalier.

– Eh ! Qu'est-ce qui se passe ?

– Petite salope, je murmure, et elle me sourit, narquoise.

– Rien, papa, répond-elle d'une voix légère et innocente.

Alec se rue vers nous, regard dur passant d'elle à moi, puis retour sur elle.

– Pourquoi tu as crié ?

Je pointe au-dessus de sa tête.

– Elle parlait à quelqu'un. Dans sa chambre.

Alec jette un coup d'œil à Piper, la tête penchée sur le côté.

Les yeux de Piper s'arrondissent. Elle me regarde, puis marmonne à l'adresse du sol.

– J'étais… en train de parler à grand-mère.

Le visage d'Alec se décompose et il tombe à genoux devant elle.

– Bien sûr, mon cœur. Tu parlais à grand-mère tous les jours, avant. Et c'est normal. C'est normal. Même si elle n'est pas là physiquement, grand-mère est toujours avec toi.

Sur quoi, il l'attire dans ses bras. Elle pose le menton sur son épaule, un sourire mauvais sur les lèvres.

On devrait la mettre dans une école de théâtre, voilà la seule pensée qui me vient. Elle nous ferait gagner des millions, et on n'aurait peut-être pas à vivre dans cette maison.

7

– T'as jamais pensé que les livres sont en fait juste des arbres… avec des mots ?

Erika m'adresse un sourire paresseux de l'autre côté de la table du déjeuner. Elle a dû fumer avant le cours de gym et la jalousie me sort par les oreilles. Elle fume presque tous les jours et vient en cours aussi calme et détendue que je rêve d'être.

– Des arbres avec des mots ? je répète en harponnant quelques feuilles de salade. C'est profond.

Erika sourit, fière de sa révélation.

– Ouais. C'est comme si les arbres nous parlaient, mais à travers la page. Ils se sacrifient pour être entendus.

Dans un coin de la cantine, Youssef est assis à une table, entouré de filles. Elles rient de toutes ses blagues, pile au bon moment, comme des mini-robots, et il a l'air… ben, il a l'air malheureux. Je le détecte non pas à son sourire, mais à ses yeux. Il jette un coup d'œil dans ma direction et je me détourne aussitôt.

Erika tourne le cou et le repère.

– Paraît que t'étais chez Youssef Brown l'autre jour.

– Quoi ? Qui t'a dit ça ?

– Oh, meuf, s'il te plaît. Tu croyais que la première fille à entrer dans la maison des Brown depuis des années ferait pas la une des journaux ? Madame Steele l'a dit à Madame Merna qui l'a dit à ma grand-mère qui l'a dit au reste de la ville. Tu es l'ennemi public numéro un du quartier maintenant.

Je prends une grande inspiration.

– C'est... bien. J'ai l'habitude d'être une paria.

Elle fronce les sourcils.

– Ah bon ? Même dans ton ancienne école ?

Merde. Ça pourrait ouvrir la porte sur le passé que je dois garder sous clé. Cet endroit est censé être une ardoise vierge.

Le changement est bon. Le changement est nécessaire. Le changement est vital.

– Je doute d'être la première fille. Impossible que je sois la première, je lâche pour changer de sujet. Il est trop mignon pour n'avoir jamais convaincu quelques nanas de passer par la fenêtre de sa chambre.

Elle s'illumine.

– Aahhh, donc tu le trouves mignon ! Bon, je comprends. Je lui parle pas beaucoup à l'école non plus. Mais en dehors de l'école, on est cool. Il m'emmène à Big Ville, souvent.

– C'est quoi, Big Ville ?

Elle fronce les sourcils.

– La prison. Mon père et mes frères y sont. Comme le père de Youssef. Comme le père d'à peu près tout le monde ici.

– Waouh.

À l'autre bout de la salle, un petit groupe de filles me dévisagent. Pas de la façon dont on regarde un ennemi. Presque comme si elles essayaient de me percer à jour.

Le reste de la journée, c'est pareil. Regards curieux et compagnie. Chuchotements. À la fin de la huitième heure de cours, pour la première fois depuis qu'on a emménagé à Cedarville, je suis contente de franchir la porte d'entrée de la maison.

– Ohé ! Je suis rentrée !

Le silence est déstabilisant, ici, et c'est un euphémisme. Les bruits de vieille maison, le vent qui siffle à travers les murs creux, le bois qui gémit, les planchers qui craquent… Punaise, je déteste ça.

– Maman ?

Pas de chaussures près de la porte. Je suppose qu'elle est allée récupérer Sammy et Piper. Je me dirige vers la cuisine, tout en sortant mon téléphone pour lui envoyer un texto, et je me heurte à une porte de placard ouverte.

– Merde, je grogne en frottant la pulsation à mon front. Qu'est-ce que…

Le ventre soudain noué, je cligne des yeux devant la scène qui m'attend.

Toutes les portes, tous les tiroirs de la cuisine sans exception sont ouverts… et vidés. La nourriture, la vaisselle, les casseroles, les poêles, les couverts… tout est étalé sur les plans de travail. Bien aligné comme des moellons, par tailles et par couleurs coordonnées.

– Sammy, je glousse en attrapant une boîte de Granola.

Buddy geint sur la terrasse, hystérique, le regard fixé à l'intérieur, à croire qu'il est enfermé dehors depuis des heures.

La porte d'entrée s'ouvre.

– Ohé ! On est rentrés ! crie Maman. Marigold ? Tu es là ?

– Dans la cuisine.

Sammy arrive en premier à toute vitesse, dans une glissade en chaussettes.

– Waouh… meuf, qu'est-ce que tu fais ?

Je rigole.

– Quoi ? Rien, je n'ai pas touché à ta petite expérience scientifique.

Sammy fronce les sourcils tandis que maman et Piper entrent, chargées des sacs de courses, et s'arrêtent dans l'entrée, stupéfaites.

– Qu'est-ce que… Marigold ! hurle maman.

– Hein ?

Elle balaie la pièce du regard, l'air épuisée.

– Qu'est-ce que tu as fait ? Est-ce que tu… Est-ce que c'est… Tu cherchais encore des punaises de lit ?

– Quoi ? NON !

Mais la simple mention de ces créatures me donne des démangeaisons et, pour être honnête, c'est vrai que ça ressemble à un truc que je pourrais faire dans mes mauvais jours. Sauf que là, ce n'est pas moi.

– Regarde-moi ce bazar ! Je n'ai pas le temps de ranger tout ça. Je dois lancer le dîner et rédiger deux mille mots de plus ce soir pour atteindre mon objectif.

Piper fait prudemment le tour de la cuisine, l'air médusée.

Déconcertée, je regarde Sammy.

– Attends, c'était pas toi ?

– Non ! On vient juste de rentrer…

DING DONG DING DONG

Maman lève la tête et lâche un gémissement, avant de laisser tomber ses sacs.

– Quoi encore ?

Pendant qu'elle se dirige à pas énervés vers la porte d'entrée, j'examine la cuisine, qui m'apparaît désormais comme le château des horreurs. Un travail pareil… ça doit prendre des heures, or ils viennent effectivement de rentrer. Je me frotte les bras, parcourue par un frisson.

– Vous êtes la maman de Piper ?

Une voix dure retentit de l'extérieur et je me précipite vers la porte de la cuisine. Sur le perron se trouve une femme noire, dont les longs cheveux épais sont attachés en une queue-de-cheval basse. À sa hanche, une version miniature d'elle. De grands yeux magnifiques, aux longs cils, qui regardent avec curiosité aussi bien la maison que… Piper. Cette dernière passe tranquillement dans le couloir, s'arrête à quelques mètres de la porte.

– Euh, oui. Je suis…

– Ouais, ouais. Je m'appelle Cheryl. Alors écoutez, je sais pas ce que vous faites, en Californie ou ailleurs, là d'où vous venez, reprend la femme en agitant les mains.

Mais ici, on tient nos enfants en laisse, vous comprenez ? C'est pas mon genre de dire à une mère comment elle doit éduquer ses enfants, mais c'est pas sûr pour nos petits de jouer dans ces fichues maisons.

Maman fronce les sourcils, s'efforçant apparemment d'analyser tout ça.

– Désolée, je ne comprends pas…

Cheryl regarde Piper avec une moue.

– À l'école aujourd'hui, votre petite fille a essayé d'entraîner ma Lacey pour jouer avec elle dans une des maisons abandonnées !

Maman se retourne aussitôt vers Piper, qui se contente de dévisager Lacey.

– Piper, bredouille-t-elle. Est-ce que c'est vrai ?

Piper ne bronche pas, son visage laiteux reste impassible, lèvres pincées, expression dure. Lacey, tremblante et les yeux écarquillés, s'agrippe à la veste en jean de sa mère.

– Elle prétend qu'elle joue tout le temps dans ces maisons, poursuit Cheryl. Elle l'a invitée à venir prendre le thé, ou quelque chose comme ça. Vous savez à quel point ces maisons sont dangereuses, non ? En plus du risque d'effondrement, vous savez quel genre de personnes y squattent, fument et se droguent ? Les gamines pourraient se faire violer qu'on le saurait même pas !

Maman est horrifiée.

– Piper, qu'est-ce qui t'a pris ? On t'a dit de ne pas t'approcher de ces maisons !

– Marigold y joue aussi, rétorque-t-elle.

Le tapis se dérobe sous moi et je tombe sur le coccyx.

– Quoi ?

– Oh. Je vois. C'est un problème de famille, marmonne Cheryl en croisant les bras.

Sammy et moi échangeons un regard choqué. Indignée, maman se campe dans sa ligne de mire.

– Cheryl, je comprends que vous soyez bouleversée…

Mais Cheryl ne l'écoute plus, elle entraîne Lacey sur la marche en grognant :

– Ne t'approche pas de ces gens, tu entends ! Et t'approche pas non plus de cette petite fille à l'école. Et dis à tes copines de faire pareil. On peut pas se fier aux gens tant qu'on les connaît pas.

Maman claque la porte et se tourne vers nous.

– Vous avez perdu la tête ou quoi ? Piper, ça ne suffisait pas que tout le voisinage se comporte comme si on avait la lèpre, maintenant tu veux qu'ils nous pensent inaptes en tant que parents aussi ? Et pourquoi tu as mêlé Marigold à tout ça ?

– Parce que je l'ai vue y aller le matin. Elle se drogue !

Le sang me descend directement aux pieds tandis que maman me lance un regard furieux. Mais c'est impossible que Piper ait pu me voir. J'ai été prudente.

– Ah oui ? je ricane, jouant le bluff à fond. Et dans quelle maison ?

Piper hésite, puis désigne la fenêtre.

– Celle d'à côté.

Je t'ai eue !

– Elle ment ! Je n'ai jamais approché de cette maison !

– Et il n'y a aucun moyen d'y entrer, renchérit Sammy. Tu as bien vu, maman, c'est le seul endroit du quartier fermé comme une forteresse.

– Piper… gronde maman.

– Non ! Je ne mens pas ! (Elle me montre du doigt.) Madame Suga t'a vue ! Elle sait ce que tu essaies de faire.

Maman se pince l'arête du nez.

– Piper…

– Je veux mon papa ! Vous n'avez pas le droit de me traiter de menteuse ! Je veux mon papa !

Maman se masse les tempes.

– Tout le monde file dans sa chambre. MAINTENANT !

***

20 h 30 ALARME : Ne pas oublier devoir d'anglais.

Les yeux fixés au plafond, j'entends mon téléphone me rappeler à l'ordre, mais je ne peux m'empêcher de me repasser l'après-midi en boucle dans ma tête. Même si Piper a désigné la mauvaise maison, elle était à deux doigts de la vérité. Est-ce qu'elle m'a suivie, surveillée depuis sa chambre ? C'est impossible que quelqu'un puisse voir de si loin. Et…

Beuuurk ! Cette putain d'odeur est de retour !

Ça doit venir de la ventilation, mais alors ça signifie qu'il y a quelque chose de mort et de coincé à l'intérieur des murs. Parfois, je ne sens rien du tout. D'autres fois, c'est suffocant. Maman n'arrête pas d'appeler Monsieur Watson pour qu'il vienne enquêter, mais il est apparemment trop occupé et je n'ai presque plus d'huiles à brûler. Je ne peux pas passer encore une nuit sans dormir. Il me faut quelque chose de plus fort.

Une bouffée d'épaisse fumée blanche entoure la sauge en flamme que j'agite dans ma chambre. Mon gourou ne cesse de répéter qu'utilisée correctement, la sauge peut aider à purifier l'énergie d'un lieu. Et le moins qu'on puisse dire, c'est qu'on en a bien besoin ici. Depuis qu'on a emménagé, je me sens mal. Mais il n'y a pas que moi, Sammy aussi. Et maman, et Bud. Peut-être que toute la maison a besoin d'être purifiée.

Je sors dans le couloir, j'agite la sauge aux quatre coins, puis je passe aux salles de bains, à la cuisine, au salon et à la salle à manger.

En toussant, Sammy ouvre la porte pour laisser entrer la brise fraîche de la nuit.

– Sérieux, tu essaies de nous enfumer en plus ?

– Tu survivras, je grommelle en agitant la sauge dans le salon, avant de remonter à l'étage pour faire les chambres.

Piper est debout sur le seuil de la sienne, où sa lampe à lave brille dans son dos. Elle me dévisage, ses yeux sombres suivant chacun de mes mouvements.

– Quoi ? je lance. C'est quoi ton problème ?

Elle prend une profonde inspiration et lève le menton dans un geste de défi.

– C'est la maison de Madame Suga.

– OK… et ?

– Et elle n'aime pas ces trucs qui fument.

Je lève les yeux au ciel.

– Je m'en fiche, Piper ! Tu t'en remettras.

– Elle a aussi dit qu'elle ne voulait pas que tu vendes de la drogue chez elle.

Je déglutis pour garder mon calme. Il n'y a pas moyen qu'elle soit au courant.

– De quoi tu parles ? Où t'as…

– Elle dit que tu dois partir. Nous, on peut rester, mais tu dois partir. Elle ne veut pas d'une junkie dans sa maison.

C'est bon. J'en ai marre de cette gamine qui me fait chier.

Je me précipite vers elle, le sang bouillonnant.

– Ou quoi ? je la défie. Et si je ne pars pas ? Qu'est-ce que tu vas faire, hein ?

La lueur rouge derrière elle s'intensifie soudain, comme une flamme. Sauf que ça n'émane pas de sa lampe. C'est une lumière orange qui vient de l'extérieur.

– MAMAN ! crie Sammy d'en bas. La maison d'en face est en feu !

Alec sort en courant de sa chambre.

– Raquel, appelle le 911 !

– Papa ! crie Piper.

– Reste là, ma chérie, lui lance-t-il depuis la dernière marche. Reste avec Marigold !

J'écarte Piper et me précipite à la fenêtre de sa chambre. Le 215 Maple Street est en feu, des flammes jaillissent des fenêtres et attrapent les arbres voisins. Alec court jusqu'au bout de l'allée, en tirant le tuyau d'arrosage aussi loin que possible.

Maman se rue en bas.

– Les filles ! Mettez vos chaussures et prenez ce dont vous avez besoin au cas où nous devrions évacuer.

Baissant alors les yeux, je constate que Piper a déjà ses chaussures aux pieds, sous son pyjama de princesse. Il y a de la boue fraîche sur ses baskets. Nos regards se croisent, le sien ne laisse rien transparaître, et je retourne dans ma chambre en retenant un cri.

8

Même si le 215 Maple Street est une carcasse noircie, carbonisée, avec de la fumée qui tourbillonne encore dans le ciel, elle n'est pas très différente des autres maisons. En fait, elle semble plus à sa place dans notre quartier que la nôtre.

Depuis notre perron, je contemple le tas de bois humide encore fumant, en me rongeant les ongles pour empêcher mes dents de claquer.

Je n'ai pas froid. Je suis secouée… par les pompiers qui enquêtent sur les ruines, à quelques mètres de mon jardin secret.

Et s'ils fouillent les autres maisons ? Et s'ils le trouvent ? Chercheront-ils des empreintes digitales ? Suis-je dans leur système… ?

– Comment tu crois que ça a commencé ?

Je tourne brusquement la tête vers Sammy, debout à côté de moi.

– Hein ? Oh, je sais pas. Pourquoi je le saurais ?

– Tu penses que c'est à cause d'un de ces… squatteurs ?

J'aspire une bouffée d'air, en tâchant de refouler l'image d'un corps réduit en cendres sous les décombres.

– Je… Je…

Le cliquètement de la porte d'entrée derrière nous est suivi de l'apparition de Piper, qui jette un coup d'œil dehors avant de sortir sur le perron, à l'opposé de nous. Elle ne nous prête pas la moindre attention, elle se contente de poser son regard fixe sur la maison d'en face, le visage dénué d'émotions.

Toute la nuit, j'ai essayé de rationaliser. C'est ce que font les gens quand ils sont confrontés à un conflit. Ils prennent un temps d'arrêt, ils rationalisent, puis reconstituent ce qui s'est réellement passé. Piper avait de la boue sur ses baskets, mais ça pourrait venir de n'importe où. Elle est fouineuse comme un jeune chiot qui fourre son nez et renifle partout. Elle est peut-être allée dans le jardin de devant… mais non, elle n'a pas allumé ce feu. On ne vit pas avec une mini-pyromane. Elle n'est pas folle à ce point.

– Eh ! Où tu vas ? me rappelle Sammy.

– Restez là, je crie, déjà dans l'allée. Faut que j'aille y voir de plus près.

De l'autre côté de Sweetwater, des gens se sont rassemblés à l'intersection, ils tendent le cou pour voir le sinistre, sans pour autant oser s'approcher. Alec parle à un gars que je devine être le chef des pompiers, à en juger par le véhicule, et lui donne son compte-rendu de l'incendie.

La cheminée calcinée se dresse comme un grand séquoia, étrangère au carnage en dessous. Le ventre collé contre le ruban jaune de la police, je me tiens parmi quelques badauds inconnus. Mes yeux s'emplissent de larmes à cause de la puanteur agressive du brûlé. Une baignoire en porcelaine qui semble avoir appartenu au premier étage, désormais effondré, se trouve au centre des décombres, point blanc dans une mer de noir.

L'équipe de nettoyage est petite. Deux trois hommes en tenue et deux pick-up estampillés « Cedarville ». Ils n'ont pas l'air vraiment officiels, ni même très intéressés par leur pêche paresseuse dans la suie.

Ce qui est logique, vu la manière dont ils ont nettoyé le reste des maisons de Maplewood. Pourquoi quelqu'un voudrait que sa ville ressemble à ça ?

– Y avait quelqu'un à l'intérieur, cette fois ? chuchote un homme à côté de moi.

– Pas qu'ils sachent, répond son voisin avec un soupir.

Il regarde la foule qui se rassemble sur Sweetwater et glousse.

– Pour moi, il suffit de mettre le feu à une maison une fois pour que je comprenne. Ça, c'est sûr.

Voilà. Je viens de comprendre pourquoi leurs visages et leur présence me semblent si bizarres ici. Ces hommes, les pompiers et les badauds, ça fait des semaines que je n'ai pas vu autant de Blancs. Et je ne sais pas pourquoi, mais je ne veux pas d'eux ici. Je ne peux qu'imaginer ce que ressentent mes voisins de Sweetwater.

Je jette un coup d'œil au perron. Piper sourit, puis retourne à l'intérieur.

***

– Bonjour ! Bienvenue, lance joyeusement maman à la porte. Entrez, je vous en prie !

Je reconnais Monsieur Sterling d'après sa photo sur le site web de la Fondation. Il est petit, avec un visage mince un peu ridé, une peau olivâtre, des sourcils touffus et des cheveux noirs, brillants, argentés aux racines. Son eau de Cologne inonde la pièce. Son sourire est tellement blanc qu'il paraît irréel.

– Eh bien, bonjour, Raquel, répond-il. Enfin, nous nous rencontrons.

– Bienvenue, dit Alec avec une solide poignée de main. Content que vous ayez pu venir.

– Merci encore de nous recevoir, ajoute Irma en dénouant le foulard de soie qui lui enserre le cou. J'aurais juré que vous alliez annuler, vu toute l'agitation que vous avez connue hier soir.

– On a su, pour la maison, renchérit Monsieur Sterling avec un coup d'œil vers l'autre côté de la rue. C'était moins une, assurément.

– Dieu merci, vous allez tous bien, conclut Irma.

– Oui, d'ailleurs en parlant de « nous tous », reprend maman en désignant l'escalier : Je vous présente Marigold, Sammy…

– Et ma Piper, termine Alec.

Avec une telle emphase que je dois m'empêcher de lever les yeux au ciel.

Monsieur Sterling nous sourit.

– Bonjour à vous !

Sammy agite la main à travers la rampe.

– B'jour.

– Vous vous êtes bien habillés, commente Piper en regardant son costume qui brille comme un sou neuf.

Monsieur Sterling se penche à hauteur de ses yeux.

– Eh bien, dis-moi, rien ne t'échappe, à toi, hein ?

Ça va sembler un peu extrême, mais ce type m'insupporte déjà. Sa familiarité, limite obséquieuse, est rebutante. À moins que ça vienne de mon incapacité à faire confiance aux étrangers.

Alec se racle la gorge.

– Bon, entrez ! Faites comme chez vous. Vous êtes les propriétaires, après tout.

Monsieur Sterling glousse sans pour autant le corriger en disant quelque chose comme : « Oh non, Alec. C'est chez vous maintenant, mon ami. » Au lieu de quoi, Irma et lui suivent Alec dans la salle à manger.

– Les enfants, venez. C'est l'heure du dîner, dit maman.

Pour la première fois, nous sommes tous assis à la longue table en bois, sous le nouveau lustre qui donne à la pièce une lumière étincelante. Alec et Monsieur Sterling ont pris place en bout. Maman, Sammy et moi d'un côté, Irma et Piper de l'autre. Après du pain à l'ail tiède et une salade copieuse, la tablée est presque silencieuse au moment où nous piochons dans nos spaghettis.

– Bon sang, je dois vous dire, Raquel, vos pâtes… elles rivalisent avec celles de ma grand-mère, dit Monsieur Sterling. Et elle est de Sicile, rien moins que ça.

Maman sourit fièrement, toujours avide de compliments sur sa cuisine.

– J'étais un peu inquiet au début, admet-il en prenant une gorgée de vin. J'ai entendu dire que vous étiez tous végans, or je suis plutôt du genre viande et pommes de terre, comme gars.

– Oh, moi aussi, dit Alec en riant. C'est la vie à la dure, là, je suis sûr que j'ai perdu quelques kilos.

– Et pourtant, tu es toujours en vie, je marmonne tout bas.

Maman me tapote la cuisse sous la table, mais son visage reste imperturbable.

Monsieur Sterling s'essuie la bouche avec sa serviette en me regardant. À moins qu'il ne regarde à travers moi, je ne saurais trop dire.

Sans prendre consciente du trouble ambiant, Alec continue :

– Alors, patron, à propos de ce dont on a discuté vendredi, je pense…

– S'il vous plaît, Alec, l'interrompt Sterling en riant. On n'est pas sur nos heures de travail. On ne discute pas boutique devant les femmes.

Les lèvres pincées, maman baisse les yeux sur son assiette. Je plante mon couteau dans mes aubergines au parmesan, pour m'empêcher de le lui enfoncer dans un œil, à ce type.

– D'ailleurs, poursuit-il, je suis ici pour en savoir plus sur la famille Anderson-Green.

– Oh oui, intervient Irma en gloussant, et moi qui suis avide de romance, je brûle de savoir comment vous vous êtes rencontrés.

Maman laisse échapper un rire nerveux.

– Euh, eh bien, c'est une histoire assez drôle…

– Non, bébé, c'est une super histoire, corrige Alec. Voyez-vous, j'habitais à Portland et je me rendais à un entretien d'embauche à Los Angeles. J'avais prévu de prendre l'avion, mais il y a eu des problèmes mécaniques, tous les avions étaient en panne. Pourtant, il fallait que je me rende à cet entretien, vous savez. Piper et moi… on avait vraiment besoin de prendre un nouveau départ.

– Et au même moment… je couvrais un reportage sur les nouveaux dispensaires de CBD dans la région, ajoute maman en se versant un autre verre de vin.

– Bref, avec tous les avions au sol, je me suis dit : bon, ben j'y vais en voiture ! Ça me prendrait, quoi, une journée. C'est une route assez pittoresque, le long de la côte, sur Big Sur. Donc je me rends au centre de location de voitures, et là, je vois cette femme magnifique en train de se disputer avec un agent de location. Bon, j'imagine que pas mal de gens avaient eu la même idée, de prendre une voiture, et apparemment, il n'en restait qu'une seule, mais ils l'avaient réservée à deux personnes… eh ben, figurez-vous que celle-ci l'a laissée à l'autre femme ! Ha ! Bref, on s'est mis à discuter et, comme elle vivait dans une ville juste à la sortie de Big Sur, j'ai offert à cette femme de la conduire. Mais cette route… cette route est magique. Toutes ces belles plages, ces falaises et ces vagues qui s'écrasent en contrebas. On a parlé pendant tout le trajet et, après l'avoir déposée, je n'arrivais plus à me la sortir de la tête. J'étais tombé amoureux, et je le suis depuis.

Maman rougit. Sammy mime un haut-le-cœur.

– Oh, mon Dieu ! s'exclame Irma, rayonnante. Alors ça s'est fait comme ça ? Vous êtes venu vous installer chez elle !

– Eh bien, il a fallu la convaincre, nuance Alec avec un clin d'œil à maman.

– Je craignais qu'on aille peut-être un peu trop vite, précise maman d'un air penaud. Réunir deux familles... Mais Alec... il m'a fait sentir que l'impossible était... possible. Tout le monde a besoin de ressentir ça.

Waouh, je n'avais jamais entendu maman parler d'Alec de cette façon. Ça le fait presque passer pour un moins gros con. Je suppose que c'est le but, d'ailleurs.

Sourire fier, Alec tend la main et prend celle de maman.

– Oooooh, jubile Irma.

– C'est une histoire merveilleuse, convient Monsieur Sterling.

– Ils savent ce qui s'est passé ? intervient Piper.

Sa voix jaillit comme une lame tranchant dans le vif des réjouissances, son visage est rouge, ses yeux fixés sur leurs mains.

– Ce qui s'est passé pour quoi, mon cœur ? demande Alec.

– La maison de l'autre côté de la rue.

– Ah ! Eh bien, c'était un accident... quelqu'un qui est peut-être passé par là et a laissé une cigarette.

Est-ce qu'il perçoit les failles de son histoire ? Il est impossible que cet incendie ait été causé par une petite clope oubliée. Et puis, personne ne passe dans notre quartier pendant la journée, alors la nuit... Enfin, hormis cette mystérieuse voiture. Bizarre...

– Ces fichus tubes à cancer, se plaint Irma. Qui pourrait croire que quelque chose d'aussi petit puisse déclencher pareil désastre ! J'ai entendu dire qu'on voyait le feu depuis le parc !

– En tout cas, grâce à Alec, à son tuyau d'arrosage et à sa rapidité de réaction, on a pu empêcher la propagation, commente maman.

– On devient comme ça, quand on a survécu à tout un tas de feux de forêt.

– J'ai entendu dire que des junkies traînaient dans ces maisons, lâche Piper en me regardant, et toutes les têtes se tournent aussitôt dans sa direction.

– Où as-tu entendu ça ? lui demande Alec, les sourcils froncés.

Elle hausse les épaules, jouant avec une feuille de salade dans son assiette.

– À l'école.

Un frisson me parcourt l'échine. Je ne suis pas sûre de la direction que prend cette conversation, mais je sens déjà qu'elle est trop proche de moi.

– Monsieur Sterling, j'interviens, vous pouvez nous en dire un peu plus sur cette maison ?

– Comment ça ?

– Oh, tu n'accordes tout de même pas foi à tous ces ragots qui prétendent que la maison serait hantée, n'est-ce pas ? s'esclaffe Irma.

Une fois de plus, elle a réussi à nous laisser sans voix.

– Hantée ? répète maman, en posant son verre de vin.

– Oui, tout ça n'est qu'une légende urbaine idiote. Quand les gens s'ennuient, ils parlent à tort et à travers.

Néanmoins, par précaution, j'ai personnellement demandé à notre prêtre local de passer donner sa bénédiction à la maison. Monsieur Watson était là, il pourra vous le confirmer.

– Euh, d'accooord, mais en fait ma question portait plus sur ceux qui vivaient ici avant, je reprends à l'attention de Monsieur Sterling. Et pourquoi vous avez choisi ce quartier, spécifiquement, pour lancer la résidence d'auteur. Toutes ces maisons sont vides. Pourquoi nous installer au milieu de tout ça ?

Irma pose doucement sa fourchette, les yeux tournés vers son mari.

– Ce ne sont vraiment pas nos affaires, Marigold, gronde Alec.

– Non, non, Alec. C'est bon, nuance Monsieur Sterling avec un sourire chaleureux. J'aime les esprits curieux. Tu vois, Marigold, j'ai vécu à Cedarville toute ma vie et, comme tu peux le voir, notre belle ville a pas mal souffert au fil des ans. Drogue, émeutes, crime… on s'est fait une certaine réputation. Par conséquent, les étrangers hésitent à s'installer ici. C'est pourquoi j'ai lancé le programme Grow Where You're Planted. Mon espoir est d'encourager de bonnes petites familles, comme la vôtre à investir cette zone et à contribuer à changer notre image afin que davantage de personnes saines soient prêtes à envisager de venir vivre à Cedarville. Ce n'est qu'un début ; bientôt, toutes ces maisons seront rénovées, comme la vôtre, la communauté sera florissante et l'industrie en plein essor.

– Mais attendez, et les gens qui vivent déjà ici ?

Il pouffe.

– Eh bien, quoi ? Vous n'aurez pas manqué de remarquer que la population est bien rare.

– Où sont passés tous les habitants ?

Monsieur Sterling hoche la tête en mettant un morceau de pain dans sa bouche.

– Ils sont partis. Pour le travail ou d'autres opportunités.

– Mais pourquoi partir si vite ? Pourquoi abandonner tout ce qu'ils possédaient ? C'est presque comme s'ils avaient… fui quelque chose.

– Peut-être des hypothèques ou des taxes foncières, dit-il en riant. Il n'y a rien d'effrayant à Cedarville. Nous sommes l'une des villes les plus accueillantes du pays !

– Alors vous avez racheté toutes ces maisons ?

Il hausse les épaules, comme si ce n'était pas grand-chose.

– Nous avons repris un certain nombre de maisons saisies, oui.

– Mais si vous en êtes propriétaire, pourquoi les laisser dans cet état ? j'insiste avec un geste vers la fenêtre. On croirait presque que vous voulez que cette ville ait l'air délabrée… exprès. Ce qui va à l'encontre de votre vision. C'est vrai, si vous voulez changer l'image du quartier, pourquoi ne pas commencer par la communauté qui est déjà là ?

– Nous ne souhaitons travailler qu'avec des gens désireux de voir cette ville retrouver sa gloire, affirme-t-il, une pointe d'amertume dans la voix.

– Et vous ne pensez pas que les résidents d'ici le veulent aussi ? Vous avez essayé de leur poser la question ?

Le visage d'Irma se crispe, le regard toujours fixé sur son assiette. Maman prend une profonde inspiration alors qu'Alec soupire et repose sa fourchette.

Monsieur Sterling, en revanche, n'a pas perdu son sourire, il n'a même pas cligné des yeux. Je me rends compte soudain que son visage me rappelle un de ces mannequins effrayants avec la peau en pâte à modeler. C'est peut-être pour ça qu'il semble si… faux.

Après un long moment de silence, il s'essuie la bouche avec sa serviette et offre à la tablée un sourire éclatant.

– Eh bien, c'était un très bon dîner.

9

TOC TOC TOC

Après avoir regardé le soleil se lever pour la millième fois, je venais de me rendormir quand on a frappé à la porte. Ou je devrais dire, quand on a martelé la porte. Comme le ferait la police. C'est d'ailleurs la seule raison qui me pousse à sauter du lit.

La maisonnée s'éveille, les portes s'ouvrent une à une. Je sors dans le couloir en même temps que Piper, qui frotte son visage ensommeillé.

– Qui est-ce ? râle maman. Il est 6 h du matin, bon sang !

Alec enfile un tee-shirt et descend en courant.

– Oui ? lance-t-il en ouvrant.

Un homme noir âgé se tient derrière l'écran moustiquaire, la mine profondément renfrognée.

– Oui ? rétorque-t-il d'un ton sec. C'est tout ce que vous avez à dire ? Vous allez m'expliquer ça ?

Alec sort sur le perron tandis que nous restons à l'intérieur, protégés par la porte moustiquaire, mais agglutinés les uns contre les autres pour voir.

Sur le pas de la porte, une pile d'outils divers – une perceuse électrique, une tronçonneuse, même une petite tondeuse à gazon. Rien de tout ça ne nous appartient.

Alec et maman échangent un regard, toujours perplexes.

Le vieil homme montre à nouveau les outils, manifestement vexé, sans qu'on sache pourquoi.

– Attendez, ces outils sont à vous ? croit comprendre Alec.

Le bonhomme pousse un grognement narquois.

– Vous savez très bien qu'ils sont à moi, bon sang, puisque vous les avez pris dans ma remise ! J'ai passé toute la matinée à chercher qui avait volé mes outils pour les trouver ici ! Et vous avez même pas pris la peine de les cacher !

Alec, abasourdi, regarde autour de lui, comme si une réponse au problème allait apparaître quelque part.

– Hum, écoutez, Monsieur…

– Stampley.

– Bien. Monsieur Stampley. Nous n'avons pas volé vos outils.

– Alors comment vous expliquez ça ?

– Je suis tout aussi surpris que vous ! Quelqu'un les aura peut-être déposés devant la mauvaise maison.

– Pfff ! Personne ferait une telle bêtise.

– Peut-être que quelqu'un vous a fait une petite blague ?

Alec laisse échapper un rire nerveux, auquel Monsieur Stampley se contente de répondre par un regard furibard.

– Y a rien de drôle à voler les affaires d'autrui !

– Est-ce que l'un d'entre vous a vu ça ici hier soir ? nous demande maman à voix basse.

On secoue tous les trois la tête. J'étais la dernière à rentrer après avoir sorti Bud pour sa promenade du soir et le perron était vide.

– Eh bien, Monsieur, je suis désolé, mais… je n'ai aucune idée de la façon dont vos affaires sont arrivées ici, conclut Alec, les mains sur les hanches. Mais je veux bien vous aider à les remettre dans votre pick-up. Pas de problème.

Monsieur Stampley secoue la tête, ajustant sa casquette.

– J'aurais dû m'en douter. Y a que des fous, des fauteurs de troubles pour emménager dans ce quartier !

Il lève les yeux vers la maison voisine, je le vois parcouru d'un frisson et puis il entreprend de rassembler ses affaires.

– Où est ma hache ? Je sais que vous l'avez aussi.

***

L'équipe d'athlétisme de l'école a une compétition aujourd'hui. Assise sur les gradins rouillés, je regarde le cent mètres, capuche de mon sweat-shirt remontée. Me demandez pas pourquoi je m'inflige ça. Faut croire que je suis maso.

Monica Crosby est la coureuse vedette de l'équipe. Elle est tonique, grande, mince… et elle est douée. Presque trop pour cette école. Si les circonstances avaient été différentes, je lui aurais suggéré d'essayer une école privée : elle pourrait tout à fait se décrocher une bourse d'études, peut-être même essayer d'entrer dans une équipe préolympique. Elle augmenterait sa vitesse en se focalisant sur son centre et en resserrant ses foulées. Mais ici, dans cette nouvelle ville, je me tais et je m'occupe de mes affaires.

Je n'arrive pas à croire que le coach ait laissé David revenir dans mon ancienne équipe. Enfin, remarquez, qu'est-ce qui aurait pu me donner à penser qu'il me laisserait revenir, moi ? J'ai quand même bien merdé. Tous les entraînements et les compétitions que j'ai manqués… avec mon dossier, personne ne me fera jamais assez confiance pour m'inclure dans une équipe. Parce que je ferais tout foirer. Comme toujours.

– C'est la nana qui vit sur Maple Street, chuchote une fille derrière moi.

– C'est vrai ? s'exclame son amie.

En resserrant la capuche autour de mon visage, je me dirige vers les escaliers.

J'étais la Monica Crosby de mon ancienne école. Maintenant, je ne suis plus qu'une nana qui vit sur Maple Street.

Et ne me demandez pas ce que ça veut dire.

***

– C'est quoi le problème avec le fait que je vive sur Maple Street ?

Le club de jardinage a demandé des volontaires pour nettoyer un terrain dans l'espoir de le convertir en jardin partagé. Youssef et moi, on fait équipe pour passer le périmètre au peigne fin, armés de sacs poubelles et de bâtons. Mais je regrette déjà. Car à quelques mètres d'ici, je vois un matelas grand format moisi dans le champ de gravats. Une oasis pour les punaises de lit. Je n'arrive plus à en détacher les yeux.

FLASH INFO Les punaises de lit peuvent vivre jusqu'à huit mois sans pomper de sang, ce qui signifie qu'elles peuvent survivre sur les meubles jusqu'à l'arrivée d'un nouvel hôte humain.

Youssef s'essuie le front avec sa manche.

– Pourquoi tu demandes ça ?

– Ben, ce que je veux dire, c'est : je comprends, je suis nouvelle, tout ça, sauf que tout le monde à l'école parle en particulier du fait que je vis « sur Maple Street », comme si ça signifiait plus que ça.

Youssef paraît hésiter, puis :

– Personne n'a habité dans votre quartier depuis un moment.

– Sans blague ! je glousse. Mais qu'est-ce qu'il y a d'autre que j'ignore ?

Youssef soupire, se tortille comme s'il était sur le point de me raconter l'histoire la plus embarrassante du monde.

– Euh, ben… C'est juste que tout le monde s'étonne que tu sois encore en vie, avec ta maison qui est hantée, et tout ça.

Sur un ricanement, je ramasse une cannette de Coca vide.

– Ah. C'est tout ?

– Non, Cali, faut que tu comprennes. Ta maison… elle a une histoire, dit-il en me suivant. Personne pensait que vous survivriez aussi longtemps en cohabitant avec la Hag.

– La Hag ? Qui c'est ?

– Pas qui, mais quoi, corrige-t-il, très sérieux. C'est une créature, une femme démon, qui vient au milieu de la nuit pendant que tu dors, te jette un genre de sort. Tu te réveilles, mais tu peux plus ni bouger ni parler. T'es comme paralysé.

– Tu veux dire… comme la paralysie du sommeil ?

– Ouais, c'est comme ça que ça s'appelle !

J'ai la bouche sèche en repensant à la nuit où j'ai failli m'étouffer avec ma propre langue… et à l'ombre dans le couloir.

– Et pendant que t'es couché, elle te vole ta peau, poursuit Youssef. Elle récupère la peau d'un autre pour la porter pendant la journée comme si elle était normale. Et quand la peau devient trop vieille ou trop ramollo, elle doit en trouver une nouvelle.

– Donc, ce que tu me dis, c'est que… les gens pensent que je suis la Hag, habillée de ma peau, qui complote pour prendre la leur.

– Ouaip.

Je hausse les épaules et ramasse quelques récipients de nourriture vides.

– Cool.

– Cool ? se moque-t-il.

– Ben ouais, si tout le monde pense que je suis une démone, alors on me laissera tranquille.

Il rit.

– C'est sûr que c'est un côté positif.

– Le meilleur côté positif que je puisse imaginer.

– Oh, eh, dit-il en tendant le doigt. T'as quelque chose sur ta manche.

Je jette un coup d'œil à mon bras et découvre trois toutes petites taches rouges. Le monde s'arrête dans un crissement de pneus.

FLASH INFO Les punaises de lit sont petites, plates, ovales, brunâtres et sans ailes. Elles deviennent rouges après s'être nourries du sang d'un humain, comme les vampires.

– Oh merde, merde, merde !

Youssef s'esclaffe.

– Meuf, c'est juste des coccinelles. Relax ! Elles sont inoffensives.

Ce matelas… Je le savais ! Je le savais !

– Je dois y aller, je peux pas, non je dois y aller, je, euh… désolée, y a pas, bien, dois y aller… je débite sans queue ni tête.

Et je m'entends faire, mais je ne peux pas m'arrêter, parce qu'il y a des insectes sur moi et je ne sais pas si ce sont des punaises de lit ou des insectes normaux ou des insectes inoffensifs ou des insectes meurtriers, mais quoi qu'il en soit, ça n'a pas d'importance car ils sont sur moi, maintenant, et il va y en avoir partout dans la maison.

– Cali ? Ça va ?

Je suis déjà en train de courir, à toute vitesse, vers la maison. Le cœur au bord des lèvres, prête à m'asperger d'essence.

***

À l'époque où mes parents étaient encore ensemble, on était, faute de meilleur terme pour nous décrire, des accumulateurs. On ramassait et on gardait tout et n'importe quoi, notre maison était pleine d'un bazar trop précieux pour être jeté. Et puis, un jour, mon père est revenu d'un voyage d'affaires d'une semaine à New York avec des punaises de lit. On ne savait pas qu'on les avait. Elles se cachaient dans les fissures de notre maison, où elles se multipliaient en silence. Des organismes microscopiques dotés de l'étrange capacité de faire des ravages dans votre vie.

Je n'ai pas vraiment réagi quand j'ai vu la première piqûre. J'ai balayé ça d'un revers de la main, comme si c'était une piqûre de moustique. Jusqu'à ce que mes jambes soient criblées de taches rouges qui se sont transformées en une éruption cutanée qui a envahi tout mon corps. Comme j'avais treize ans, tout le monde a mis ça sur le compte de la puberté : je faisais une réaction un peu sévère à une simple allergie. Rien de grave, pas de quoi s'inquiéter. On m'a donné un million d'explications, mais jamais la bonne. Puis, une nuit, en parcourant WebMD, je suis tombée sur un article et j'ai couru arracher les draps de mon lit : c'est là que j'ai trouvé le premier de nombreux nids. Des centaines de points noirs et de taches de sang recouvraient la toile de mon matelas.

FLASH INFO Les punaises de lit sont des créatures nocturnes. Elles se régalent pendant que vous dormez, en broutant votre peau comme des vaches.

On a tout jeté à la benne. Commodes en bois, cadres de lit, matelas, canapés. C'est le seul moyen, pour vraiment se débarrasser des punaises de lit. Car elles pondent des œufs invisibles qui peuvent éclore à tout moment, même après leur extermination.

Le problème, c'est que des mois plus tard, je les sentais encore ramper sur moi. Je restais debout toute la nuit, à les pourchasser au séchoir à cheveux, à repasser les vêtements à la Javel, les doigts gercés par les désinfectants. Je voyais des piqûres là où il n'y en avait pas, des taches noires même quand j'avais les yeux fermés, je me grattais les jambes jusqu'au sang. J'ai consulté le meilleur allergologue de l'État avant qu'on ne commence à m'envoyer chez les psys, au motif que c'était dans ma tête. Parasitose délirante : la croyance qu'on est infesté d'insectes quand il n'y en a pas. Qui s'accompagne d'une bonne dose d'hypervigilance (genre nettoyage obsessionnel), de paranoïa, de dépression, d'insomnie et d'une anxiété maousse costaude. Je ne me souviens pas de grand-chose de ma première année de lycée. Privée de sommeil, j'ai échoué à la plupart de mes cours et examens. Aucune affirmation, aucun discours de mon psy n'a réussi à me calmer. Pourquoi je devrais croire qui que ce soit, alors que personne ne m'avait crue au départ quand j'affirmais qu'il y avait un problème ?

Pendant l'été précédant l'année de première, le cousin de Tamara m'a offert mon premier bédo, et c'était le rince-bouche dont j'avais besoin. Seulement… bientôt, ça n'a plus suffi. Les montées étaient fugaces et ne duraient jamais aussi longtemps que j'aurais voulu. Sur ce, je me suis bêtement déchiré un muscle en athlé et on m'a présentée à une belle pilule blanche appelée Percocet. Longtemps après la guérison de la blessure, j'ai découvert que sniffer du Percocet écrasé était un bon remède pour empêcher les punaises de prendre toute la place dans ma tête.

***

Au cours des dernières années, j'ai perfectionné l'art de me déshabiller en courant, de jeter mes vêtements dans des poubelles, à bonne distance de ma maison pour que les punaises ne soient pas tentées de s'y introduire. Debout en sous-vêtements sur la terrasse arrière, dans une nouvelle ville, je réalise que ce comportement n'est peut-être pas si normal que ça. Mais je m'en fiche. Une inspection minutieuse de ma peau est essentielle.

Je me passe la main sur les bras, gratte les grains de beauté que j'ai vus un million de fois, tout en prenant de profondes inspirations pour ne pas m'évanouir.

Ça va ça va ça va.

Rien qui sorte de l'ordinaire. Mais des boutons pourraient apparaître plus tard. J'ai besoin d'une douche chaude immédiatement.

Sammy, assis sur le canapé à regarder la télé, se couvre les yeux quand j'entre.

– Meuf, pourquoi t'es à poil ?

– Longue histoire.

Il agite un bras en l'air.

– AH ! Je risque de perdre la vue à jamais !

– Quel acteur ! je rigole.

Sur quoi, je monte à l'étage au pas de charge et trouve Piper debout devant mon bureau.

– Eh ! Qu'est-ce que tu fais ?

Piper tressaille, puis fait volte-face en cachant quelque chose derrière son dos, et elle essaie maladroitement de trouver une excuse.

Je la bouscule d'un coup de fesse, lui attrape le bras et le tire devant.

– Aïe ! elle crie. Lâche-moi !

Pas difficile de l'obliger à décramponner ses petites mains. L'encens que j'ai rapporté de la maison est brisé en morceaux. Sous le bureau, ma sauge est émiettée dans la poubelle.

– Espèce de petite merde !

Piper se libère et se frotte le poignet, les yeux gonflés de larmes.

– Je t'ai dit que Madame Suga n'aime pas cette odeur !

Je suis plantée là, à moitié nue, avec des œufs de punaises de lit qui, si ça se trouve, fourmillent dans les poils de mes bras, et Piper vandalise mes affaires.

– Eh bien, va dire à Madame Suga de se faire foutre ! je m'énerve. Ce n'est pas sa maison. Ce n'est même pas ta maison. C'est la maison de ma mère. C'est elle qui a gagné cette résidence, pas Alec. Sans ma mère, vous seriez tous les deux sans-abri ! Alors peut-être que tu peux convaincre ton père de partir, puisqu'il fait tout ce que tu veux. Comme ça, Madame Suga et toi, vous pourriez vivre heureuses pour toujours.

Piper recule, les lèvres tremblantes.

– Je… Je… Tu vas le regretter ! sanglote-t-elle, avant de sortir de la pièce en courant.

***

« *Et quand vous planterez vos graines, vous verrez la délivrance miraculeuse. Des milliers de dollars transférés sur votre compte, la guérison de maladies… ceux qui ne peuvent pas marcher, marcheront à nouveau !* »

Mes yeux s'ouvrent au son de sa voix, parfaitement claire par ma porte ouverte.

3 h 19 du matin. Encore.

– Putain, je grogne, rejetant les draps.

Je descends les marches d'un pas lourd, en bâillant, et je suis presque blasée devant la scène qui m'attend : les lumières allumées dans la cuisine, la même tasse en verre sur le comptoir… À l'exception d'un énorme changement qui m'arrête net.

La porte du sous-sol est grande ouverte.

« *Vous récolterez toujours ce que vous plantez, si le Seigneur le veut. Vous récolterez ce que vous avez semé. Ceux qui ne suivent pas la volonté du Seigneur récolteront ce qu'ils ont semé et brûleront dans le brasier ardent de l'enfer.* »

Quelque chose se coince dans ma gorge, mon esprit se vide. La porte est adossée au mur comme si elle avait toujours été accessible, facile à ouvrir, comme si je m'étais imaginée, l'autre jour, en train de tirer dessus en vain. Mais la voir de l'intérieur, avec sa plaque de poignée rouillée et cabossée, son bois vieilli et déformé, strié de rayures qui n'ont pu être faites que par des ongles… Le spectacle me glace jusqu'aux os.

– Ohé ? je crie comme une idiote.

Parce qu'honnêtement, qui pourrait être là, en bas, dans le noir complet ? Cela dit, qui a ouvert cette porte ?

L'odeur, ce mélange puant de fruits pourris et de viande avariée, me répond sous la forme d'un brouillard qui monte des escaliers. Je recule, les yeux larmoyants, prête à claquer la porte, quand une pensée me traverse, comme au ralenti : Buddy n'est pas à mes côtés. Il n'était pas dans ma chambre quand je me suis réveillée, et il ne se trouve ni dans la cuisine ni dans le salon. Ce qui ne peut signifier qu'une chose…

Oh, mon Dieu.

« *C'est pourquoi, avec vos graines, vous travaillerez dans la faveur de Dieu. Les graines qui fleuriront apporteront l'onction à votre vie et vous connaîtrez l'abondance dans les domaines pour lesquels vous priez. Tout ce que vous avez à faire, c'est d'appeler le numéro ci-dessous et de passer commande…* »

Les mains tremblantes, je fouille l'abîme noir, ce trou sans fin, ce puits sans fond.

– Buddy ? je croasse en me penchant légèrement. Ici, Buddy. Viens, mon garçon.

Oh non oh non oh non. Je ne peux pas descendre là-dedans, je ne peux pas…

Il geint. Mais il a l'air à des millions de kilomètres. Ou alors, c'est que je ne l'entends pas à cause des divagations de Scott Clark. Je cours vers le canapé pour éteindre la télé.

« *Ayez confiance dans le Seigneur ou périssez de sa colère. Il viendra bientôt nous chercher tous ! Êtes-vous prêts pour le sal…* »

Le silence soudain me soulage, jusqu'à ce que quelque chose sur la gauche attire mon attention – à l'extérieur, une silhouette plonge, hors de ma vue.

Est-ce que quelqu'un était en train d'épier ? Ou était-ce mon reflet ?

J'ai la tête qui tourne. Une tasse de caféine m'aiderait à penser clairement, à élaborer une stratégie pour tirer mon chien adoré des profondeurs de l'enfer.

– C'est ma maison, tonne une voix depuis le sous-sol.

Une voix de femme, rauque et distincte.

Ma mâchoire se décroche.

C'est quoi ce bordel, putain ?

La pièce est à nouveau silencieuse. Je suis peut-être victime d'une hallucination auditive, vu comme je suis groggy. Ou peut-être que c'est encore un rêve ? Parce qu'il n'y a pas moyen que je…

CRAAAAAC

Le bruit monte du sous-sol, un choc sur du bois, comme si quelqu'un gravissait les premières marches de l'escalier. Mais c'est impossible. C'est juste une vieille maison. Et qui dit vieille maison, dit bruits de vieille maison. Oui, seulement… les vieilles maisons ne prononcent pas de vrais mots.

CRAAAAC

Une nouvelle marche.

Il y a quelqu'un en bas. Et cette personne détient Buddy !

Trempée d'effroi, je serre la télécommande contre ma poitrine, le cœur battant la chamade, incapable de détacher mes yeux de la porte ouverte. Je suis trop loin de la cuisine pour saisir une arme. Mais je peux détaler, passer devant la porte du sous-sol et appeler à l'aide.

CRAAAAAC

– Ma maison, chuchote la voix. Ma maisonmamaisonmamaisonmamaison.

– Maman ? je pleurniche. Je…

Soudain, une explosion de musique traverse les murs, inonde la maison, et je tombe à genoux. De la musique ? Qui vient d'en haut. Je jette un dernier coup d'œil à la porte ouverte du sous-sol et je fonce vers l'escalier de l'étage.

– MAMAN ! MAMAN !

Elle sort en courant de sa chambre.

– Mari ! Mari ? crie-t-elle par-dessus la musique. Qu'est-ce qu'il y a ? Qu'est-ce que tu fais ?

Alec débarque derrière elle.

– Qu'est-ce qui se passe ?

Piper est déjà dans le couloir, tranquille. Elle me jette un regard et se bouche les oreilles.

– Papa ! C'est trop fort !

Sammy déboule de sa chambre… avec Buddy.

– Buddy ! je hoquette, plongeant au sol pour l'étreindre, submergée par le soulagement.

Les mains sur les oreilles, Sammy se glisse dans ma chambre et éteint le haut-parleur.

– Meuf, c'est quoi ce bordel ?

– Il y a quelqu'un en bas ! je sanglote. Au sous-sol !

Maman me prend dans ses bras et regarde Alec. Il acquiesce.

– Vous restez ici.

Piper le cramponne.

– Papa, non.

– Reste ici. Je reviens tout de suite.

Alec descend lentement l'escalier, jette un coup d'œil par-dessus la rampe, puis disparaît de notre vue. Piper se balance sur ses pieds, le regard fixe. Nous attendons trois longues et atroces minutes avant qu'il ne réapparaisse sur la dernière marche.

– Vous pouvez descendre une seconde ?

Prudemment, nous descendons tous et nous rassemblons dans la cuisine. Alec se tient devant la porte du sous-sol, désormais fermée, et tente de l'ouvrir d'un coup sec.

– Fermé, constate-t-il platement.

Les sourcils froncés, maman me regarde, en quête de réponses.

– Je jure que c'était ouvert ! Je le jure !

Ma voix atteint un pic hystérique.

Alec secoue la tête.

– Je ramène Piper au lit. Viens, ma chérie.

Piper m'adresse un sourire narquois avant de prendre la main d'Alec.

– Mari, commence maman en se tordant les mains, est-ce que tu as…

– Arrête ! je la coupe. Vas-y, dis que tu ne me crois pas, mais ne m'accuse pas d'autre chose !

Maman et Sammy échangent un regard inquiet.

– Laissez tomber, je grogne.

Et je monte à l'étage, non sans jeter un coup d'œil rapide à l'extérieur, où le pick-up est garé de l'autre côté de la rue, qui observe la maison.

Encore.

10

– Avant d'entrer, dit Alec depuis le siège conducteur, dans son costume et sa cravate de mauvais goût, revoyons ensemble les règles, d'accord ?

Je lève les yeux au ciel.

– Qu'est-ce qu'il y a à revoir ?

– Eh bien, nous… voulons juste nous assurer qu'il n'y aura pas d'incident comme la dernière fois avec Monsieur Sterling, précise maman, toujours délicate.

– J'ai promis de ne rien dire. Et si vous êtes si inquiets, fallait me laisser à la maison.

– Ça ferait bizarre si toute la famille venait ce soir et que tu n'étais pas avec nous, rétorque maman. On pourrait croire que tu as un problème avec Monsieur Sterling.

– Ce qui n'est pas le cas, d'accord ? m'avertit Alec, les yeux dans le rétroviseur.

– Vous auriez mieux fait de prendre Buddy à ma place.

– Moi, je n'ai pas de problème avec lui, papa, intervient Piper avec un sourire.

Ses cheveux sont attachés en couettes rebondissantes.

– Est-ce qu'on peut y aller et qu'on en finisse ? demande Sammy. Certains d'entre nous ont renoncé à un tournoi de jeux en ligne pour être ici ce soir.

Comme d'habitude, je peux toujours compter sur Sammy pour me soutenir.

Alec et maman échangent un regard épuisé avant d'ouvrir les portières de la voiture, et tout le monde descend à la queue leu leu.

Ce soir, c'est la première journée portes ouvertes de la Fondation Sterling dans ses nouveaux locaux sur la Riverwalk. Le bâtiment de verre est rempli de souvenirs historiques de Cedarville : vieilles photos en noir et blanc agrandies en format poster, frise chronologique interactive qui court autour du hall, installations numériques, œuvres d'art réalisées par les habitants… même une voiture des années 1920, apparemment assemblée dans l'une des usines désormais fermées.

– Waouh, lâche Sammy alors qu'on fait le tour de la salle.

Alec prend deux verres de vin sur le plateau d'un des serveurs.

– Plutôt chic, non ?

– Ooooh ! Bonjour ! Vous voilà !

Irma nous fait signe de loin et se dirige vers nous en tapant dans ses mains.

– Bonjour, Irma, répond maman.

– C'est super de vous voir tous ! Raquel, je peux vous voler à votre famille un moment ? J'aimerais vous présenter à quelques-uns de nos membres du conseil tant que le grand discours n'a pas commencé.

– Oui, bien sûr.

Avant de s'éloigner, maman m'adresse un sourcil haussé. Énième avertissement pour m'enjoindre de bien me tenir. Je ne sais pas pourquoi elle fait la timide devant ces gens. C'est elle qui m'a appris à poser des questions, à être curieuse et à dire ce que je pense. Donc, en réalité, mon sens aigu de l'observation et ma compréhension des situations, ben, c'est de sa faute.

Alec parade avec Piper à travers la pièce, tout fier de montrer son petit trésor à… eh bien, en fait, je ne sais pas qui sont ces gens. La seule personne que je reconnais, c'est Madame Fern, mais personne d'autre de notre côté de la ville. Un groupe de Blancs habillés en tenues élégantes et talons – je n'en ai pas vu autant depuis l'incendie de la maison voisine.

Cachée dans un coin, je me tortille dans la robe que j'ai fini par enfiler, tant maman a insisté pour que je la porte, me gavant de quiche aux épinards, tandis que Sammy joue avec l'un des écrans tactiles qui nous offrent un aperçu numérique de l'histoire de Cedarville. De l'autre côté de la salle se trouve un écran géant derrière une grande scène, pour projeter un film ou quelque chose comme ça, je suppose, pendant la présentation dont Irma a parlé.

Le luxe. Presque trop, par comparaison avec ce qu'on connaît de cette ville. À lui seul, le budget pour cet événement aurait permis de nettoyer un quartier ou deux.

Je repère Monsieur Sterling près de l'estrade avec maman, en train de parler à un groupe de personnes. Son costume de ce soir, d'un noir impeccable, fait ressortir ses yeux sombres. Maman acquiesce avec un sourire faux, serre des mains. Même si elle a l'air un peu déstabilisée, ça fait plaisir de voir autant de gens la féliciter.

– Eh, regarde un peu ça, dit Sammy en me poussant du coude. Ils ont tous les vieux plans des quartiers de Cedarville. Regarde, là, Maplewood.

Je me penche et identifie Maple Street, en ligne droite jusqu'au parc. Parfois, ça paie d'être les enfants d'un architecte. Papa nous a appris à nous repérer sur un plan, Sammy et moi, depuis qu'on sait marcher.

– Regarde tous les vieux bâtiments qui existaient avant, ajoute Sammy. Ce grand, là… je pense que c'est le terrain vague en face de la bibliothèque.

– Hum. T'as raison, je marmonne. Je me demande ce que c'était.

Un micro qui couine attire l'attention de la salle.

– Bonjour, tout le monde, bienvenue, entonne Irma depuis le centre de la scène. Merci beaucoup à tous d'être venus. Et un remerciement tout spécial à quelques-uns de nos membres du conseil présents ce soir : Eden Kruger, Richard Cummings et Linda Russo. Applaudissons-les tous.

Dans le groupe qui se tient à côté de maman, on salue et on hoche la tête, sourire d'un blanc étincelant aux lèvres.

– Maintenant, j'ai le plaisir de vous présenter le fondateur et P.-D.G. de la Fondation Sterling, Monsieur Robert Sterling.

La salle explose quand Monsieur Sterling monte sur scène. Il va saluer les deux côtés, façon rock star. À en juger par la puissance des applaudissements, on s'y croirait presque.

– Merci à tous d'être venus, dit-il en prenant le micro d'Irma. Quand mon père est arrivé à Cedarville, il avait trente ans, il était seul et n'avait pas un sou en poche.

Sur l'écran, une photo sépia apparaît, d'un homme qui doit être son père.

– Mais il est venu ici avec de l'espoir, poursuit-il. Il y a fait sa vie, en subvenant aux besoins de sa femme et de ses six enfants. L'héritage de notre famille est la preuve que tout homme peut se faire un nom à Cedarville. Nous étions autrefois une ville industrielle en plein essor, riche en opportunités. Bien sûr, les choses ont changé. Des choses qui n'étaient… pas de notre ressort.

Nouvelles photos, de l'évolution du paysage, des images de sans-abri et des statistiques sur la criminalité. Le public semble mal à l'aise. Soudain, une idée me vient à l'esprit : je n'ai pas vu un seul SDF depuis qu'on a emménagé ici. Ni dans notre quartier ni sur le chemin de l'école. Pas de mendiants contre les lampadaires ou devant les épiceries. Les maisons qu'ils juraient remplies de squatteurs semblent vides, en réalité.

– Plus tard, mon frère s'est présenté aux élections, continue Monsieur Sterling alors qu'une autre photo s'affiche. Il croyait en cette grande ville et a entrepris de la revitaliser. Et nous sommes ici pour continuer le travail qu'il a commencé.

La foule s'agite, devient curieuse.

– Nous avons réalisé des progrès significatifs au fil des ans, grâce à nos projets, notamment avec notre tout nouveau programme, la Résidence Grow Where You're Planted. En fait, nous avons parmi nous ce soir notre toute première autrice, Madame Raquel Anderson-Green.

Maman salue timidement pendant que Sammy et moi crions, hurlons et braillons.

– Mais ici, à la Fondation Sterling, nous sommes prêts à accélérer le rythme. Au fil des ans, nous avons décidé d'acheter des propriétés, d'investir dans l'espoir de lendemains meilleurs. Et l'avenir, Mesdames et Messieurs, est en marche, il sera là plus tôt que vous ne le pensez.

– Il veut dire quoi ? Que l'avenir arrive dans, genre, trois heures ? ironise Sammy en regardant sa montre, et je lui cogne l'épaule.

– C'est pourquoi j'ai le plaisir de vous présenter la campagne Vers le futur, une initiative menée par notre Fondation en collaboration avec nos estimés investisseurs, qui vise à redonner à Cedarville sa gloire d'antan et un tout nouveau visage.

L'écran noir géant devient blanc, avant de laisser place au logo de « Vers le futur ».

– Notre lotissement et un tout nouveau réseau de trains légers donneront à nos citoyens l'espoir d'un avenir meilleur.

L'écran zoome et s'envole vers le « nouveau » Cedarville, montré dans un film d'animation, avec des arbres luxuriants, des maisons de ville luxueuses et des citoyens animés et heureux.

– Cedarville sera un endroit idéal pour les start-up, les sociétés de la tech et les entreprises alternatives, lesquelles garantiront un taux de croissance de l'emploi allant jusqu'à 75%. Le premier coup de pioche sera donné d'ici trois ans.

Des « ooh » et des « aah » retentissent dans la salle.

Papa crée ce genre de présentation pour ses clients. Il s'agit d'images 3D générées par ordinateur des plans de construction prévus et du produit fini, à savoir, dans le cas présent, un tout nouveau développement mixte avec des immeubles de bureaux, des espaces commerciaux et un parc géant.

Attends une minute…

J'écarte Sammy d'un coup de coude et je zoome à nouveau sur le schéma, alignant la forme du parc avec le rendu proposé. Et là, je suis stupéfaite.

La carte recouvre toute la zone de Maplewood. Ce qui signifie qu'ils prévoient de raser le quartier d'ici quelques années. Où tous ses habitants vont-ils aller, selon eux ? Ou plutôt : que comptent-ils faire d'eux ?

Quand Monsieur Sterling lève son verre, ses yeux rencontrent les miens.

– Un toast, tout le monde. Au futur !

– Au futur ! répond la foule.

***

– Qui a laissé les lumières allumées ? demande maman alors que nous nous engageons dans l'allée.

La maison brille de mille feux, comme une luciole.

– Carrément, toutes les lumières, commente Sammy, curieux.

– Pas moi, lance Piper.

Alors qu'on monte les marches du perron, Alec s'arrête net et tend le bras pour nous empêcher d'avancer.

– Quoi ? grommelle maman.

D'un signe de tête, il désigne la porte d'entrée, entrouverte. À travers l'écran moustiquaire, on voit une lampe renversée sur le sol. Maman pousse un petit cri et jette un regard suppliant à Alec.

– Reste ici, murmure-t-il, avant d'entrer sur la pointe des pieds.

– Retournez tous dans la voiture, chuchote maman en nous poussant dans l'escalier. Tout de suite. Allez !

On passe les dix minutes suivantes à guetter la porte d'entrée depuis l'arrière du van, maman sur les marches, téléphone à la main.

– Que fait Alec ? demande Sammy.

– Je suppose qu'il essaie de voir s'il y a encore quelqu'un à l'intérieur.

Piper se redresse, les deux mains appuyées contre le carreau, les lèvres pincées.

Enfin, Alec ressort et parle à maman à voix basse. Ils regardent tous les deux vers la voiture, puis maman compose le 911.

***

Il n'y a pas d'autre façon de le décrire : la maison a subi une tornade. Méfiants, nous nous frayons un chemin parmi les décombres, le verre crisse sous nos chaussures. Je reconnais le motif : c'est le service en porcelaine, cadeau de mariage de maman, qui jonche le sol menant à la cuisine. Là, des ustensiles, casseroles et poêles sont éparpillés partout. Mon dernier terrarium, comme une fourmilière sur le tapis.

– Ils n'ont pas pris la télé, marmonne Sammy.

Je suis surprise de la voir, toujours suspendue, indemne, alors que le reste de la maison est en ruine.

– Bizarre, je gronde.

Un reniflement en provenance du bureau de maman.

Elle se tient devant une pile de papiers déchiquetés, les yeux rivés sur son ordinateur de bureau défoncé. Des photos encadrées ont été cassées, presque toute sa collection de livres déchirée, en morceaux.

– Mon travail, pleure-t-elle, alors qu'Alec la prend dans ses bras et lui embrasse la tempe.

Sammy et moi, on échange un coup d'œil et on se dirige vers l'escalier.

– Les enfants, attendez, crie maman en reniflant.

Mais on est déjà sur le premier palier.

Ce qui reste de la Xbox de Sammy est dans le couloir, son casque cassé en deux, des Lego comme des glaçons éparpillés un peu partout.

Sur le sol de ma chambre, mon ordinateur portable n'est plus que de minuscules fragments. Mes vêtements ont été arrachés de leurs cintres. Bon, il n'y avait pas grand-chose à détruire, vu que je n'avais pas grand-chose.

De l'autre côté du couloir, en revanche, la chambre de Piper est intacte. Sa lampe à lave bouillonne et brille, rouge sang, illuminant son sourire satisfait et glacial.

***

– La police est en route, annonce Alec alors qu'on campe sur le perron.

Maman, qui tient Sammy sur ses genoux, lui caresse le cou.

– Je ne comprends pas qui a pu faire une chose pareille, dit-elle. Mettre à sac un endroit, mais sans rien prendre.

Pour autant qu'on sache, aucun bijou, aucune somme d'argent ou objet de valeur n'a été volé. C'est comme si des trolls étaient venus juste pour bousiller nos affaires.

– Tu sais qui a fait ça ? s'emporte Alec, qui fulmine en faisant les cent pas devant nous. Nos « gentils » voisins. Des voyous qui n'ont rien de mieux à faire que de causer des problèmes.

Je ne sais pas pourquoi il est si contrarié, aucune de ses affaires n'a été touchée. Piper et lui s'en sortent indemnes.

– On n'en est pas sûrs. Ça pourrait être n'importe qui.

– Tu sais quoi, je ne blâme pas la Fondation de ne pas essayer d'aider ces gens, poursuit Alec. Ils ne s'aident même pas eux-mêmes. Ils volent et vandalisent leur propre communauté. Pourquoi devrait-on les aider ?

Maman le fusille du regard.

– Alec, tu n'as aucune idée de ce que ces gens ont enduré. Toi, en tant qu'homme blanc, tu ne peux même pas l'imaginer.

Alec ouvre la bouche et la referme rapidement, réalisant qu'il est allé trop loin.

– Je ne comprends pas, lui dit Sammy. Pourquoi ils n'ont pas touché à tes affaires ?

Alec hausse les épaules.

– Peut-être que la police est passée et les a dérangés.

Je lève les yeux au ciel.

– Dans ce quartier ? Ouais, c'est ça.

Alec pousse le soupir qu'il retenait et s'assoit sur les marches, face à la rue. Piper le rejoint rapidement. Ce que personne d'autre ne voit, c'est la façon dont elle semble retenir un rire amusé.

Et moi, je suis très, très curieuse de savoir ce qu'elle trouve si drôle.

11

– C’était super bizarre, papa.

Au coin de la rue, devant la maison où on s’est introduits en douce l’autre jour, je donne des nouvelles à mon père.

– C’est comme s’ils avaient tout prévu, qu’ils étaient prêts à commencer le truc. Ça donnait un Cedarville totalement différent, avec des centres commerciaux et leurs fichues fontaines. Et ils se comportaient comme si tous ces gens allaient partir demain, alors que pour ce que j’en vois ici, personne n’a l’air pressé de faire ses bagages.

– Oui, c’est ce qui arrive dans les villes contrôlées par des investisseurs. Mais dis-m’en plus sur le cambriolage. Tu es sûre que tu vas bien ?

– Oui, ça va, papa. Promis. À part mon ordinateur, je n’avais pas grand-chose qui les intéressait.

– J’aurais plutôt imaginé qu’ils essaient de mettre l’ordinateur en gage, me dit-il. Ils auraient pu en tirer quelques centaines de dollars, facile. Pourquoi le détruire ?

Et qu'est-ce que j'entends ? Tu ne veux pas intégrer l'équipe d'athlétisme ?

Je jette un coup d'œil à la maison au coin de la rue, dont le rideau me salue encore. Je n'ai pas voulu dire à papa que ce n'était pas un cambriolage ordinaire. Que ça semblait calculé et ciblé, comme si quelqu'un essayait de nous faire passer un message. Et j'avais encore moins envie de parler de l'athlé.

– Ouais, je marmonne, laissant ma réponse en suspens. Eh, est-ce que tante Natalie travaille toujours pour cette ONG ?

– Ouaip. Elle y est toujours.

– Mais elle se plaint tout le temps du mal qu'ils ont à collecter des fonds. Comment une association à but non lucratif comme la Fondation Sterling peut avoir les moyens d'acheter une ville entière ?

Papa rit.

– Ha ! C'est bien ma fille, ça. Toujours à essayer de démêler les plans des gens. On n'arrivait même pas à te faire manger des légumes en douce.

– Et regarde-moi maintenant, je glousse. Qui survis de Granola, de tofu et de prières.

– Chacun fait les choses à son rythme. Mais, Mari, ne t'inquiète pas trop pour les gens de Cedarville. Il faudra du temps avant que ces promoteurs parviennent à les chasser de chez eux. Cependant, pour satisfaire ta curiosité… à ta place, je suivrais l'argent.

– Tu suivrais l'argent ?

– Ouaip. Une fois que tu sauras d'où vient tout cet argent, tu sauras qui sont les vrais acteurs qui tirent les ficelles en coulisse. Tout n'est peut-être pas ce qu'il semble. Quelle est la première règle des échecs que je t'ai apprise ?

Je prends une profonde inspiration, le regard braqué vers la fenêtre brisée de la maison.

– Chaque coup est une préparation du prochain.

***

Dès qu'on a fini de tout nettoyer et que maman s'est enfermée dans son bureau pour tâcher de respecter sa deadline, j'essaie d'appeler Tamara pour la sixième fois. Elle n'a répondu à aucun de mes textos ou appels en FaceTime. Quel genre de meilleure amie te laisse en plan pendant une crise majeure de ta vie ?

– Je vais courir ! je crie avant de me glisser dehors.

Je fais d'abord un arrêt au jardin secret. Cela ne fait que quelques semaines, mais les graines commencent déjà à germer. Je leur donne une bonne douche et vérifie la température de la pièce. Y a de l'automne dans l'air. Or qui dit changement de saison, dit changement de lumière ; je rapproche donc les bacs des fenêtres. C'est risqué, car quelqu'un pourrait les repérer en passant, mais vu que personne ne vient dans notre quartier, je n'ai pas bien peur.

Hormis ce pick-up bizarre que je continue à voir tard dans la nuit. Peut-être qu'il fait du porte-à-porte. C'est peut-être eux qui ont saccagé notre maison. Sauf qu'ils n'ont pas touché aux affaires de Piper et d'Alec. C'est pour ça que j'entends les mots de Piper résonner dans ma tête.

« *Tu vas le regretter.* »

Une fois mon jardin entretenu, je pars courir – je dois m'en tenir à ma routine pour ne pas éveiller de soupçons sur ma localisation –, mais je pense toujours à Piper. Est-il vraiment possible qu'elle ait quelque chose à voir avec le cambriolage ? Je veux dire, c'est juste une gamine un peu capricieuse. Quel pouvoir peut-elle avoir ? Elle n'a même pas de téléphone.

« *Tu vas le regretter.* »

J'envisage de parler à maman de la voiture qui se gare devant chez nous depuis quelques nuits, mais quand on a la réputation de « la fille qui crie aux punaises de lit » à chaque miette ou tache rouge qu'elle voit, on n'est pas considérée comme le témoin le plus fiable.

Prise dans mon rythme, je ne remarque même pas que j'ai déjà fait mon tour habituel du parc et que je suis de retour dans le quartier au moment où j'entends une voix familière.

– Merde, meuf, qui tu fuis ?

Je repère Erika droit devant, assise dans une chaise de jardin cassée au bout d'une allée. Je ralentis pour m'arrêter à son niveau.

– Meuf, tu es déjà défoncée ? je lui lance en riant entre deux halètements. Il est même pas midi.

Elle m'adresse un sourire étincelant et vérifie l'heure.

– Déjà si tard ? Mais yooo, t'es rapide. Genre la Usain Bolt au féminin ou un truc comme ça. Tu devrais essayer d'entrer dans l'équipe d'athlétisme !

Je ravale l'acide qui menace de monter.

– Non. J'suis pas intéressée par les activités extrascolaires du bahut.

Elle opine du chef.

– Tu veux pas travailler pour le bonhomme ? Je te comprends. Tiens, pose-toi un peu.

Elle me désigne la chaise en face d'elle et je m'y assieds.

– Tu veux un soda ? demande-t-elle en fouillant dans une mini-glacière rouge.

– Ouais, je réponds, même si je ferais mieux de boire un peu d'eau après les kilomètres que je viens de courir. Merci.

Je prends une gorgée de limonade au gingembre et je jette un coup d'œil à la maison d'Erika, ses bardeaux blancs qui dégoulinent sur les côtés, les déchirures dans la porte moustiquaire, un vieux réfrigérateur tombé sur le flanc dans l'herbe morte. À l'intérieur, j'entends Scott Clark.

« *Le Seigneur enverra une bénédiction sur vos granges et sur tout ce à quoi vous mettez la main. Le Seigneur votre Dieu vous bénira sur la terre… Les semences qui poussent apporteront l'onction à votre vie et vous connaîtrez une grande abondance dans les domaines pour lesquels vous priez. Tout ce que vous avez à faire, c'est d'appeler le numéro ci-dessous, de passer votre commande, et je vous enverrai un paquet de graines sans aucun frais de votre part. Et vous n'aurez plus qu'à suivre les instructions figurant dans la lettre détaillée que je vous enverrai.* »

– Désolée pour ta maison, dit Erika.

Je suis à deux doigts de lui demander comment elle est au courant, mais j'avais oublié : tout le monde sait tout par ici.

Je me demande s'ils savent qu'ils sont sur le point d'être expulsés…

– Alors, qu'est-ce que tu fais aujourd'hui ? je demande, changeant de sujet. Ça t'arrive souvent de chiller dans ton allée comme une voiture garée ?

Elle marque une hésitation. Soudain, il n'y a plus la moindre trace de légèreté sur son visage.

– Seulement les jours spéciaux. J'attends mon tacos pour Big Ville, je vais rendre visite à mon p'pa.

– Ah ! Euh… cool. Hum, je peux te demander…

– Ce qu'il a fait ? Rien, figure-toi. Mauvais endroit au mauvais moment, c'est tout.

– D'accord. Désolée, je ne voulais pas être indiscrète.

– Non, t'es pas indiscrète. Rien n'est secret dans le Wood. Je te parie qu'en ce moment même quelqu'un est au téléphone, en train de dire à quelqu'un que la fille de Leslie discute avec la petite nouvelle de Maple Street. Bientôt, ils raconteront qu'on sort ensemble.

Du bout du doigt, je suis le contour de ma cannette avec un haussement d'épaules.

– Ben, t'es pas mal. Je dirais pas non.

Erika plisse les yeux et ricane.

– Meuf, pas la peine de me mentir. Je couche pas par pitié. En plus, t'es pas mon genre !

On se met à rire et on passe les trente minutes suivantes à s'allumer. Ça me rappelle un peu mes moments avec Tamara. C'est la petite tranche de normalité dont j'avais besoin, vu qu'elle n'a pas décroché son téléphone, malgré tous les emojis d'urgence que j'ai envoyés.

En plus, je sens l'herbe qui imprègne les vêtements d'Erika, comme le plus suave des parfums, et je suis prête à élire domicile dans son panier à linge.

– Tu vas souvent voir ton père ? je demande.

– Chaque fois que je trouve quelqu'un pour m'y conduire. C'est comme un aéroport là-haut. Tout le monde qui va et vient. (Elle soupire, donne un coup de pied dans quelque chose d'invisible.) Les lois Sterling nous ont bien baisés.

Je blêmis.

– Les lois Sterling ?

– Non, pas le Sterling qui vous a obtenu la maison. Son grand frère, George L. Sterling. Il était gouverneur au début des années 2000. Un vrai rouleau compresseur qui pensait que la drogue était l'œuvre du diable. Dès qu'il a été élu, il a foncé et fait passer toutes ces lois de dingue. Vingt ans minimum si on est pris avec rien qu'un gramme de shit.

Je pense à mon jardin secret et je déglutis.

– Mais l'herbe, genre, c'est inoffensif, je m'étrangle.

– Ouais, ben, il a convaincu les Blancs que l'herbe transformait les gens en drogués qui volaient, pillaient et tuaient à tout va. Et ils l'ont tous cru, ce con. Il a consacré tout le budget de la ville au « nettoyage des rues ». Tout le monde dans le Wood se faisait balayer. La police arrivait là comme une armée, ils entraient dans les maisons, les bureaux, les restaurants, les écoles, les hôpitaux, et sans mandat. Après la première vague, ils sont devenus gourmands et se sont mis à planquer de la drogue sur les gens… comme mon père. P'pa, il a jamais fumé de sa vie, pourtant ils ont trouvé trente grammes sur lui. J'ai lu une statistique, une fois, comme quoi dans les deux ans qui ont suivi l'entrée en vigueur des lois Sterling, la population carcérale a augmenté de 900%. C'est pour ça qu'ils ont dû construire des bunkers géants qu'on voit à un kilomètre à la ronde.

– Waouh.

– Avec la suppression du budget, les écoles et les hôpitaux ont commencé à fermer, les gens sont descendus dans la rue. Et c'est l'allumette qui a mis le feu aux poudres, y a eu des émeutes.

Je penche la tête sur le côté, histoire de renifler à nouveau Erika.

– Alors… pourquoi tu prends le risque de fumer ?

– Ils ont fait annuler la loi y a environ deux ans. Tant que tu vends pas, ça va. Mais… ils effacent pas les condamnations antérieures.

– Alors tout le monde à Big Ville est… coincé là-haut ?

Elle boit une gorgée de son soda.

– Plus ou moins.

– Meuf… ça craint.

Ses lèvres forment une ligne droite et son regard se perd dans le vide. Je ne peux pas imaginer ce que c'est que de grandir dans une ambiance pareille. Tout ton monde qui bascule, ta famille et tes amis embarqués en masse en prison, pratiquement kidnappés, sur des accusations bidon.

– Mais attention, tout n'est pas si mal ici, tu sais, reprend Erika, dont le visage s'éclaire. Y a une fête ce soir, côté Est. Tu devrais passer. Youssef va faire le DJ. Je le fais chier, mais il est pas si mauvais, en vrai. Et je pense que le frangin a un peu le béguin pour toi.

Oh non ! C'est la dernière chose dont j'ai besoin. En plus, ce sera sans doute une fête avec des filles de notre école, non ?

Mais… ce serait sympa de faire quelque chose de normal pour changer.

– Ouais, je suis pas sûre, j'élude. Je peux y réfléchir ?

***

– Meuf ! C'est quoi ce bordel ?

Le visage de Tamara apparaît enfin sur l'écran de mon téléphone après la millième tentative, au moins.

– J'ai essayé de te joindre toute la journée, je crie en claquant ma porte et en m'écroulant sur le lit. Les dizaines de textos d'urgence t'ont pas fait réagir ?

Tamara hausse les épaules, l'air imperturbable.

– Au temps pour moi, répond-elle sèchement et sans croiser mon regard. Je savais pas si tu me refaisais le coup de ta blague à la con. C'était super chiant.

– Ma blague ? Quelle blague ? On a eu une vraie urgence ici, je te jure !

Tamara me regarde enfin, les yeux plissés, comme si elle révisait son opinion.

– Ouais, c'était peut-être Piper. Elle avait les cheveux longs, c'est vrai.

– « Elle » ? Mais de quoi tu parles ?

– Quelqu'un arrêtait pas de m'appeler en FaceTime hier soir, depuis ton ordinateur, mais je voyais pas son visage. Elle était juste assise là dans le noir, à respirer super fort. J'arrêtais pas de dire « allô, allô », mais elle répondait pas. C'était super flippant.

– Tam, tu plaisantes ? Parce que là, c'est vraiment pas le moment, sérieux !

– Mais je déconne pas ! Elle m'a appelée au moins vingt fois. J'ai arrêté de répondre au bout d'un moment. Attends, j'ai fait une capture d'écran. Regarde dans ta boîte de réception.

Tamara m'envoie une photo de l'écran de son ordinateur et dès que je l'ouvre, tout mon corps s'engourdit. C'est la silhouette d'une fille, assise à mon bureau, devant mon ordinateur portable, rétroéclairée par la lumière du couloir, le visage caché dans l'ombre.

Trop grande pour être Piper…

– Alors, c'est qui ? demandeTamara.

La Hag, je manque murmurer en réponse, mais je me retiens. Parce que c'est ridicule. Les sorcières n'existent pas, ni aucune autre folie que cette ville a inventée au fil des ans. En revanche, ça doit être la personne qui s'est introduite dans notre maison. Elle était dans ma chambre, elle a touché mes affaires et s'est fait passer pour moi… La bile me monte à la gorge.

– Meuf, insiste Tamara, qu'est-ce qui se passe ?

Comment je lui explique ? Par où je commence sans avoir l'air… cinglée ?

– Hum. C'est une longue histoire. Laisse-moi… euh… te rappeler.

12

Quand Erika m'a envoyé l'adresse de la fête par SMS, je m'attendais à une maison standard. Voyez, une avec l'eau courante et l'électricité qui fonctionne. Des trucs normaux. Au lieu de ça, je suis une longue rallonge électrique dans l'allée craquelée d'une relique abandonnée de l'autre côté du parc.

À l'intérieur, la maison est inondée de guirlandes de Noël rouges et de fumée de cigarette. Moi, ça fait presque un an que je ne suis pas allée à une fête et, d'habitude, c'est la même chose, où qu'on aille : des bouteilles et des fûts, des gobelets rouges et des chips, des filles ivres, des mecs excités… et tous les bonbons que tu peux imaginer : herbe, cocaïne, oxy… peut-être même un peu de MDMA.

Cette fête-là est différente. Pour commencer, il est presque impossible de rater les énormes trous dans le plafond et les meubles moisis poussés dans les coins, la poussière qui tombe sur les godasses de tout le monde. Ensuite, on a un mélange, genre vraiment bizarre de personnes. Pas que des gamins et des étudiants, il y a aussi de vrais adultes qui se mêlent à la foule, comme s'il était tout à fait normal de se faire des shots avec ton papi. Pourtant, personne ne semble trouver le mélange étrange. Comme pour tout le reste à Cedarville, tout le monde accepte la situation comme normale alors que c'est tout le contraire.

La langue sur les lèvres, je scrute la foule : pas d'Erika en vue, or ce soir j'ai vraiment très, très envie de la trouver. Car elle a ce dont j'ai le plus besoin. Quelque chose de profondément troublant est en train de bouillonner en moi. Un sentiment familier quand je suis proche du précipice et sur le point de faire quelque chose de… stupide. Je n'ai aucun moyen de lui envoyer un message. Je n'ai pas apporté mon téléphone, sachant que maman y a laissé ce fichu tracker et que mon vague « je vais au cinéma avec des copains de l'école, je rentrerai peut-être tard » n'était pas exactement le meilleur mensonge de l'année.

Et si elle ne vient pas ?

Je suis la rallonge jusqu'à une salle à manger remplie de gens. Derrière l'installation du DJ se trouve Youssef, encadré par les haut-parleurs de son père. Il a l'air… à sa place, dans la place même. Je reste en retrait, à l'observer de loin. Entre ses écouteurs Beats, son ordinateur portable et sa platine éclairée, il enchaîne les tubes avec brio, la fête l'aime, l'ambiance est cool et, l'espace d'un instant, j'oublie que je suis dans une maison délabrée et je m'appuie contre le rebord d'une fenêtre. Sauf qu'en quelques secondes, elle craque sous mon poids.

– Ah ! je crie en tombant sur le coccyx.

Youssef tourne aussitôt la tête dans ma direction. Comme tout le monde d'ailleurs.

Super, Mari. Impeccable, pour la jouer discrète.

– Cali ! lance Youssef en m'aidant à me relever. Je ne savais pas que tu venais ce soir. Ça va ?

– Ouaip, ouais. Tout va bien ! J'ai l'habitude de me ridiculiser, je réponds en m'époussetant. Mais, euh… cet endroit, il est sûr ? Les murs vont pas s'effondrer ou quoi que ce soit ?

Il rigole.

– Non, ils font des fêtes ici tout le temps !

– Oh. Sympa.

Et je sais que c'est sorti sur un ton de jugement pas super positif, mais je suis encore en train d'enlever les éclats de peinture collés à mon cul.

– Bon, je suis content que tu sois venue, dit Youssef, radieux.

Sa joie si visible me gêne un peu, surtout avec les yeux curieux qui nous observent.

– Eh, j'ai entendu parler de ce qui s'est passé chez toi, ajoute-t-il. Tu veux un verre ?

– Ouais, mais t'as pas du taf, toi ?

– J'ai mis un mix, on devrait être tranquilles un moment.

On traverse la foule et on entre dans la cuisine. Enfin, ce qui était une cuisine puisqu'il n'y a clairement pas d'appareils électroménagers et presque pas de plan de travail non plus. Youssef nous verse à chacun une vodka orange. C'est la marque bon marché, mais au moins ça aide à me calmer les nerfs. Je n'ai pas l'habitude de rester sobre à une fête. Je ne dis pas que je ne sais pas faire, mais je me sens comme une pièce de puzzle qui ne serait pas à sa place. Ou alors, c'est toute l'épreuve « maison vandalisée, bruits étranges, maison voisine incendiée, manque de sommeil et fille chelou qui fait des blagues sur mon ordinateur maintenant détruit » qui me fait me sentir si… décalée.

Le changement est bon. Le changement est nécessaire. Le changement est vital.

– Eh, tu vas bien ? crie Youssef près de mon épaule. T'as l'air ailleurs.

– Oh, ouais. Ça va, je réponds en simulant un rire. Euh… t'es plutôt doué pour la musique, hein ?

Il sourit.

– C'est vrai ? Tu trouves ?

– Ouais, je suis sûre que ton père est, genre, super fier de toi !

Le sourire de Youssef s'estompe et il détourne les yeux pour siroter son verre.

Merde, Mari, les pieds dans le plat, ça te dit quelque chose ?

– Je suis désolée. Je voulais pas… enfin… Je disais juste…

– C'est bon, me coupe-t-il pour éluder tout ça. Je l'ai vu aujourd'hui, figure-toi.

– Vraiment ? Comment il va ?

Il hausse les épaules.

– Pareil. Il a tous ses potes avec lui, donc c'est pas comme s'il lui manquait grand-chose. Sauf d'être avec sa famille. Mais peut-être qu'un jour il verra par lui-même à quel point je suis bon.

– J'en suis sûre.

Sachant combien je suis proche de mon père, je l'espère sincèrement pour lui.

– Saluuuuuut ! T'es venue ! (Erika fait irruption dans la foule, paupières lourdes, large sourire aux lèvres.) Comment ça va, poupée ?

Elle arrive en dansant vers nous, un gobelet à la main.

Je m'esclaffe.

– Et toi ?

– Cette fête est déjantée, Yous, chantonne-t-elle. Content qu'ils t'aient donné ta chance, gamin.

– Yous ? je répète, un sourcil haussé à l'attention de Youssef.

Il grogne.

– Merde, pour la millième fois, arrête de m'appeler comme ça !

Erika hausse les épaules et sort un bédo de derrière son oreille, pour se le coller entre les lèvres et l'allumer. La fumée sucrée et acidulée monte autour de nous. J'en ai l'eau à la bouche. C'est presque pornographique à quel point ça a l'air bon entre ses lèvres.

Erika remarque que je la zieute et sourit.

– Tu veux une taffe ?

La langue palpitante, je me penche vers elle. Youssef agite la main pour chasser la fumée de son visage.

– Non, Eri, relax. C'est pas son truc.

Erika lui adresse une grimace.

– C'est elle qui t'a dit ça ?

Youssef me jette un coup d'œil, comme pour dire : « Vas-y, soutiens-moi. » Et je ne peux pas. Parce qu'il n'y a rien dont j'aie plus envie.

– Alors ? Tu veux une taffe ou pas ? insiste Erika.

Mes yeux passent du spliff qu'elle m'offre à Youssef. Il croise les bras, les yeux fixés sur moi, et même si je devrais me ficher de ce qu'il pense, c'est difficile quand son jugement aspire tout l'air de la pièce.

– Euh... ouais, je réponds, un peu trop enthousiaste. Je veux dire, bien sûr, pourquoi pas.

J'attrape le spliff, je tire fort dessus, laisse la fumée envahir tous les recoins de mes poumons avant d'expirer sur un « aahh ». La fumée n'a pas encore eu le temps d'agir sur mon organisme, mais rien que de l'avoir dans ma main, je me sens à nouveau entière.

Youssef grogne.

– Yo, tu touches vraiment à cette merde ?

– C'est juste un peu d'herbe, je réplique en haussant les épaules. Pas grand-chose.

– Pas grand-chose ? crie-t-il. Dis ça à tous ceux qui sont enfermés à Big Ville !

Son amertume est une gifle froide que je me prends en plein visage. Je voudrais protester, me défendre, mais rien ne vient.

– Yous, calme-toi, intervient Erika. Pourquoi tu lui sautes à la gorge ?

Youssef secoue la tête, puis il repose son gobelet dans un geste brutal sur le comptoir fissuré.

– Faut que j'y retourne, annonce-t-il sèchement. À plus.

Et il part en trombe, disparaît dans la foule sans un regard en arrière, suivi par un geste de la main d'Erika, genre « va-t'en ».

– T'en fais pas, il s'en remettra. C'est un gros bébé sensible.

– Ouais.

Et je tire une autre taffe pour soulager la culpabilité.

OK, je sais ce que vous pensez. Je ne connais pas encore très bien Erika, je ne devrais pas fumer et Youssef ne me reparlera peut-être plus jamais, même s'il a été super cool… sauf que là, après tout ce qui s'est passé ces dernières semaines, j'ai besoin de ce joint plus que tout.

Je prends une autre taffe et me laisse flotter dans l'espace. La fête part à des années-lumière.

Erika et moi trouvons un coin pour nous poser, toujours en vue de Youssef. Il est beau gosse. Vraiment beau gosse.

Merde. J'espère que je n'ai pas dit ça à haute voix.

– J'ai… faim, je marmonne en me léchant les lèvres.

Erika se tourne vers moi, les yeux baissés.

– Yo, t'es au courant qu'on a des œufs à l'intérieur de nous et qu'on pond des œufs comme des poules tous les mois ? On est rien d'autre que des oiseaux. Être une poule, c'est carrément dingue, meuf.

Je la fixe et je cligne des yeux, bientôt prise d'une crise de fou rire.

– Meuf, quoi ? D'où ça sort, ça ?

– T'as dit que t'avais faim. Et moi, je veux un steak et des œufs. Eh, passe-moi ce bédo.

Je lui donne le joint et je soupire, laissant mon corps se dissoudre dans le mur. Je n'ai pas toujours été comme ça, aussi avide, aussi affamée, le genre de personne qui a besoin d'herbe pour rester saine d'esprit. Je me souviens de tout, avant l'épisode des punaises de lit. Avant que je me retourne sur le moindre grain de poussière. J'étais une enfant normale, autrefois, avec des envies normales, comme un buveur occasionnel. Mais l'herbe, elle efface la lourde anxiété qui recouvre toutes mes pensées et, pendant de brefs instants, je me sens libérée de tout ça. Plus de fixettes ou de paranoïa, plus de questions. Légère comme une plume, je flotte et je continue de flotter… jusqu'à ce que je ne remarque plus la vie qui s'écroule autour de moi. Une fois que vous avez goûté à cette sensation, une fois que vous en avez fait l'expérience, vous vous retrouvez à courir après le reste de votre vie.

***

Je vais tellement bien dormir cette nuit.

C'est tout ce à quoi j'arrive à penser quand je m'étire, en tee-shirt et jogging. Je sens, rien qu'au relâchement de mes muscles, que la weed est profondément ancrée dans mon système. Ce n'était pas la meilleure herbe que j'aie jamais fumée, mais représentez-vous le moment où vous êtes affamé depuis des heures et où vous mangez du poulet : vous ne savez pas si c'est le meilleur poulet que vous ayez jamais mangé de toute votre vie ou si vous aviez juste très faim, vous voyez ? C'est pareil. Non pas que je mange du poulet. En parlant de poulets… J'étouffe un gloussement.

Erika est drôle ! Faut absolument qu'on devienne meilleures amies.

Buddy dort avec Sammy cette nuit, donc j'ai le lit entier pour moi. J'allume le chauffage d'appoint et me glisse sous ma couette. Pourquoi tout est si doux quand on est défoncé ? Ces draps en coton premier prix, on croirait de la soie égyptienne.

Même si je n'arrive toujours pas à me sortir l'expression de Youssef de la tête, je ne me suis jamais sentie aussi bien depuis que je suis à Cedarville. Enfin, non, pour être honnête, ce n'est pas tout à fait vrai. Je me serai quand même amusée ce soir à la fête. C'était bon d'être… normale pour une fois. Je pense que je vais demander à Erika son contact demain. Mon jardin secret, c'est bien mignon, mais je ne peux pas attendre que ça pousse.

Avec l'herbe qui agit en moi, je ferme les yeux et m'endors en quelques secondes. Mais un claquement des dents dans ma bouche me réveille, comme si mon cerveau était parti en vrille. La pièce est encore plongée dans le noir ; en revanche, il fait maintenant assez froid pour que je voie la vapeur de mon souffle quand je laisse échapper un gémissement.

Ce shit aurait dû m'assommer pendant des heures. Comment diable… merde, ça gèle !

Mes yeux flous s'efforcent de s'adapter à l'obscurité et je tapote autour de moi. La couette a disparu, j'ai les bras hérissés de chair de poule et les pieds comme des blocs de glace. Je me redresse, la tête lourde. La porte est ouverte, un courant d'air froid s'insinue dans ma chambre.

Et il y a un homme, debout dans le coin près de mon placard.

Il est face au mur, tête baissée, dans la posture des punis des écoles d'antan. S'il n'y avait pas si peu de meubles dans la pièce, je ne l'aurais pas remarqué. Dans la brume qu'est ma tête, il n'aurait été qu'une ombre parmi les ombres. Sauf qu'il est agrippé à l'extrémité de ma couette.

Je cligne deux fois des paupières, me frotte les yeux. Il est toujours là, tremblant, marmonnant, la tête secouée par moments d'un tic. La pièce descend à moins vingt degrés.

Je reste assez immobile, assise sur mon lit, pour qu'on puisse me prendre pour un meuble.

Ce n'est pas réel. C'est un trip. Je suis en train de tripper. Encore un rêve de tarée.

Mais les rêves ont-ils une odeur aussi violente ?

C'est la puanteur de quarante mille ans contre laquelle la chanson de Michael Jackson nous mettait en garde. Je retiens un haut-le-cœur, les muscles de mon cou se contractent. Je dois sortir d'ici, mais sans qu'il sache que je suis réveillée. Je ne veux pas qu'il me regarde, car un seul de ses regards anéantirait cet engourdissement et je me mettrais à hurler.

Doucement, je pose un pied sur le sol, puis l'autre. Faisant tout ce que je peux pour contrôler ma respiration, je sors calmement de la pièce, comme si je ne le voyais pas, comme s'il était invisible, car c'est exactement ce qu'il est. Une hallucination, une apparition. Et si ni lui ni moi ne prêtons attention à l'autre, peut-être qu'il partira.

Je sors dans le couloir, le téléphone tremblant dans ma main, le dos raide comme un piquet.

– C'est juste un rêve, je murmure en fermant les yeux.

C'est tout toi. Tu vois des choses qui n'existent pas. Ça faisait longtemps que tu n'avais pas fumé. Tu n'as plus l'habitude.

Sauf que je l'entends encore marmonner.

– Juste un rêve, je souffle. Ancre-toi. Prête ?

6. Le panneau de porte orné d'une licorne de Piper, j'ai envie de le déchiqueter en mille morceaux.

7. Les escaliers… qui mènent à la porte que je veux franchir en courant, pour sortir de la maison et retourner en Californie.

Les marmonnements se taisent. La maison redevient silencieuse. Mais je peux toujours le sentir et je n'arrive pas à bouger.

8. Le tapis que maman a acheté en ligne.

9. La porte du grenier…

Des pas, lourds et chancelants, sortent de la chambre et se ruent vers moi. Mon estomac se retourne et je plaque mes deux mains sur ma bouche pour ne pas crier.

Mari, réveille-toi, réveille-toi, réveille-toi ! S'il te plaît, s'il te plaît !

La porte de la chambre claque derrière moi et je fais un bond de trois mètres dans les airs.

Le courant d'air. C'est juste un courant d'air, le vent. C'est tout. La porte se ferme toujours toute seule.

Mais pourquoi je le sens encore ?

La porte de maman et Alec reste fermée. Ça ne les a pas réveillés. Si c'était le cas, il leur suffirait d'un regard pour voir que je suis défoncée. Ils ne croiraient jamais qu'un homme bizarre a pris possession de ma chambre. Ils ne prendraient même pas la peine d'aller vérifier. Alors je me glisse dans la salle de bains sur la pointe des pieds et j'appelle la seule personne qui puisse me croire.

– Ouais ? répond Youssef d'un ton sec, la voix groggy et rauque.

– OK, OK, je sais que t'es en colère contre moi et tout ça, je chuchote en me laissant glisser dans la baignoire. Mais tu peux venir chez moi ?

– Meuf, tu sais quelle heure il est ?

Avant même de l'énoncer, je sais que ce que je m'apprête à dire va me faire passer pour une tarée, mais tant pis.

– Il y a… il y a un homme dans ma chambre.

– Un quoi ?

– Ou un truc, je bafouille. Peut-être un démon. Il est dans le coin, il a ma couverture à la main.

Youssef soupire.

– Tu vois, c'est pour ça que tu devrais pas toucher à cette merde.

– On peut éviter le discours du « je te l'avais bien dit » pendant cinq secondes ? Parce que le tueur est littéralement debout dans ma chambre et j'ai peur.

Youssef prend une profonde inspiration, j'entends ses draps bruisser.

– Cali, c'est juste ton imagination. J'aurais pas dû te raconter ces trucs sur la Hag. Ça t'a donné des hallu.

– Je ne mens pas. Je le jure.

– Où sont tes parents ?

– T'es fou ! Je peux pas les réveiller. Ils sauront et ils vont péter les plombs. Je vais avoir de très gros problèmes.

En même temps que je parle, je réalise que perdre ma liberté est encore plus effrayant que l'inconnu dans ma chambre.

– OK, OK. Bon, t'es où, là ?

– Euh… dans la salle de bains.

– T'as entendu quelqu'un… ou la « chose » sortir de ta chambre ?

J'écoute la maison respirer. Rien que le silence.

– Non.

– T'as fermé la porte ?

– Non. Elle s'est fermée toute seule.

– Hm. OK, t'as un stylo et du papier sous la main ?

– Euh… je peux en trouver. Mais pourquoi ?

– Voilà ce que tu vas faire : prends une feuille de papier et dessine un visage heureux.

– Un quoi ?

– Dessine un visage heureux.

– C'est pas drôle, Youssef, je m'énerve. Il y a un fou furieux dans ma chambre et toi, tu me fais des blagues ?

– Qui fait des blagues ? rétorque-t-il, une pointe d'agacement dans la voix. Surtout à 3 h 30 du matin alors que je viens de me coucher et que je dois travailler dans deux maisons demain. Alors tu veux mon aide ou pas ?

Je me mordille la lèvre inférieure et sors maladroitement dans le couloir, où je vais prendre un stylo et un Post-it rose sur la console.

– OK, et maintenant ? je chuchote, en dessinant rapidement un visage.

Je n'arrive même pas à croire que je suis en train de faire ça.

– Très bien, glisse ce papier sous ta porte.

– Quoi ? Pourquoi ?

– Parce que les démons détestent tout ce qui est joyeux, ça va l'effrayer. Et demain matin, quand tu seras redescendue et que tu retourneras dans ta chambre, tu tomberas sur un truc ridicule qui va te confirmer que tout ça n'était qu'un mauvais rêve.

Je me fige pendant quelques battements, jusqu'à ce qu'un rire s'échappe de mes lèvres.

– Oh oh, c'était un rire ? dit Youssef en pouffant aussi.

– Non, t'entends des voix. (Je pousse un soupir.) Je suis ridicule, hein ?

– Non. T'as juste besoin de boire de l'eau et de te reposer, le temps que ça te passe, les effets de cette merde. Mais… je suis content que tu sois venue à la fête ce soir. T'avais l'air… heureuse.

– J'ai pas toujours l'air heureuse ?

– Non, pas vraiment.

– Merde, je souffle, en pinçant les lèvres. J'ai vraiment l'air si déprimée que ça ? Bref, euh… merci pour ton aide.

– Tu veux que je reste au téléphone jusqu'à ce que tu t'endormes ?

– Tu ferais… ça ?

– Ouais. Juste au cas où il entre, comme ça, je t'entendrai crier. Ou juste ronfler.

– Je ronfle pas.

Il aspire entre ses dents.

– Arrête de mentir, meuf, tu sais que tu ronfles.

– Pff. OK, d'accord, je ronfle ! Mais pas très fort.

***

– Meuf, qu'est-ce que tu fais ?

Buddy lèche joyeusement les orteils de mon pied qui pend hors de la baignoire, tandis que Sammy se tient au-dessus de moi.

Je remue, me tourne.

– Quoi ?

Mais sur un seul regard à Sammy, je me déplie des serviettes que j'ai utilisées comme couvertures et je sors péniblement de la baignoire.

– Euh, pourquoi tu as dormi dans la baignoire ? me demande Sammy, un sourcil haussé.

– Je… hum, je ne me sentais pas bien. J'ai cru que j'allais vomir. Alors je suis restée ici.

Sammy inspecte la baignoire, puis hausse les épaules.

– Ah. Ben, tu peux sortir maintenant ? J'ai envie de faire pipi !

Une fois dans le couloir, je vérifie mon téléphone. Youssef a dû rester en ligne bien après que je me suis endormie. Comme c'est… mignon de sa part. Surtout pour une petite nouvelle cinglée qui l'appelle en plein milieu de la nuit pour lui parler de démons.

Oh ! Le Post-it !

Je fais irruption dans ma chambre, pressée de voir le pseudo-mot d'amour à moi-même (ou à Youssef, plus ou moins), soulagée qu'il ait raison sur toute la ligne de ce fiasco ridicule. Baissant les yeux, j'avise le Post-it près de mon pied nu, mais il n'est pas tourné comme je l'ai glissé sous la porte. Il a été retourné, côté collant vers le haut. Et il comporte un dessin, mais pas tracé avec le stylo que j'ai utilisé. C'est un feutre, qui transperce le papier. La peau glacée, je le saisis. Quelqu'un… ou quelque chose a dessiné un autre visage. Pas un visage souriant, un visage en colère, avec la bouche remplie de dents pointues.

L'œuvre d'une main d'enfant.

PIPER !

Piper est en train de manger ses céréales sur l'îlot de la cuisine quand je descends en trombe pour plaquer le Post-it devant elle.

– Tu trouves ça drôle ? je rugis.

Elle jette un coup d'œil nonchalant au dessin, puis me regarde à nouveau, la bouche étirée sur un demi-sourire sournois.

– Qu'est-ce que c'est ? demande-t-elle d'une voix enjouée qui me donne envie de la pousser du tabouret.

– Mari, intervient maman en posant son café sur le comptoir pour se poster entre nous. Calme-toi. Qu'est-ce qui te prend ?

– Elle a mis ça dans ma chambre !

Le visage de Piper reste stoïque.

– Non, ce n'est pas moi. C'est Madame Suga.

Maman examine le Post-it, déconcertée.

– Qu'est-ce que…

– Qu'est-ce qui se passe ? lance sèchement Alec, qui vient se planter derrière Piper.

– Je crois que Marigold est malade, papa, dit la gamine, sur un ton faussement inquiet. Elle a dormi dans la baignoire, la nuit dernière.

Maman croise les bras.

– Pourquoi tu as dormi dans la baignoire ?

J'ouvre la bouche pour leur parler de l'homme dans ma chambre et l'histoire du Post-it, jusqu'à ce que le sourire suffisant de Piper me fasse réaliser que non, je ne peux rien dire. Que dalle. Si je leur raconte ce que j'ai vu, un gros signal d'alarme va se mettre à clignoter partout. Ils s'en serviront comme d'une excuse pour me faire passer un de leurs tests de dépistage de drogue à domicile, de ceux que maman garde dans sa salle de bains et dont elle pense que j'ignore l'existence. Et forcément, il sera positif.

Maman me regarde fixement, comme si elle essayait de me percer à jour, comme si elle avait déjà vu cette partie de moi. Je me redresse et lui arrache le papier des mains.

– Intoxication alimentaire. Mais… ça va.

13

– Meuf, c'est sérieusement tordu.

Tamara et moi, on se fait notre festin hebdomadaire en FaceTime, avec snacks et musique. Maman et Alec ont emmené les petits au cinéma, ce qui m'octroie la soirée entre filles dont j'avais grand besoin.

– M'en parle pas, je gémis, assise en tailleur à mon bureau. J'sais pas, c'est peut-être l'herbe qui m'a envoyée en mauvais trip. Et Piper a dû m'entendre parler à Youssef.

– Je t'ai dit de faire attention, tu les connais pas, ces fous. Je me suis renseignée sur Cedarville… c'était genre une zone de guerre à l'époque. Avec le crack, les gens, c'étaient des zombies. Ne fais confiance à personne !

C'est Tamara. Ma Veronica Mars à moi, douée pour faire des recherches sur tout. Elle peut vous retrouver une adresse à partir d'une photo Instagram. Je lui ai dit qu'elle devrait ouvrir sa propre agence de détective privé. Elle gagnerait un max d'argent et pourrait s'acheter une voiture.

– Ouais, je dis. T'as sans doute raison. C'est clair, je laisse cette ville et ses manières bizarres m'atteindre.

Même si je n'arrête pas de penser à ce qu'Erika m'a raconté sur les lois Sterling. C'est super tordu et ça explique ce qui s'est vraiment passé ici mieux que n'importe quelle page Wikipédia.

– Tu ferais mieux de te trouver un truc pour évacuer cette merde de ton organisme, ajoute Tamara. Et vite. Si tu veux pas que ta maman t'envoie dans une ferme.

– Oooh ! Bonne idée, j'acquiesce.

Et je règle aussitôt une nouvelle alarme.

11 h 00 ALARME : Acheter un kit de désintox.

Buddy, qui mâchonne un os près de mon lit, lève la tête en reniflant. Il fixe la porte ouverte de la chambre, et un grognement grave et profond monte de sa gorge.

– Qu'est-ce qu'il a, Bud ? demande Tamara.

– Rien. Il fait sa drama queen. Plus sérieusement, qu'est-ce que je vais faire avec Piper ? Faut qu'elle paie pour cette merde.

Tamara soupire.

– Mari, tu ferais peut-être mieux de lâcher l'affaire. Vas-y mollo avec elle.

– T'es sérieuse ? Tu vas prendre la défense de cette petite salope ?

– Meuf, t'es ma copine, pour de vrai. Mais Piper… c'est qu'une gamine. Une gamine qui en a pas mal bavé. Je veux dire, elle a perdu sa mère et a trouvé sa grand-mère morte en rentrant de l'école. Tu serais sérieusement perturbée aussi, à sa place.

La honte remonte à la surface, me vrille le ventre. Maman m'a raconté comment, un jour qu'elle rentrait du CP, Piper a trouvé sa grand-mère inanimée dans son fauteuil. Elle s'est assise à ses pieds et a regardé la télé pendant cinq heures, jusqu'à ce qu'Alec rentre. Donc ouais, peut-être que Piper fait juste semblant d'aller bien, après tout ce qu'elle a traversé.

– Sûr… présenté comme ça. Pffffff, je grommelle, je déteste quand tu as raison.

Tamara fronce les sourcils, se penche plus près de l'écran.

– Eh, je croyais que tu étais seule chez toi.

– C'est le cas.

Son visage s'affaisse, yeux exorbités.

– Meuf… Quelqu'un vient de passer devant ta porte, bégaie-t-elle.

Je glousse.

– Très drôle, bécasse.

Mais le visage blême de Tamara provoque la crispation de tous mes muscles.

– Mari, je plaisante pas, murmure-t-elle, plus près de l'écran. Quelqu'un vient vraiment de passer devant ta porte. Genre, pour de vrai.

Il faut plusieurs secondes à mon cerveau pour réagir. Je fais volte-face et contemple attentivement le couloir vide, j'écoute le silence.

– À quoi il… ou elle ressemblait ? je demande, sans quitter la porte des yeux.

C'est une chose, que je voie un truc qui n'existe pas. Ça m'arrive tous les jours. Mais c'en est une autre que Tamara le voie aussi.

– Je ne sais pas, répond-elle, troublée. C'était comme une grande ombre. Mari, tu devrais peut-être…

Une porte claque quelque part dans le couloir et je me lève d'un bond, le sang glacé.

– C'était quoi, ça ! glapit Tamara, complètement paniquée.

Machinalement, je porte la main à ma lèvre tremblante.

Sois cool, Mari, c'est rien. Tu vas perdre les pédales et tu n'as pas d'herbe pour te calmer cette fois.

Mais, et si c'était quelqu'un venu nous cambrioler ? Encore ?

– Euh… c'est… probablement eux, qui sont rentrés tôt.

– T'es sûre ? insiste Tamara. Tu devrais pas appeler la police ou…

– Ouais. Faut que je raccroche. Je te rappelle plus tard.

J'appuie sur « terminer l'appel » et me retourne vers la porte. Je ne sais pas pourquoi j'ai raccroché si vite. Sans doute pour éviter à ma meilleure amie d'assister à mon meurtre potentiel et d'en rester marquée à vie.

– Maman ? Alec ? j'appelle d'une voix tremblante. Sammy ?

Des bruits de pas. Rapides. Comme des petits pieds qui courent dans le couloir. La flamme de ma bougie vacille au gré de la brise. La fourrure de Buddy se hérisse. Il grogne, recule jusque dans mes jambes.

– C'est… juste un courant d'air, je lui dis.

Le cœur battant à me briser les côtes, je me dirige d'un pas chancelant vers la porte.

– Ohé ? je coasse, la mâchoire serrée.

Soudain, sa voix retentit d'en bas.

« *Votre salut est en jeu, enfants de Dieu ! Le diable s'attaque aux faibles. Mais il a mis le pouvoir entre vos mains pour redresser les torts. Le pouvoir dans les mains des justes. Ne défendrez-vous pas vos croyances ? Ne défendrez-vous pas votre Dieu ?* »

Buddy et moi sommes accueillis par un rez-de-chaussée vide, avec Scott Clark comme seul signe de vie. Il fait froid, au bas mot dix degrés de moins qu'à l'étage. Je revérifie la porte d'entrée, la porte de la terrasse et toutes les fenêtres. Verrouillées. La cave est toujours hermétiquement fermée. Alors pourquoi je n'arrive pas à me débarrasser du sentiment d'être… observée ? De ce résidu d'une présence qui s'attarderait, qui polluerait l'air…

ZzzzCLIC !

En un instant, je suis plongée dans l'obscurité, toute la maison baigne dans le noir. Le souffle coupé, j'étouffe un cri, les pieds collés au sol. La pleine lune saigne à travers les bois derrière la maison. Quelque chose bouge dans le salon… ou est-ce l'ombre des arbres ? Des chuchotements… ou est-ce le vent ? Je m'accroche au collier de Buddy comme à une bouée de sauvetage tandis qu'il gémit… ou est-ce moi qui pleure ? Soudain, Buddy se dresse, la queue en ligne droite.

BOUM !

Je lève brusquement la tête vers le plafond. Pourquoi on aurait dit le bruit d'un sac plein de marteaux lâché au sol ?

C'est juste le chauffage… qui se rallume. C'est tout.

Rationaliser ne fait rien pour ralentir ma respiration saccadée. Puis un craquement retentit, et les petits pas reviennent, qui courent au-dessus de ma tête.

Il y a quelqu'un dans la maison ?

WiiizzzzzCLIC !

Les lumières s'allument d'un seul coup, effet de vertige – la télévision braille, les glaçons tombent de la porte du frigo, les horloges de la cuisinière et du micro-ondes clignotent sur 12 h 00. Je tousse pour respirer.

Un raisonnement logique commence à s'insinuer à travers la panique : *Reste calme, Mari, ne panique pas. Ils ont fait un travail de merde avec l'électricité. Ils étaient pressés, tu te souviens ? Si ça se reproduit, tu vérifies la boîte à fusibles, comme papa te l'a appris.*

Sauf que la boîte à fusibles est au sous-sol.

Ne joue pas les héros. Appelle maman.

Sprintant jusqu'à l'étage, je déboule dans ma chambre et là, je laisse échapper un glapissement.

Le téléphone. Il n'est pas sur le bureau, là où je l'ai laissé. Il est par terre, au milieu de la pièce, écran face au sol.

C'est ça, le bruit que j'ai entendu ? Mais comment est-il tombé ? À moins qu'il lui ait poussé des jambes, comment s'est-il retrouvé là ? Est-ce qu'il a pu rouler ? Les rectangles, ça ne roule pas.

Tu pars en vrille, Mari. Contrôle, concentration, contrôle.

Le cœur tambourinant dans ma poitrine, je me mordille la lèvre. Si j'appelle maman, elle va comprendre – elle lit en moi comme dans un livre ouvert. Elle va remettre la désintox sur le tapis et je n'aurai pas grand-chose pour prouver le contraire de ce qu'elle pense déjà : que je perds la tête. Et puis, elle me fera pisser dans un gobelet, or ça fait à peine vingt-quatre heures. La weed est encore dans mon organisme.

« L'énergie circule là où l'attention se porte. »

C'est ce que mon gourou disait toujours. C'est peut-être ça, je suis trop obsédée par cette maison flippante, et ça provoque toutes ces choses bizarres. Les pensées deviennent des choses, et toutes ces conneries. Il faut que je sorte d'ici, que je me vide la tête…

Je ramasse le téléphone au sol. L'écran n'est pas endommagé, apparemment rien ne cloche. Peut-être qu'il est vraiment tombé tout seul. Peu importe, je l'appelle quand même.

– Eh, quoi de neuf ma biche ? dit Youssef en baissant sa musique. Ça t'a pris longtemps. Je me demandais quand t'allais me donner des nouvelles de ta petite crise d'hier soir.

On dirait qu'il conduit avec les vitres baissées et la musique à fond.

– Euh… salut, je marmonne d'une voix tremblante, les yeux fixés sur la porte, trop effrayée pour lui tourner le dos.

– Yo, ça va ? Pourquoi t'as l'air…

– Oh ! Bro, c'est la nouvelle ?

Sa voix crée un électrochoc.

– Erika ?

– Mec, mets cette merde sur haut-parleur ! Salut, ma fille ! Quoi de neuf ? Tu veux un Coney dog[1] ?

Je leur réponds d'un rire entre deux quintes de toux, soulagée.

– Un quoi ?

1. Hot dog spécial de Coney Island. (NdT)

14

– Meuf, j'en reviens pas que tu manges pas de viande. C'est, genre, sacrificiel.

Erika boit un Coca XXL sur le siège passager du pick-up de Youssef.

– Tu veux dire « sacrilège », je rigole en lui lançant une frite depuis la banquette arrière.

– Ça aussi, commente-t-elle en mangeant la frite. Ces Coney dogs, ils étaient vraiment en provenance du paradis. Faut que tu goûtes au moins une fois.

Erika a une sacrée fringale. Les paupières tombantes, elle a commandé trois Coney dogs, un cheeseburger et une grande frite au chili.

– Tu rates vraiment quelque chose, reconnaît Youssef en mordant dans son hot dog, dont la moutarde lui dégouline sur le menton et les oignons hachés sur les genoux.

– Euh… oui. On va dire que je vous crois sur parole.

On est garés à l'extérieur de ce qui ressemble à un restaurant station-service sans fioritures, qui propose la meilleure nourriture grasse de Maplewood et fourmille de vie. Exactement ce dont j'ai besoin pour faire cesser les tremblements de mes mains.

– Et en plus, continue Erika, toujours en mode indignation et hot-dog en main, tu vas te chercher des frites, mais pas les frites au fromage et au chili. Des frites sèches comme le Sahara, meuf.

Je retrousse les lèvres.

– T'as fini ?

– Non. Parce que qu'est-ce qu'on est censés faire de toi ? Faut qu'on t'amène à la mangeoire à oiseaux la plus proche ou quelque chose comme ça ?

– C'est une bonne question, intervient Youssef en se tournant vers moi. Qu'est-ce qui te tente ? La nuit ne fait que commencer !

– Ouais, enfin, on a cours demain, je lui fais remarquer.

– Peu importe, élude Erika. Faut qu'on bouge. On peut pas rester assis là toute la nuit.

Moi, je pourrais. N'importe où, c'est mieux qu'à la maison. Je ne verrais aucun inconvénient à vivre le reste de ma vie dans cette voiture. En plus, Youssef a une playlist plutôt cool.

– Ça vous dit de descendre à Riverwalk ? propose-t-il.

– Pour risquer de tomber sur des membres du « Youssef Stan Club » et de foutre en l'air la couverture de notre pauvre petite nouvelle ? Nan, faut qu'on aille quelque part où on sera pas vus.

Youssef acquiesce, réfléchit, puis un sourire géant se dessine sur son visage et il démarre.

– Pari tenu ! Je connais un endroit.

– Et toi, ma fille, je te conseille de baisser la tête, gronde Erika en bouclant sa ceinture de sécurité. Si quelqu'un te voit dans la voiture de Yous, la nuit, on saura qu'il se passe quelque chose, même si c'est pas le cas.

Je me laisse glisser au bas de mon siège quand Youssef sort du parking.

– J'ai l'impression d'être kidnappée.

– T'inquiète, c'est pas loin, dit-il en se tournant vers moi pour m'adresser un sourire compatissant. En plus, ça fait un moment que je voulais t'emmener là-bas.

Erika me lance un « je te l'avais dit » muet et un sourire malicieux.

Les joues brûlantes, je glisse plus bas. Youssef baisse les vitres, l'air frais pénètre à l'intérieur alors qu'il prend de la vitesse sur la deux-voies.

– Du coup, j'ai pas compris, je dis, en passant la tête entre les sièges avant. Comment ça se fait que vous puissiez être amis, vous deux, et pas nous ?

Erika lâche un grognement.

– Qu'est-ce que j'arrête pas de te répéter ? Je suis pas une menace. Même si j'ai attiré quelques dames de mon côté du parc, si tu vois ce que je veux dire.

Elle agite les sourcils et je ne peux m'empêcher de rire.

– Eh bien, je serais heureuse de jouer ta petite amie, rien que pour éviter les regards noirs.

– Et pour la dernière fois, t'es pas mon type. Pis t'es vachement trop grande. J'ai déjà abattu quelques arbres, mais pas toute la foutue Amazonie.

– C'est sa manière douce de te mettre un vent, plaisante Youssef.

– En plus, faut que je sois libre pour toutes les jolies filles qui prévoient de se déguiser en infirmières ou femmes de chambre sexy pour Halloween.

– Et toi, tu seras en quoi ? je demande.

– En malade. (Elle simule une toux.) Avec une maison sale.

– Et toi, tu seras en quoi ? me demande Youssef.

– Tu devrais être un putain de fantôme, dit Erika en posant les pieds sur le tableau de bord. Avec ta maison hantée et tout ça.

Le mot « fantôme » me secoue, il résonne plus fort que tous les mots que j'ai entendus de toute la nuit.

– Qui… qui a dit que ma maison était hantée ?

Erika se tapote les lèvres.

– Ma fille, tu vis dans la maison de la Hag. La Sorcière ! Bien sûr que ta maison est hantée !

– Meuf, c'est juste une vieille histoire. On n'a pas de fantôme, je dis, quêtant du renfort auprès de Youssef.

Il prend une profonde inspiration, évitant mon regard.

– Hum… Je sais pas.

– Tu sais pas ? Mec, t'es venu chez moi. Y a pas de femmes qui flottent en l'air ou de chaises qui glissent toutes seules au sol.

Il y a des portes qui s'ouvrent toutes seules, en revanche, souffle une petite voix en moi, mais je l'ignore.

Youssef se frotte la nuque, concentré sur la route, mais avec l'air de se retenir clairement de dire quelque chose.

– Votre terrain est passé entre les mains de plusieurs entrepreneurs. Et ils se sont tous plaints… d'un tas de trucs bizarres.

– Les trucs bizarres, ça arrive sur beaucoup de chantiers, je réponds, sur la défensive. Mon père a travaillé sur une propriété dont tous les équipements sont tombés en panne. Comme ça. Et il s'est pas précipité pour appeler les Chasseurs de fantômes.

Erika se tourne vers moi.

– Très bien, alors je vais te demander ceci : vous avez des objets qui manquent ?

– Ben… oui. Mais on vient de déménager. Les choses se perdent dans le désordre ambiant.

– Pfff. Ouais, c'est ça, se moque-t-elle en secouant la tête.

Youssef essaie d'apaiser la situation.

– Cali, aucun ouvrier du bâtiment n'est ressorti de chez toi avec tout ce qu'il avait en arrivant. Ils ont eu beau chercher, leurs trucs continuaient à disparaître.

Je repense à notre deuxième jour à Maplewood, où Monsieur Watson cherchait un marteau. Je déglutis et tâche de garder un visage impassible.

– Ma maison n'est pas hantée.

Mon affirmation est sortie d'une voix froide et faible.

Erika rit.

– Meuf, la Hag est en train de chiller dans ton salon, au moment où on parle.

***

L'obscurité enveloppe la voiture quand Youssef se gare et coupe le moteur.

– On y est, annonce-t-il.

– C'est bon, je peux sortir ? je chuchote, inquiète du silence ambiant.

– Fillette, y a personne ici, rigole Erika en ouvrant la porte.

Je lève la tête et constate que nous sommes sur un parking vide, face à une plage baignée par le clair de lune. Derrière nous, une route plongée dans le noir et entourée de grands arbres, de collines et de monticules herbeux. En sautant du pick-up, je reste sans voix.

– Où… on est ? je lâche dans un hoquet, attirée par l'eau.

– C'est le parc de Cedarville, répond Youssef, debout à côté de moi. Et ça, c'est la rivière Cedarville. Génial, non ? Tu vois, on a des plages, ici aussi. Au cas où t'envisagerais de retourner dans l'Ouest.

Hilare, Erika sautille devant nous.

– L'écoute pas. C'est pas une vraie plage. Touche le sable, on se croirait sur de la litière pour chat. Et regarde cette eau ! Plus bleue que bleue. Entre dedans et tu ressors la peau teintée.

Dès que mes pieds touchent le sable, des larmes me piquent le coin des yeux. Ce n'est pas que je pensais ne plus jamais revoir une plage, mais sa vue suffit instantanément à détendre tous mes muscles. Je prends une profonde inspiration et je sens… du chlore ?

– Waouh, je marmonne, en me rapprochant.

De l'autre côté de la rivière, des maisons bordent la rive, dont les lumières scintillent sur l'eau. Sans doute une ville voisine. Je n'ai pas eu l'occasion de regarder une carte, mais on doit être assez proches du Canada.

– Regarde, dit Erika, qui attrape un galet et le jette à l'eau. Mince, je pensais que ça ferait ce truc où ça rebondit, comme dans les films.

Youssef lève les yeux au ciel.

– La Fondation Sterling a entrepris un nettoyage massif de la rivière et des parcs il y a quelques années. Et créé ce nouveau banc de sable. J'ai vu des gens se détendre ici pendant l'été. Enfin, pas des gens du Wood, eux se rappellent trop la rivière d'avant.

– Comment c'était ?

– Disons juste que si tu avais trempé un orteil dedans, il aurait probablement brûlé.

– Bro, cette merde était vert molard, y avait des poissons à trois yeux et des anguilles tueuses, ajoute Erika.

– Merde, c'est dégoûtant !

– Youssef en a bu une fois. C'est pour ça qu'il a un micro-pénis, elle ricane, puis elle le bouscule avant de détaler.

– Arrête de déconner ! crie-t-il en s'élançant à sa poursuite.

Pendant qu'ils courent sur la plage, je me penche pour ramasser une poignée de sable. Il est lourd, un peu humide à cause de la pluie, sans coraux ou coquillages brisés. On se croirait dans un bac à sable d'enfants. Je m'assieds et tapote la zone autour de moi. Les punaises détestent la plage, c'est probablement pour ça que je m'y sentais tellement en sécurité.

Les rouleaux lèchent doucement l'eau bleu foncé. Rien à voir avec les vagues californiennes, qui s'écrasent sur le rivage, pourtant le décor me rappelle tous les feux de joie qu'on allumait après les compétitions d'athlétisme. J'ai presque la sensation du sable entre mes orteils, le goût de la bière tiède, l'odeur de la fumée dans mes cheveux. Je repousse le souvenir, m'efforce de rester dans le présent.

Le changement est bon. Le changement est nécessaire. Le changement est vital.

Je suis dans une nouvelle ville, avec de nouveaux amis. Cette ancienne vie, elle n'existe plus… tout ça grâce à mon ex-petit ami. Oui, bon, de qui je me moque ? C'était ma faute. Tout ça, c'est ma faute. Et tout le monde le sait. Donc, je mérite de nager dans l'eau vert molard d'une fausse plage. Pas mécontente qu'il fasse sombre, j'essuie une larme égarée. Jusqu'à ce que j'enfonce la main dans ma poche et touche mon téléphone. Merde, j'ai oublié de le laisser. Bon, peut-être que maman ne me piste pas comme d'habitude. Peut-être qu'elle est absorbée par le film et qu'elle me fait confiance, pour une fois. Peut-être qu'elle ne prendra pas la peine de vérifier où je me trouve. En plus, je suis juste à la plage, avec des amis, comme une fille normale. Elle ne peut pas m'en vouloir pour ça.

Youssef et Erika courent vers moi et viennent s'asseoir de chaque côté, façon serre-livres. Tous les trois, nous regardons l'eau, la lumière dansant sur le ressac.

– C'est plutôt sympa, j'admets. Comment ça se fait qu'il n'y ait pas plus de gens ? Je viendrais ici tous les jours si je pouvais.

– Le parc était rempli de gens, avant, dit Erika. Ils faisaient des grillades et des réunions de famille. La nuit, l'endroit était super fréquenté. Ça dansait, ça exhibait ses beaux habits. Les gens se détendaient, ils vibraient au son de la musique.

– Mon père faisait le DJ dans le camion, ajoute Youssef. (Du pouce, il montre par-dessus son épaule un camion rouillé.) Il avait installé les platines dans le lit. Je suis venu ici avec lui une fois. J'étais tout petit, mais je m'en souviens.

– Mon daron avait une Cadillac bleu marine méga cool avec des sièges en cuir blanc et des jantes chromées, renchérit Erika en secouant la tête, amusée. Maman disait qu'elle ressemblait à une boîte d'Ajax.

– Et après, il s'est passé quoi ? je demande.

Le visage d'Erika s'assombrit et elle fourre les mains dans les poches de sa veste.

– Les lois Sterling, voilà ce qui s'est passé, grogne-t-elle. On a commencé à enfermer tout le monde, à tel point que les gens se sont mis à avoir peur de sortir, la ville inventait toutes les lois possibles et imaginables pour t'arrêter, juste parce que tu respirais.

Youssef se crispe à côté de moi, le regard abîmé dans l'eau.

– Merde. Ça… ça craint, je marmonne.

Nous tombons dans un silence pesant. J'enroule un doigt autour d'une mèche de cheveux, regrettant de n'avoir rien de profond ou de réconfortant à dire.

– Ouaip, excusez-moi, les enfants.

Erika se relève d'un bond, s'époussette et prend la direction des hautes herbes près de la rive.

– Qu'est-ce qu'elle prépare ? je glousse. Elle va faire pipi dans la rivière ?

Youssef secoue la tête.

– Nan. Elle va sans doute fumer.

– Vraiment ? je réplique aussitôt. (Peut-être un peu trop vite, alors que je me lève tout aussi vite, prête à la suivre, mais je m'arrête, tourne la tête vers Youssef.) Attends une minute, pourquoi t'es d'accord pour qu'Erika fume ?

Youssef pince les lèvres.

– Te méprends pas, je déteste toujours cette merde, dit-il, avant de soupirer. Mais Erika, eh ben, elle a pas eu la vie facile. Presque toute sa famille est à Big Ville. Il reste que sa grand-mère et elle, et elles s'en sortent à peine avec les aides sociales que touche la grand-mère. Donc, bon, je fais quelques exceptions.

– Ah, je dis, en regardant dans la direction où elle a disparu.

– Disons qu'elle et moi… on se comprend un peu à cause de ça. Nos arbres généalogiques ont été réduits à des arbustes. La drogue, les lois Sterling, sans parler des incendies. Y a pas de répit, au Wood.

– Pourquoi tu pars pas ? Prends un nouveau départ quelque part, ailleurs.

Il secoue la tête.

– Je partirai pas tant que ma famille sera pas sortie. Je veux pas qu'ils reviennent dans un endroit plein d'étrangers.

Les plans du « Nouveau Cedarville » me reviennent à l'esprit. Je ne sais pas pourquoi je ne peux pas lui dire ce que j'ai vu, ce qu'ils préparent. Peut-être parce que j'ai peur des questions interminables qui s'ensuivront et pour lesquelles je n'ai pas de vraies réponses. Peut-être parce que je me sens coupable de faire partie de ces gens qu'on a l'intention de leur substituer, à sa famille et à lui.

– Merci de m'avoir amenée ici, je dis. C'est cool.

Il sourit.

– J'ai eu envie de t'amener ici du moment où je t'ai rencontrée.

Je déglutis.

– Ah bon ?

– Ouais. Je veux dire, quel genre de Cali tu serais sans une plage ?

Les yeux de Youssef, adoucis, brillent au clair de lune comme une flamme crépitante.

Je m'éclaircis la gorge et détourne le regard.

– Euh… et donc, tu nous as pas dit en quoi tu allais te déguiser pour Halloween.

Il glousse.

– Oh non, on déconnait à propos de tout ça. Personne fait rien à Halloween.

– Pourquoi ?

– À cause des feux, explique Erika, qui émerge des hautes herbes d'un pas lent, apportant avec elle une odeur mi-sucrée, mi-piquante.

– Quels feux ?

Youssef grimace, comme s'il hésitait. Ce n'est pas la première fois que quelqu'un mentionne « les feux », mais personne ne donne jamais plus de précisions que ça. Qu'est-ce qu'ils ne me disent pas ?

Erika s'affale à côté de moi.

– Allez, Yous. Faut qu'elle sache.

Youssef pose le menton sur son genou, les yeux baissés vers le sable.

– Bon, d'accord, voilà l'histoire : il y a très longtemps…

– Pas SI longtemps que ça. Donne-nous du réel !

Youssef lève les yeux au ciel.

– OK. Y a, genre, trente et quelques années, après les émeutes et la récession, toutes les maisons abandonnées étaient remplies de squatteurs. Des sans-abri. Ou des drogués… toujours défoncés.

Ses yeux se tournent vers Erika et reviennent droit devant lui. Erika a les yeux baissés, les talons plantés dans le sable.

– Bref, ils avaient pas toute leur tête, tu vois le genre ? continue-t-il. Un jour d'Halloween, un petit Blanc, Seth Reed, a atterri par hasard à Maplewood. Il s'est approché d'une de ces maisons abandonnées, peut-être pour demander son chemin. (Il prend une profonde inspiration.) On a retrouvé son corps le lendemain. Je veux même pas te dire ce qu'on lui avait fait.

Je pousse un petit cri.

– Merde !

– La ville s'en est prise durement au Wood. Y en a même qui disent que la mort du gamin a été le début de la fin. Après ça, la tradition raconte que chaque année, la veille d'Halloween, les gens mettaient le feu aux maisons abandonnées pour faire fuir les squatteurs et garantir des rues sûres pour les enfants. On a appelé ça la Nuit du Diable, parce que vu comme le Wood brûlait, on se serait cru en enfer.

– Mais ils les éteignaient pas toujours, ajoute Erika d'une voix plate. Certaines personnes sont mortes dans ces incendies, des gens trop shootés pour remarquer la fumée. À ce qu'on raconte, certaines des maisons incendiées contiennent encore des corps.

Ma mâchoire se décroche.

– Putain de merde ! C'est des incendies criminels. C'est… des meurtres ! Comment on peut tolérer ça ?

– Parce que les gens pensaient bien faire, garantir la sécurité de leurs enfants, répond Youssef. Et personne par ici allait moucharder. Le problème, c'est que certains de ces feux devenaient incontrôlables, se propageaient aux maisons habitées… Les gens perdaient tout ce qu'ils possédaient, et pas moyen de reconstruire quand on a déjà pas d'argent à la base.

Je pense à la maison d'en face de chez nous et je frissonne.

– Attends, qui allumait les feux ?

Youssef serre le poing, cligne des yeux.

– Euh, personne le sait vraiment.

– Pourquoi la police les arrête pas ? je demande, désireuse de comprendre. Ou les pompiers.

– Tu t'imagines qu'ils en ont quelque chose à faire du Wood ? se moque Erika. Meuf, réveille-toi. C'est eux qui distribuent les bidons d'essence et les allumettes.

– Ça, c'est qu'une rumeur, nuance Youssef.

– Bro, mon cousin les a vus ?

– Bref, grommelle Youssef, en tout cas, c'est pour ça que personne va nulle part à Halloween. Tout le monde reste chez soi, pour protéger sa maison. Mon oncle est toujours assis dehors, une main sur son arme, l'autre sur un tuyau d'arrosage.

Je me frotte les tempes. Je n'en reviens pas de vivre dans une ville qui ne fête pas Halloween. Mais je ne devrais pas m'étonner : ça s'inscrit presque dans la lignée de la folie qui règne à Cedarville.

– C'est insensé, je marmonne. Et ça arrive encore aujourd'hui ?

– Plus très souvent, crache Erika. Il reste pas assez de gens à brûler au Wood.

Je m'écarte, sentant la colère brûlante qui irradie de sa peau. Erika se lève d'un bond et retourne à la voiture d'un pas nonchalant. Sans voix, je regarde Youssef, qui se contente de secouer la tête.

– Les feux, ça lui fait peur. Pour parler franchement, ils font peur à tout le monde. Parce que si tu perds ta maison, t'as plus nulle part où aller.

Nulle part où aller. La Fondation le sait-elle ? Je me frotte les bras, prise d'un frisson.

– T'as froid ? me demande Youssef.

– Un peu.

– J'ai un autre sweat dans la voiture. Tu pourras l'enfiler par-dessus le tien.

– Ooooh, tu partagerais ton sweat avec moi ? je le taquine en lui cognant l'épaule. Faut vraiment que je sois spéciale, alors.

Il me dévisage, avant de hausser timidement les épaules.

– Ouais. Un peu.

Là, dans le vacillement de cette pause maladroite, je le sens. Un battement de cœur supplémentaire, qui fait fondre la glace le retenant prisonnier.

Youssef se lève et me tend la main.

– Viens, on se casse.

Je prends sa main. Les callosités de ses paumes entrent en contact avec les miennes, et je plonge mon regard dans ses yeux brûlants. On pourrait venir à la plage tous les jours, juste tous les deux. Pique-nique, feu de joie et…

Arrête, Mari !

Youssef est un ami, rien de plus que ça. Si je m'enveloppe de chaleur, si je refais ça, je serai la seule à me brûler au final. Alors je résiste à sa chaleur, me dégage de son emprise en jetant un regard vers le ciel.

– Oh, euh… j'ai cru voir une étoile filante, je lance avec un rire nerveux, en m'éloignant mine de rien.

Youssef secoue la tête, tout en gloussant.

– Hum, j'espère que t'as acheté un vrai manteau.

– Ça, c'est un vrai manteau, je dis, en tirant sur ma veste polaire.

– Ça s'appelle un sweat à fermeture Éclair. Il peut faire vraiment froid ici, genre moins dix. Avec tellement de neige que tu vois pas devant toi.

– Beurk ! Mec, pas besoin de me menacer avec une telle violence. Je vais le prendre, ton foutu sweat-shirt !

En retournant à la voiture, je pense à Sammy, qui promène Buddy tout seul.

– Tu penses qu'il y a encore des squatteurs dans les maisons de mon quartier ?

Youssef s'esclaffe.

– J'en doute. Personne a envie de squatter près de la maison de la Hag.

***

De retour chez nous, je me retrouve à faire exactement ce que papa m'a suggéré…

« Suis l'argent. »

Parce que jeter des gens hors de chez eux après qu'ils ont déjà traversé tant d'épreuves, ça ne peut pas être légal. Aller en prison pratiquement à vie juste pour de l'herbe, ça ne devrait pas être légal non plus. Mais je dois choisir mes batailles, je suis une armée comptant un seul soldat. La petite nouvelle, une étrangère. Et si je découvre qui a l'intention de couper l'herbe sous le pied de mes voisins, peut-être que je pourrai avertir la communauté et que nous pourrons tous nous soulever ensemble.

J'essaie aussi d'éviter toutes les histoires de fantômes. Certes, la maison est vieille, le quartier sinistre, et oui, des choses étranges s'y produisent. Mais tout mettre sur le dos d'un fantôme, c'est juste… ridicule. Et tenir ce genre de propos insensés devant maman ou Sammy me vaudra un aller simple pour l'unité psychiatrique la plus proche.

Le site web de la Fondation est clair et accueillant, mais il ne contient pas une seule photo du véritable Cedarville. Pas étonnant que tant de personnes aient été séduites par l'offre de résidence. Je clique sur les différentes pages jusqu'à trouver ce que je cherche : la liste des membres du conseil d'administration.

10. Patrick Ridgefield, chirurgien cardiaque

Ouais, c'est logique. Certains médecins peuvent gagner des sommes à six chiffres grâce à leur cabinet.

11. Richard Cummings, footballeur à la retraite et activiste communautaire

Voilà qui est… intéressant. Il a peut-être gagné beaucoup d'argent dans la NFL. Mais ses cheveux sont blancs. Il a clairement quitté la ligue depuis des années.

12. Eden Kruger, philanthrope

Titre générique. Sans doute héritière d'un fonds de placement ou femme d'un homme riche.

13. Linda Russo, associée au cabinet Kings, Rothman & Russo Law

Une avocate. Ça tombe bien.

14. Ian Petrov, P.-D.G. de Key Stone Group Immobilier

Hmm. Pourquoi un gros bonnet de l'immobilier russe s'intéresserait-il à Cedarville ?

Même avec leurs revenus combinés, je n'ai pas l'impression que tout ça fait assez pour financer un rachat complet de la ville. D'où leur vient tout cet argent ?

La curiosité piquée au vif, je tape « Maplewood Nuit du Diable » dans la barre de recherche. Seules quatre photos apparaissent. C'est étrange, vu la façon dont Youssef et Erika en ont parlé. À les entendre, toute la ville a brûlé, or, à en juger par ces photos, il ne s'est agi de rien de plus que quelques vieilles maisons que les pompiers se sont empressés d'éteindre. Les seuls autres incendies mentionnés sont liés aux émeutes, et ça semble concerner davantage la justice qu'autre chose.

Peut-être qu'ils ont exagéré. Pourtant, l'expression que j'ai vue sur le visage de Youssef…

Presque malgré moi, je tape encore un nom : « Seth Reed ».

Le premier article est tiré de la *Cedarville Gazette* :

Reed, dix ans, a été retrouvé dans un terrain abandonné du quartier de Maplewood à Cedarville. Son corps, découvert par Richard Russo, l'un des membres de l'équipe de recherche et entrepreneur, aurait été recouvert d'un tapis beige. La chasse à l'homme lancée contre le tueur d'enfant présumé a suscité l'indignation de la communauté. Plus de vingt maisons ont été incendiées…

Waouh. Il avait le même âge que Piper.

Minute… Russo ? Comme Linda Russo ?

Bon, Russo est un nom de famille assez répandu… mais est-il possible qu'il soit lié à Linda ?

Des « Richard Russo », j'en trouve des dizaines, mais seulement quelques-uns possèdent une entreprise. Dont une de remplacement de fenêtres. Les gars jouent même dans leur propre publicité. Et ils doivent poser beaucoup de fenêtres qui coûtent sacrément cher, parce qu'ils s'habillent comme des millionnaires. Lunettes Versace, montres et chaînes en or, bagues… et tous avec des cheveux noirs si brillants qu'ils semblent mouillés sous la lumière. Bon, je ne veux pas juger ou quoi que ce soit, mais ces clowns me font l'effet de mafieux. Je continue à creuser, à chercher toutes les entreprises ayant des Russo dans leur organigramme – une entreprise de revêtement de sol, des nettoyeurs de tapis, des installateurs de conduits d'aération, des ingénieurs électriciens. Sur LinkedIn, il y a un tas de

Russo qui travaillent pour Cedarville Electric. Il y a même un Russo qui est vice-président du fournisseur de câble local, Sedum Cable. Un autre Russo, président du syndicat local, a fait parler de lui l'année dernière.

La section locale 83 a conclu un accord de 2,5 millions de dollars avec la ville de Cedarville... Le syndicat était représenté par le cabinet d'avocats Kings, Rothman & Russo.

Bingo !

Le téléphone sonne. Youssef.

– Salut, je lance en essayant de cacher ma surprise. Ça gaze ?

– Ça gaze, ma biche. Je vérifie juste… euh… que t'es bien rentrée.

– Euh, ouais, je glousse. Tu m'as vue ouvrir la porte de la maison, non ?

– Ah ouais, c'est vrai. Bon, ben, disons que je vérifie qu'y a personne qui traîne dans ta chambre.

Mon ventre se serre. Bon, il est juste gentil. Les gens ont le droit d'être gentils. Même les garçons. Mais une autre partie de moi s'agite. Je ne mérite pas qu'on soit gentil. Pas après… tout ça.

– Allô ? me relance Youssef, l'air inquiet.

Je soupire.

– Mec, si t'as juste envie de m'entendre ronfler, dis-le simplement.

Il rit.

– Merde, tu m'as eu.

***

BIP BIP

7 h 00 du matin. ALARME : LÈVE-TOI !

Merde. J'aurais dû couper le réveil hier soir. Après toutes mes recherches et mon interminable discussion avec Youssef, je vais devoir fonctionner avec seulement deux heures de sommeil aujourd'hui. Il va me falloir du café, beaucoup de café. La pire façon qui soit de supporter un lundi.

– Bien joué, Mari, je grince entre mes dents, et je rejette la couverture pour sortir du lit.

La chambre est un vrai congélateur. J'enfile des chaussettes bien moelleuses et me dirige vers le dressing, à la recherche de quelque chose de chaud et de confortable à porter, à savoir très probablement le sweat-shirt dans lequel tout le monde m'a vue cinq mille fois maintenant.

BIP BIP

7 h 03. ALARME : N'oublie pas tes cachets.

Beurk ! Il doit y avoir un meilleur moyen de combattre l'acné que de me remplir le corps d'hormones et… minute. Cette alarme est vachement tôt. D'habitude, elle ne se déclenche pas avant le petit déjeuner. J'ai dû mal la régler. Peut-être.

Peu importe.

J'attrape un tee-shirt, un soutien-gorge, une culotte et un jean propres dans la commode. Coup d'œil dans le miroir : je suis une épave. Je n'ai pas lavé et entortillé mes cheveux hier. Bon, va falloir opter pour le look chignon haut toute la semaine. C'est trop de chaos pour un lundi.

BIP BIP

– Hein ? Quoi encore ?

7 h 20. ALARME : N'oublie pas ton manuel de calcul.

Ah oui, y a contrôle aujourd'hui. Un que je compte bien rater, puisque je n'ai pas révisé. Encore un truc que j'ai oublié de faire. Je suis trop dispersée. Je m'arrête : profonde inspiration par le nez, expiration par la bouche. Cette journée a déjà déraillé et je n'ai même pas encore été pisser. Si je squeeze mon footing, ça me donnera trente minutes de plus pour revoir mon cours. Il faut aussi que je remette de l'ordre dans tout ce que j'ai découvert sur la famille Russo. Ils tiennent carrément la ville en otage. Et si c'est le cas pour eux, les autres membres du conseil de la Fondation Sterling doivent faire pareil. Mais c'est difficile d'effectuer toutes ces recherches depuis mon téléphone. Je vais peut-être passer à la bibliothèque après l'école, histoire d'utiliser un de leurs ordinateurs.

Après m'être hydratée et habillée, je me débats avec mes cheveux quand une alarme se déclenche à nouveau.

BIP BIP

– Tu déconnes, là ? je gémis en attrapant le téléphone sur la commode.

7 h 25. ALARME : Où est Buddy ?

Bizarre. Je veux dire, OK, j'ai une mauvaise mémoire. C'est pourquoi je laisse des petits mots avec mes alarmes. Mais pourquoi je me demanderais où est Buddy ?

– Il est juste là, je marmonne, en jetant un coup d'œil à sa place vide sur le lit.

Buddy n'a pas dormi avec moi la nuit dernière.

Je suis sortie et je l'ai laissé à la maison. Tout seul.

La pièce vacille, un vertige nauséeux s'installe sur la pointe des pieds quand je pose le téléphone.

– Ne sois pas ridicule, je me réprimande.

Il est probablement déjà en bas avec Sammy. Relax !

Pourtant, j'enfile un sweat à capuche aussi vite que je peux. Il faut que j'aille vérifier de mes propres yeux. Je sais que c'est l'anxiété qui parle et que j'en rirai plus tard, mais quand il s'agit de Buddy, je ne plaisante pas. Au moment où je prends ma montre sur la commode…

BIP BIP

Mon ventre se crispe, je regarde la bombe qui fait « tic-tac » sur le bureau. Je n'ai pas envie de voir. Je préférerais la jeter par la fenêtre et rouler dessus en voiture. Mais je traverse quand même la pièce, les chevilles lestées de plomb.

7 h 26. ALARME : As-tu pensé à verrouiller la porte derrière toi, la nuit dernière ?

Je lâche le téléphone comme s'il avait pris feu et me brûlait la main. Les petits poils dans ma nuque se hérissent, glacés, et je me retourne. J'ai cru que quelqu'un se tenait juste derrière moi et me soufflait dessus. Mais il n'y a personne. Je suis seule. J'ai été seule toute la nuit. Pas vrai ?

BIP BIP

Mon corps sursaute au son devenu terrifiant qui transperce l'air. Une sonnerie trépidante et brute. Debout au-dessus du téléphone, je déglutis avant de baisser les yeux.

7 h 27. ALARME : Quelqu'un a pu s'introduire dans la maison. Encore. 😈

Mon pouls cogne contre mes tympans et je me retiens de crier. L'emoji Diable me ramène au Post-it. Je ferme les yeux, essayant de retrouver un semblant de calme. Parce que ce n'est pas possible. Ça ne peut pas arriver.

– C'est un rêve, je dis tout bas.

BIIIIIP BIIIIIP

Je dois bondir d'un mètre en hauteur, puis j'arrache le téléphone du sol.

7 h 28. ALARME : As-tu vérifié dans le dressing ?

Le dressing ?

Je me retourne, le souffle court. La porte en accordéon du dressing est entrouverte et, de ce que j'en vois, il n'y a que des vêtements là-dedans, et des chaussures de couleur neutre. Si quelqu'un… ou quelque chose se trouvait parmi mes affaires, je le verrais. Pourtant, retenant mon souffle, je m'approche avec précaution, passant la langue sur mes lèvres sèches, les mains moites.

Prête ? Un, deux…

À trois, d'un coup sec, je pousse la porte dont le bois craque sous la force du mouvement. Vide. Je porte une main à ma poitrine, où mon cœur bat à tout rompre.

– C'est quoi ce bordel… ?

BIP BIP

Le téléphone, qui vibre maintenant dans ma main, s'allume.

7 h 29. ALARME : As-tu vérifié sous le lit avant de te coucher ?

Mon ventre dégringole au sous-sol, ma gorge est trop sèche pour laisser passer un cri. Je regarde mon lit défait. Les draps et la couette de travers, le protège-sommier… immobile.

BIP BIP

7 h 30. ALARME : On dirait bien que non. 😚

Il y a quelqu'un sous mon lit !

Pas possible. Pas moyen que quelqu'un se soit glissé sous mon lit. À moins que… si. À moins que ce soit ça, le jeu, depuis le début.

Et s'il y a vraiment quelqu'un, je n'aurai que quelques secondes pour m'enfuir. Mais s'il n'y a personne, je vais provoquer un bazar pas possible sans aucune raison. Je dois vérifier. Je dois voir.

Un pas, deux pas… Je m'approche furtivement du lit, non sans scruter le reste de la pièce, qui me semble bizarrement plus petite qu'avant. J'attrape la lampe sur le bureau et la lève bien haut, prête à l'écraser sur quelqu'un et à détaler en trombe. Les mains tremblantes, je suis presque en hyperventilation quand je me penche lentement à côté du lit, que j'attrape d'une main un coin de la jupe de lit. Le cœur battant à tout rompre, je me fige.

Prête ? Un, deux…

À trois, j'écarte la jupe et passe la tête dessous. Rien.

– Pfff. Tu te fous de ma gueule…

BIP BIP

Le téléphone illumine l'espace sombre ; je lis le message.

7 h 31. ALARME : As-tu vérifié les punaises de lit ?

À ce moment précis, le cri resté coincé à l'intérieur de moi jaillit.

– AAAAAAAH !

La tache sur mon bras éclate, et je me cogne la tête contre le cadre métallique du sommier en reculant.

– Mari ? Tu vas bien ?

La voix de maman. Elle m'appelle du rez-de-chaussée.

Je m'asperge les bras d'alcool dénaturé, me déshabille, passe mon corps en revue dans le miroir à la recherche de piqûres. Des taches noires brillent devant mes yeux et je tombe au sol. La poitrine comme serrée dans un poing, je sens la pièce vaciller. Je suffoque et tâtonne pour trouver mon inhalateur. Après deux bouffées, je m'affale devant le ventilateur, tirant sur le soutien-gorge qui me comprime le sternum, le temps que mon cœur se calme.

Je sais que je n'ai pas programmé ces alarmes. Je ne suis pas assez dingue pour avoir programmé aucune d'entre elles. Mais quelqu'un l'a fait. Quelqu'un qui sait que je suis sortie la nuit dernière. Quelqu'un qui a joué avec mon téléphone. Quelqu'un qui cherche à me foutre la trouille.

Et il n'y a qu'une seule personne de ma connaissance à être aussi cruelle.

Piper !

La colère propulse l'adrénaline directement dans mon organisme. J'ouvre la porte de ma chambre à la volée et je descends les marches en trombe.

– Bonjour, Mari, dit maman en souriant.

Mais je passe devant elle, fonçant droit sur Piper. Et je vise le cou.

Elle écarquille les yeux dès qu'elle me voit arriver et saute de son tabouret en hurlant.

– PAPAAAAAAAAAA ! couine-t-elle.

Elle s'enfuit en courant, mais je suis déjà sur ses talons, assez près pour l'attraper par les cheveux et la ramener en arrière comme un yo-yo.

– AAAAAH ! PAPA, AU SECOURS !!

– Petite conne ! Espèce de sale petite…

– Mari ! Qu'est-ce que tu fais ? s'écrie maman en m'attrapant par le poignet, tentant de m'écarter d'un coup d'épaule. Lâche-la ! Tout de suite !

Mais je vois rouge et je veux du sang. Je tire plus fort.

– PAPAAA !

Piper se tortille en braillant. Alec déboule en trombe dans l'escalier.

– Oh, mon Dieu, crie-t-il en attrapant Piper. LÂCHE-LA !

Mais je tiens bon et Piper se retrouve prise dans une sorte de tir à la corde assez violent.

– LÂCHE-LA ! LÂCHE-LA !

– PAPA, S'IL TE PLAÎT, PAPA !!

– Mari ?

Un Sammy en état de choc, arrivé dans le salon avec Buddy, brise ma concentration. Je relâche ma prise et maman et moi tombons au sol.

Alec console une Piper hystérique en lui tapotant le cuir chevelu. Maman me relève, juste avant de me prendre par les épaules.

– Mari, qu'est-ce qui t'arrive, enfin ? crie-t-elle en me secouant. Et pourquoi tu sens l'alcool dénaturé ?

– Elle a tripatouillé mon téléphone pour me foutre la trouille !

– Quoi ? De quoi tu parles ? demande maman.

Piper cachée dans son dos, Alec vient se planter à côté de moi de toute sa hauteur, un doigt tendu tout près de ma figure.

– Si tu poses encore une main sur ma fille, je te…

– Tu ne feras rien du tout ! rugit maman, qui repousse sa main d'une tape sèche. Parce que nous ne touchons pas à nos enfants. N'est-ce pas ?

Alec est enragé.

– Raquel, tu ne peux pas laisser passer ça, enfin. Elle a agressé Piper !

– Parce qu'elle est entrée dans ma chambre, je rétorque. Pour laisser des messages chelous et flippants sur mon téléphone !

Maman se dresse devant moi, utilisant son corps comme un bouclier.

– Des messages ? Tout ça pour des messages, Mari ?

– Ce n'est pas moi, crie Piper. Je le jure ! C'est Madame Suga qui l'a fait !

Alec et maman font volte-face vers Piper.

– Quoi ? lancent-ils à l'unisson.

La bouche de Piper s'ouvre avant de se refermer et, aussitôt, elle essaie de ramener l'attention sur moi.

– Tu es toujours au téléphone, crie-t-elle, avant de tirer sur le tee-shirt d'Alec. Elle dit à son papa qu'elle déteste cet endroit et qu'elle te déteste, et elle envoie des messages cochons au garçon qui lui plaît !

Maman me regarde, sourcils froncés. Et j'explose :

– Tu te fiches de moi ? RIEN de tout ça n'est vrai ! Demande à papa si tu ne me crois pas, parce que je sais que tu ne me crois pas. Mais ne perdons pas de vue le vrai problème, ici, c'est-à-dire qu'elle se permet de fouiller dans mes affaires ! Elle se faufile partout sans aucun respect pour les affaires des gens, elle fouille dans mon téléphone, et maintenant, elle met ça sur le dos de sa fichue amie imaginaire – soit dit en passant, elle est pas un peu trop vieille pour ces conneries ? C'est une invasion totale de ma vie privée ! Alors, qu'est-ce que vous comptez faire pour régler ça ?

Alec et maman échangent un regard las, puis maman croise les bras et incline la tête à l'attention d'Alec, comme pour dire : « Alors ? »

Le visage d'Alec s'adoucit, il regarde Piper.

– Bon, ce n'est pas bien de parler dans le dos des gens, lui reproche-t-il avec douceur.

Maman reste bouche bée, Sammy a les sourcils qui grimpent jusqu'à la racine de ses cheveux.

– Incroyable ! je hurle, et je pars en trombe.

15

Les yeux fixés au plafond, c'est comme ça que je réfléchis le mieux. La vaste étendue blanche m'aide à régler toutes sortes de choses. Par exemple, comment jeter ma demi-sœur dans une benne à ordures sans que personne ne puisse m'incriminer.

Piper a refusé de s'excuser pour l'affaire du téléphone, et Alec « ne pense pas devoir forcer sa fille à faire quelque chose qu'elle ne se sent pas prête à faire » ou une connerie de ce genre.

Cela dit, pour être honnête, une petite partie de moi se demande si c'était vraiment elle. À moins qu'elle se soit faufilée ici comme un super Ninja pendant que je fermais l'œil deux misérables heures, je ne vois pas comment elle a pu y parvenir. En plus, j'avais mon téléphone avec moi toute la nuit.

Sauf… quand je suis descendue et que les lumières se sont éteintes. Et là, je le retrouve soigneusement posé sur le sol de la chambre, comme placé là exprès.

Des glaçons me piquent le cou et je remonte la capuche de mon sweat-shirt. Tant de choses se sont produites au cours des dernières vingt-quatre heures… Pourtant, rien de tout ça ne me dérangerait si j'étais défoncée. Je donnerais volontiers à Piper tous mes mots de passe pour n'importe quel appareil, en échange d'un instant d'oubli. Ce qui me fait penser : faut que je passe au jardin secret.

Maman ouvre la porte pile au moment où j'enfile ma tenue de footing.

– Ouais ? demande-t-elle, pleine d'enthousiasme.

Je penche la tête en baissant mon tee-shirt.

– Ouais quoi ?

Elle fronce les sourcils.

– Tu ne viens pas de m'appeler ?

– Non.

– Non ? Je dois entendre des voix.

– Pfff, perds pas la boule, maman. Tu peux pas nous laisser seuls avec Alec.

– Je vais essayer de garder ça en tête. (Son sourire ironique devient sérieux.) Tu te sens bien ? Tu as quelque chose à me dire ?

Je vois bien que la dispute de ce matin avec Piper a fait passer maman en mode Alerte rouge. Je plaque un sourire faux sur mon visage.

– Je vais bien. Contrôle parfait.

– Hm. Bon, et tu vas où ?

– Courir.

Elle hoche la tête, impressionnée.

– Tu y vas souvent, depuis qu'on est ici.

– Faut bien, je réponds en commençant de rapides étirements.

– Alors pourquoi tu n'essaies pas d'intégrer l'équipe d'athlétisme ?

Je suis aussitôt prise de l'envie de courir dans la direction opposée de cette conversation.

– C'est juste plus mon truc, je dis en veillant à garder une voix légère, histoire qu'elle lâche le sujet.

– Mari, ce qui s'est passé avec David et l'école… Ne laisse pas ces événements bouleverser toute ta vie. C'est bien de lâcher prise. C'était… un accident.

– Ouais. Sauf que j'ai été la seule punie, je rétorque.

Je ne voulais pas être aussi sèche, je n'ai pas pu m'en empêcher. La seule mention de ce nom me donne envie de taper des pieds jusqu'à casser le plancher.

Maman grimace.

– Tu as raison. Ce n'est pas juste. La vie n'est pas juste. Mais on continue à aller de l'avant. On a emménagé dans cette nouvelle ville pour que tu puisses prendre un nouveau départ. Et un nouveau départ, ça signifie aussi faire les choses que tu aimais avant. Comme l'athlé.

Elle a raison. On a déménagé ici uniquement à cause de ce que j'ai fait. Sans ça, on serait encore là où j'aimais et j'étais aimée, avant.

Elle m'embrasse sur la tempe.

– Bon… Réfléchis-y, d'accord ?

– Oui, oui.

Et je me dirige vers la porte.

– Si je ne l'ai pas déjà dit, je suis très fière de toi, Marigold. Tu as fait des progrès significatifs depuis qu'on est ici. Je veux juste que tu commences à penser à ton avenir. Ne reste pas autant coincée dans le passé. Il n'y a rien pour toi là-bas.

La culpabilité me pince le flanc comme une crampe. De nouveau, j'affiche un sourire faux.

– Merci, maman.

Elle sourit et me prend dans ses bras.

– Oh, au fait, tu as vu le balai ? Impossible de remettre la main dessus !

***

Les plantes commencent à fleurir. Bien plus vite que je ne pensais. Ce qui veut dire que mon jardin secret cantonné à une pièce embaume autant qu'une ferme d'un hectare. Le doux parfum de la floraison me frappe dès que j'ouvre la porte.

Ce qui est à la fois bon et mauvais. Bon, car je vais probablement pouvoir récolter avant Halloween. Mauvais, car n'importe qui sera en mesure de sentir mes plantations à un kilomètre par les fenêtres cassées. Si je passais plus de cinq minutes dans la maison, l'odeur imprégnerait mes vêtements et mes cheveux. Autant porter un panneau sur le front pour indiquer ce que je traficote. (Et, Dieu merci, je garde quelques vêtements de rechange.)

Une rapide recherche sur Google m'aurait permis d'apprendre qu'un filtre à charbon minimiserait l'odeur… si j'avais lu jusque-là. Mais étonnamment, le placard du personnel de ménage de l'école m'a été bien utile. Il contenait tout le matériel dont j'avais besoin pour construire un système de filtrage de fortune : filtres à charbon pour l'air, ruban adhésif, papier aluminium et film plastique.

Le ruban adhésif, je l'ai collé sur la porte de derrière, avec le système de sécurité d'un pauvre type qui est toujours en place, pourtant dès que je mets le pied à l'intérieur, quelque chose me semble… bizarre. La maison a l'air plus petite, l'air putride et poussiéreux. Les fenêtres sont toujours fermées, le ruban adhésif ne semble révéler aucune intrusion. Quelques pas prudents et je m'arrête net. La salle à manger est envahie, comme si chaque meuble moisi de la maison avait été bougé, réarrangé et replacé. L'acide me monte à la gorge.

– Euh… ohé ? j'appelle, et j'écoute attentivement.

Aucun mouvement.

Lentement, je bats en retraite jusqu'à la cuisine, les sacs serrés contre moi. Les plantes sont là, toujours à la même place apparemment. Mais sur le sol qui les entoure… des empreintes de pas rouges et boueux partout autour de la table. Des pas dont je peux compter les orteils des pieds nus…

Quelqu'un est entré dans la maison.

Je claque la porte, détale à travers les broussailles et m'enfuis, courant en zigzags affolés, en regardant par-dessus mon épaule toutes les cinq secondes.

Quelqu'un est entré dans la maison. Quelqu'un a vu le jardin secret. Quelqu'un sait !

Sitôt que j'arrive sur les marches du perron, je me rends compte que j'ai encore à la main le matériel volé à l'école.

Je contourne discrètement la maison et trouve un homme debout dans le jardin.

– Monsieur Watson ! je glapis.

Il lève la tête et n'a l'air ni surpris ni content de me voir. Il affiche son indifférence chronique. Dans ses mains, la salopette et le tee-shirt que j'ai laissés sous la terrasse.

– Que faites-vous ici ? je lui demande.

Il baisse les yeux sur les vêtements dans ses mains, les inspecte, vérifie leurs étiquettes.

– Ta mère a appelé, répond-il tranquillement. Elle m'a demandé de remplacer les gouttières. Je prenais juste quelques mesures. C'est… à toi ?

Je déglutis, mais je garde mes distances.

– Ouais. C'est ma tenue de jardinage.

– Ah, dit-il en me les tendant, le nez plissé.

Est-ce qu'il sent le shit dans les fibres de mon jean ? Est-ce qu'il va aller cafter à maman ? Qu'est-ce qu'il faisait à farfouiller sous la terrasse, d'abord ?

– Tu as fait des courses ? demande-t-il en remarquant mes sacs.

– Ouais. J'ai un projet de science à finir.

– Hm, lâche-t-il, puis il montre la parcelle d'à côté. Tu vas pas dans une de ces maisons, hein ?

Comment il a su ?

– Non, je mens, impassible. J'ai retenu la leçon.

Monsieur Watson fronce les sourcils. Ce n'était pas la réponse qu'il attendait.

– En tout cas, sois prudente. Ces maisons sont dangereuses.

Et sur un hochement de tête, il s'en va. Je le suis : comment j'ai pu rater sa Volvo garée devant ? Mon esprit était sans doute trop préoccupé par la peur d'aller en prison.

***

– Youssef, c'est… une idée complètement ridicule.

Je ris jusqu'aux larmes pendant une autre de nos conversations nocturnes auxquelles je me suis presque habituée. C'est mieux que de faire semblant de dormir en attendant que la police vienne défoncer notre porte d'entrée.

– Nan, c'est toi qu'as pas la vista, insiste Youssef.

– Une émission de concours de jardinage ?

– Ouais ! Comme une épreuve de force pour voir qui concocterait les plans et les arrangements paysagers les plus géniaux. Genre, imagine : on déposerait notre équipe dans un terrain vague un peu n'importe où et on nous donnerait deux heures et un budget de mille dollars pour le transformer en oasis.

– « Notre » équipe ?

– Ouais ! Faudrait que tu sois dans mon équipe. T'as des compétences en terrarium. Et crois pas que j'ai pas vu la façon dont t'as disposé les bulbes de tulipes pendant notre atelier jardinage. On va écraser la concurrence.

Mon cœur s'emballe. Faut croire que les compliments sur mes talents de jardinier, ils ont plus de poids venant de lui.

– Mec, qui va regarder une émission pareille ?

– Tout le monde ! Les gens adorent les émissions de pâtisserie. Les concours où ils doivent faire des putains de cupcakes et des conneries de ce genre en moins de vingt minutes. Pourquoi pas le jardinage ?

– Parce que le gâteau, c'est la vie ! Le sucre l'emporte sur la terre à tous les coups.

– C'est bien ce que je dis, t'as pas la vista.

CRAAAAC

La porte cliquette, ses gonds gémissent, puis elle s'entrouvre d'un cheveu, comme si celui qui se tenait derrière hésitait à entrer ou non. La poitrine comprimée, je me mordille l'intérieur de la joue.

Relax. C'est juste un courant d'air.

– Ça va ? demande Youssef.

– Quoi ? Oh, oui. Je vais bien.

– Tu mens. Dis-moi. Qu'est-ce qu'il y a ?

Je prends une profonde inspiration, me détourne de la porte.

– C'est… rien. Je pense que je souffre de claustrophobie, c'est tout. Tu sais, l'autre soir, quand on est allés à la plage, c'était le plus loin que je me sois aventurée hors de cette maison depuis des semaines. Je pense que je suis juste… en train de me faire peur toute seule.

– C'est la saison de l'épouvante, réplique-t-il.

– Et j'ai même pas vu une seule citrouille ou une sorcière sur un balai !

– Hm. Tu veux sortir de chez toi demain ? Faire un tour en voiture ?

CRAAAAAC

Ce n'est rien. Ce n'est rien. Ce n'est rien.

– Euh… euh, OK. Pour aller où ?

16

L'automne à Cedarville est comme dans les films : l'air est vif, les arbres virent à l'ambré et les rues sont jonchées de feuilles brunes qui craquent sous les pieds. La façon la plus idyllique de supporter mon premier changement de saison. Youssef gare son pick-up sur un terrain boueux, juste devant un panneau géant avec un cochon en bleu de travail qui nous souhaite la bienvenue.

– Un producteur de pommes ? je demande, haussant un sourcil.

– Tu as dit que tu voulais sortir de la ville, réplique-t-il en coupant le contact. Le club de jardinage fait des excursions ici chaque année.

Sammy applaudit depuis le siège arrière.

– J'adore les pommes !

Je l'ai emmené avec nous, car il a autant besoin que moi d'un peu de grand air.

La ferme de Monsieur Wiggles grouille de familles et d'enfants qui courent partout. On y trouve un labyrinthe en pieds de maïs, un photomaton, des promenades en charrette, un champ de citrouilles et un marché fermier.

– Mari ! s'exclame Sammy en s'accrochant à mon bras. Il faut que je monte ce cheval !

Il montre un étalon un peu cabossé, qui fait des circuits avec des gamins sur son dos.

– Mec, c'est pour les bébés, ça.

Il lève une main.

– Je m'en fiche. Ce cheval sera mon noble destrier.

Youssef glousse.

– Vas-y, mon pote ! C'est une jument, et haineuse avec ça.

Je hausse les épaules.

– File comme le vent.

Sans un mot, on regarde Sammy courir vers la ferme des animaux.

– Tu veux un cidre chaud ? me demande Youssef.

– Avec plaisir.

Youssef ne semble pas dans son état normal alors que nous faisons la queue pour les beignets frais et le cidre chaud. Il a à peine ouvert la bouche pendant notre heure de trajet. Il s'est contenté de laisser Sammy passer en revue sa playlist. Il sourit, mais d'une certaine manière qui semble forcée.

Après cinq autres minutes de silence, il parle enfin.

– T'as un mec, là-bas en Cali ?

Il a lâché ça comme s'il retenait son souffle.

Beurk. Et moi qui passais une si bonne journée.

– Non, je réponds platement. Un ex.

– Ah. Il était comment ?

Je soupire.

– Blanc. Riche. Égoïste.

– Merde, s'esclaffe-t-il. Alors pourquoi t'étais avec lui ?

Je piétine en regrettant de ne pas avoir enfilé quelque chose de plus chaud. Seize degrés, c'est comme moins cinq pour mon sang californien. Mais bizarrement, je n'arrive pas à mettre la main sur mon nouveau pull-over crème en tricot torsadé. La lessive a dû l'avaler avec mes guêtres.

– Il était... rapide. Genre, un des coureurs les plus rapides de notre équipe. Je veux dire, vu comme il courait, il aurait pu ricocher sur l'eau. Je trouvais ça... fascinant.

Youssef hoche la tête alors que la file avance un peu.

– N'empêche, on dirait que vous aviez pas grand-chose en commun.

Il a raison. À part notre amour de l'herbe, qui a été à l'origine de notre relation d'ailleurs, nous n'avions pas grand-chose en commun. Mais vu la façon dont Youssef s'est comporté à la fête, je préfère passer ce détail-là sous silence.

– Faut croire que c'est pour ça qu'on a rompu, je rigole. Et toi ? T'as une nana ?

Youssef sourit.

– Non. Pas même une ex dont je pourrais me plaindre, même si beaucoup aimeraient raconter le contraire.

Plus nous avançons dans la file, plus l'air est riche en sucre de cannelle et en pommes cuites.

– C'est impossible. T'as jamais eu de petite amie ? Me dis pas que tu passes ton temps à briser des cœurs dans tout Cedarville.

– Pas du tout, répond-il en riant alors que nous atteignons le comptoir.

Il commande deux cidres chauds et quatre beignets. Et en bon gentleman plein de classe, il propose de payer.

– C'est pourquoi toutes ces questions sur mon ex ? je demande en le suivant.

Youssef hausse les épaules.

– Comme ça. Je me demandais juste comment t'étais, avant. J'ai l'impression de rien savoir de toi. T'es comme, genre, un grand coffre-fort.

– Et donc, tu t'es fixé une sorte de « Mission Impossible » : tu vas essayer de m'ouvrir ?

Il plisse les paupières.

– Tu vois ? Tu recommences.

– Quoi ?

– Tu changes de sujet. Dès que quelqu'un s'approche un peu, tu te figes et tu balances une blague à la papa.

– Eh, elle était bonne, ma blague, mon père serait fier. Et pourquoi t'essaies de te rapprocher de moi de toute façon ?

– Parce que… on est amis !

– Amis ? (Je perçois la douleur dans ma voix et me racle la gorge.) Je veux dire, oui. On est amis, oui.

Youssef hoche la tête comme pour dire « ben oui » et marche devant moi. Ce n'est pas comme si je voulais sortir avec Youssef, ou n'importe quel garçon, d'ailleurs. Mais je ne vais pas mentir, ça fait du bien de savoir qu'il a envie de moi. C'est bon pour l'ego. Qui aurait cru que le friend-zonage inversé pouvait avoir un tel effet ?

– Très bien, dit-il en s'arrêtant devant une arche faite de bottes de foin. Prête à cueillir ta citrouille ?

Le champ de citrouilles est immense, de la taille d'au moins deux terrains de football. Nous parcourons les rangées interminables en sirotant notre cidre et en scrutant les citrouilles au fur et à mesure.

– Tu es sûr qu'on a le droit de ramasser un de ces trucs ? On va pas se faire arrêter en le rapportant à la maison ?

Il secoue la tête.

– T'es trop marrante. Pourquoi pas celle-là ?

Youssef soulève une citrouille étroite.

– On dirait Monsieur Patate.

– OK, souffle-t-il. Et celle-là ?

– Toute bosselée ? Mec, pas moyen !

– Eh, sois pas irrespectueuse. Madame Bosselée a des sentiments aussi ! Elle t'entend.

Nous rions en nous faufilant entre les rangées, le ciel est d'un bleu magnifique, l'air frais et sucré. Au loin, j'aperçois le verger de pommes. Maman pourra peut-être préparer son fameux crumble végan ou une tarte. Cet après-midi, c'est exactement ce que le médecin m'a prescrit : un samedi normal.

– Yo, t'as entendu que la Fondation Sterling essaie de démolir la bibliothèque ?

Je manque trébucher sur une racine.

– Euh… non. J'ai rien entendu à ce sujet.

Youssef opine du chef et continue d'avancer. Je ne sais pas pourquoi j'ai menti. Ça m'a paru plus facile que de dire la vérité. Et la vérité, c'est : on ne peut pas arrêter ce qui est déjà en mouvement. Youssef n'en a aucune idée.

– Quelle merde ! grogne-t-il en inspectant une autre citrouille. Au lieu de réparer le bordel, ils veulent juste tout démolir.

– Oui, bon… je commence en tâchant de garder une voix légère. Est-ce que ça serait vraiment si terrible ?

Il pivote d'un coup.

– Quoi ?

– OK, je veux pas critiquer ta maison ou quoi que ce soit… mais c'est un peu le bordel, à Maplewood. Rien que notre lycée, il aurait sacrément besoin d'être rénové. Il est peut-être temps de faire des changements dans le quartier.

Il me dévisage, le regard plus dur à chaque seconde, puis il croise les bras.

– T'as déjà regardé la série *Midnight Truth* ?

– Ouais ! C'est une de mes préférées !

– OK, tu te rappelles quand ils ont remplacé l'acteur qui jouait Logan par un autre parce que le premier Logan arrivait toujours bourré sur le plateau de tournage ?

– Beurk ! M'en parle pas. Le nouveau mec était tellement terne.

– Ouais, la série a continué, mais c'était plus la même chose. Parfois, le « changement », ça peut ressembler à ça. Enlever toute l'âme de quelque chose. Un changement, c'est pas forcément une bonne chose.

Le changement est bon. Le changement est nécessaire. Le changement est vital.

Ma respiration se bloque et je ne sais pas pourquoi je me sens si vulnérable. Nerveuse, je trempe le dernier de mes beignets dans le cidre.

– Donc tu préfères que le Wood reste comme il est maintenant ? Le bazar ?

– Non ! J'ai jamais voulu que le Wood soit comme ça. Personne ne l'a voulu. Je dis juste qu'on a pas rasé la chapelle Sixtine parce que la peinture commençait à s'écailler. On l'a rénovée, merde ! Ça a pris des années et beaucoup d'argent, mais on l'a fait. Pourquoi notre ville peut pas faire la même chose pour nous ? Ces gens ont bien trouvé un paquet d'argent pour la Riverwalk, pourquoi ils dépensent pas un centime pour réparer le nid-de-poule devant la maison de Madame Roberson ?

Je m'arrête pour le regarder.

– OK, je vais pas te mentir, je suis super impressionnée par ta connaissance de la chapelle Sixtine.

Il sourit.

– J'ai entendu quelqu'un dire ça dans une de ces émissions de pâtisserie débiles.

– Qu'est-ce que je te disais ? Le sucre l'emporte sur la terre !

– T'as raison, t'as raison, admet-il en riant. En tout cas, mon oncle et moi, on envisage de créer une société historique de Maplewood.

– Vraiment ?

– Ouais. Faut qu'on commence à préserver notre héritage avant que tout soit effacé. Pop-Pop a beaucoup de photos de son enfance. On peut peut-être récolter de l'argent pour un musée ou un truc comme ça.

Je souris.

– J'aime que… tu te passionnes pour Maplewood.

– C'est chez moi, c'est bien normal.

– Je sais pas. Faut croire que moi, je me sens pas vraiment attachée à grand-chose… maintenant.

– Pourquoi ?

Parce que mon ancienne ville est pleine d'abrutis et que mon ancienne maison recèle les souvenirs des punaises de lit, de mon ex-petit copain et du divorce de mes parents. En plus, il y a cette histoire où j'ai failli mourir sur le sol de ma chambre. Mais je ne vais pas en parler.

– Y a pas de raison, je mens donc avec un haussement d'épaules.

Et soudain, je repère la citrouille parfaite juste à côté de ma botte.

– Là ! J'en ai une. (Je la soulève en l'air.) Et je t'appellerai Sweets et je creuserai tes yeux et ton sourire avec un grand couteau.

Youssef secoue la tête.

– Eh ben, c'est pas du tout flippant.

Il propose de porter Sweets jusqu'à la voiture. Sammy nous fait signe depuis son cheval, qui se déplace pratiquement au ralenti.

– On aurait dû amener ta sœur, dit Youssef. Elle aurait adoré aussi.

Je lève les yeux au ciel.

– Mec, cette petite garce, c'est pas ma sœur. En plus, j'aurais été trop tentée de l'attacher à un épouvantail.

– Waouh, commente-t-il, le visage tourné vers le haut. Tu parles comme ça devant elle ? Pas cool.

– Tu sais pas comment elle est. Elle rend la vie… pénible. Plus pénible que nécessaire.

Il a l'air atterré par ma réponse.

– C'est une gosse !

– Elle a dix ans, je rétorque.

– C'est. UNE. GOSSE ! Donne-lui une chance. Elle a pas eu la vie facile non plus.

– Qu'est-ce que t'en sais, toi ?

– Ben, on vit dans le Wood. Tout le monde sait tout sur tout le monde. On dit que personne lui parle, à cette gamine. Personne la calcule. Pense à tous les regards que tu reçois à l'école, multiplie ça par cent. C'est à ça qu'elle doit faire face.

La culpabilité commence à ronger ma carapace de bonbon dur. Je ne savais pas que ça allait si mal pour elle. Elle avait l'air de se ficher d'avoir des amis ou non et ça lui convenait parfaitement de rester sous la coupe d'Alec. Mais peut-être que c'est son mécanisme de défense, de prétendre que tout va bien et qu'elle s'en fout.

Ça nous fait au moins un point en commun.

– N'empêche que ça lui donne pas le droit de nous faire payer ses problèmes, je marmonne.

– Une fille qui reçoit pas d'amour à l'école, pas d'amour à la maison… ça lui laisse pas grand-chose d'autre que d'être une petite chieuse. Mais même les chieurs ont un cœur et un tournant dans leur vie. Il faut juste lui donner une chance. Je suis sûr que les gens t'en ont donné une seconde quand t'as merdé.

Les muscles de mon ventre se nouent.

Est-ce qu'il sait ?

Dimanche. Jour de grande toilette.

Plantée devant le miroir, à démêler mes dreads, mes pensées dérivent vers le jardin secret. Est-ce que je m'imagine des choses ? La pièce semblait… étrange, comme si on y avait touché. Je n'ai pas eu l'impression que quelqu'un y était entré par effraction, la porte ne paraissait pas avoir bougé. Alors comment les meubles ont-ils pu être déplacés si la porte n'a jamais été ouverte ? Et si quelqu'un a fouiné dans le coin… pourquoi n'a-t-on pas touché aux plantes ? Peut-être qu'on attend le bon moment pour me faire chanter.

– Mari ! Mari !

Sammy appelle d'en bas.

Au début, mon plan me semblait infaillible. Maintenant, je suis épuisée de vivre cette double vie et, pire, je suis à des années-lumière du type de défonce que je veux… Effacez ça : dont j'ai besoin.

– Mari ! Mari !

– Quoi ?! Je me lave les cheveux ! je crie à travers la porte, les mains couvertes d'après-shampoing.

– Viens ici ! Vite !

– Mec…

Je fourre mes boucles humides sous un bonnet en plastique.

– Mari, tu viens ou quoi ?

– J'arrive, j'arrive. Minute, je crie depuis les marches.

L'eau me dégouline déjà dans le cou, trempant le col de mon tee-shirt.

– Dépêche-toi !

Sammy me fait signe de le suivre, mieux, il m'attrape par la main et me tire dans la pièce de vie.

– Qu'est-ce qu'il y a ?

– Viens ici ! Regarde Buddy !

Buddy est assis sur l'arrière-train, les pattes avant en l'air. Pour un couillon de chien baveux, il est complètement statique, immobile.

– Il est comme ça depuis, genre, cinq minutes entières, s'esclaffe Sammy. Il a pas bougé. Même quand je lui offre des friandises !

Sammy claque des doigts, mais Buddy ne cille pas. La queue dressée, les yeux fixés, c'est une statue vivante. Comme quand il repère un écureuil : son instinct de loup revient et il n'est plus qu'un prédateur fixant sa proie.

Je suis le regard de Buddy jusqu'à la porte du sous-sol.

– Buddy ? je dis lentement.

Un grognement sourd s'échappe de ses crocs serrés, il reste hypnotisé. Les petits poils se hérissent dans mon cou comme des centaines de minuscules couteaux.

Il n'y a rien. Il n'y a rien. Il n'y a rien !

En deux enjambées rapides, je traverse la pièce et j'écarte Buddy, qui glapit.

– Meuf ! crie Sammy. Pourquoi t'as fait ça ?

Comme sortie d'une transe, Buddy secoue la tête et lève les yeux vers moi en haletant joyeusement. Il agite la queue.

– C'est… euh… c'est pas bon pour ses articulations, d'être assis comme ça, je réponds en m'asseyant sur le canapé, histoire de tâcher de rester calme. Tu veux qu'il ait de l'arthrite ?

– Il a sept ans, se moque Sammy.

Mais sa voix s'éteint et il se retourne, les yeux fixés sur la porte du sous-sol. Je me penche.

– Quoi ? je lâche, le souffle court.

Pendant un moment, il reste planté là, comme Buddy, fasciné, immobile, mais il finit par expirer et se retourner vers moi.

– Rien, lâche-t-il en haussant les épaules. J'ai cru entendre quelque chose,

– Quelque chose… comme quoi ? je demande, avançant d'un pas lent, prête à attraper son secret.

– Je ne sais pas, pouffe-t-il. (Il me repousse et se met à grattouiller Buddy derrière les oreilles.) C'est rien.

Je me mords la langue pour m'empêcher d'insister. Je veux qu'il entende quelque chose. Qu'il voie quelque chose. Je veux qu'il saute dans le train de la folie avec moi, que je ne me sente plus aussi seule.

– Où est Piper ? me demande-t-il en frottant le ventre de Bud.

– Dans sa chambre, je suppose.

– Tu « supposes » ? Quelle super baby-sitter tu fais !

– Crois-moi, c'est un boulot pour lequel je n'ai pas signé et dont je démissionne régulièrement, je gémis, avant de m'affaler sur le canapé, la tête sur l'accoudoir.

Je bâille. L'insomnie et mon jardinage matinal m'ont épuisée.

– Elle était assise là dans le noir, sans rien faire. Sans la télé ou quoi que ce soit. Bizarre, cette gosse.

Vu ma discussion avec Youssef, j'essaie de voir les choses du point de vue de Piper. À travers les yeux d'une petite fille qui vit avec des étrangers froids et n'a pas un seul ami de son âge. Je jette un coup d'œil aux citrouilles fraîchement creusées sur le comptoir et je souris.

– Eh, tu t'es bien amusé à ramasser des pommes ? Je veux dire, après ta séance de poney ?

Il me jette un regard de reproche.

– C'était un cheval de course à la retraite. Et oui, j'ai bien aimé. Youssef est vraiment cool.

Un souvenir me revient soudain, de David et Sammy jouant à des jeux vidéo dans notre salon pendant que je faisais mes devoirs. Sammy adorait David. Il a pris la rupture assez mal, assez pour trouver le numéro de David dans le téléphone de maman et l'appeler quelquefois en secret. Ce qui a compliqué d'autant notre rupture.

– Ouais, ben, t'attache pas trop, je lâche.

Il ricane.

– Je pourrais te retourner le conseil.

– Touché… je glousse. Beurk. C'est tellement agaçant d'avoir un jumeau plus jeune.

Il montre ma tête.

– Gaffe, tu mets du machin de tes cheveux sur le canapé.

– Merde, je marmonne en me levant d'un bond.

La dernière fois que j'ai essayé de me faire un traitement à l'huile chaude, je me suis endormie en regardant *The Great American Baking Show* et l'huile qui s'était échappée de mon bonnet de douche a taché le coussin. Je l'ai retourné et c'est mon petit secret depuis.

– Eh, c'est quoi ça ?

Sammy montre du doigt quelque chose derrière moi, les sourcils froncés.

– Quoi ?

– Sur ton pantalon.

Je glisse une main contre mon flanc avant de regarder, m'attendant à rencontrer quelque chose d'humide, au lieu de quoi je tombe sur quelque chose de sec, minuscule… et dur.

Les yeux de Sammy s'écarquillent et il tend brusquement la main.

– Attends, Mari…

Mais c'est trop tard. Baissant les yeux, je découvre une série de points noirs sur mon pantalon et j'en pince un entre mes ongles.

– Oh, mon Dieu, je murmure avant d'arracher le coussin, révélant ma tache d'huile… ainsi que des taches noires dans la doublure du canapé.

Le cri que je laisse échapper est angoissé. Le hurlement d'une sirène. Sammy se bouche les oreilles tandis que je recule, trébuchant sur Buddy, le bras en feu.

Des punaises de lit. On a des punaises de lit. Punaises de lit, punaises de lit, punaises de lit…

Sammy s'approche pour enquêter.

– NON, SAM ! Ne fais pas ça ! je sanglote.

Et je tends le bras pour l'attraper. Buddy, déconcerté par mes cris, se met à geindre.

Sam se penche, saisit un point noir, l'examine avant de le renifler.

– C'est du café, marmonne-t-il en se redressant. C'est pas des insectes, c'est juste du café. Tiens, sens !

– N'APPROCHE PAS ÇA DE MON VISAGE !

Sammy recule d'un bond.

– Calme-toi !

Je détale à la cuisine, plonge sous l'évier en quête des produits ménagers. Il nous faut du savon, de la Javel. Je pense que le nettoyeur vapeur est dans l'armoire à linge. Fais bouillir l'eau, Sammy. Il faut qu'elle soit super chaude. Où est mon sèche-cheveux ? Peux pas t'asseoir sur ton lit, enlève les draps. Je lance la première machine. On a de ces grands sacs poubelles noirs, non ? On sort les meubles sur la terrasse, je vais commencer à frotter. Il va pleuvoir ? Je ne pense pas qu'il va pleuvoir. Ça peut s'aérer. On pourra peut-être sauver un matelas, fermer la pièce à double tour. Et Bud ? Je ne veux pas qu'il se prenne les pattes dans les pièges à colle. Faut poser des pièges à chaque pied du lit. Quatre pièges, quatre lits, quatre fois quatre font seize, mais on va doubler à trente-deux pour pouvoir faire deux tours. Oh, mon Dieu, c'est une morsure ? C'est une morsure !

– Mari ? Mari, calme-toi. C'est pas des punaises de lit.

Mais c'est trop tard. Déjà je grimpe les escaliers à toute allure, tout en arrachant mes vêtements. Le cœur battant, je déshabille le lit, à l'affût des taches de sang.

FLASH INFO Le sang ou les excréments laissés par les punaises de lit forment généralement des taches de couleur rouille sur les draps et la literie.

Pas trace de sang. Ni sur les draps ni sur le matelas. Peut-être dans la chambre de Sammy ? Ou celle de maman ? De Piper ? Il pourrait y en avoir n'importe où. Partout. Une infestation !

FLASH INFO Les œufs de punaises de lit peuvent être difficiles à voir à l'œil nu car ils sont de la taille d'un grain de sable. Cherchez des œufs de la taille d'un grain de sable et de couleur crème.

En bas, j'entends Sammy au téléphone.

– Rentre tout de suite à la maison ! Elle fait encore une de ses crises.

Non, maman. Ne rentre pas à la maison. N'approche pas, on est infestés. Je suis infectée. Les draps, on doit tous les laver sur le programme le plus chaud, non, non, on doit faire bouillir de l'eau, nettoyer à la vapeur, je pense que j'ai rapporté notre ancien appareil avec nous… attends, l'ancien ? Et si on a rapporté des punaises de Cali ? Et si elles étaient là depuis le début ?

FLASH INFO Les punaises de lit peuvent rester sans se nourrir de vingt à quatre cents jours, en fonction de la température et de l'humidité.

Punaises de lit, punaises de lit, punaises de lit, elles vont nous suivre partout ! Piper rôde dans l'embrasure de sa porte, elle m'observe.

– Piper ! Défais ton lit, je crie, la gorge sèche. On a des punaises de lit !

Piper ne bouge pas. Elle reste plantée là, sourire suffisant aux lèvres. Comme si on n'était pas attaqués par des mini-démons. On ne s'en débarrassera jamais. Jamais, jamais, jamais, jamais, jamais ! Elles se multiplient, vivent dans les murs, dans les prises de courant, les tapis… sur nos vêtements. Je vérifie mon corps, chaque recoin, chaque creux, à la recherche d'une morsure. Rien, rien. Pourtant les œufs sont là, dans les poils de mes bras, invisibles, microscopiques. Je le savais ! Je savais qu'ils étaient là ! Je le savais !

Douche. Je me frotte la peau avec un nouveau gant de crin. De l'eau chaude, du savon… et de l'alcool dénaturé. Je ressors d'un bond, glisse sur le carrelage mouillé. Peux pas utiliser la serviette, elle risque de contenir des punaises de lit. Chaleur. Faut utiliser la chaleur. La chaleur les éliminera. Je branche mon sèche-cheveux, le règle à fond et me sèche les poils des bras et des jambes. Ma peau est rouge et marbrée. À cause des punaises ou du sèche-cheveux ? Il me faut une autre douche ! Encore de l'alcool, ça pique, ça brûle, ça pique, ça brûle. Je n'ai pas de vêtements, ils sont tous couverts de punaises de lit, elles sont partout, partout !

En bas, la porte d'entrée claque.

– Sammy, appelle maman. Où est-elle ?

– Maman ! je m'écrie en descendant en courant. Maman ! On a des punaises de lit à nouveau ! J'en ai trouvé dans le canapé.

Sammy se couvre les yeux pendant que maman va chercher une couverture dans le salon.

– Marigold, mon Dieu, crie-t-elle en enroulant la couverture autour de moi.

Ma peau s'enflamme.

– QU'EST-CE QUE TU FAIS ? je hurle en la repoussant avec force.

Maman percute le mur derrière elle, laisse tomber son sac à main sous le choc.

– Marigold !

– Je l'ai pas lavée ! Si ça se trouve, elle grouille de punaises de lit !

– Tu ne peux pas rester là toute nue !

– Maman, tu m'écoutes ou quoi ?! je crie entre deux sanglots étouffés, le visage en sueur, la peau brûlante. Il faut qu'on appelle l'exterminateur. Qu'on réserve des chambres d'hôtel pour qu'il puisse mettre des bombes fumigènes. Faut les enfumer !

Ça me démange de partout. Le cuir chevelu sous mes cheveux mouillés, les jambes, le ventre, les bras les bras les bras, elles sont partout, oh mon Dieu s'il vous plaît s'il vous plaît...

– Je... J'arrive pas à respirer. J'arrive pas à respirer ! je halète. Je peux pas... je peux pas.

Les yeux de maman se dilatent et elle me soulève sous les bras.

– Sam, attrape son inhalateur ! Allez, bébé, viens dehors avec moi.

Elle ramasse la couverture et m'entraîne doucement dans la véranda de derrière. L'air frais sur ma peau mouillée est comme une gifle en plein visage.

– Allez, bébé, respire, me dit-elle d'une voix lente et posée. Voilà, respire.

Le mobilier du patio est couvert de feuilles qui crissent sous nos fesses. Maman me frotte le dos.

– Maman, on... on doit...

Mais je n'arrive pas à finir une seule phrase. L'édifice qui m'écrase la poitrine pèse un million de tonnes.

– Marigold, murmure maman en prenant mon visage dans ses paumes. Marigold, détends-toi, bébé.

Sammy nous rejoint en courant, Buddy sur les talons. Il me passe mon inhalateur et une bouteille d'eau. Maman fouille dans son sac à main et en sort sa pochette de médicaments. Après environ quarante-cinq minutes d'inspirations et d'expirations profondes, je sens mon rythme cardiaque ralentir un tout petit peu.

– Voilà, dans un moment, on va rentrer et je vais te montrer ce que tu as vu.

– Non, je pleurniche. Non, s'il te plaît, maman ! Je ne peux pas. Faut qu'on s'en aille.

Maman sourit à Sammy.

– Mais ton frère s'est démené pour que tu sois en sécurité. Pourquoi tu ne viendrais pas voir ?

À l'intérieur, les coussins et les oreillers sont disposés sur le sol comme un épais tapis géant. Maman essaie de m'y conduire, je résiste.

– Non non non non non… attends, s'il te plaît !

– Regarde, Marigold, insiste maman, qui allume la lampe de poche de son téléphone. Regarde leur couleur, leur forme. Ce ne sont pas des punaises de lit, bébé. Sammy a raison, c'est du marc de café.

Je cligne des yeux et encore des yeux.

– De café ? je répète comme un perroquet, comme si je n'avais jamais entendu ce mot.

Maman me parle calmement, rationnellement, elle dépose même quelques grains dans ma main pour les examiner. Je renifle, je reconnais l'infusion matinale de la forêt tropicale. Pas de punaises de lit. Juste du café. Des larmes jaillissent quand je pose les yeux sur Sam.

– Je suis… désolée, je marmonne avec un frisson.

Je resserre la couverture contre ma poitrine, douloureusement consciente que je suis nue en dessous. Combien de fois vais-je malmener ainsi l'enfant qu'il est ?

– C'est bon, bébé. J'aurais paniqué aussi, dit maman en m'enlaçant.

La honte m'engloutit. Je n'arrive pas à croire que j'ai poussé ma mère. D'abord, je l'ai obligée à déménager à cause de ma dépendance, à cause de mon anxiété, et maintenant je la maltraite physiquement, alors qu'elle a déjà tant fait pour moi. Est-ce que j'ai touché le fond ? Oui, forcément.

– On en a bavé avec ces fichues bestioles, pas vrai ? dit-elle avec un sourire tendre, en essuyant mes larmes. C'est sûr qu'elles ont laissé leur marque.

Sammy frotte le canapé avec une mine perplexe.

– Comment du marc de café… a pu se retrouver sur le canapé ?

Maman hausse les épaules.

– Je ne sais pas. J'en ai peut-être renversé un peu quand j'ai sorti le compost.

– Ouais, mais dans le canapé ? On croirait presque que quelqu'un l'a fourré là exprès.

Elle soupire.

– Je ne sais pas, les enfants. Mais… c'était un accident. Tout va bien maintenant, OK ?

Je regarde Sammy par-dessus mon épaule. Il a haussé un sourcil et je sais que nous pensons tous les deux la même chose.

Piper.

Maman m'embrasse sur le front.

– Je vais te préparer une tasse d'infusion à la camomille, te faire couler un bon bain à l'avoine et te donner de la mélatonine pour que tu passes une bonne nuit de sommeil. Ça va t'aider à te détendre.

La détermination revient couler peu à peu dans mes veines, parce qu'il n'y a qu'une chose qui m'aidera vraiment à me détendre, je le sais.

***

Planté près de son casier, Youssef m'adresse un grand sourire. Il tient un beignet à la main.

– Cali…

– Pas maintenant, je grogne, passant devant lui sans m'arrêter.

Je ne me suis pas changée, ni brossé les dents, ni coiffée. Je suis sortie du lit, j'ai attrapé mon sac de livres et je suis partie à l'école en pantalon de pyjama et en chaussons Ugg. Je suis en mission : essayer d'attraper Erika avant le début des cours. J'ai besoin d'herbe. J'ai besoin de fumer un pétard de la taille de ma tête.

J'ai des crampes d'estomac. Est-ce que j'ai pris mon cachet, hier ? Et aujourd'hui ? Plus d'alarmes sur mon téléphone. Trop paniquée. Mes mains tremblent, de la sueur me coule sur le visage. Je n'ai pas été aussi mal depuis… je ne sais même pas quand. Mais si je ne trouve pas rapidement de la weed, je vais avoir besoin de quelque chose de plus fort. Or je me suis juré… plus jamais. J'ai prononcé ces mots en désintox, et j'avais l'intention de tenir ma promesse. Je sais que personne ne me croit et je ne veux pas leur donner raison. Tout ce que je sais, c'est que Piper m'a fait ce sale coup. Elle connaît ma plus grande faiblesse et l'a utilisée contre moi de la manière la plus cruelle qui soit. Je ne sais pas comment je vais me venger, mais je ne vais pas me priver.

Courant presque dans le couloir, je me dirige vers le casier d'Erika, mais m'arrête net au son de sa voix, qui sort du bureau.

– Cette merde est pas à moi ! Yo, vous pouvez pas faire ça !

À travers la vitre rayée, je vois Erika sortir menottée du bureau du principal adjoint.

– Non ! C'est de la connerie !

Une foule se forme autour de moi. Le couloir entier de Kings High est à l'arrêt.

– Faites place, reculez, ordonne un officier, qui porte le cartable d'Erika dans un grand sac à preuves zippé.

Ma langue se dessèche et je laisse la foule m'avaler alors que deux policiers escortent une Erika hurlante.

– Cette merde est pas à moi ! Vous le savez parfaitement !

Elle lève les jambes, donne un coup de pied dans un casier en passant. La foule tressaille.

– Eh ! crie Youssef de l'autre bout du couloir, courant vers elle. Qu'est-ce qui se passe ? Qu'est-ce qui t'arrive ?

– Yo, c'est pas moi ! Dis-leur ! Dis-leur que ce shit est pas à moi ! hurle Erika.

Penchée au ras du sol, elle pèse de tout son poids pour se libérer, les yeux remplis de larmes de panique. Je ne parviens toujours pas à bouger.

– Qu'est-ce qui se passe ? chuchote une fille à côté de moi.

– Elle s'est fait prendre en train de dealer, ricane une autre. Ils viennent de fouiller son casier.

– Merde, un Fisher de plus à Big Ville. Il en reste encore dehors ?

Le couloir est un fourmillement de voix, d'haleines chaudes et poisseuses, qui crient les unes par-dessus les autres alors qu'Erika résiste.

Un Youssef en état de choc se frotte la tête, désemparé.

– Qu'est-ce que je dois faire, Eri ? Dis-moi ce que je dois faire !

D'une violente secousse, un policier pousse le visage d'Erika dans son casier.

– Aïe !

– Je t'ai dit de te taire ! aboie-t-il, à quelques centimètres de son œil.

Il faut cinq filles pour empêcher Youssef de charger. Elles luttent, les bras autour de son cou, de son torse et de ses jambes. Je me plaque les mains sur la bouche, incapable de bouger les pieds du sol.

– Arrêtez ça, je crie, mais personne ne m'entend par-dessus le raffut ambiant.

– Lâchez-la ! aboie Youssef.

Erika prend une inspiration pour se calmer, hoche la tête. Des larmes coulent sur ses joues. La sécurité de l'école empêche les élèves de la suivre tandis qu'elle est conduite à travers le hall, vers les portes principales.

– Yo, Yous, prends soin de ma grand-mère pour moi, mec ! Prends soin d'elle. Dis-lui que ce n'était pas à moi !

***

Le retour de l'école à pied est sinistre et froid, la journée comme dans un brouillard. Je suis allée en cours, mais je ne me souviens pas de grand-chose de plus que d'être passée d'une salle à une autre. Je n'ai pas ouvert un livre ou pris un stylo. Une seule et même pensée se répétait en boucle : est-ce qu'elle a su que j'étais là ? Est-ce qu'elle m'a vue avant qu'ils ne l'emmènent en prison ?

Même la phrase a une consonance étrange (dans ma tête) : Erika est en prison.

C'était une étrange impression de déjà-vu, d'observer la sécurité passer son casier au peigne fin, fouiller dans ses affaires, les jeter à la poubelle comme s'ils ne s'attendaient pas à ce qu'elle revienne. Ça m'a rappelé la façon dont les flics avaient saccagé le contenu de mon casier. Sans rien y trouver, d'ailleurs. Mais ça n'a pas changé ce que j'ai ressenti : on me traitait en criminelle. Je m'imagine à la place d'Erika : est-ce qu'on devrait me traîner hors de l'école, moi aussi ? Est-ce que je ruerais, que je crierais comme elle ? Je me sens malade rien que d'y penser.

Youssef a quitté l'école en avance, probablement pour aller voir la grand-mère d'Erika. Cette pauvre femme se retrouve maintenant toute seule. Ça ne rime à rien. C'est Erika qui m'a parlé des lois Sterling. Elle les connaît sur le bout des doigts, comme on connaît les paroles de sa chanson préférée. Pas moyen qu'elle ait été aussi négligente.

À moins… qu'ils aient délibérément placé quelque chose sur elle. Mais pourquoi ?

Une étincelle s'allume en moi. Maman a couvert des affaires de mineurs pour le *L A. Times*. Elle connaît des avocats, elle connaît le système. Peut-être qu'elle pourrait recommander quelqu'un. L'aider pour la caution ou autre.

Je cours dans mes pantoufles, impatiente de rentrer à la maison et de tout expliquer à maman. Mais dès la porte franchie, je suis accueillie par le pire des comités d'accueil.

– Ah ! Marigold. C'est merveilleux de te voir !

Monsieur Sterling doit avoir un milliard de costumes noirs et gris neufs dans sa penderie. Debout près de l'îlot de la cuisine, il pose sa tasse de café sur le comptoir.

– Bonjour ?

Qu'est-ce qu'il fiche ici ?

– Salut, bébé. Ça va ?

La voix de maman semble… bizarre. Pourquoi est-elle nerveuse ?

– Oui, ça va. Pourquoi ?

Elle jette un regard inquiet à Monsieur Sterling, puis sourit.

– Eh bien… euh. J'ai appris ce qui est arrivé à ton amie à l'école aujourd'hui. Erika ?

Merde.

– Ah, je marmonne en enlevant mes chaussures, histoire de m'occuper les mains.

Monsieur Sterling nous sourit.

– Oui, c'est bien dommage, n'est-ce pas ? Une si charmante jeune femme, avec un avenir brillant et prometteur. Quel gâchis qu'elle se soit laissé embringuer dans de mauvaises fréquentations ! Dès que j'ai appris la nouvelle, j'ai décidé de passer moi-même ici pour prendre des nouvelles de la famille Anderson-Green. Je vous considère un peu comme sous ma responsabilité, puisque c'est moi qui vous ai convaincus de vous installer dans notre belle ville.

– Il ne fallait pas, vraiment, dit maman d'un air penaud.

– Si, si, j'insiste. Je veux juste vous assurer que ce type d'incident ne se reproduira plus jamais. (Il me regarde avec insistance, yeux assombris au-dessus d'un sourire éclatant.) Enfin, à moins qu'une personne de chez vous n'aille fouiner dans des endroits où elle n'a rien à faire. Dans ce cas, elle pourrait se retrouver empêtrée dans un tas d'ennuis et d'autres personnes souffriraient de sa négligence.

Ma gorge se resserre tellement que je ne peux même pas déglutir.

Il sait !

– Bon, je vous laisse ! Ma femme nous prépare son fameux poulet rôti. « Fameux » parce qu'elle le prend chez le traiteur, il ajoute, non sans rigoler de sa bonne blague, qu'il conclut par un signe de tête à mon intention. Prends soin de toi. Sois prudente.

Il sort, maman le suit et ils parlent à voix basse sur le perron.

Quelque chose de sombre plane dans l'air, dans les non-dits de cette conversation. Toujours abasourdie, je m'attarde dans le couloir, avant de me diriger lentement vers la pièce de vie.

Il sait ! Mais comment ? Il y a des micros dans la maison ou quoi ? Il a mis nos téléphones sur écoute ?

Encore trop effrayée pour m'asseoir sur le canapé, j'arpente la pièce, Buddy sur les talons. J'aimerais avoir de l'herbe pour m'aider à réfléchir, pour apaiser les voix paniquées qui bourdonnent dans ma tête. Le jardin secret…

il a besoin d'être entretenu, ce qui ne devrait pas être une priorité, mais avec le départ d'Erika, c'est mon dernier recours. Je ne peux faire confiance à personne.

En jetant un coup d'œil à l'horloge de la box télé, j'aperçois l'étiquette du modem… Interloquée, je traverse la pièce en courant pour mieux lire : Sedum Cable.

Putain de merde. Ils surveillent notre Wi-Fi ! Et Erika… oh, bon Dieu. Tout est ma faute !

J'étouffe un cri en plaquant une main tremblante sur mes lèvres. Ils l'ont arrêtée à cause de moi, à cause de mes questions, à cause de quelque chose que j'ai fait.

Maman entre dans la pièce avec une expression qui n'annonce rien qui vaille. Je repose le modem.

– J'ai demandé à Alec de quitter le boulot plus tôt et de passer chercher Sammy et Piper, m'annonce-t-elle d'une voix sèche. Il n'y a que toi et moi.

– OK. Et ?

– Et je veux que tu me dises la vérité.

Je fronce les sourcils.

– La vérité sur quoi ?

Elle va dans son bureau, en revient avec un gobelet – le genre dans lequel on est censé pisser… Ma bouche s'assèche.

– Tu es sérieuse ?

Est-ce qu'elle se rend compte de la journée que j'ai eue ?

– Erika dealait, rétorque-t-elle, comme pour me mettre au défi de nier. Tu le savais, et c'est seulement pour ça que tu étais amie avec elle. Tu ne l'aurais pas été, autrement.

Sa perspicacité ajoute une couche de culpabilité inattendue.

– Maman…

– On a parlé de ça en groupe, tu te rappelles ? L'addiction qui prend le dessus sur ce que tu sais être bien ou mal.

Je croise les bras pour me tenir plus droite. Le mot « groupe » me ramène aux réunions du mercredi dans le sous-sol d'une église. Des souvenirs que je m'efforce de refouler.

– Mais je suis clean, j'affirme d'une voix tremblante.

Et c'est vrai. Enfin, pratiquement.

Maman prend une profonde inspiration.

– Marigold, je t'aime. Mais je te connais aussi. Et avec les enfants… on ne peut pas prendre le risque que se reproduise un autre incident comme celui qui est arrivé à la maison. Je ne veux pas faire subir ça à Sammy. Pas une deuxième fois.

Utiliser Sammy… c'est un coup bas. Mais je ne suis pas en mesure de discuter. Voilà ce qui se passe, une fois que vous avez fait une overdose. Vous perdez la confiance de tout le monde et il devient quasi impossible de la retrouver.

Avec un soupir, je prends le gobelet et me dirige vers les w.-c. Le test sera négatif, mais le simple fait que maman se sente obligée de me le faire passer me blesse plus profondément qu'un couteau.

17

Le club de jardinage a obtenu une autre donation pour le projet d'embellissement de Maplewood. Aujourd'hui, nous plantons des chrysanthèmes orange près de l'école primaire, en l'honneur d'Halloween. Madame Fern a dit que c'était pour donner de l'inspiration aux enfants qui, déguisés, partent en quête de bonbons. La seule réponse de la salle a été le silence.

Youssef attaque la parcelle de terre avec sa pioche, déracinant et coupant tout ce qui se trouve sur son chemin. Je le suis avec de grands sacs poubelles, pour ramasser les déchets et autres mauvaises herbes. Il travaille vite, à croire qu'il essaie de creuser un trou direct jusqu'au centre de la Terre. Il heurte un rocher profondément enfoui dans le sol. Son coup de pioche, sonore comme le tintement d'une cloche, le force à s'arrêter et à reprendre son souffle.

– Ça va ? je lui demande enfin.

– Ouais, super, répond-il avec un rire triste. Si on exclut que ma mère, mon père, mon frère et maintenant Eri sont tous à Big Ville et que moi, je suis… ici.

– Désolée, Yous.

Et c'est vrai. Je suis profondément désolée pour lui. Mais encore plus pour Eri. Maman a raison, je ne me lie d'amitié avec les gens que pour obtenir ce que je veux, ce dont j'ai besoin. Youssef pour ses outils, Erika pour son herbe.

Youssef esquisse un sourire.

– Je t'ai dit de pas m'appeler comme ça.

– Ouais, mais je ressens le besoin de remplacer Erika. Non pas que j'en sois capable, bien sûr.

– T'as pas à le faire. Je t'aime bien comme tu es.

Sa bouche se retrousse en un charmant sourire juvénile. Mais comme je ne me sens plus digne de sa gentillesse, je me détourne. Tout est ma faute. J'ai privé une amie de sa liberté. Seulement je ne peux pas l'avouer à Youssef. Sachant de quoi est capable la Fondation Sterling, qui sait quelles seraient les conséquences de ma révélation. Je refuse de risquer sa vie aussi.

– J'ai voulu le tenter, je marmonne en fourrant les déchets dans un sac.

Il s'accroupit pour arracher une poignée d'ambroisie et secoue la tête.

– Elle aurait jamais apporté cette merde à l'école. Je la connais depuis toujours, elle ferait pas un truc aussi stupide. Ils ont planqué ça sur elle. Aucun doute. Mais évidemment, je peux pas le prouver.

La culpabilité me serre le ventre et je suis prête à vomir, n'importe quoi pour soulager la pression.

– Ma mère pense que je suis toujours accro, je lâche en continuant de remplir le sac.

Youssef se fige, le cou tordu dans ma direction. À son crédit, il fait de son mieux pour masquer le choc, mais je sais que cette révélation vient sacrément défoncer l'idée qu'il s'était faite de moi.

– Et alors… tu l'es ? demande-t-il d'une voix mesurée.

– J'ai pas touché au Percocet depuis des mois, et j'en ai pas l'intention. Le problème, c'est que personne ne me croit.

Il se redresse, enlève ses gants de travail et époussette sa chemise.

– Peut-être parce que tu mens, y compris à toi-même.

Je renâcle.

– Mec, je vais bien. J'ai changé, sérieux, mais la weed, c'est rien de plus que de l'herbe. Genre, une thérapie par les plantes. C'est même pas si dangereux.

– Mais t'as essayé de tout arrêter, au moins ?

– C'est pas si simple, j'admets, troublée. J'ai des crises bizarres et les médicaments que je prenais en Cali… me rendaient juste vaseuse.

– Et l'herbe te rend menteuse, si tu dois te planquer pour la consommer.

Ce n'était pas intentionnel, mais ce qualificatif de menteuse a un côté glacial qui suffit à me faire frissonner.

– L'herbe… elle me stabilise, c'est tout, je commence, dans une tentative de trouver un moyen d'expliquer ce qui est si difficile à mettre en mots. D'une manière bien plus efficace que les médicaments, figure-toi. Je suis vraiment très anxieuse, comme fille. Et si c'était légal…

– Mais ça l'est pas ! s'écrie-t-il. Anxieuse ? Qu'est-ce qui peut bien te rendre anxieuse ? T'as tes deux parents, qui ont un putain de bon boulot, de la nourriture dans le frigo, une maison gratos… Personne ici n'a la vie aussi facile que toi ! Les autres, ils ont une bonne excuse pour être défoncés !

Je ferme les yeux, j'inspire, mais je bouillonne.

– Youssef, « J'ai des problèmes d'anxiété », c'est une affirmation en soi. J'ai pas à t'expliquer le pourquoi du comment !

On se regarde méchamment un moment, jusqu'à ce que la colère commence à disparaître de ses yeux.

– T'as raison. Au temps pour moi, alors.

À part l'envie de lui casser la gueule, je suis assez fière de m'être défendue, comme mon gourou me l'a appris. L'anxiété est un trouble bien réel. Je ne serais pas comme ça sans raison.

Youssef soupire.

– Écoute, je t'entends, hein, mais cette merde a envoyé toute ma famille derrière les barreaux. Tout mon quartier, disparu juste comme ça. Les gens ne s'en sont toujours pas remis. On a tout perdu, et je veux pas te perdre aussi, parce que je t'apprécie !

Les têtes se tournent d'un coup dans notre direction, les yeux de tout le club de jardinage se sont braqués sur nous. Sidérée, je me retourne aussitôt et m'efforce de trouver quelque chose à faire de mes mains pour atténuer la gêne de ce moment extrêmement embarrassant.

– Oh, je… euh…

Youssef grimace.

– Euh… je veux dire, je t'aime pas comme ça. Je veux dire, t'es mignonne et tout, mais… (Il prend une inspiration.) OK, ça va sembler… bizarre.

Je ricane.

– Bizarre ? À Bizarreville ? Ça doit être quelque chose.

– T'es, genre, la première amie « fille » que j'aie jamais vraiment eue. Enfin, à part Eri, et elle compte pas vraiment.

Je m'esclaffe.

– J'vais lui répéter que t'as dit ça.

Il sourit en se frottant l'arrière du crâne.

– C'est juste que… les filles ici, elles veulent toutes quelque chose.

– Ha ! Mec, ça va les chevilles ?

– Nan, je suis sérieux, insiste-t-il, l'air sincèrement déchiré. Tu connais les statistiques ici depuis les lois Sterling : quinze contre un. Je peux pas regarder une fille plus de dix secondes sans qu'elle pense qu'on est ensemble. J'ai même vu des filles venir raconter qu'elles étaient enceintes, pour essayer de me piéger, alors que c'était tout simplement impossible.

– Ouais, enfin, tout est possible, surtout quand on couche ! je rigole. À moins que tu ne couches pas, là, ça expliquerait tout.

Youssef se détourne et reprend la pioche. Je penche la tête sur le côté.

– Attends, t'es sérieusement en train de m'annoncer que t'es puceau ? (Il hausse les épaules, sans croiser mon regard.) Tu veux dire, avec toutes ces filles… mec, t'es littéralement assis sur une mine d'or de gonzesses ! Fais-toi plaisir ! Personne te le reprochera. Qu'est-ce qui te retient ?

Il hausse les épaules.

– J'sais pas. Je veux attendre. Quelqu'un de spécial.

– Ouais, c'est ça ! Je connais des gars qui tueraient pour être à ta place.

Il me dévisage.

– Cali, tous les mecs sont pas pareils. Fais-moi confiance sur ce point.

On se remet à l'ouvrage en silence pendant un moment et ça fait du bien de travailler la terre, sans penser à l'école, à Erika, à Piper, à la Fondation Sterling, à notre maison super flippante… jusqu'à ce que je regarde ma montre.

– Merde. Il faut que j'y aille ! Je dois passer à la bibliothèque avant qu'elle ferme pour finir et imprimer ma dissertation de littérature à rendre demain.

– T'as pas d'ordinateur ? me demande-t-il, vraiment surpris.

Je laisse échapper un rire proche de l'hystérie.

– J'en ai un, ou j'en avais un. Mais apparemment, Madame Suga n'aime pas la technologie.

J'enlève mes gants de travail et les jette dans mon sac de livres en bâillant. Les nuits blanches de la semaine écoulée me rattrapent. Je me tourne pour dire au revoir à Youssef et le découvre pétrifié, bouche bée, yeux exorbités.

– Q… qu'est-ce que tu viens de dire ? halète-t-il.

– Hein ? Ce que je pars faire ?

Il déglutit et se rapproche de moi.

– Comment… tu connais Madame Suga ? murmure-t-il.

Ma poitrine se contracte.

– Moi ? Purée, t'es au courant, pour Madame Suga ?

– Chuuuut ! Baisse la voix ! chuchote-t-il en scrutant autour de nous.

Il m'attrape par le coude et m'entraîne vers un coin, hors de portée de voix du reste du groupe.

– Qui t'a parlé de Madame Suga ?

– Mec, je plaisantais, là. C'est juste une amie imaginaire que Piper a inventée en guise de pare-feu.

Youssef porte un poing à sa bouche.

– Oh merde ! Je déconnais avec toi, tout à l'heure, à propos de la Hag et tout ça. Mais maintenant… maintenant…

Il pâlit, et ce que j'ai mangé au déjeuner menace de remonter.

– Youssef… qu'est-ce qui se passe ? je lui demande prudemment. Comment tu es au courant, pour Madame Suga ?

Ses yeux tombent au sol, inquiets comme ceux d'un chat qui poursuit un jouet.

– Eh bien… peut-être qu'elle a entendu, je sais pas. Peut-être ? bredouille-t-il.

– Tu veux bien me dire ce qu'il se passe, bordel ?

– Chhhhuuut ! OK. Juste… pas ici. Retournons chez moi. J'ai quelque chose à te montrer.

***

La chambre de Youssef est plus propre que dans mon souvenir, la musique toujours aussi forte. Je garde mes distances avec le lit en bois.

– Tu connais ça ? me demande-t-il, montant le son de sa musique avec un sourire en coin. Le « Hail Mary » de Tupac.

Je plisse les yeux.

– Arrête de gagner du temps. Raconte. Comment t'es au courant pour Madame Suga ?

Il soupire et baisse sa musique.

– OK. Je vais te dire… mais, bon sang, Cali, tu dois le répéter à personne, d'accord ? Même pas à tes parents.

Je lui réponds d'un bref hochement de tête.

– D'accord.

Il remet la musique à fond.

– Viens. Suis-moi sans bruit.

Nous nous glissons hors de sa chambre, sur la pointe des pieds. Depuis le couloir, je vois l'arrière de la tête de Pop-Pop dans son fauteuil, qui regarde une vieille émission de télé. Youssef ouvre lentement la première porte à droite et me fait entrer dans une pièce exiguë aux murs bleu layette. L'intérieur sent le cirage mélangé à l'after-shave. Un lit d'hôpital deux places trône au milieu de la pièce et je trébuche sur une paire de pantoufles orthopédiques, avant de heurter un déambulateur.

La chambre de Pop-Pop. Qu'est-ce qu'on fait ici ?

Sur une table de nuit étroite se trouve la vieille photo encadrée d'un jeune couple noir, posant devant la maison de Youssef. Sans doute Pop-Pop et la grand-mère de Youssef. Sur la commode, un de ces appareils photo d'avant, le genre dans lequel il faut insérer une pellicule à faire développer.

– Par ici, dit Youssef à voix basse.

Il se tient près d'un mur de vieilles photos encadrées en noir et blanc, semblables à celles du couloir. Sauf que celles-là ne montrent pas seulement des personnes, il y a aussi des maisons, des bâtiments, des horizons. Pop-Pop a dû les prendre quand il était plus jeune. Youssef désigne une photo, un plan large d'une rue pittoresque avec de belles maisons anciennes de chaque côté.

– C'est Maple Street. Ta Maple Street.

Alors là, je regarde à deux fois.

– Quoi ? Pas possible, je rigole en me penchant pour repérer notre maison, la troisième à droite. Waouh !

Youssef tapote la photo.

– Les maisons de votre quartier appartenaient à la famille Peoples. Joe Peoples et Carmen Peoples. Les Peoples avaient cinq enfants : Junior, Red, Norma, Ketch et Jon Jon. Le père Peoples était un charpentier qui aimait jouer au Loto. Jusqu'au jour où il a gagné à la loterie, figure-toi, ce qui arrive jamais à personne par ici. Avec tout cet argent, il a acheté une maison sur Maple Street à chacun de ses enfants et Madame Peoples a eu droit à sa propre boulangerie en face de la bibliothèque. Les gens l'appelaient le Suga Shop.

Il prend une profonde inspiration et me montre une autre photo. Une jeune femme noire, menue, longs cheveux noirs épais, devant la boutique. Vêtue d'un tablier à volants, elle est plantée, les mains sur les hanches, un sourire plein de fierté aux lèvres.

Madame Suga…

– Non, je souffle en reculant.

Youssef opine du chef.

– Elle était connue pour faire parmi les meilleures tartes de l'État.

– Q… qu'est-ce qui leur est arrivé ?

Il prend une profonde inspiration.

– On raconte que le père Peoples est mort dans un étrange accident de voiture. Après son décès, des tas de promoteurs blancs se sont présentés à la queue leu leu pour acheter les maisons de Madame Suga, mais elle a refusé. L'un après l'autre, trois des enfants Peoples ont fini par mourir dans d'étranges accidents. Peu après… tout un tas de rumeurs ont commencé à circuler, comme quoi la famille avait en fait gagné son argent de la vente de drogue et que le plus jeune fils, Jon Jon, se faufilait chez les gens et tripotait les petits enfants. Les gens ont arrêté d'aller à la boulangerie. Le Wood a tourné le dos à Madame Suga. Puis, après la Nuit du Diable, après qu'ils ont trouvé Seth Reed… des gens du Wood… ont coincé Jon Jon et mis le feu à sa maison. Madame Suga, qui vivait à côté, a couru à l'intérieur pour le sauver. Ils en sont jamais ressortis. Brûlés vifs dans la maison… juste à côté de la tienne.

Mes genoux flageolent et je tombe sur le lit de Pop-Pop, avant de me relever illico en époussetant mon jean.

– Merde, je marmonne. La maison barricadée !

Youssef continue l'histoire, non sans mal.

– Mais… il s'est avéré que tous ces gosses mentaient. Ils ont avoué que des mafieux du clan Russo les avaient payés pour inventer tout ça. Jon Jon avait jamais touché aucun de ces gamins. Mais c'était trop tard. Le mal était fait.

– C'est de la folie ! Ils ont pas… Attends, t'as dit « Russo » ?

– Ouais. Ils dirigeaient cette ville, avant.

C'est toujours le cas, je pense. Bon sang, c'est un cauchemar éveillé.

– Et personne n'est allé voir la police pour expliquer que les enfants avaient menti ?

Il secoue la tête.

– Si quelqu'un l'avait fait… tout le monde dans le Wood aurait fini à Big Ville. Alors… il y a une sorte de pacte silencieux par ici. Les gens emportent ce qu'ils savent dans la tombe. La seule raison pour laquelle je le sais… ben, c'est parce que… Pop-Pop.

Je tique, finis par comprendre.

– Non. Mec… il a pas fait ça ?

Youssef se hâte d'expliquer.

– Il pensait faire ce qu'il fallait, tu comprends ? Protéger les gosses !

Ça me bouffe toute crue. J'étouffe un sanglot. Cette pauvre famille. Youssef traverse la pièce.

– Bref, après que la maison a brûlé, ils l'ont barricadée, pour qu'elle ressemble aux autres et que personne sache jamais.

J'en ai la mâchoire qui se décroche.

– Oh, bon Dieu, je halète.

Je ferme les yeux, en pensant à ce qu'a dit Erika. Aux corps encore dans les maisons, laissés là à pourrir éternellement.

– Depuis, les gens essaient d'atténuer la douleur de leur culpabilité… de toutes les manières possibles.

La drogue. C'est à ça qu'il fait allusion. C'est pourquoi elle a frappé si fort dans cette zone. Et après tout ça, la plupart des gens du Wood se sont retrouvés à Big Ville.

Sans voix, j'essaie de rassembler mes pensées. Parce qu'il doit y avoir une explication raisonnable pour que Piper soit au courant de tout ça.

– Quelqu'un à l'école a dû parler à Piper de Madame Suga.

Il hausse les épaules.

– Peut-être. Mais… on dit que Madame Suga hante toutes les maisons de Maple Street depuis. Elle serait tellement en colère d'avoir perdu sa famille qu'elle s'est transformée en la Hag. Et si tu parles mal de Madame Suga ou de ses enfants, elle te hante dans tes rêves. Personne prend jamais cette rue, tellement on y a retrouvé de corps au fil des ans. Les gens sont secoués. Cali, si Madame Suga hante vraiment votre maison, faut que tu fasses hyper attention. Elle est en quête de sang.

***

« *Et si vous obéissez aux commandements que je vous donne aujourd'hui, si vous aimez le Seigneur votre Dieu et si vous le servez de tout votre cœur et de toute votre âme, il donnera à votre terre la pluie en son temps, la pluie du matin et la pluie du soir, afin que vous puissiez récolter votre blé, votre vin et votre huile. Il fera pousser l'herbe dans vos champs pour votre bétail, et vous mangerez à votre faim."* Deutéronome, *chapitre 11, versets 13 à 15. Vous voyez, il est dit ici même comment le Seigneur prévoit de réaliser ses promesses de miracles. Il a mis des anges sous la forme de maires, de gouverneurs, pour vous protéger du péché, afin que vous puissiez mener une vie de prospérité.* »

Quand on retourne dans le salon, je marche dans une sorte de brouillard. L'idée que je vive dans une maison avec une histoire tellement tragique, juste à côté d'une autre où gisent encore des cadavres, ça me donne envie de vomir. Une partie de moi brûle de courir se réfugier dans les bras de maman. Ça devrait être une raison suffisante pour déménager. Seulement, j'ai promis à Youssef de n'en parler à personne. Ça ne ferait que condamner plus de gens à la prison. Et je n'ai toujours pas avoué, pour Erika.

« *Vous récolterez toujours ce que vous plantez dans la volonté du Seigneur. Vous récolterez ce que vous avez semé. Ceux qui ne suivent pas la volonté du Seigneur récolteront ce qu'ils ont semé. C'est pourquoi si vous appelez maintenant, je vous enverrai ces SAINTES GRAINES ointes…* »

Pop-Pop parle au téléphone, d'une voix légère et gaie comme je ne lui en ai jamais entendu avant.

– Ahh oui, c'est Monsieur Brown senior, à l'appareil. J'appelle pour passer la commande de cette semaine.

Nous nous tenons derrière lui, à l'écouter commander cinq paquets des graines miraculeuses de Scott Clark pendant que passe l'info-publicité.

– Pourquoi tu le laisses gaspiller l'argent de la Sécu pour ces fichues graines ? je demande dans un chuchotement.

Youssef hausse les épaules et sort deux sodas du frigo.

– Il est vieux. On le laisse faire ce qu'il veut. En plus, il en achète depuis des années.

– J'en reviens pas que, depuis toutes ces années, personne ait jamais réussi à faire pousser ces graines. Cet homme dirige la plus grosse arnaque de Cedarville, et le FBI l'a toujours pas coincé.

Youssef boit une gorgée en regardant Pop-Pop.

– Il est persuadé que ses graines à lui poussent pas à cause de ce qu'il a fait. Donc… il a passé toute sa vie à aider les autres à faire pousser les leurs, à l'avoir, leur miracle.

Je secoue la tête.

– Scott Clark voue les gens à l'échec et il les fait payer pour leur propre échec. Mais comment il s'attend à ce que les gens récoltent quoi que ce soit, si ces fausses graines poussent même pas ? C'est une connerie totale.

Youssef soupire.

– En vérité, le sol est gâté ici, il l'a toujours été. (Il me regarde.) Et on peut pas pousser là où on veut pas de toi.

***

Boum.

Boum.

Boum.

Quelque chose de dur cogne le sol au-dessus de moi.

Mais c'est impossible, parce qu'il n'y a rien au-dessus de moi. Rien que le toit.

Boum boum badaboum.

Ça recommence. Comme un grand sac de riz jeté sur le plafond.

Ou un corps…

Je lève les yeux, les conjure de voir à travers le plâtre, et je réalise que, depuis le début, j'essaie de bouger les bras et que je n'y arrive pas.

Bougez, j'ordonne à tous mes membres, mais ils me défient. C'est comme si mon corps était endormi alors que mon esprit est bien éveillé. Quelque chose m'enfonce dans le matelas, qui me rend chaque mouvement de plus en plus difficile.

Du coin de l'œil, je vois une faible lueur orangée venant de ma fenêtre. La lueur devient plus intense, elle s'épanouit, embrase la pièce sombre.

Et je la vois. Debout dans le coin, vêtue de son tablier, des bigoudis dans les cheveux, les mains couvertes de farine, le bras brûlé, de la bave aux lèvres.

J'ouvre la bouche, mais rien ne sort. Mes poumons sont deux briques de ciment. De la fumée s'échappe par la fenêtre ouverte.

Boum. Boum.

Elle se tient courbée, le regard féroce. La lumière orange devient plus brillante et révèle son visage. Et ce n'est pas de la bave qui lui coule des lèvres. C'est du sang. Il se répand sur le sol à côté de ses pieds nus. Un spasme crispe les muscles de mon cou, mais je ne peux toujours pas bouger. Elle jette un bras mou en travers de sa poitrine, heurtant son autre bras, calciné, et épluche sa peau morte comme une banane, révélant des muscles sanguinolents.

La Hag ! Elle est là ! Et elle veut ma peau.

Comme si elle lisait dans mes pensées, elle se redresse. J'entends alors tous les os de sa colonne vertébrale craquer et se mettre en place.

– Feu ! hurle Alec. (Cavalcade de pas dans l'escalier.) Tout le monde dehors !

Minute. C'est sa vraie voix. Ce n'est pas un rêve !

– Marigold, vite, me lance maman alors que des pas retentissent dans le couloir.

Ils me laissent. Ils ne savent pas que je ne peux pas bouger ! Je ne peux pas bouger, je ne peux pas bouger. Je suis… gelée. Coincée. Piégée.

Boum boum. La pièce est de plus en plus rougeoyante.

La puanteur de la Hag mélangée à l'épaisse fumée me fait pleurer. J'ai peur de m'étouffer avec mon propre vomi avant même qu'elle me tue. Elle fait un pas, son pied est couvert de suie noire.

– À l'aide ! je hurle, mais mon cri n'est qu'un gargouillis étranglé.

Un autre pas. Elle a du mal à marcher, mais elle est déterminée à m'avoir.

Je me mords la langue, retiens ma respiration jusqu'à devenir bleue. Elle fait un pas de plus. L'incendie d'à côté s'étend à notre maison et gagne le toit. La fumée est suffocante.

Le cœur battant la chamade, je me concentre : bouger un membre, péniblement, contracter tous mes organes vers l'intérieur. Si je peux juste me libérer, alors j'arriverai à…

Boum boum. BOUM !

Une expiration douloureuse s'échappe de ma bouche. Je tousse et j'aspire de l'air. La pression diminue, mes membres sont désormais libres, je me jette hors du lit, d'où j'atterris à plat ventre.

Fuis ! Tu dois courir !

Mais dès que je lève les yeux… elle est partie. La pièce est sombre et glaciale.

Boum boum.

Pantelante, je me relève en titubant, les jambes en compote, et je me hisse à la fenêtre. La maison d'à côté est toujours bien barricadée… et pas en feu. L'arbre géant qui sépare nos propriétés se dresse au-dessus de nous. Une branche détachée, enchevêtrée de lierre, pend comme une carotte et danse sur notre toit. Le vent a dû la casser.

– Merde, je grommelle.

Buddy descend au rez-de-chaussée avec moi et me suit à la cuisine, où je remplis la bouilloire, que je mets à chauffer. Inutile d'essayer de dormir après tout ça. La caféine n'est pas le meilleur remède pour les nerfs paniqués, mais je ne veux plus jamais fermer les yeux. Si ces visions avaient été réelles, j'aurais pu mourir dans l'incendie. Je dois trouver un moyen de contrôler cette paralysie du sommeil.

Je pose le café instantané, le sucre, la crème d'amande et ma tasse à café préférée sur le plan de travail. Ayant encore quelques minutes à tuer avant que l'eau boue, j'arpente le rez-de-chaussée, que je découvre comme si c'était la première fois, tout en me massant les tempes dans l'espoir d'effacer de mon esprit les images du visage de Madame Suga. Le rêve était tellement réel. J'avais l'impression de nager dans la boue, d'avoir des bâtons et des branches coincés dans ma gorge. J'aurais pu mourir…

Arrête, Mari ! Elle n'est pas réelle. Tout ça, c'est le stress !

À la porte d'entrée, je jette un rapide coup d'œil à travers les rideaux. Sweets me sourit depuis sa nouvelle maison sur le perron. Et plus loin, le pick-up sombre est encore garé à sa place habituelle. Trop loin et trop dans l'ombre pour que je discerne la plaque d'immatriculation. Je passe au salon, d'où j'aurai peut-être un meilleur angle de vue, mais… pourquoi je devrais faire semblant de ne pas le voir, ce crétin ? Qui que ce soit, il doit savoir que ce genre d'espionnage chelou, c'est pas cool. En plus, après cet horrible cauchemar, j'en ai ma claque de ces conneries glauques.

J'ouvre la porte d'entrée d'un coup sec et je déboule dans la rue en trombe. Le pick-up allume ses phares, m'aveugle, puis fait demi-tour dans un crissement de pneus et s'éloigne à toute vitesse. Trop vite pour que je puisse lui courir après en tongs.

– Chier ! je crie, au coin de la rue, le cœur battant et essoufflée.

Encore raté. Youssef a dit que personne ne venait dans notre quartier, pourtant ça ne pose aucun problème à ce connard, apparemment.

Une ombre attire mon œil gauche. Quelqu'un vient de disparaître de mon champ de vision, derrière le jardin secret. Du moins, je pense que c'était quelqu'un. Les buissons me bloquent la vue. C'était peut-être juste une ombre quelconque. Ou peut-être…

– Y a quelqu'un ? je crie, en panique.

Les insectes chantent dans l'air de la nuit. Une petite brise ébouriffe la cime des arbres, des feuilles tombent en pluie sur moi. Je sursaute quand l'une d'elles touche mon épaule et je retourne à la maison au pas de course.

Sur le perron, Buddy gémit, peu habitué à être dehors sans laisse. Je l'attrape par son collier et le tire à l'intérieur, puis je ferme la porte.

Tout est silencieux. Il me faut un moment pour réaliser que je suis dans l'obscurité. Les lumières étaient pourtant allumées quand je suis sortie. Si quelqu'un les a éteintes, il ou elle ne se serait pas demandé pourquoi je courais dans la rue au milieu de la nuit ?

Lentement et sans bruit, je traverse le couloir et j'actionne un interrupteur. La théière est éteinte. Elle n'a jamais sifflé ni même bouilli. Le café instantané, la crème et le sucre que j'avais sortis ont disparu.

Et ma tasse est maintenant posée par terre, au milieu de la cuisine.

18

OK. Bon, peut-être que je suis au milieu d'un film d'horreur super ringard. J'en ai regardé suffisamment avec Sammy pour connaître les rouages. On a tous les éléments de base : une famille emménage dans une nouvelle ville et s'installe dans une maison sinistre auréolée d'un sombre passé.

Sauf que quelque chose ne va pas, c'est comme si la formule était… fausse. À ce stade, on aurait dû voir une chaise en lévitation ou au moins entendre un enfant mort ricaner dans les murs. Alors que là, en gros, rien de sensationnel ne s'est produit.

Enfin, à part l'incident de la porte du sous-sol. Et la main ridée qui s'est faufilée dans la douche. Et les lumières qui s'éteignent. Et ma tasse…

Je n'arrive pas à croire que je suis sur le point de faire ça.

Les pouces courant sur l'écran de mon téléphone, je commence à taper ma recherche. Ce n'est pas que je ne croie pas aux fantômes, je suis convaincue qu'ils existent. Mais je ne vais pas sauter sur l'occasion pour le raconter aux autres. Déjà que ces gens me prennent pour une folle qui voit des punaises partout… Ça ne ferait qu'empirer les choses.

Dehors, c'est le déluge. J'ai vérifié plusieurs fois si on n'était pas en pleine alerte ouragan, vu la façon dont le vent secoue les arbres.

– Eh, Sammy ! je crie vers la porte. Tu peux sortir les lampes de poche ? Juste au cas où.

Maman et Alec sont à un dîner avec Monsieur Sterling et sa femme, à l'initiative d'Alec, et me voilà coincée à la maison pour faire encore une fois du baby-sitting. Piper n'est pas sortie de sa chambre de la soirée et Sammy, qui a découvert une nouvelle série sur Netflix, refuse de quitter le canapé.

Dans ma chambre, enveloppée de mon épaisse couverture, je cherche sur Google : « Comment savoir si sa maison est hantée. » Si quelqu'un m'avait dit il y a trois mois que je déménagerais dans le Midwest et que je ferais des recherches sur ce genre de sujet par une nuit sombre et orageuse… j'aurais demandé à cette personne ce qu'elle fumait, parce que c'était de la toute bonne et que j'en voulais aussi. Et pourtant…

Premier article : « *6 SIGNES RÉVÉLATEURS QUE VOTRE MAISON POURRAIT ÊTRE HANTÉE* »

15. BRUITS OU ODEURS INEXPLIQUÉS

Ouaip. Ça, on a, sans le moindre doute. Cette odeur de merde ne vient pas seulement du sous-sol. On l'a aussi sentie à l'étage.

Je continue de lire.

16. MOUVEMENT D'OBJETS INANIMÉS

Les portes qui s'ouvrent et claquent toutes seules, les placards de la cuisine…

Je prends une profonde inspiration et je me gratte l'intérieur du bras. OK, deux sur six.

17. ENDROITS EXTRÊMEMENT CHAUDS OU FROIDS

Hm. Bon, rien de trop extrême. Enfin… j'ai toujours froid, ici, alors comment je ferais la différence ? Disons que ça ne compte pas.

18. COMPORTEMENT ÉTRANGE DES ANIMAUX

Je lève les yeux vers la place de Buddy sur le lit, vide, puisqu'il est blotti contre Sammy. Buddy se comporte bizarrement depuis qu'on a emménagé ici. Il aboie, il geint, il regarde dans le vide…

Trois sur six. Pas le pire.

– Mari ! Mari ! crie Sammy d'en bas.

À tous les coups, il ne trouve pas de lampe de poche.

– Ouais, une seconde.

Et je continue à faire défiler.

19. SENTIMENT D'ÊTRE OBSERVÉ, TOUCHÉ OU MÊME AGRESSÉ PHYSIQUEMENT

Oui, non, et… non. À part à ma fierté, aucun dommage physique. Et même moi, je suis disposée à admettre que ma paranoïa peut être un peu… intense.

20. PROBLÈMES ÉLECTRIQUES

Mon sang se change en neige au souvenir de la nuit où j'étais avec Youssef et Erika à la plage. Toutes les lumières s'étaient éteintes. J'avais mis ça sur le compte d'un problème électrique. Ça pourrait toujours être le cas.

À ce moment précis, les lumières clignotent, j'entends des parasites sur les ondes.

D'accoooooord. Boooon... peut-être que notre maison est hantée.

Avec une profonde inspiration, j'ouvre un nouvel onglet de recherche : « Que faire si sa maison est hantée ? » En parcourant un article, je m'arrête net sur une phrase vers le milieu :

« Si vous vous y prenez mal, brûler de la sauge peut exciter les esprits. Vous risquez même d'avoir une activité redoublée. Procédez avec prudence. »

Merde.

– Mari ! Mari, viens ici ! Vite ! hurle Sammy.

Qu'est-ce qu'il a encore ? Et bon sang, pourquoi est-ce qu'il fait si froid ici ? La chaudière est en panne ?

– Mari, tu viens ? Dépêche-toi !

– J'arrive, j'arrive ! je grogne en verrouillant l'écran.

La pluie gronde dehors, elle fouette les fenêtres. Sammy a allumé toutes les lumières de la maison, comportement typique quand il a peur, mais ne veut pas l'admettre. Avec un gloussement, je m'engage dans le couloir.

– Oui, qu'est-ce qu'il y a ?

Mais le rez-de-chaussée est vide. La télé est allumée, sur l'épisode 5 toujours en cours, et Sammy... n'est nulle part. Aucun signe de Buddy non plus. Ils n'ont pas pu monter à l'étage sans que je les remarque. Dans cet escalier, même une fourmi, on l'entendrait monter. Il m'a appelée d'ici, pourtant, c'est sûr... même s'il semblait loin, tout bien réfléchi. Plus loin que d'habitude. J'éteins la télé et je balaie la pièce.

– Sam ?

Silence. Le genre de silence lourd et chargé. Sur le canapé, son bol de pop-corn est renversé, les grains répandus sur le tapis, le plaid encore chaud. Une sensation glacée remonte le long de ma nuque tandis que le tonnerre fait trembler les étagères en verre.

Quelque chose ne tourne pas rond.

– Sam ! j'appelle, plus fort cette fois, en tapotant mes poches.

Mais non, mon téléphone est resté en haut, sur le chargeur. Peut-être qu'il a emmené Buddy faire une promenade ? Ce qui n'a aucun sens, mais rien n'a grand sens, ces derniers temps. Un éclair. Les fenêtres sur l'arrière de la maison sont comme un mur de miroirs noirs qui reflètent l'immobilité de l'intérieur : une théière argentée sur la cuisinière à gaz, des casseroles suspendues au rack du plafond, un panier métallique de pommes Red Delicious sur la table, baignant dans une lumière chaude. Le pouls affolé, je m'approche de mon reflet dans la porte de la terrasse et je plisse les yeux pour fouiller l'obscurité. Les arbres s'agitent violemment sous le vent, dans une danse trépidante. À l'intérieur, la maison est calme, image de carte postale. Soudain, un craquement retentit derrière moi.

CRAAAAC

Dans le reflet, je regarde la porte du placard du couloir s'ouvrir lentement et l'expression de mon visage est digne de figurer sur une affiche de film. Je jette un regard par-dessus mon épaule.

– Sam ? je chuchote, d'une voix qui tremble autant que mes mains.

La maison retient son souffle.

Je ne devrais pas aller voir, je sais que je ne devrais pas y aller, tout en moi me crie de m'enfuir. Mais… où est Sammy ?

La foudre frappe, la poignée de porte en or reflète son étincelle. Veillant à avancer à pas légers, je m'approche. *Ce n'est rien, ce n'est rien, détends-toi*, je me répète. Mon corps tout entier tremble, maintenant. En deux pas rapides, j'ouvre la porte en grand et saute, prête à faire face à ce qui se trouve derrière, quoi que ce soit. Mais il n'y a rien. Juste des manteaux suspendus, des chaussures dépareillées et une serpillière.

– Sammy ? je crie, au désespoir. Où es-tu ?

Soudain, une main surgit d'entre les manteaux et me tire à l'intérieur par le col. Je pousse un cri, mon front heurte la paroi au fond du placard, la porte claque derrière moi. Déséquilibrée dans cette obscurité totale, je pivote, les bras battant l'air, les vêtements, les cintres… prête à me battre pour ma vie, jusqu'à ce qu'une lampe de poche s'allume, qui éclaire son visage.

Sam.

– Sammy ! je lance avec un coup dans son épaule. Qu'est-ce que tu fous, bon sang ?

Sammy enfonce ses ongles tremblants dans mon avant-bras, les yeux écarquillés et vitreux, une expression de terreur pure sur le visage.

– C'est pas moi ! murmure-t-il, faute de pouvoir hurler, les lèvres frémissantes. C'est pas moi !

– Quoi ? Qu'est-ce que tu racontes ? Est-ce que tu…

Puis je l'entends. Sa voix. La voix de Sammy. Qui m'appelle de l'autre côté de la porte du placard. Et tout en moi se recroqueville, se pétrifie, et j'arrête de respirer.

« *Mari ! Mari ! Descends !* »

19

« *MARI ! MARI !* »

Dans le placard étroit du couloir, mon esprit s'efforce de démêler les pensées qui tentent de donner un sens à tout ça. Mon petit frère se tient devant moi, la bouche fermée. Pourtant, sa voix, que je reconnaîtrais n'importe où, m'appelle de l'autre côté de la porte du placard.

« *Mari, tu viens ?* »

– Pas moyen, putain, je hoquette.

Sammy tremble, la lampe de poche danse entre ses mains. De l'acide remplit ma bouche. Il y a quelqu'un dehors, qui se fait passer pour Sammy. Il y a quelqu'un dans la maison !

« *Mari ! Mari, viens ici ! Vite !* »

Quelque chose touche mon bras et je sursaute. Une manche de manteau. L'exiguïté du placard se fait plus manifeste, comme s'il rétrécissait autour de nous. Qu'il se resserrait. Nous étranglait. Si quelqu'un, dehors, est à notre recherche, il ou elle peut facilement nous trouver ici. Je me concentre sur Sammy.

– Éteins ça, je chuchote rapidement.

Sammy obéit, cramponné à mon bras dans l'obscurité. Désormais, la seule lumière est celle qui nous provient de sous la porte. Buddy renifle nos pieds, sans comprendre notre petit jeu. Je presse une oreille contre la paroi. Aucun mouvement. La voix… La voix de Sammy… est étouffée et lointaine, mais proche à la fois. Trop proche.

– Qu'est-ce que c'est ? murmure Sammy.

– Je… je sais pas, je bredouille.

Je tâtonne à l'aveuglette, en quête de quelque chose pour nous protéger – une batte, un club de golf, une pelle, n'importe quoi. Pas de chance. Ma main heurte une boîte étroite sur l'étagère du haut. Les baskets qu'Alec m'a achetées… il ne les a jamais rapportées au magasin. Je les enfile sur mes pieds nus.

La poigne de Sammy se resserre, puis il gémit :

– Mari…

En dessous de nous, le sol gronde comme si nous étions assis sur le ventre de la maison et qu'elle avait faim. Puis le silence. Jusqu'à ce que retentisse un bruit sourd, celui d'un pied cognant le bois creux, puis un autre.

Quelqu'un monte l'escalier du sous-sol !

Voyant les yeux exorbités de Sammy, je lui plaque une main sur la bouche pour l'empêcher de crier.

Sur un claquement sonore, la serrure du sous-sol est actionnée et la porte s'ouvre en grinçant. Je pousse Sammy derrière moi, recule un peu plus dans les manteaux. Mon sang bouillonne.

« *Mari ! Mari !* »

La voix de Sammy est plus forte à présent. Plus proche. Presque comme si elle lançait son appel juste à côté de nous. Les larmes du vrai Sam mouillent ma main.

« *Mari ! Mari, viens ici ! Vite !* »

Sa voix est étouffée, avec un léger écho. Le vrai Sam tremble contre moi. Soudain, Buddy grogne et je lui ferme rapidement la gueule pour le faire taire. Trop tard. La maison se fige. Elle nous a entendus.

Des pas lourds, un dinosaure qui se déplace au ralenti, en traînant les pieds, mais vers nous.

Une vague de panique me submerge et je me jette en avant, saisis la poignée de la porte, jambes écartées et penchée en arrière. Une odeur de pourriture, comme des rats morts pendant une canicule, mélangée à… de la pisse, envahit le placard. Je me campe un peu plus en arrière, ravale un haut-le-cœur.

Et une ombre apparaît sur le seuil de la porte : les pas s'arrêtent. Je ne respire plus. Sammy enroule ses bras autour de moi, serre son visage contre mon dos. Je convulse presque de peur.

S'il vous plaît… mon Dieu, s'il vous plaît…

L'ombre souffle comme un cheval et puis avance, dépasse la porte et s'enfonce dans le couloir. Bientôt, nous l'entendons au-dessus de nous et tressaillons à chacun de ses pas pendant qu'elle monte à l'étage.

Ça veut dire que le rez-de-chaussée est vide.

Je me retourne vers Sammy.

– OK, à trois, je vais ouvrir la porte.

– Non, gémit Sammy, les paupières dilatées. Non, Mari. Restons ici.

– Il sait qu'on est ici, je lui explique prudemment. On est des proies faciles, si on ne bouge pas.

Il sanglote en silence.

– Je ne peux pas. J'ai trop peur.

– Tu dois le faire.

– Il va nous suivre !

– Non. Les fantômes ne hantent que l'intérieur des maisons. Il ne pourra plus nous faire aucun mal une fois qu'on sera dehors.

– Les fantômes ?

Je ferme les paupières. Merde, il n'y avait même pas pensé. En même temps que je lui parle, je prie pour avoir raison et qu'il ne s'agisse pas d'un squatteur cinglé venu s'installer chez nous.

– Quand j'ouvre la porte, je veux que tu coures aussi vite que possible jusqu'à dehors. Tu cours et tu ne t'arrêtes pas, quoi qu'il arrive.

– S'il te plaît, Mari. Non.

Je m'appuie contre la porte, la main sur la poignée, et me penche légèrement, en position de départ d'une course.

– Prêt ? Un. Deux…

À trois, nous nous précipitons dans le couloir, aveuglés par les lumières après être restés si longtemps dans le noir. Je fonce, Buddy bondit à côté de moi. J'ouvre la porte d'entrée en grand, non sans jeter un coup d'œil aux marches vides derrière nous, alors que Sammy pousse la porte-écran d'un coup d'épaule et saute sur les marches du perron en criant. Sur le trottoir, je suis en mode sprint quand l'idée me rattrape.

Piper.

– Attends, Sam !

Sammy se retourne, cinglé par la pluie, tout comme moi.

– Quoi ! crie-t-il.

– Je dois aller chercher Piper. Je peux pas la laisser là-bas !

– On s'en fout d'elle !

Je secoue la tête.

– Vas-y ! Cours et appelle la police.

– Mari, non ! Attends !

Mais je n'ai pas le temps d'argumenter, je retourne à la maison au pas de charge, je saute sur le perron et rentre.

– Piper ! j'appelle dans l'escalier sombre, le cœur battant la chamade. Piper, où tu es ?

Une porte s'ouvre dans un grincement à l'étage. Des pas légers se font entendre dans le couloir. Piper s'arrête sur le palier. C'est difficile de bien voir dans l'obscurité, mais elle me regarde aussi méchamment que si elle ne m'avait jamais vue de sa vie.

– Viens ! Il faut qu'on s'en aille d'ici, je lui dis, sur un ton et avec un geste insistant, parce qu'on ne sait pas où il… elle… ça… se trouve. Cours ! Allez !

L'expression de Piper ne change pas. Elle reste immobile, se contente de me dévisager. Son visage est froid et dur comme du marbre.

– Qu'est-ce que tu fais ? Faut qu'on parte !

Piper roule les épaules en arrière, puis sa tête se tourne brusquement vers la droite, comme si quelqu'un l'avait appelée. Sauf que je n'ai rien entendu. Elle me jette un dernier regard avant de s'éloigner lentement hors de ma vue.

– Où tu vas ? Piper, reviens ici, je crie.

Grimpant les marches quatre à quatre, je me rue dans l'escalier. À mi-chemin, une voix rauque gémit, un son tellement perturbant que je me fige presque en plein mouvement.

– C'EST MA MAISON !

Puis, comme si quelqu'un s'était penché sur la rampe du haut, quelque chose se balance dans l'obscurité et j'aperçois un balai qui s'envole.

Qu'est-ce que…

Le balai me cogne en plein visage, et je suis projetée en arrière dans l'escalier, que je dévale en criant. Ma tête heurte le parquet, mon coccyx la dernière marche.

– MARI ! crie Sammy de l'extérieur.

– Ohhh, merde, je gémis, roulant sur le côté.

La douleur explose, allumant de minuscules points blancs devant mes yeux. Buddy aboie comme un fou en grattant la porte moustiquaire.

Et la voix hurle à nouveau, un son strident.

– SORTEZ DE MA MAISON !

Mes poumons se rétrécissent, flétris comme des raisins secs, et je manque me pisser dessus lorsque je lève les yeux vers l'escalier, dans le noir, et que je vois… rien. Il n'y a personne.

– Mari, lève-toi ! S'il te plaît, lève-toi, me supplie Sammy depuis le perron, une main tendue vers moi.

La pluie l'éclabousse.

Un léger mouvement dans la pénombre attire mon regard. En me penchant en avant, j'essaie d'en distinguer une forme, mais pile à ce moment-là, quelque chose vole, rapide, visant ma tête.

– Aaahhh !

Je me retourne sur le ventre et parviens à esquiver l'objet qui s'écrase à côté de moi dans un grand bruit.

– Mari !

Je roule, pour me retrouver nez à nez avec un balai. Le balai que maman cherchait, justement.

– Merde.

Et je le repousse du pied, en reculant contre le mur.

Une porte claque à l'étage, suivie de pas qui claquent. La maison s'agace.

« *Mari ! Mari, viens ici ! Vite !* »

Je me mets péniblement à quatre pattes et rampe jusqu'à l'extérieur. Dès que j'y suis, je me lève et descends du perron en boitant.

– Allez ! Allez ! m'encourage Sammy.

Il est comme une traînée bleue dans le vent, tellement il court vite. Mes muscles parviennent à passer au trot dans la rue, jusqu'à ce que mon corps devienne trop lourd à porter. Les réverbères, au loin, commencent à devenir flous, je n'entends plus que le pouls qui pulse à mon oreille.

Merde, je vais m'évanouir.

– Sammy… je lâche dans un hoquet.

J'oscille vers la droite, le sol s'incline sous moi.

Sammy fait demi-tour.

– Qu'est-ce que tu as ?

Sur un dernier pas, je trébuche et tombe à genoux, respiration erratique et de plus en plus lente.

– Mari ! s'écrie-t-il en attrapant ma tête avant qu'elle ne heurte le trottoir. (Il pivote, affolé, et se met à crier.) Au secours ! À l'aide !

Personne ne l'entendra. Pas avec cette pluie.

– Sammy, va… chercher… Youssef, je bredouille.

Mes paupières papillonnent, le monde s'assombrit.

– Mari ! Ne t'endors pas, Mari, s'il te plaît, crie Sammy en me secouant. Au secours ! Au secours !!!

Buddy nous tourne autour, en aboyant et en geignant.

– La rue d'après… là-bas, je bafouille. La maison avec les roses.

Sammy renifle et hoche la tête.

– Buddy, couché. Couché, Bud !

Buddy s'allonge sur le sol mouillé et Sammy pose doucement ma tête sur lui.

– Reste, Bud ! Reste là ! Je reviens tout de suite.

Sur ce, il détale, je ne sais pas dans quelle direction, tant la rue est sombre. Les maisons abandonnées… elles semblent gigantesques sous cet angle, comme si elles avaient poussé de six mètres, qu'elles se penchaient vers la rue, avec les yeux furieux de leurs fenêtres qui me dévisagent. Buddy gémit, sa truffe froide touche mon visage. Je ferme les yeux, la pluie battante me détend, on dirait, comme si je prenais une douche froide après une chaude journée à l'entraînement. Pas tout à fait, mais ça s'en rapproche.

Jusqu'à ce que je sente Buddy se raidir sous moi et un grognement sourd monter de son ventre.

– Buddy ? je murmure, incapable d'ouvrir les yeux.

Il se redresse d'un bond et ma nuque heurte le béton. Sur un cri de douleur, je réussis à rouler sur le flanc. Buddy se tient au-dessus de moi, aboyant furieusement. Le genre de jappements féroces qu'il réserve aux étrangers ou aux intrus qui s'approchent trop près. Il y a quelqu'un.

– Buddy, je hoquette.

Et j'ouvre les yeux. Une paire de phares s'allument, m'aveuglent. Des pas. Secs, comme ceux de la maison.

Oh, mon Dieu, ce n'était pas un fantôme !

Paniquée, je supplie mon corps de bouger, de coopérer, j'essaie de m'accrocher à quelque chose autour de moi, n'importe quoi.

– Au secours, je croasse entre deux sanglots.

Puis je pense à Sam. Il est parti et il ne sera pas là pour assister au meurtre de sa sœur. Un étrange soulagement m'envahit alors que mes bras renoncent et que je me retourne, que je me prépare.

Soudain, la pluie s'arrête. Ou je pense qu'elle s'arrête : elle ne me fouette plus le visage, mais son crépitement m'entoure toujours. Je force mes paupières à s'ouvrir. Pendant une brève seconde, je vois une ombre plantée au-dessus de moi avec un parapluie. Pas une ombre, un homme.

Monsieur Watson ?

Trop faible pour hurler, je lâche un petit cri avant que tout devienne noir.

***

– Allez, oui, Cali ! Allez, Cali, réveille-toi !

Je suis sous l'eau, la voix de Youssef m'appelle depuis la surface. Mes yeux peinent à faire la focale, l'obscurité est toujours là tandis que mon cerveau flotte et remonte à la surface pour respirer.

Youssef est penché sur moi et me tapote la joue.

– Voilà ! Ouvre les yeux, allez.

Ma tête est posée sur quelque chose de doux. Et de plutôt sec. Un coton rugueux me gratte le cou.

– Mari, pleurniche Sammy, et je réalise qu'il me tient la main.

J'ai envie de dire : « Ne pleure pas, Sam », mais je me sens partir à nouveau et je regarde Youssef.

– La… la maison, je dis en essayant de la montrer du doigt, mais mes bras sont mous. Piper est toujours à l'intérieur.

Youssef me soulève du sol, me porte avant que tout redevienne noir.

***

La couleur jaune est la première chose que je vois. Pendant un moment, je pense que c'est le soleil. Puis je remarque que j'ai froid, que le soleil est doux, et mes yeux s'ouvrent. Un motif de petites fleurs rouges sur un tissu délavé me fixe. Un coussin de canapé. Mon visage est… sur un canapé inconnu ?

FLASH INFO Il n'a pas été démontré que les punaises de lit causent ou propagent des maladies. Certaines personnes réagissent aux piqûres de punaises de lit, et un grattage excessif peut entraîner des infections secondaires.

Je m'assieds aussitôt et la pièce se met à tournoyer, alors je m'appuie de nouveau sur le flanc. Faut que je me lève, faut que je me lève. Je pourrais attraper une infection en ce moment même. J'ai quelque chose sur le bras ? Une morsure ? Un œuf ? Savon, alcool, Javel…

– Yo, attends, dit Youssef à côté de moi, qui me repousse doucement contre les coussins. Pas si vite.

Son bras pèse une tonne sur mon épaule et je suis trop faible pour le combattre. N'empêche que ma peau s'enflamme, ce qui me donne envie de me gratter avec un économe. Je veux gratter, j'ai besoin de gratter. Je veux fumer. Et en même temps, je veux aussi être une personne normale. Ne plus être un cas désespéré devant de parfaits inconnus. Les larmes me baignent les yeux.

– Eh, Cali, ça va, dit Youssef.

Il se penche sur moi, écarte les cheveux mouillés de mon visage. Il sent très bon, même dans ses vêtements mouillés. Je cède, je fonds à son contact et, pour la première fois ce soir, je me sens en sécurité.

– Tout va bien, murmure-t-il sans me lâcher. Regarde, Sammy est juste là.

Sammy, enveloppé dans une serviette bleue, est assis dans le fauteuil de Pop-Pop, les yeux braqués au sol. Le visage vidé de son sang, les yeux écarquillés et sans ciller, comme s'il avait vu quelque chose… de fou. La même expression qu'à l'hôpital, quand je me suis réveillée avec du vomi dans les cheveux, l'estomac vidé. Le souvenir me fait l'effet d'un coup de couteau.

– Tiens, bois un peu d'eau, dit Youssef en me tendant un verre. Comment ça va, la tête ? Tonton a dit qu'il fallait te garder éveillée. Pour le cas où t'aurais une commotion.

De l'autre côté du salon, Monsieur Brown parle à voix basse au téléphone, en me jetant des coups d'œil réguliers. Près de la cuisine, Pop-Pop se tient debout dans une robe de chambre bleue vaporeuse et des chaussons de cuir, posant sur moi un regard noir des plus suspicieux. D'un coup, le souvenir des phares me revient.

– Eh, où est… où est Monsieur Watson ? je demande en scrutant la pièce. Il est déjà parti ?

– Monsieur Watson ?

– Oui. Il était avec moi.

Youssef hausse un sourcil et jette un coup d'œil à Sammy.

– Cali, quand on t'a trouvée, t'étais allongée au milieu de la rue, dans les vapes. Et seule.

Pas possible… les phares… Je n'ai pas pu imaginer ça.

– Mais il… il m'a abritée, avec un parapluie, je pleurniche, gagnée à nouveau par l'épuisement. Il m'a donné une couverture pour ma tête. Tu ne l'as pas vu ? Sérieux ?

Youssef a l'air interloqué, en même temps ses lèvres sont pincées. Il essaie de ne pas dévoiler ce qu'il pense. Mais c'est trop tard. Je connais cette expression. Il pense que je suis shootée, que je suis sous l'emprise de quelque drogue et que j'ai des hallucinations. Ce qui expliquerait tout ce qui s'est passé dans la maison. Et si Sammy n'avait pas été là avec moi… moi aussi, je me poserais des questions quant à ma santé mentale. Mais je sais ce que j'ai vu. Ou entendu.

– Yo, c'était quoi que vous fuyiez tous les deux ? demande Youssef. Sammy a dit qu'il y avait quelqu'un dans la maison ?

Je ne sais même pas par où commencer. Ma tête m'élance, une douleur aiguë et vive. Mes vêtements commencent à se raidir, à mesure que la pluie et l'eau boueuse sèchent sur ma peau.

Le genou de Sammy s'agite. Il a cette tête qu'il fait quand il essaie de résoudre une énigme super-complexe.

– On aurait dit ta voix, Sam, je marmonne, cramponnée à la serviette dont Youssef m'emmitoufle. Exactement ta voix.

Je frissonne. Sammy, toujours en état de choc, cligne longuement des yeux.

– À moins que… ce soit quelqu'un qui m'imitait ou quelque chose comme ça, dit-il d'une voix blanche.

Le regard de Youssef passe de l'un à l'autre, lorsque Monsieur Brown entre dans le salon en se raclant la gorge.

– Vos parents sont rentrés. Venez, on vous ramène chez vous.

***

La pluie s'est calmée lorsque Monsieur Brown nous reconduit à la maison. Quand on arrive, Alec est dans la cuisine avec Piper, qu'il serre contre sa poitrine, une expression douloureuse sur le visage. Les lumières de la police éclairent la peau pâle qu'ils partagent.

Comme nous approchons, j'entends la fin de l'histoire de Piper.

– Et puis, ils m'ont laissée toute seule, sanglote-t-elle. Ils m'ont crié dessus et ils sont partis en courant.

Les lèvres d'Alec forment une ligne dure quand il me voit. Il remet Piper sur ses pieds tandis que maman se précipite vers nous.

– Maman ! s'écrie Sammy, qui se rue contre son ventre et s'y blottit étroitement. Maman, la maison est hantée !

À ces mots, les policiers estiment qu'il est temps pour eux de s'éclipser. Mes pas sont lents, je suis toujours étourdie et absolument pas pressée de retourner dans cet endroit. Je me demande combien de temps il faudra pour préparer une valise et partir à l'hôtel. Parce que c'est évident qu'on ne peut pas rester ici. Pas une nuit de plus. La maison est en colère, ça se sent dans l'air.

– Où vous étiez, nom de Dieu ? rugit Alec.

Son ton est explosif.

– Ils. M'ont laissée. Toute seule, répète Piper entre deux sanglots hystériques. J'ai eu tellement peur, papa.

À travers ma douleur, intense, un éclair de colère.

– De quoi tu parles ? je crache. Tu m'as vue en bas de l'escalier, en train de t'appeler ! C'est toi qui es partie !

– Non, affirme-t-elle.

Le coin de sa bouche s'étire sur un sourire cruel, puis elle frotte son visage contre le flanc d'Alec.

Le simple fait qu'elle nie me retourne l'estomac. Je vacille, le frigo rattrape ma chute.

– Tu as poussé Mari dans l'escalier ! s'écrie Sammy, que maman retient de foncer sur elle. Elle aurait pu mourir !

– Non. (Elle lève les yeux vers son père et ajoute, d'une voix doucereuse.) Papa, j'étais tranquillement dans ma chambre et puis je les ai entendus crier.

– Incroyable ! braille Alec. Je ne peux pas la laisser seule une putain de soirée.

Je fixe Piper. Ou plutôt, je devrais dire que je la vois enfin clairement, sous un regard différent. La peau super pâle. Les yeux fatigués, cernés. La perte de poids. Ses conversations bizarres avec les murs. Madame Suga. Tout devient clair, avec une évidence qui gifle ma tête déjà lancinante.

– Oh, mon Dieu, je chuchote. Elle est possédée.

– QUOI ? hurle Alec, qui fait passer Piper derrière lui.

– C'est la seule explication possible. La Hag l'a eue !

Sammy la dévisage à son tour, les sourcils froncés.

– Elle est juste… restée plantée là-haut, marmonne-t-il.

– Okèèèèè ! Vous avez regardé trop de films tous les deux ! se fâche maman, secouant la tête.

C'est ça, le truc, j'ai oublié ce que tous ces films m'ont appris, j'ai voulu tout expliquer de manière raisonnée, au lieu d'affronter la vérité : notre maison est hantée. Et Piper est possédée par la Hag. La sorcière qui s'appelle Madame Suga.

Je m'apprête à révéler tout ce que je sais sur cet endroit, mais un coup d'œil au visage rouge tomate d'Alec me fait taire.

– Raquel, c'est la goutte d'eau qui fait déborder le vase. Tu m'avais dit que ses problèmes étaient sous contrôle.

– Alec…

– Quelle excuse vas-tu lui trouver cette fois ? Elle a mis la vie de Piper et de Sammy en danger !

Maman pousse un soupir et va dans son bureau, chercher un gobelet à pipi.

Tu te fous de moi, là !

– Maman ! Qu'est-ce que tu fais ? crie Sammy, debout devant moi, les bras tendus dans une attitude protectrice. J'étais là ! Je l'ai entendu aussi ! Elle ne ment pas ! Elle n'est pas… pas droguée ! Mari ne voulait pas partir sans Piper. Elle a monté l'escalier à fond pour aller la chercher. Elle essayait de la sauver !

Le visage de Piper se transforme en une grimace confuse, les yeux s'adoucissent.

– Sam… tu es sûr que tu n'as pas entendu des voix ? demande Alec.

– On a entendu la même chose, tous les deux, rétorque Sammy.

– Et on n'était que trois présents, j'ajoute en m'appuyant contre le plan de travail. À moins que Piper ne soit devenue ventriloque pendant la nuit.

Alec ne relève pas, il garde les yeux rivés sur Sammy.

– Écoute, je sais que c'est dur, mon grand, mais est-il possible que ta sœur… n'ait plus été elle-même… encore une fois ? Qu'elle ait fait un mauvais trip et soit juste tombée dans les escaliers ?

Maman se raidit.

– Alec…

Tu parles d'un soutien !

– Alors comment ça se fait que j'aie entendu la voix, moi aussi ? répond Sammy. Je suis défoncé ?

Maman croise les bras et se met à pleurer.

– Oh, Sammy.

La tête m'élance de plus belle, je n'ai plus le courage de me battre. Je tapote l'épaule de Sammy.

– C'est bon, Sam. Oublie ça. Je vais pas pisser dans ce putain de gobelet, parce que je pars.

– Tu pars ? répètent Alec et maman, sidérés.

– Oui, je retourne en Californie vivre avec papa.

– Quoi ? Tu ne peux pas prendre cette décision toute seule, se moque Alec.

– Si, je peux, je réplique en regardant maman droit dans les yeux. C'était l'accord avec papa, non ? Si les choses ne marchent pas avec Alec, je peux emménager avec papa. C'était à cette condition qu'il t'a autorisée à nous faire quitter l'État. Or, clairement, les choses ne fonctionnent pas si mon beau-père m'accuse d'être droguée alors que je ne le suis pas. Les conditions ne sont pas ce que je qualifierais d'idéales pour une droguée en voie de guérison.

Alec cligne des yeux et se tourne vers maman.

– C'est vrai ?

Elle prend une inspiration pour se calmer, sans nous quitter des yeux.

– Oui.

Déconcerté, Alec baisse les yeux vers ses mains, comme s'il y cherchait les mots adéquats. Piper se cramponne encore plus fort à lui.

Sammy renifle à côté de moi.

– Bon, si elle s'en va, alors je pars avec elle !

– Sam, souffle maman, la lèvre tremblante. Bébé…

– Non ! Mari a raison. Et je déteste cet endroit ! Je veux rentrer à la maison !

20

Le lendemain matin, j'appelle papa pour prendre des dispositions immédiates. Peu m'importe qui ça peut blesser, je ne peux pas rester ici. Ces fantômes sont violents, j'ai une bosse à l'arrière du crâne pour le prouver.

Comme papa est toujours au Japon sur la fin d'un projet, nous devons attendre encore deux semaines avant qu'il puisse prendre l'avion pour nous ramener à la maison.

Ce qui signifie qu'il va falloir survivre à la nuit, comme on dit. En l'occurrence, à plusieurs nuits.

Sammy fait de sa chambre une place fortifiée, avec divers objets piégés et un nombre infini de lampes de poche. Je ne dors plus, ne survis que grâce à un régime à base de café, de pilules de caféine et de bonbons. Je brûle tellement de sauge qu'on vit pratiquement dans le brouillard.

La maison n'a plus piqué de crise depuis des jours. Pas d'odeurs, de voix ou de bruits de pas bizarres. Comme si elle savait qu'elle avait fait le job et qu'elle était satisfaite du résultat. Nous nous en allons, c'est ce qu'elle voulait. Enfin, certains d'entre nous s'en vont.

Alec et Piper restent plus ou moins entre eux, mangeant dehors et jouant dans la chambre de la petite. Maman se cache dans son bureau pour travailler, jusqu'au samedi matin, où elle frappe à la porte de Sam.

– Ça vous dit de faire un tour à pied, tous les deux ?

***

La Riverwalk est une promenade de brique rouge le long de la rivière Cedarville, avec de nombreux restaurants, boutiques, food-trucks et autres kiosques, plus un casino et un cinéma-restaurant à chaque extrémité. L'endroit est entièrement décoré pour Halloween. Nous passons devant un pavillon où s'affichent les concurrentes d'un concours de sculpture sur citrouille, ainsi que des banderoles pour la parade des chiots trop mignons d'Halloween.

Sammy choisit une table près de la fenêtre du Johnny Rockets pour qu'on puisse regarder passer les bateaux à vapeur. Ça fait des mois qu'on ne s'est plus retrouvés rien que tous les trois et c'est un soulagement de ne pas avoir à marcher sur des œufs.

– Alors, Sammy, commence maman après avoir commandé trois hamburgers végétariens et des frites, tu as décidé en quoi tu vas te déguiser pour Halloween ?

Il joue avec la paille de sa citronnade.

– J'avais pensé à un zombie… mais c'est un peu trop ressemblant à la réalité, finalement.

Je lâche un ricanement – première fois que je ris depuis des jours. Maman me lance un regard et je m'enfonce dans mon siège.

– Les enfants, reprend-elle, les mains croisées sur la table, je sais que les choses ont été… rudes. Il y a eu énormément de changements cette année.

Elle me regarde avec insistance, mais je ne détourne pas les yeux. J'en ai assez que mon erreur soit sans cesse utilisée comme une arme contre moi. Elle soupire.

– Vous savez, de toute ma vie, je n'ai jamais remporté le moindre prix, poursuit-elle avec un baiser sur la tempe de Sammy. Enfin, à part vous deux. Mais sans rire, je n'ai jamais été première en sport, je n'ai jamais décroché de bourse pour l'université ou quoi que ce soit du genre. Alors quand j'ai été acceptée pour cette résidence d'auteur, j'étais surexcitée. Plus que ravie. J'ai pensé que c'était une chance de prendre un nouveau départ, pas seulement pour moi après le divorce, mais pour nous tous.

Je cligne des yeux.

– Alors… tu n'as pas voulu déménager… à cause de moi ?

– Non ! Bien sûr que non. Je voulais partir. J'avais besoin de changement. Et quand j'en ai parlé à Alec, il a aussitôt été d'accord. Il savait combien c'était important pour moi, et que ce serait une super opportunité pour vous deux. Il avait déjà emménagé avec Piper dans notre ville, et il était prêt à déménager encore avec elle. Donc, quoi que vous puissiez en penser, cet homme vous aime vraiment tous les deux.

– Eh bien, il a une drôle de façon de le montrer, j'ironise.

Maman hausse un sourcil.

– Ouais, ben, toi aussi. Tu n'es pas exactement ce qu'on pourrait appeler une promenade de santé.

Les yeux ronds, Sammy regarde ailleurs en sirotant sa boisson, réaction qui signifie qu'il est d'accord.

Je voudrais répliquer, mais je m'en abstiens, parce qu'il se pourrait qu'ils aient raison. Je n'ai pas vraiment été super accueillante avec Alec. Même en passant outre le fait que quelques mois après son emménagement chez nous, je faisais un arrêt cardiaque sur le sol de ma chambre – pas super, comme première impression.

– Pour être honnête, poursuit maman, il est un peu blessé par notre plan d'urgence secret. Parce que dans une famille, ça ne se fait pas. Dans une famille, on se serre les coudes quoi qu'il arrive et on s'entraide.

Je pense à Youssef et je soupire.

– Mais… il ne nous croit pas quand on dit que la maison est hantée, marmonne Sammy.

Maman se redresse, les lèvres pincées. Elle ne nous croit pas non plus.

– Vous avez pris votre décision, vous voulez partir et… je la respecte, reprend-elle. Je respecterai toujours vos souhaits. Mais je pense juste… que cet endroit pourrait être très bon pour nous. Pour notre avenir. Et puis, je n'ai pas envie de vivre sans mes bébés. (Elle fait un câlin à Sammy.) Alors peut-être… réfléchissez-y un peu plus ? Pour moi ? S'il vous plaît ?

***

– Monsieur Watson ! Que faites-vous ici ?

Monsieur Watson nous rejoint dans l'allée alors que nous nous y garons au retour du déjeuner, chargé d'une vieille boîte à outils et d'un petit escabeau.

– Irma m'a appelé. Comme quoi vous auriez des problèmes avec les lumières.

Maman acquiesce et remonte la fermeture Éclair de sa veste pendant que Sammy et moi déchargeons les courses.

– Ah. D'accord. Alec a dû… lui en parler. Vous avez trouvé quelque chose ?

Il secoue la tête.

– J'ai vérifié ce que je pouvais et tout semble fonctionner correctement.

– Donc vous êtes allé dans le sous-sol ? je demande sans détour.

Il me regarde pendant cinq secondes de trop.

– Non.

– Ben voyons, je grommelle en prenant un sac dans le coffre d'un geste sec.

Quelque chose ne m'inspire pas confiance chez Monsieur Watson. Chacune de ses réponses me semble bête et froide. Il en sait plus qu'il veut bien l'admettre, même si je ne peux pas le prouver.

– Vous devriez peut-être demander à Irma d'appeler un électricien, ajoute-t-il à l'intention de maman. Si quelque chose se reproduisait.

– Vous avez raison. Et merci. Désolée pour le dérangement.

Depuis le perron, je regarde Monsieur Watson remballer ses outils dans sa Volvo. Qui n'est pas un pick-up.

Mais je sais ce que j'ai vu.

***

La chambre de Sammy est comme la mienne, avec beaucoup plus de trucs et en beaucoup moins sinistre. Sa porte ne s'ouvre pas ou ne se ferme pas toute seule et, pour avoir passé les derniers jours à camper à même le sol, je peux également confirmer que je n'ai pas encore vu un seul étranger debout dans un coin. Se peut-il que ma chambre soit l'épicentre des phénomènes paranormaux de cette maison ?

Je n'en reviens même pas de devoir me poser ce genre de questions. Mais je n'ai fait que des recherches sur les maisons hantées par des démons, j'ai même commandé de l'eau bénite au Vatican, sans plus me soucier que quelqu'un s'en aperçoive, si jamais on surveille encore notre Internet. La Fondation Sterling doit savoir ce qui se passe ici. Ils nous ont volontairement installés dans la maison de Madame Suga. Mais pourquoi ? Pourquoi essayer de nous ficher la trouille, si leur but est de redorer le blason de ce quartier ?

Les mains derrière la tête, je suis allongée sur le lit de Sammy, les yeux levés au plafond, à me demander ce que sera la vie avec papa. Au moins, je serai plus proche de Tamara, à quatre heures de route seulement. En revanche… nous serons à des milliers de kilomètres de maman. Pendant tout ce temps, j'ai cru qu'on avait déménagé à cause de moi, alors qu'en réalité, elle aspirait tout autant que moi à ce changement.

Le changement est bon. Le changement est nécessaire. Le changement est vital.

Sammy est assis en tailleur par terre, il joue à un jeu vidéo. Il n'a pas dit grand-chose depuis qu'on est revenus de déjeuner. En fait, on est tous les deux assez silencieux. Les paroles de maman tournent toujours en boucle dans ma tête.

– Je me sens super mal, je finis par lâcher tout haut.

Sammy met son jeu en pause et lève sur moi des yeux pleins de culpabilité.

– Je… je veux pas quitter maman, admet-il, hésitant.

Je soupire.

– Je sais. Moi non plus. Mais je ne peux pas rester ici. Ce n'est pas sûr.

– Sauf que… si Piper t'a poussée dans les escaliers, imagine ce qu'elle fera à maman si on n'est pas là.

Piper pourrait blesser maman d'un million de façons. L'idée me fait froid dans le dos. Je me tourne sur le côté.

– Elle ne viendra pas avec nous, Sam. On aura beau la supplier, elle ne viendra pas.

Il gratte la tête de Buddy, l'air songeur.

– Ouais. Mais… peut-être qu'on pourrait l'obliger.

Je m'esclaffe.

– Tu connais Raquel ? Impossible d'obliger cette femme à faire ce qu'elle ne veut pas.

Il s'approche de moi.

– Si on peut prouver que la maison est hantée et que Piper est possédée, il faudra bien qu'elle s'en aille avec nous.

– Et comment tu comptes faire ça ?

Sammy rampe jusqu'à son bureau et fouille dans un tiroir du bas.

– Avec ça !

Dans ses mains, il tient deux caméras GoPro, quelques batteries rechargeables et des cordons. Je me redresse.

– Où t'as trouvé ça ?

– C'était à papa. Il les a utilisées sur un vieux projet de construction. Il a dit que je pouvais les prendre.

Je prends une des caméras pour l'examiner.

– Et qu'est-ce que tu vas en faire ?

– Les installer dans la maison. Si on peut prouver à maman que Piper est folle, elle viendra avec nous, c'est sûr et certain… et elle retrouvera papa.

J'entends un désir brûlant dans sa voix, que maman revienne vivre avec papa, et sa tristesse me serre le cœur.

– Sam, je lui dis doucement, elle ne quittera pas Alec. C'est son nouveau mari, tu te rappelles ?

Les épaules basses, Sammy détourne le regard, tripote les caméras.

– Je sais bien, marmonne-t-il. Et je suppose qu'Alec voudra venir aussi. Mais c'est le seul moyen pour qu'ils nous croient. En plus, il faut prouver que Piper est possédée, sinon l'église pratiquera pas d'exorcisme sur elle.

– Comment tu sais ça, toi ?

– Pfff ! *Les Dossiers Warren.* Tu t'es endormie avant la fin.

OK, c'est probablement vrai. Je m'endors pendant la plupart des films. Mais si j'avais su que ce film-là était la clé de ma survie ici, j'aurais bu du café.

– Allez, Mari. On doit au moins essayer. C'est notre seule chance !

Bon, un plan, c'est mieux que pas de plan.

– D'accord. On le tente.

***

– Qu'est-ce que tu fais ici, Cali ! me demande Monsieur Brown en riant. (Il est en train de décharger son pick-up.) Je pensais que vous étiez partis depuis longtemps.

– Toujours pas, nos parents insistent pour nous torturer, je réponds en remontant l'allée.

Il glousse.

– Youssef est à la maison, il prépare le dîner.

– Vous en faites un homme d'intérieur, je dis avec un hochement de tête impressionné. J'aime bien ça.

« *Comme il est dit dans* Corinthiens, *chapitre 3, verset 8… "Celui qui plante et celui qui arrose travaillent ensemble dans le même but. Et tous deux seront récompensés pour leur dur labeur." Et, enfants de Dieu, je suis ici pour fournir les graines que vous planterez, et c'est vous qui les arroserez. Ne passez pas outre ses paroles. Car le diable est parmi vous ! Il a empoisonné vos esprits, il vous empêche de faire confiance à ceux-là mêmes qu'il a créés pour prendre soin de vous…* »

Comme d'habitude, Pop-Pop est dans son fauteuil, fidèle au programme. Youssef jette des pommes de terre dans une casserole d'eau bouillante, puis s'essuie les mains sur un torchon.

– Je suis venue avec des cadeaux, j'annonce, posant plusieurs cannettes de soda sur la table de la cuisine. Tu sais, vu que tu m'as sauvé la vie et tout ça.

Youssef esquisse un sourire.

– Oooh, fallait pas. (Il hausse un sourcil, sourire malicieux.) Vu que c'est Monsieur Watson qui t'a sauvée, en vrai.

Je grimace.

– Sérieux, tu te moques d'une victime de commotion cérébrale ?

Hilare, il me prend la main et entremêle nos doigts.

– Désolé, faut croire que t'es pas la seule à faire des blagues quand t'es mal à l'aise. (Sa voix devient sérieuse et il frotte doucement l'intérieur de ma paume.) J'étais… vraiment inquiet pour toi.

La tendresse… Je pourrais fondre contre lui, tellement j'ai besoin d'un câlin. Mais… je recule d'un pas et me heurte au siège de Pop-Pop. Dont je m'éloigne aussitôt.

– Ouais, bon, je me suis pas noyée non plus.

Je dissimule mon rire derrière une petite toux et fourre mes mains dans les poches de mon sweat à capuche pour les garder cachées et l'empêcher de s'en saisir. Voilà, je peux faire la fille qui n'a pas envie de prendre les siennes. Je suis la reine pour rendre les moments gênants encore plus gênants.

Youssef lève les yeux au ciel avec un sourire en coin.

– N'empêche, c'était quoi, tout ça ? Monsieur Watson habite à l'autre bout de la ville, du côté du parc. Qu'est-ce qu'il aurait fichu dans votre quartier ? Si tard dans la nuit, en plus !

– J'en sais rien. Et c'est le dernier de mes soucis, avec un démon en liberté chez moi.

– Écoute, tu pourras pas dire que j'ai pas essayé de t'avertir. Tu veux rester pour dîner ? ajoute-t-il avec un sourire compatissant.

– Bien sûr. Je peux aussi camper dans ton garage avec Sammy ? On se fera tout petits. Il nous faut juste une rallonge et le mot de passe du Wi-Fi.

Il fait semblant de réfléchir en se tapotant le menton.

– Hum, je sais pas trop comment ça se passerait avec les voisins. Y a déjà assez de rumeurs qui circulent sur Maplewood.

Youssef ouvre le four et y fourre un poulet cru assaisonné.

– Et si je te l'ai pas déjà dit, je suis fier que tu aies rebroussé chemin pour aller chercher ta sœur. Ça veut dire que t'es pas aussi insensible que tu le penses.

Il m'adresse un clin d'œil et mon ventre se crispe. Adieu, mon appétit. Je suis venue ici avec pour mission de dire la vérité, mais je suis déjà en train d'hésiter. Selon la façon dont il réagit, je n'aurai peut-être plus un seul ami à Cedarville à la fin de cette conversation.

– Euh, eh… faut que je te dise un truc, je lâche. C'est à propos d'Erika.

« *Tout ce que vous avez à faire, c'est d'appeler le numéro ci-dessous, de passer votre commande, et nous vous enverrons un paquet de graines sans aucun frais. Suivez les instructions figurant dans la lettre détaillée que je vous enverrai…* »

Youssef se redresse.

– OK, c'est quoi ?

J'ouvre une cannette de soda et je bois une gorgée, histoire de gagner du temps.

– Oui, allô. C'est Monsieur Brown, pour la commande de la semaine.

Je jette un coup d'œil à Pop-Pop… et je découvre la fin du générique de l'émission de Scott Clark. Je manque m'étouffer.

– Attends ! Cette fille ! je m'écrie.

Youssef sursaute, regarde par la fenêtre de derrière.

– Quelle fille ? Où ?

– Vous voulez bien vous taire, grogne Pop-Pop. Je suis au téléphone !

– La fille dans le cadre, je dis, en montrant la télé. Tu peux rembobiner ?

Youssef opine du chef et se précipite dans le salon.

– Pop-Pop, laisse-moi voir ça vite fait, dit-il en arrachant la télécommande des mains de son grand-père.

– Eh ! Qu'est-ce que tu fais avec ma télé ? s'écrie Pop-Pop.

Il essaie de se lever de son siège, en vain.

– Juste une minute, insiste Youssef.

Et il met en arrière rapide, jusqu'à l'intro de l'émission de Scott Clark.

– Là ! Stop ! je crie.

Il fige l'image sur un cadre photo posé sur l'étagère de Clark. Je me penche pour prendre une photo de l'écran, puis je fais un signe de tête à Youssef.

– Merci, Pop-Pop, lance-t-il rapidement alors qu'on retourne à la cuisine.

– Qu'est-ce qui se passe ? me demande Youssef, penché sur mon épaule.

Je zoome sur la photo floue, rien que des gamins blonds. À en juger par leurs vêtements et leur coiffure modeste, le cliché a été pris il y a longtemps, mais les yeux de la fille sont d'un bleu cristal familier. Hantés par une expression à vous aspirer l'âme. Je me rappelle avoir pensé la même chose, la première fois que j'ai vu ses yeux.

– Je peux regarder quelque chose sur ton téléphone ? je demande à Youssef, le souffle court.

– Euh, ouais, ouais.

Il me passe son portable, mais son air est plus qu'interrogateur.

La Fondation surveille notre Wi-Fi, mais peut-être pas le sien.

Je tape « Scott Clark » dans Google et un article de Wikipédia apparaît en premier. Je fais défiler la page jusqu'à la section « Vie privée ».

Scott Clark a cinq enfants : Scott Clark III, Kenneth Clark, Abel Clark, Noah Clark, Eden Clark…

Eden ! C'est la femme qui siège au conseil d'administration de la Fondation Sterling. Eden Kruger. Son nom de jeune fille est Clark. Scott Clark est son père. Scott Clark, le planteur de graines magiques, l'escroc de Cedarville.

– Merde, je marmonne.

***

Si j'avais creusé un peu plus profond, cherché un peu plus attentivement, j'aurais vu l'arbre qui cache la forêt dès le début. Mais une fois que j'ai compris ce que je cherchais, c'est plus facile à trouver. Les connexions…

21. *Patrick Ridgefield, chirurgien cardiaque*

Également copropriétaire de Lost Keys, le cabinet d'architecture engagé par la ville pour le projet de réaménagement, et membre du conseil municipal chargé d'approuver le budget.

22. *Richard Cummings, footballeur retraité et activiste communautaire*

Aussi propriétaire de Big Ville, prison à but lucratif.

23. *Eden Kruger, philanthrope*

Et fille de Scott Clark, arnaqueur aux graines magiques.

24. *Linda Russo, associée au cabinet d'avocats Kings, Rothman & Russo.*

Liée à la mafia de l'empire Russo.

25. *Ian Petrov, P.-D.G. de Key Stone Group Immobilier*

Son nom figure sur l'acte de propriété de plus de cinquante maisons de Maplewood. Toutes à l'abandon. Et il les a laissées se détériorer pendant plus de trente ans, maintenant le Wood dans son jus de ruines alors que le quartier pourrait être bien mieux.

Papa avait raison, c'est une partie d'échecs. Et toutes les pièces ont été disposées de façon à mettre Maplewood échec et mat.

– Meuf, me dit Tamara au téléphone, on est en pleine enquête de type « *True crime* », là. Une maison hantée et maintenant ça… Je t'accueille sur le sol de ma chambre pour le reste du lycée. Ma mère m'en voudra pas.

Sachant que la Fondation était à l'affût, j'ai passé l'appel depuis l'un des téléphones gratuits des casinos de

Riverfront, à la seule personne de ma connaissance capable d'effectuer ces recherches.

– Il y a autre chose, m'annonce Tamara. Tu as mentionné la Nuit du Diable, non ?

– Ouais.

– Meuf, c'est partout sur Instagram. Tu le vois pas ?

Je ressors mon téléphone et je tape.

– Non. Rien sous le hashtag. C'est vide.

– Hum, souffle Tamara. Bon, ben… je pense qu'il a été cancellé.

– Qu'est-ce que ça veut dire ?

– Qu'un hashtag est bloqué pour empêcher les gens de voir tous les contenus qui y sont liés. Donc, par exemple, je regarde des photos de la Nuit du Diable à Cedarville, ici, en Californie, mais toi, tu les vois pas du tout. Ce qui veut dire…

– Qu'ils bloquent le contenu pour nous empêcher de voir ce qui se passe à Maplewood ! Mais pourquoi ?

Tamara fait claquer sa langue.

– Meuf, faut que tu te tires de là. Et à en juger par les photos que je vais t'envoyer, tu ferais mieux de te tirer avant Halloween.

***

Blotti dans une couchette faite de couvertures et d'oreillers à même le sol, au pied du lit de Sam, Buddy ronfle à côté de moi. Pour ma part, j'ai les yeux fixés au plafond. Je ne peux même pas faire semblant de dormir. Pas après avoir vu les huit photos de la Nuit du Diable que Tamara m'a envoyées. Toutes pires les unes que les autres. Des incendies qui font rage à presque tous les coins de rue, des maisons comme d'énormes boules de feu qui colorent le ciel en orange. Des voisins en sanglots devant leurs maisons, habitées pour le coup, désespérant de les sauver. Pauvres gens qui subissent le résultat merdique d'une situation très merdique. Je sais, c'est pas très éloquent, mais c'est la vérité.

Je reconnais certaines de ces maisons, pour être passée devant lors de mes footings matinaux. Les restes carbonisés à peine debout, envahis de mauvaises herbes, tels des monuments pervertis du passé. Les photos les plus récentes de la Nuit du Diable ne montrent pas beaucoup de maisons en feu, juste quelques poubelles.

Mais tout ça semble bien ténu, comme si on vivait au beau milieu d'un sentiment de sécurité complètement bidon. Cet endroit pourrait facilement retomber dans ses vieilles habitudes.

CRAC

J'ai passé assez de nuits blanches pour reconnaître les différents bruits de la maison. Et je sais sans l'ombre d'un doute qu'au bout du couloir, la porte de la salle de bains vient de s'ouvrir sans que personne y soit entré.

Buddy se crispe, oreilles dressées, regard rivé sur la porte. On y a attaché une chaise avec une corde pour la maintenir bien fermée.

CRAC

Sammy se redresse d'un coup, cherche sa lampe de poche. La peur pose sa main autour de ma gorge et serre.

– T'as entendu ? je chuchote.

Bouche bée, Sammy ne fait que hocher la tête. Et je ne vais pas mentir. Ça fait du bien d'avoir quelqu'un d'autre pour vivre ça avec moi. Ça fait du bien de ne plus être seule. Hélas, je déteste que ça doive tomber sur Sam. Il a déjà traversé tellement de choses. Et c'est en partie ma faute.

Boum. Boum.

Des bruits de pas. Quelque chose descend les escaliers. Je ne comprends pas comment ni Alec ni maman ne l'entendent. Ils ne sont quand même pas fatigués à ce point.

Les pas retentissent dans le couloir du bas, vers la cuisine. L'eau coule d'un robinet, des tasses tintent. Buddy bondit sur ses pieds, fourrure hérissée, et je le retiens par son collier. Je ne veux pas qu'il chasse le bruit.

Cette fois, nous l'accueillons.

***

Le matin venu, Sammy décroche toutes les caméras cachées qu'il avait installées dans la cuisine et la pièce de vie.

– C'est sûr qu'on a attrapé quelque chose la nuit dernière, dit-il en souriant.

Il apporte les caméras jusqu'à la télévision, joue avec les fils, m'impressionnant par ses compétences technologiques de geek. Elles sont vraiment bien pratiques en temps de crise. Moi, je sais à peine charger mon téléphone sans être aidée.

– OK, je crois que j'ai trouvé, affirme-t-il, changeant les entrées, et faisant apparaître une image figée de la cuisine en mode vision nocturne.

– Si je puis me permettre… ça fait très *Paranormal Activity*.

Sammy me jette un regard noir.

– Dis pas ça.

– Pourquoi ?

– Apparemment, t'as pas vu la fin de ce film non plus.

Mon dos se crispe. *Oh, punaise*.

– Maman ! Alec ! lance Sammy vers l'étage. Vous pouvez descendre une minute ?

Une fois qu'on a réussi à rassembler nos parents sur le canapé du salon, Sammy se poste fièrement près de la télévision, caméra en main.

– Ce que je vais vous montrer va vous époustoufler, annonce-t-il, comme en ouverture d'un spectacle de magie. C'est la preuve qu'il nous fallait.

Maman et Alec échangent un regard curieux et gloussent.

– Une preuve de quoi ? demande maman.

– Vous allez voir ! Mari, lumière.

Dans la pièce maintenant sombre, Sammy active la lecture accélérée de la caméra de la cuisine. La majeure partie de la nuit, aucune activité. Puis, à 2 h 52 du matin, quelque chose bouge dans le coin. La lumière s'allume, la cuisine est vide. Maman et Alec se redressent. Je retiens ma respiration, les regardant scruter l'écran, tout aussi impatients que moi de découvrir le visage du monstre qui me hante depuis deux mois. Mais ce n'est que Piper, dans son pyjama bleu layette, qui entre dans la cuisine, va à l'évier et remplit une tasse d'eau.

Sammy en reste bouche bée.

Nous voyons Piper s'arrêter au milieu de la pièce pour boire une grande gorgée et, bien que ce soit difficile à déterminer, on dirait qu'elle regarde droit dans l'œil de la caméra.

Je tourne la tête brusquement : Piper est plantée dans le couloir, qui me fixe des yeux. Un sourire aux lèvres.

Elle joue avec nous.

Le froncement de sourcils de maman s'accentue.

– On est censés regarder quoi, au juste ?

Sur la vidéo, Piper s'essuie la bouche et pose la tasse sur le comptoir. Presque à l'endroit où j'ai déjà trouvé des tasses.

Sammy bredouille.

– Mais… on a entendu quelque chose la nuit dernière.

Alec hausse un sourcil.

– Pourquoi vous espionniez Piper ?

Rapide, je bondis pour attraper la télécommande et éteindre la télé.

– Fausse alerte, je lâche avant que la conversation ne prenne un sale tour. J'emmène Buddy faire une promenade. Sam, viens !

– Eh, Sam ! Marigold ! Revenez ici.

J'attrape le poignet de Sammy.

– Oups, on peut pas parler. Faut qu'on file !

Au coin de la rue, quand nous passons devant le jardin secret, le vent d'automne s'insinue à travers nos vestes. Sammy, dépité, donne un coup de pied dans un petit rocher.

– Elle a dû nous entendre parler des caméras, gémit-il. En écoutant aux portes, comme d'habitude. Qu'est-ce qu'on fait maintenant ?

L'espace d'un instant, le doute s'installe. Depuis tout ce temps, c'était donc juste Piper qui allait prendre un verre d'eau, tard dans la nuit ? Mais… comment a-t-elle pu atteindre l'étagère ? Et ces bruits de pas… Ils étaient trop lourds pour être ceux de Piper. À moins qu'elle ait fait exprès de marcher fort. Tant de questions… Une vidéo pourrait être notre meilleure chance d'y répondre.

– On refait un essai, je propose. Place les caméras à différents endroits, cette fois. Faut qu'on la surprenne en train de faire quelque chose ! Papa sera là dans quelques jours, alors on a encore une occasion.

Sammy, résolu, acquiesce.

– OK. Mais Piper va s'en apercevoir, non ?

– Je vais la distraire pendant que tu réinstalles les caméras.

– Comment tu comptes t'y prendre ?

Je glousse.

– Facile. Je vais juste lui parler.

***

De ma chambre, je regarde Sammy descendre les marches sur la pointe des pieds, en m'adressant un pouce levé. Il a besoin d'au moins dix minutes pour installer toutes les caméras. Je prends une profonde inspiration et traverse le couloir. Piper est allongée par terre, en pyjama, en train de dessiner sur des feuilles de papier d'imprimante. Sa lampe à lave colore la pièce en rouge sang.

– Il faut qu'on parle, je dis en fermant la porte derrière moi.

Piper fronce les sourcils, laisse tomber son crayon avant de se rasseoir en tailleur.

– De quoi ?

– Tu le sais très bien. Du petit jeu auquel tu joues. J'en ai assez de tes conneries.

Au début, Piper fait sa timide, comme si elle n'avait aucune idée de ce à quoi je fais référence. Puis son visage s'assombrit.

– Je te l'ai dit, siffle-t-elle. C'est la maison de Madame Suga et elle veut que tu partes.

Je croise les bras, histoire de vérifier discrètement combien de temps s'est écoulé. Deux minutes.

– Et toi, qu'est-ce que ça t'apporte d'être le toutou de Madame Suga ?

Elle lève le menton.

– C'est mon amie !

– Non, tu n'as pas d'amis, parce que tu t'entêtes à parler à une personne qui n'existe pas ! Elle n'est pas réelle.

Sa bouche se tord.

– Si, j'ai des amis. Madame Suga est mon amie. Elle tient à moi ! Pas comme toi !

– Quoi ? Qu'est-ce qui te fait croire que je ne tiens pas à toi ?

– Tu n'as jamais été gentille avec moi. Tu t'es toujours moquée de moi derrière mon dos. Et tu m'as traitée de pénible.

– Quoi ? Quand ?

– Le jour avant que tu… tu… (Elle hésite.) Et puis tu es partie à l'hôpital.

Merde. J'ai un vague souvenir de ce jour-là. Je me rappelle que j'étais exceptionnellement défoncée, au point de n'avoir même pas pu aller à l'entraînement d'athlé. Piper est venue dans ma chambre pour me montrer… quelque chose, mais je l'ai fichue dehors.

– Et tout ça, c'est à cause de ce qui s'est passé ce jour-là ? Piper, je sais qu'on ne se connaissait pas vraiment à l'époque. Je veux dire, tu venais juste d'emménager avec nous, mais… j'ai changé.

Elle bondit debout.

– Non, c'est faux. Tu es toujours aussi méchante avec moi ! Tu fumes toujours ce truc qui te fait dormir. Et Madame Suga n'aime pas ça. Ce n'est pas ta maison. C'est sa maison et ses règles. Elle a dit qu'elle ne voulait pas de vous ici. Quand vous serez partis, tous les trois, elle fera une tarte aux pommes pour moi et papa, comme grand-mère…

Elle s'interrompt, consciente d'en avoir trop dit et révélé sa véritable mission : remplacer sa grand-mère. La seule amie qu'elle avait vraiment. Mon cœur s'adoucit, je ne peux même pas être en colère. Elle souffre. Et elle agit, guidée par cette douleur.

– Piper, je…

Je m'arrête net : mon attention vient d'être attirée par le dessin à ses pieds. Sur le papier, des bonshommes bâtons qui les représentent, Alec et elle, devant la maison, toutes les fenêtres en flammes. Puis dans le coin, près de ce que je suppose être la rue, je vois une autre personne. Une femme à la peau sombre, avec des mèches de cheveux blancs… portant un tablier rose décoré d'une tarte. J'ai la bouche sèche.

Piper ramasse vivement le papier et le cache dans son dos.

Reste calme, je me dis en me massant les tempes. Même si j'ai envie de courir, de hurler. Cinq minutes.

– Piper, je reprends doucement. Écoute-moi. Madame Suga… elle n'est pas réelle.

– Ce n'est pas vrai, pleurniche-t-elle.

Six minutes.

– Si, c'est vrai ! Et ici, ce n'est plus sa maison. C'est notre maison maintenant. Elle doit lâcher prise. On doit l'aider à lâcher prise, à passer à autre chose. Et on peut le faire… ensemble.

Piper est troublée.

– Elle est réelle. Et elle dit que tu dois partir ! Tu es une droguée et tu dois partir !

– Elle n'est pas réelle, espèce d'idiote ! Tu n'es qu'un pion dans un jeu qu'elle joue. Tu ne comprends pas ? Elle se sert de toi !

Les mots ont quitté ma bouche avant que je puisse les retenir. Et il me faut une fraction de seconde pour réaliser que j'ai merdé.

Le regard de Piper devint mauvais, elle serre les poings.

– Tu vas regretter d'avoir dit ça.

Zzzzzz POP !

Les lumières s'éteignent et nous sommes plongées dans l'obscurité. Instantanément, la peur. Je recule, heurte en glapissant la porte en accordéon de son placard. La porte tremble, les cintres cliquettent et je m'en éloigne d'un bond.

Est-ce que… cette foutue porte vient de me pousser ?

Je me tourne vers Piper qui ne bouge pas. Son petit visage est dissimulé dans l'ombre. Un cri reste coincé dans ma gorge. Je voudrais m'enfuir. Sauf que je ne peux pas bouger. Je ne sais pas ce qu'il y a dehors. Puis je regarde à nouveau Piper : en fait, je ne sais pas non plus ce qu'il y a ici, devant moi.

J'ouvre d'un coup sec la porte du couloir et je me heurte à un mur de puanteur si infecte qu'il me donne les larmes aux yeux. Mélange de viande avariée, de vomi aigre et de merde. Le froid rend l'odeur si acérée qu'elle me pique les narines.

Il y a quelque chose. D'alerte et de conscient. Comme si la maison pouvait entendre chaque mot, savoir ce qu'on pense…

Oh non !

Je me mets à courir, en tâchant de ne pas trébucher dans l'escalier.

– Sammy ! je crie en sprintant dans le couloir.

Sammy est dans la pièce de vie, une lampe de poche pointée sur son visage.

– Tu vas bien ?

Il acquiesce en retenant Buddy, et m'adresse un pouce levé. Il est sain et sauf… pour l'instant.

La porte du sous-sol grince, le métal tinte.

– Tu as entendu ça ? je geins. La maison… elle prend vie.

Les yeux écarquillés, Sammy fait lentement glisser le rayon de sa lampe à travers la pièce vide, jusque dans le coin.

La chemise bleu vif d'Alec flotte près de la porte du sous-sol, la lumière fait ressortir les reflets roux naturels de ses cheveux.

– Qui a verrouillé ça ? demande-t-il en tirant sur la poignée.

Un bruyant soupir m'échappe et je m'affale contre le canapé.

– D'où tu es venu ? lui demande Sammy, dont la voix se brise.

– J'étais dans le bureau, en train de réparer l'imprimante de votre mère.

Donc il était juste là dans le noir ? C'est bizarre.

Maman descend maladroitement l'escalier avec une lampe de poche.

– Pourquoi n'es-tu pas au lit ? demande-t-elle en allumant la lumière d'angle pour Alec.

Il agite la poignée, examine la serrure.

Je pousse Sammy derrière moi tout en reculant vers les fenêtres, sans quitter des yeux Alec qui essaie d'ouvrir notre seule protection contre le démon vivant en dessous.

– Peut-être… peut-être qu'on devrait pas faire ça, je suggère, les muscles contractés.

Alec s'interrompt pour me jeter un regard furieux.

– Si je ne peux pas aller au sous-sol, je ne peux pas accéder au disjoncteur et rétablir le courant.

Ce qui vit au sous-sol, quoi que ce soit, veut qu'on y descende. Il essaie de nous y attirer depuis le tout début. Sammy s'agrippe à mon tee-shirt.

– Mari…

Maman nous regarde en fronçant les sourcils.

– Qu'est-ce qui ne va pas, vous deux ?

Alec va dans la cuisine et ouvre un tiroir.

– Où est la clé ?

– La clé ? Quelle clé ?

– La clé du sous-sol, réplique-t-il, comme si la question était stupide. Je l'ai rangée ici après avoir débarrassé les cartons de déménagement.

Il y a une putain de clé ? Est-ce qu'il est descendu au sous-sol depuis qu'on habite ici ?

Buddy se raidit, un grognement sourd monte de sa gorge.

– Papa ?

Nous nous retournons tous brusquement, braquant toutes nos lumières dans la direction de sa voix. Piper est dans le couloir, elle grimace parce qu'elle est aveuglée et porte les mains à ses yeux.

– Qu'est-ce qui se passe ?

– Tout va bien, ma chérie, répond Alec en emportant un tournevis à tête plate vers la serrure.

Piper cligne des yeux, l'air médusée.

– Papa, murmure-t-elle, hésitante. Non.

Merde. Même Piper la possédée ne veut pas qu'il descende au sous-sol ! En tout cas, s'il ouvre cette porte, moi je ne vais pas rester là pour voir ce qu'il y a de l'autre côté.

– On se casse, je chuchote à Sam. Vite !

Sammy hoche la tête et se précipite dans le couloir avec Buddy. Je m'apprête à le suivre, désireuse de mettre le plus de distance possible entre le sous-sol et moi, et j'effleure le coude de maman au passage.

– Maman, je chuchote. Maman, faut qu'on s'en aille.

Elle ne remarque pas le sérieux de mon ton, trop absorbée par Alec.

– Appelons la compagnie d'électricité, décide-t-elle en pointant sa lampe de poche sur la table pour trouver son sac à main.

Je vais devoir la traîner hors d'ici de force. Pas question que je la laisse dans cette maison.

– Maman…

Zzzzzz POP !

D'un seul coup, toutes les lumières s'allument et nous tressaillons. Sam est déjà dehors, la lumière du porche brille au-dessus de lui.

– Eh bien, voilà, lance Alec avec un sourire, en s'époussetant les mains. Mon travail est terminé !

– Qu'est-ce que c'était que ce truc ? rigole maman.

Elle remet à l'heure l'horloge de la cuisinière.

– Vieille maison, vieux problèmes, déclare Alec en haussant les épaules. Mais si je pouvais descendre au sous-sol, je vérifierais tout ça pour être sûr. Je vais devoir appeler un serrurier demain.

– Maman ! Viens voir ! crie Sammy. On dirait que les lumières sont encore éteintes dans Maple Street.

On se rassemble sur le perron, dans l'air vif de la nuit. Sweets est posé sur le muret, face à la rue. Alec descend l'allée pour essayer de mieux voir.

– Je ne pense pas que le problème concerne seulement Maple Street, dit-il. On dirait que tout Maplewood est dans le noir.

C'est facile pour nous de nous rassembler au milieu de la rue, puisqu'aucune voiture ne passe jamais par là. De notre point d'observation, nous pouvons constater que Maple, Sweetwater et Division sont plongées dans l'obscurité la plus complète. Les maisons au loin se fondent dans le ciel nocturne. La nôtre est une minuscule bougie au milieu des bois sombres.

– Je suis sûr que le courant va revenir chez eux d'un instant à l'autre, affirme Alec, plein d'optimisme. Eh, on pourrait rester là pour regarder quand ça va arriver ! Comme un feu d'artifice !

Nous attendons, attendons, attendons et attendons encore. Rien. Les arbres semblent se replier sur eux-mêmes, les ombres grandissent autour de nous, le vent fait tourbillonner les feuilles dans la rue. Je lève les yeux vers la fenêtre de Piper, incapable de me débarrasser de la sensation que nous sommes observés.

– Papa, j'ai froid.

Maman, qui joue avec son téléphone portable, râle :

– Je n'arrive pas à trouver le numéro de la compagnie d'électricité. C'est comme s'ils n'existaient pas. Oh, attends. Pas de réseau ? Mais qu'est-ce qui se passe, bon sang ?

Des épines acérées s'enfoncent le long de mon dos et je frissonne. Faut qu'on s'en aille d'ici.

– Papa, dit Piper, un doigt tendu vers la rue. Il y a quelqu'un qui arrive.

Pas juste « quelqu'un ». Beaucoup de quelqu'un. Un grondement régulier de pas, qui se dirigent vers nous.

Alec fronce les sourcils avec un petit rire amusé.

– Je me demande ce qu'ils veulent.

Maman reste un moment à regarder sans bouger, puis une ampoule émet un « clic ».

– Tout le monde à l'intérieur, nous ordonne-t-elle alors en nous poussant vers la maison. Maintenant. Allez !

– Qu'est-ce qui se passe ? demande Sammy tandis qu'elle l'entraîne de force dans l'allée, puis lui fait gravir les marches du perron.

– À l'intérieur !! Dépêchez-vous !

Une foule de personnes émergent de l'obscurité, en direction de la maison.

– Raquel, dit Alec, qui n'a rien compris comme d'habitude. Qu'est-ce qui ne va pas ?

– Eh ! aboie une voix derrière nous.

Nous nous figeons.

Monsieur Stampley traverse la pelouse à grandes enjambées, un doigt pointé vers la maison.

– Pourquoi vous avez du courant et pas nous ?

Le cortège de voisins qui l'ont suivi se déploie pour former un demi-cercle sur notre gazon, les visages sont déformés par la colère, l'air chargé en hostilité.

Alec, sincèrement médusé par leur présence, hausse les épaules.

– Je sais pas. Demandez à Cedarville Electric.

Maman, debout devant nous sur le perron, compose discrètement le 911. Toujours pas de réseau.

– Merde, marmonne-t-elle.

– Oh, je vois, donc vous pensez que si vous avez du courant dans votre nouvelle maison chic, c'est que vous êtes mieux que nous ?

– « Chic » ? s'esclaffe Alec. Vous avez vu le quartier ?

Quelqu'un lâche un cri d'indignation viscéral.

– Le Wood, c'est donc pas assez bien pour vous ? crie un homme.

Des jurons fusent, des brûlures mordantes. Au dernier rang de la foule, Youssef a l'air sidéré par le monde qui est là. Nos regards se croisent et il secoue la tête, visiblement déçu par nos voisins. J'en reconnais de mes footings, de l'école et de la bibliothèque. Ces gens qui nous connaissent ont pourtant l'air prêts à attaquer.

– Quoi, t'aimes pas vivre avec des Noirs ?

– Il n'a pas dit ça ! rétorque maman.

Elle descend rejoindre Alec sur la dernière marche. Je jette un coup d'œil à Piper, qui se tient à côté de Sammy, grelottante de froid. Par-dessus son épaule, elle regarde à l'intérieur de la maison, comme si elle attendait que quelqu'un en sorte.

– Personne t'a rien demandé, frangine, crie une femme plus jeune en roulant le cou. Et tu ferais mieux de le surveiller, celui-là ! Il essaie de se faire toutes les femmes qu'il croise.

– Quoi ? crie Alec. De quoi vous parlez ?

– C'est vrai, renchérit une autre femme. Je l'ai vu faire du gringue à toutes les frangines du bureau. Cet homme est un dragueur !

Alec se tourne vers maman.

– C'est ridicule. Je ne flirte avec personne !

Maman lui adresse un bref signe de tête. Elle le croit. Et honnêtement, moi aussi. Alec est trop bête pour la tromper.

– Et quand il s'en prend pas aux femmes, intervient Monsieur Stampley, c'est qu'il est trop occupé à voler les affaires des gens dans leur maison !

La foule est d'accord, elle le rugit.

– On vous l'a déjà dit, répond maman d'un ton calme. On ne sait pas comment vos affaires ont atterri devant notre porte.

– C'est p't'être que ton fils les a prises ! hurle un homme en désignant Sammy. Je le vois qui promène ce chien, là !

– Les gens qui ont un chien font ça, rétorque Alec du tac au tac. Ils promènent leur chien !

Une femme crie :

– Et ils envoient leur gamine pour qu'elle fasse jouer nos enfants avec elle dans les maisons abandonnées aussi ?

Piper prend une brusque inspiration, tressaille, s'accroche au bras de Sammy, qu'elle relâche aussitôt.

– Ouais, ils vont tous y traîner, dans ces maisons. La plus grande, elle fume aussi là-dedans.

Je me raidis, mes jambes s'engourdissent.

– Hmm-hmmm. Vous savez qu'elle a un problème, ricane quelqu'un. Elle a été en désintox et tout !

Les larmes me montent aux yeux, en même temps que la honte, instantanée et tranchante. Sammy s'approche et me prend la main, qu'il serre fort. Maman tourne la tête pour me jeter un regard plein de douleur. Elle a de la peine pour moi. Je sais qu'elle ne l'a dit à personne. Alors, comment ils savent ?

– Ouaip. Je l'ai vue se faufiler dans cette maison, au coin de la rue, crie un autre homme, encore un visage sans nom.

Le jardin secret. Merde ! Comment ai-je pu être stupide au point de penser que personne ne le remarquerait ? *Nier, nier, nier… personne n'a de preuve.*

Youssef fronce les sourcils, observe les commentaires qui fusent dans la foule avant de croiser mon regard. Je secoue la tête en disant tout bas : « C'est pas vrai. »

Youssef se contente de soutenir mon regard, le visage dénué de toute émotion.

– Ouaip. Elle a toujours son petit singe aux fesses, ricane quelqu'un.

La foule s'esclaffe, et chaque rire est un nouveau coup de poing en plein ventre, qui me coupe le souffle à chaque fois.

– Je suis désolée, je dis à Sammy entre mes larmes, sachant à quel point je lui fais honte.

À toute ma famille, d'ailleurs. Maman monte les marches quatre à quatre pour venir me passer un bras autour des épaules.

– Viens, bébé, elle chuchote. On n'est pas obligés d'écouter ça.

– Eh ! aboie Alec, en descendant les escaliers. Laissez-la en dehors de ça ! Vous n'avez pas le droit de parler d'elle comme ça. C'est une gamine !

Je n'ai jamais vu Alec prendre ma défense pour quoi que ce soit. C'est presque comique, tellement c'est un soulagement.

– Écoutez, je travaille pour Monsieur Sterling, continue-t-il en sortant son portable. Je peux l'appeler et lui demander quel est le problème avec le courant. Mais je suis comme vous ! Je n'ai aucune idée de ce qui se passe. Je ne suis pas le responsable du quartier !

– Tu m'étonnes que t'es pas le chef ! Tu l'as même pas payée, cette maison, grogne Monsieur Stampley. Vous vivez ici gratuitement, comme si vous étiez mieux que nous !

– Ouais ! acquiescent les autres dans un cri.

Comment osent-ils s'en prendre à nous alors qu'ils ont fait bien pire, merde ! Ils ont brûlé vive toute une famille ! Enfin, eux ou leurs ancêtres. La plupart d'entre eux sont probablement morts. Je regarde à côté, la maison voisine condamnée avec les cadavres à l'intérieur, et je déglutis. Comme s'il lisait dans mes pensées, Youssef secoue la tête, histoire de me mettre en garde. Et il a raison, ils pourraient nous tuer s'ils apprenaient qu'on sait, pour la famille Peoples.

La foule en colère se resserre, se rapproche de la maison. C'est une horde, mon esprit paniqué commence à le comprendre quand je jette un nouveau coup d'œil à la maison voisine.

On pourrait finir comme eux.

Si je cours à l'intérieur maintenant, je pourrais attraper les clés du van et on aurait peut-être cinq secondes pour gagner à la voiture.

Tout à coup, sans même un bruit, les lampadaires s'allument sur le trottoir, un par un, faisant sursauter la foule.

– Là ! Vous voyez, le courant est revenu, grogne Alec en montrant la rue. Maintenant, pourriez-vous sortir de ma propriété et arrêter de harceler ma famille ? S'il vous plaît !

Non sans quelques grognements, la foule commence à se disperser, à regagner la chaussée, et chacun s'en retourne chez lui sans un mot d'excuse. Maman relâche le souffle qu'elle retenait tandis que Piper descend les marches à toute vitesse et saute dans les bras d'Alec.

Youssef continue de nous regarder un instant, puis il fourre les poings dans ses poches et suit la foule. Et au loin, tapi dans l'ombre, Monsieur Watson saute rapidement dans un pick-up stationné au coin de la rue. Un pick-up que je reconnais pour l'avoir vu garé dans notre quartier depuis plusieurs nuits.

21

Avant le lever du soleil, j'enfile ma tenue de footing et me glisse dehors, soulagée de découvrir la pelouse vide. Ça fait mal, d'entendre mes pires erreurs dans la bouche de parfaits inconnus pour nous humilier : encore une fois, je fais honte à ma famille. Il ne nous reste que quatre jours à passer ici, et je ne veux pas donner à ces gens une raison de me garder. Je dois déplacer mes plantations quelque part et détruire toute preuve que j'ai mis les pieds dans le jardin secret. J'aurais dû le faire plus tôt, genre après avoir vu Erika se faire embarquer de force. Faut croire que j'étais trop… en manque. Mais l'herbe ne vaut pas la peine que je passe ma vie en prison avec le reste de Maplewood.

Après l'allée envahie par la végétation, je pousse la porte et me baisse pour me faufiler sous la bâche… et tombe nez à nez avec un homme planté au milieu de la cuisine.

Youssef.

Je lâche un petit cri, une main sur le cœur.

– Merde. Mec, tu ne crois pas que j'ai eu assez peur ?! Qu'est-ce que tu fais ici ? Comment tu as… ?

Youssef touche un des bourgeons en fleur, le visage stoïque.

– Alors c'est pour ça que t'avais besoin de mes outils ? Mon engrais ? Pour faire pousser cette merde !

Putain.

– Euh, ben… J'ai juste…

– Tu m'as menti, siffle-t-il.

Une partie de moi veut lui dire de s'occuper de ses affaires. Qu'il n'a pas le droit de faire irruption ici comme si l'endroit lui appartenait. Il ne m'a même pas défendue quand tout le quartier m'a traînée dans la boue. Mais une autre partie de moi veut qu'il crie plus fort, qu'il me mette en pièces, parce que je le mérite. Je mérite toute sa colère et sa rage. Pour ça et pour plein d'autres choses.

– Je suis désolée, je marmonne.

– Débarrasse-toi de ça.

C'est bien mon intention. Mais un regard sur mes plantes en bourgeon, mon œuvre d'art, et j'hésite.

– C'est tellement proche. Presque prêt à être récolté. Youssef, je suis pas un dealer ou quoi que ce soit. C'est juste que… ça m'aide vraiment. Et puis, tu disais rien à Erika !

– Putain, t'es sérieuse là ? T'essaies de te comparer à Eri ?

Je grimace, mon cerveau ne fonctionne pas assez pour savoir qu'il ne fallait pas évoquer un sujet aussi sensible. Désespérée, j'essaie une autre tactique.

– D'accord, mais peut-être que… ensemble… on pourrait gagner un peu d'argent et…

Son expression – paupières plissées, mâchoire crispée – m'arrête net.

– Tu sais quoi, Cali ? En fait, t'as ta place à Big Ville. T'as tellement soif de cette merde que tu vois même pas ce qui se passe sous ton nez ! Comment on souffre tous ! Pas étonnant que tout le monde te traite de junkie. Ils ont raison. La façon dont t'as dupé tout ton monde, même ta propre famille. Qui va faire confiance à quelqu'un comme toi ?

Son pic à glace me transperce la poitrine.

– Youssef, je souffle, luttant contre les larmes.

Il se pince l'arête du nez et soupire.

– J'suis pas un mouchard. Ça me ressemble pas. Mais si tu te débarrasses pas de cette merde, je te dénonce. Et j'en aurai rien à foutre de ce qui t'arrivera après.

***

Il est difficile de mettre des mots sur ce qu'on ressent en jetant des plants de cannabis en parfait état dans un bac à compost. Ça ressemble à ce que ressentirait un enfant affamé qu'on obligerait à jeter de la nourriture. Il n'y avait pas moyen de les brûler sans attirer l'attention, rapport à l'odeur, et il était trop risqué de les abandonner dans une poubelle ordinaire où n'importe qui aurait pu les trouver. Le bac à compost de maman m'est apparu comme l'endroit le plus sûr.

Les larmes aux yeux, j'ai arraché les plants de leurs pots. Ce n'étaient pas des larmes dues à la perte qui aurait dû me briser après tout le travail que j'avais investi là-dedans. Non, c'était l'accumulation de… tout.

Junkie. Ce mot a une signification si cruelle et si profonde qu'il ne laisse aucune place à la compréhension ou à la compassion. Personne ne sait pourquoi je suis comme ça. Ils se fichent de le savoir. Ils ne voient que la surface et ça leur suffit. Mais s'il y a bien un gars dont je n'aurais jamais pensé qu'il soit aussi superficiel, c'est Youssef. Il me connaît mieux que quiconque ici. Je n'en reviens pas qu'il se comporte de façon aussi cruelle.

Mes muscles ont besoin d'un bon, long footing, histoire de me faire mal. Le genre de course qui m'amènerait à faire le tour de la ville entière, deux fois. Je ne suis pas prête à affronter mes voisins, mais sans weed, courir est mon seul exutoire. Alors après l'école, je mets ma musique à fond, je regarde droit devant, je fais comme si j'étais au milieu d'une course et que chaque personne que je croise est un arbre. Je me pousse à fond, de plus en plus, je respire malgré les regards fixés sur moi, la douleur et les larmes. J'aurais continué à courir, si Tamara n'avait pas appelé.

– Meuf, je réponds, pantelante, ralentissant pour m'arrêter à la limite du parc. Ma vie est merdique, t'as pas idée à quel point.

Je lui explique tout, une véritable diarrhée verbale : la maison, Piper, Erika, Youssef… aucun détail n'est omis. Elle écoute en silence, puis glousse.

– Il a raison.

– Merde, pas toi non plus, je grogne.

– T'es ma copine et je t'aime, mais… tu peux être une connasse égocentrique parfois, assène-t-elle, d'un air désolé-mais-pas-désolé. Genre, t'as remarqué que tu m'appelles que quand t'as besoin de quelque chose ? Sérieusement, c'est quand la dernière fois où tu m'as demandé comment ça allait, moi ? On croirait que les trucs te tombent dessus, comme si t'y étais pour rien.

J'ouvre la bouche, mais, une fois de plus, je ne trouve que des excuses. C'est ce qui arrive quand on n'a pas dormi depuis une semaine.

– Et comme je te l'ai déjà dit, mets-toi à la place de Piper pour une fois. Si tu étais elle, et que ta nouvelle sœur te faisait un truc assez horrible, tu voudrais quoi ?

Je soupire.

– Des excuses.

– Voilà. Alors pourquoi tu commencerais pas par là ?

Le changement est bon. Le changement est nécessaire. Le changement est vital.

– Mais c'est pas pour ça que je t'appelle, reprend-elle, et son visage s'illumine. T'as plus besoin de faire pousser ta propre merde. T'es sur le point d'être sauvée !

– Hein ?

– Je viens de lire qu'ils ont légalisé la marijuana récréative dans tout l'État l'année dernière. Cedarville attendait juste pour distribuer des autorisations aux dispensaires. Y en a un qui a enfin été approuvé et c'est une chaîne nationale !

– T'es sérieuse ? je lance, tout sourire.

Je n'en reviens pas.

– Ouais. Je t'envoie l'article.

Les dirigeants de la ville ont approuvé l'octroi de la première licence de dispensaire à Good Crop Inc., donnant ainsi à Cedarville la possibilité de participer à une industrie dont le chiffre d'affaires annuel est estimé à 5 milliards de dollars. Good Crop exploite actuellement des dispensaires en Arizona, dans le Connecticut, en Californie, en Floride, dans le Maine, le Maryland, le New Jersey, au Nevada et à New York.

Son P.-D. G, Nathan Kruger, déclare : « Nous sommes ravis d'offrir de nouveaux emplois à la ville de Cedarville ! »

– Meuf, je gémis en fermant les yeux.

– Quoi ?

– S'il te plaît, dis-moi que Nathan Kruger n'est pas lié à Eden Kruger d'une manière ou d'une autre !

Tamara se tait, elle tape à fond sur son clavier avant de marmonner un « Oh. Putain ! ».

26. *Eden Kruger, philanthrope*

Fille de Scott Clark, arnaqueur aux graines magiques. Et aussi mariée à Nathan Kruger, planteur d'herbe.

***

Quand j'arrive à la maison, maman me fait signe depuis la voiture en quittant l'allée et je trouve Sammy dans la cuisine.

– Eh, elle va où maman ? je lui demande en prenant une bouteille d'eau dans le frigo.

Sammy met un bol de flocons d'avoine dans le micro-ondes et hausse les épaules.

– Une réunion avec les gens de la Fondation. Elle attendait que tu rentres. Piper est à l'étage.

Je me penche et chuchote :

– Tu as vérifié les caméras ?

– Pas encore. J'attendais que la voie soit libre. En plus, je n'ai pas encore pris mon goûter !

Bien sûr. Le bol de flocons d'avoine après l'école, c'est la priorité absolue.

– OK, je vais les chercher pendant que tu manges. Cool ?

Il me sourit, le minuteur tinte.

– Cool.

Je me débarrasse de mon tee-shirt trempé de sueur en montant à l'étage au pas de charge pour me changer et, juste au moment où j'arrive en haut, mon pied nu atterrit sur un clou.

– Aïe !

Je m'agrippe à la rampe pour ne pas tomber, sautillant sur un pied tant la douleur est forte.

– Ça va ? crie Sammy d'en bas.

Je parviens à m'asseoir sur la dernière marche et soulève mon pied pour inspecter les dégâts. Pas de sang, seulement une empreinte profonde. Dieu merci. La dernière chose dont j'ai besoin, c'est d'un voyage aux urgences. Je cherche des yeux le coupable et là, quelques marches plus bas, ce n'est pas un clou, mais un minuscule caillou beige que je découvre.

– Pfff, je gémis en me baissant pour l'attraper. Voilà pourquoi maman dit toujours : « Pas de chaussures dans la maison ! »

Le caillou, que je tiens entre mes doigts, me pique le pouce. À y regarder de plus près… Je cligne des yeux, deux fois, ma paupière tressaute. Ce n'est pas un caillou non plus, c'est une dent.

– C'est quoi… cette merde ? je marmonne.

La dent est pointue, jaune, maculée de sang séché, noirci, à la racine. Sammy a déjà perdu toutes ses dents de lait. La seule personne restante serait Piper.

Je frappe au cadre de sa porte.

– Salut.

Assise sur le lit, Piper plie méticuleusement son linge, prenant son temps pour faire de chaque tee-shirt un carré bien net, avant de l'ajouter à une pile au cordeau. Comme le ferait une petite vieille.

La dent, au creux de ma paume… elle est trop grosse et usée pour être celle d'un enfant. Mais d'où vient-elle ?

– Papa dit que tu t'en vas, ricane-t-elle sans lever les yeux.

Discrètement, je fourre la dent dans ma poche.

– Euh, ouais. On dirait que t'as eu ce que tu voulais au bout du compte.

Les lèvres pincées, elle lève le menton et hausse les épaules.

– Ben… tant mieux.

Je repense à Tamara et ravale ma fierté.

– Écoute, je veux juste te dire que je suis désolée pour ce que j'ai dit hier. Comme quoi t'étais qu'un pion. Et pour ce que j'ai fait… quand j'étais défoncée.

Elle tourne brusquement la tête vers moi. Je l'ai surprise. Sans trop savoir si c'est une bonne ou une mauvaise chose, je continue.

– À l'époque, ça n'avait rien à voir avec toi et ça avait tout à voir avec moi. Ton père et toi, vous m'avez rencontrée à un moment délicat de ma vie. Mais j'ai changé, que tu le croies ou non. J'espérais juste qu'on pourrait, enfin tu sais, faire une de trêve, disons, pour les derniers jours.

Elle fronce les sourcils.

– Qu'est-ce que c'est ?

– C'est quand on accepte d'arrêter de se battre et de se disputer pendant un certain temps. On peut y arriver ? Faire la paix pour les quatre prochains jours ?

Piper réfléchit.

– Et ensuite… tu partiras ?

– Ouaip.

Elle hésite, se mordille la lèvre, puis acquiesce.

– Oh. OK.

Pourquoi j'ai l'impression que ce n'est pas ce qu'elle veut vraiment ?

Je suis sur le point de le lui demander quand un bruit retentit en bas. Je ressors dans le couloir.

– Mec ? Qu'est-ce que tu fais ?

Pas de réponse. Juste Buddy qui aboie.

– Sammy ?

Lentement, je descends l'escalier, en tâchant de passer outre le picotement dans mon ventre. J'arrive au coin, la cuisine est vide, un verre d'eau renversé sur le comptoir. Une vague de panique engloutit mes os dans la glace.

Merde. Où est Sammy ?

Instinctivement, je tourne les yeux vers la porte du sous-sol, toujours fermée. Buddy aboie comme un sauvage, tout en faisant des allers-retours près de la table. Quelque chose bouge, j'entends comme un grincement. Je m'approche en titubant de Buddy, déglutis… et trouve Sammy étalé sur le sol derrière l'îlot de la cuisine.

– Sam ! je hurle en me précipitant vers lui.

Sammy s'agrippe la gorge, les yeux affolés, battant des pieds. Je l'attire sur mes genoux.

– Quoi, qu'est-ce qui ne va pas, qu'est-ce que… ??

Puis je la sens. Cette odeur à laquelle je ne suis toujours pas habituée. Cette odeur qu'on n'a plus sentie dans notre maison depuis que Sammy a quatre ans. Suave et savoureuse à la fois, provenant du bol de flocons d'avoine renversé à côté de lui.

Du beurre de cacahuètes.

De quoi avoir peur et rester complètement pétrifiée. Et je n'avais pas atteint ce niveau jusqu'à cet instant précis.

Sammy s'agite, impuissant et désespéré. Ses baskets couinent contre le sol.

– Ça va aller, ça va aller, je le rassure d'une voix stridente. Je suis là !

Piper arrive en courant et s'arrête net.

– Qu'est-ce qui se passe ? s'écrie-t-elle. Qu'est-ce qu'il a, Sam ?

Les lèvres de Sammy sont enflées, ses joues gonflées. Maman nous a fait répéter des exercices d'entraînement justement pour des moments comme celui-ci. Je sais quoi faire, j'espère juste ne pas tout foirer.

– Il fait une réaction allergique, je crie, en allongeant Sammy sur le dos, avant de courir vers le frigo. Il va passer en état de choc. Appelle les urgences !

Elle ouvre des yeux ronds, sa bouche bouge, mais aucun mot ne sort.

Je bondis, cherche à tâtons la tasse sur le dessus du frigo. Maman ne l'a pas mise là ? Je sais que si, je l'ai vue ! Pourtant, il n'y a pas de gobelet, pas d'EpiPen. À la place, mes doigts effleurent quelque chose de pointu, en plastique, comme des Lego. J'en attrape une poignée et, dès que j'ouvre la paume, mon ventre se noue. C'est la caméra GoPro, en mille morceaux.

– Merde.

Je jette un coup d'œil à Piper, figée, en état de choc, qui regarde Sam se débattre, les yeux inondés de larmes.

– Piper, s'il te plaît ! Appelle les urgences !

Et tandis que je la supplie, mes propres larmes jaillissent.

Je me rue vers l'escalier, vers la chambre de Sammy, fouille dans son sac à dos. Maman met toujours un stylo d'urgence dans la poche avant. Mais les poches de tous ses sacs sont vides.

– Putain ! je hurle.

La panique continue de s'abattre sur moi par vagues alors que j'essaie de composer le numéro de maman, tout en fouillant la chambre. Il a besoin de son EpiPen. Il n'arrivera pas vivant à l'hôpital sans ça. Où sont passés tous ces EpiPen, putain ?!

Minute !

Je plonge sous le bureau de ma chambre pour en sortir une boîte de classement. Je farfouille, jusqu'à ce que ma main le trouve. L'EpiPen de secours que j'ai mis dans ma trousse de soins avant de quitter la Californie. Ça me sécurisait, de savoir que je pouvais prendre soin de mon frère. Je l'avais presque oublié. Mais… depuis combien de temps est-il là-dedans ? Est-ce que ces trucs ont une date de péremption ? Bon Dieu, maman, décroche le téléphone !

Quelque chose de noir, sur mon couvre-lit, me fait machinalement reculer en gémissant. Je laisse tomber le stylo, mon corps devient rigide.

FLASH INFO Minute… Non !

Je fais un pas en avant et, en regardant de plus près… encore des morceaux de Lego. Les restes de la caméra GoPro numéro deux s'effritent entre mes doigts.

Concentre-toi ! C'est pas le moment.

Quand je passe devant les toilettes, la puanteur est violente. Fantômes. Démons. Ils essaient tous de tuer mon frère. Cette maison et tout ce qu'elle contient essaient de nous tuer depuis le début.

De retour dans la cuisine, je trouve Piper debout au-dessus de Sammy, qui tremble et qui pleure.

– Il. Ne peut pas. Respirer, sanglote-t-elle dans le téléphone, penchée sur lui.

Elle est vraiment au téléphone ? Ou est-ce qu'elle joue la comédie ?

– Éloigne-toi de lui ! je crie, en la poussant sur le côté.

Elle hurle, ses cris sont perçants. Je dois faire sortir Sammy d'ici. La maison ne pourra pas nous faire de mal, une fois qu'on sera dehors.

Le visage de Sammy est bleu quand je le tire par les aisselles vers la porte, sur le perron. Son corps tressaute, émet des bruits de gargouillement horribles, puis il devient tout mou.

– OK, OK, OK, je marmonne pour moi-même, en le positionnant. Tu tiens le stylo, pointe orange vers le bas. Enlève le capuchon. Lève, enfonce, trois secondes, clic.

Mon Dieu, pourvu que ça marche !

Piper se met à genoux à côté de moi, le téléphone toujours collé à son oreille.

– Il ne respire pas ! hurle-t-elle.

– S'il te plaît, s'il te plaît, s'il te plaît, je geins.

Et puis je lève le stylo en l'air et je le plante dans la cuisse de Sammy.

***

– Il a toujours fait très attention à ses allergies, renifle maman devant la chambre d'hôpital de Sam. Toujours vérifié les ingrédients… Il ne mange même pas les bonbons que les gens lui offrent à Halloween. Il fait semblant ! Je ne sais pas comment ça a pu arriver. Et je n'étais même pas à la maison ! Je suis la pire des mères ! Je ne peux jamais rien faire bien !

Alec frotte le dos de maman, le front en sueur, la cravate défaite.

– Bébé, c'est bon. Il va bien. Mari est intervenue à temps, elle savait quoi faire, comme tu lui as appris. Tu es une maman formidable.

Piper se tient à l'écart, les yeux rivés sur Alec, mais, pour une fois, elle n'interrompt pas le moment de tendresse de nos parents. Des larmes séchées maculent son visage, ses yeux sont rouges et gonflés.

– Vous êtes sûr que c'étaient des cacahuètes ? demande maman entre deux reniflements. Ça fait des années qu'on achète la même marque de flocons d'avoine ! Il en a mangé hier sans qu'il y ait aucun problème !

– Certain, répond la doctoresse d'un ton sec. Nous allons le garder sous surveillance jusqu'à demain matin. Pour l'instant, il est en sécurité et son état est stable.

Maman éclate en sanglots et Alec la console.

Piper ouvre la bouche, puis la referme en se tordant les doigts. Elle me jette un coup d'œil, mais détourne rapidement le regard pour fixer le sol, dans un état second. Peut-être qu'elle a senti les vagues de colère bouillante qui irradient de ma peau. Parce que si elle fait un pas vers moi, je pourrais la tuer. Elle a quelque chose à voir avec ça. Elle le sait, je le sais. Ce n'est qu'une question de temps avant qu'on soit seules. Pas besoin d'exorcisme, je vais m'occuper d'elle moi-même.

Papa est sur un vol d'urgence en provenance du Japon. Il a juré et crié sur tout le chemin vers l'aéroport. Lui aussi, il connaît Sammy. Il sait qu'il ne mélangerait jamais du beurre de cacahuètes avec ses flocons d'avoine. Quelque chose… ou quelqu'un lui a fait ça.

Je suis tellement occupée à dévisager Piper que je n'entends même pas mon nom.

– Marigold, répète maman. Ton frère demande à te voir.

Avec son odeur, la chambre d'hôpital donne l'impression d'avoir été inondée d'alcool dénaturé, les néons sont aveuglants, et je suis immédiatement ramenée à la dernière fois où je me suis retrouvée attachée à l'un de ces lits.

Du vomi dans les cheveux, de la pisse séchée sur mes cuisses… l'estomac cruellement vide.

– Mari… gémit Sammy, et je me précipite à son chevet.

Il est enveloppé dans un drap blanc tout propre et branché à un moniteur. Son visage est tellement boursoufflé que ses yeux sont presque fermés.

– Coucou, je pleurniche, retenant mes larmes. Tu te sens bien ?

Il essaie de hausser les épaules, les mots peinent à sortir avec sa langue gonflée.

– Je me sens dégueu.

– Sammy, je suis tellement désolée… J'aurais dû te surveiller. J'aurais jamais dû te laisser seul dans la maison, même pas une seconde. Je suis nulle.

– Meuf, tu peux pas me surveiller chaque seconde de chaque jour.

Je m'esclaffe sur un reniflement.

– Ouais. Mais je vais essayer, quitte à en mourir.

– C'est pas ta faute.

Il essaie encore de me rassurer.

Je me penche sur le lit et lui prends la main.

– J'arrête pas de penser… tout ce que tu voulais, c'était passer du temps avec moi ou jouer à des jeux vidéo avec David. Alors qu'en fait, c'est papa qui te manquait.

Sammy baisse les yeux vers son ventre, sans répondre.

– T'es toujours super cool, je continue. Qui le devinerait, si t'avais un problème ? Et qu'est-ce que j'ai fait, moi ? Je t'ai envoyé balader, encore et encore, jusqu'à ce que tu doives me ramasser par terre pour que je m'étouffe pas dans mon vomi. (Je retiens un sanglot.) Tu... mérites une meilleure sœur.

– Mais j'veux pas d'une autre sœur, bafouille-t-il en tentant de sourire. Je t'ai sauvée, et maintenant tu m'as sauvé. Donc on est quittes.

Je glousse.

– Tellement pas, mec.

Prenant une profonde inspiration qui le fait grimacer, Sammy jette un coup d'œil par-dessus mon épaule à la porte fermée.

– T'as trouvé les caméras ? chuchote-t-il, la voix rauque.

– Ouais, je renifle. Elles étaient toutes les deux cassées. Piper a encore dû les trouver.

Sammy essaie de déglutir.

– Y en avait une autre.

Il me faut un moment avant de comprendre.

– Quoi ?

– Il y a encore une caméra. Dont je t'ai même pas parlé, car elle est très vieille et j'étais pas sûr qu'elle marche. Elle est dans le buffet en verre de la cuisine, derrière la porcelaine de maman.

L'espoir fleurit.

– Sammy ! Mec, t'es un génie !

Il acquiesce, en s'essayant à un sourire satisfait.

– Y a forcément quelque chose dessus cette fois. Ça prouvera soit qu'il y a vraiment un fantôme... soit que Piper a essayé de me tuer.

22

Notre retour à Maplewood se fait dans le silence. Alec n'a même pas allumé la radio. Ça ne semble pas naturel, nous quatre sans Sammy. Mais il est en vie, c'est tout ce qui compte. Et je vais lui rendre justice. C'est la seule raison pour laquelle j'ai accepté de quitter l'hôpital plutôt que de rester dormir dans un coin de sa chambre.

Piper regarde par la vitre, en jouant avec l'ourlet de sa veste. Elle pleure en silence. Elle ne me jette pas un coup d'œil. Pas un seul. Probablement qu'elle se sent honteuse et coupable. Cette caméra va tout prouver ! Et quand ce sera fait, je vais tuer cette sale gamine. La rage fuse dans mes veines, les enflamme.

Alec s'engage dans l'allée, la maison se dresse au-dessus de nous. La lampe à lave de Piper est allumée, sa fenêtre rougeoie. Elle était allumée quand on est partis ? Je ne me souviens pas, tout était trop flou à l'arrivée de l'ambulance.

– Est-ce que… quelqu'un a faim ? demande maman d'une petite voix.

Elle gravit les marches du perron pour déverrouiller la porte. Normalement, je devrais être terrifiée à l'idée de remettre les pieds dans la maison. Mais cette fois-ci… je suis boostée par l'adrénaline. Je sautille, m'étire les mollets. Tout ce que j'ai à faire, c'est courir à la cuisine, attraper la caméra et l'emporter avant que quelqu'un puisse m'en empêcher. Et après ? Je l'ignore. Je ne sais même pas comment ça marche, cet appareil. Quoi qu'il en soit, je ne peux pas la garder dans la maison. Les choses ont une fâcheuse tendance à disparaître et c'est peut-être la seule preuve dont on dispose pour coincer Piper.

Dès que maman pousse la porte, je bouscule presque Alec pour passer et j'ai traversé la moitié du couloir quand j'entends une toux sifflante. On se fige tous, dans l'obscurité qui cache nos visages.

– Qu'est-ce que c'est ? souffle maman.

J'écoute le silence, puis je l'entends à nouveau. Sonore et grasse. Il y a quelqu'un dans la maison !

Alec porte un doigt à ses lèvres, une main tendue devant Piper.

– Tout le monde dehors, murmure-t-il en nous poussant vers la porte.

Je me dirige vers lui sur la pointe des pieds, puis je me redresse, pivote sur moi-même sur le seuil.

– Mari, qu'est-ce que tu fais ? chuchote maman.

– Attends, je réplique, les muscles raides. Où est Buddy ?

Il n'y a pas un jour où Buddy ne saute de joie dans les cinq secondes qui suivent notre arrivée. Il devrait déjà être là.

Stupéfaite, maman a manifestement la même pensée et se rue à l'intérieur.

– Buddy !

Alec allume les lumières.

– Buddy ! appelle-t-il.

Je l'entends encore, cette toux grasse juste au-dessus de nos têtes.

– Buddy ! je crie en montant en trombe à l'étage, maman sur mes talons.

En arrivant en haut, je trébuche sur un oreiller abandonné au milieu du palier et je tombe à plat ventre.

– Oh, mon Dieu ! crie maman.

Je fais volte-face. Buddy est allongé sur le flanc devant la salle de bains, pantelant et sifflant. La scène est presque identique à celle de ma découverte de Sammy. Je me précipite en rampant vers lui, affolée.

– Non, non, non, non… je gémis en lui caressant la tête. Buddy, ça va aller, mon grand. Je suis là. Je suis là !

Maman l'examine, essaie de lui ouvrir la bouche.

– Allez, Bud, qu'est-ce que tu as mangé ?

Buddy se débat, sa respiration est bien pire de près, ses yeux se révulsent.

– Maman, il ne peut pas respirer !

Alec écarte doucement maman et soulève Buddy dans ses bras.

– Bon chien, je vais m'occuper de toi, lui chuchote-t-il. Raquel, tu conduis !

Je dévale les marches derrière lui.

– Attendez, je viens aussi !

– Non, Mari, dit maman en m'attrapant le bras. Tu restes ici avec Piper !

– Buddy ? (Piper sanglote dans le vestibule, se couvrant la bouche des deux mains.) Papa, qu'est-ce qu'il a ?

– Ça va aller, mon cœur, lui crie Alec par-dessus son épaule. (Il se dirige déjà vers la voiture, où maman le précède pour ouvrir la portière.) On emmène juste Buddy chez le médecin. Tu restes ici avec Marigold ! Buddy va s'en sortir.

Depuis le perron, je regarde maman sortir de l'allée et descendre Maple Street à toute vitesse, avant de rentrer. Piper se tient dans l'embrasure de la porte, le visage rouge et bouffi. Elle croise mon regard, recule d'un pas et, pour la première fois, elle semble avoir sincèrement peur de moi. Et elle a bien raison.

– C'est toi qui as fait ça, je siffle, les poings serrés.

Piper secoue violemment la tête.

– NON ! Ce n'est pas moi. Je te le jure !

Je la pousse pour passer et je fonce à la cuisine.

– Qu'est-ce que tu fais ? crie Piper en me poursuivant.

Dans le buffet, derrière les assiettes, je trouve la dernière caméra GoPro, si discrètement placée que personne ne l'a remarquée.

Piper fixe l'appareil dans ma main, sa respiration se fait lourde.

– Mari, lâche-t-elle d'une voix tremblante, je pense qu'on devrait…

– Voyons comment tu vas t'en sortir, cette fois, je la coupe sèchement, avant de me ruer vers la porte.

– Où tu vas ? me supplie-t-elle.

– Je m'éloigne de toi !

– Attends, s'il te plaît ! Je ne savais pas que Madame Suga allait faire du mal à Sammy. Je ne savais pas !

– Arrête tes conneries, Piper ! Tu savais !

Elle se mord la lèvre et ses larmes de crocodile me font bouillir.

– S'il te plaît, ne me laisse pas, me supplie-t-elle encore en m'attrapant par la manche. S'il te plaît ! J'ai peur !

Je me débarrasse d'elle et plonge dans ses yeux terrifiés.

– Tant mieux ! j'aboie, et je claque la porte derrière moi.

***

Youssef m'ouvre en tee-shirt blanc et jean foncé.

– Ouais ? lance-t-il d'un air grincheux, le regard froid.

J'essaie de ralentir ma respiration et de rester calme, bien que je sois loin de l'être.

– Je peux entrer ?

Il renifle, le visage vide.

– Il est tard.

– S'il te plaît, j'insiste, et ma voix se brise. J'ai… J'ai besoin de parler à quelqu'un.

Un coup d'œil par-dessus son épaule, il reporte sur moi une expression blasée.

– OK, entre. Rien qu'une minute. Après faut que tu partes.

Au salon, je suis surprise de trouver Pop-Pop encore éveillé dans son fauteuil, qui regarde une vieille émission de télé en noir et blanc. Il me jette un regard noir quand nous passons pour aller dans la chambre de Youssef.

– Ça va ? demande celui-ci, sans une once de véritable intérêt.

Je soupire.

– Non, pas vraiment.

Il souffle, baisse sa musique et on reste là sans ouvrir la bouche. Enfin :

– J'ai entendu dire que Sammy était à l'hôpital. Il va bien ?

J'acquiesce, redoutant de fondre en larmes si je parle, tant les images de mon frère sont encore fraîches et brutes dans ma tête. Et puis, je me souviens de ce qu'il m'a dit et je sors la GoPro de mon sweat-shirt.

– Tu sais comment utiliser ce truc ?

Youssef hausse un sourcil et recule.

– Juste besoin de parler, hein ? En vrai, t'as encore besoin de mon aide ? Pourquoi je suis pas surpris ?

Une nouvelle vague de honte s'abat sur moi.

– C'est pas pour moi ! C'est pour Sam. C'est peut-être la seule chose qui permettra de savoir ce qui lui est arrivé. S'il te plaît !

– Toi alors, grommelle-t-il en secouant la tête, puis il me montre son lit. Assieds-toi. Une fois qu'on aura fini, tu te casses.

Je jette un coup d'œil à son cadre de lit, et mon bras s'enflamme.

– Je peux, euh… emprunter une chaise de la cuisine ? Ou juste rester debout.

Il suit mon regard et tressaille.

– Oh ! Euh… ouais. Je vais chercher une autre chaise. Tiens, prends la mienne.

Le fauteuil de bureau de Youssef est en cuir et plutôt récent par rapport au reste de sa chambre. Je m'y assieds, pas totalement à l'aise, mais après la journée que je viens de passer, je ne me sens pas de rester debout beaucoup plus longtemps.

Youssef revient avec une chaise de cuisine, qu'il place à côté de moi, puis il commence à jouer nerveusement avec les fils derrière le moniteur.

– Tu sais… commence-t-il. Je n'essaierais jamais de faire quelque chose avec toi ou quoi que ce soit du genre.

Je le dévisage, perplexe.

– Hein ?

Il évite mon regard.

– C'est pour ça que tu voulais pas t'asseoir sur le lit, non ?

Plusieurs secondes passent avant que je laisse échapper un rire las.

– Mec, c'est pas ça. J'ai… peur des punaises de lit.

Il penche la tête sur le côté.

– Quoi ?

Pendant qu'il installe la GoPro, je lui fais un topo sur ma phobie de ces insectes et, honnêtement, lui avouer la vérité me donne l'impression d'être soulagée d'un poids, de partager un aperçu du monde tel qu'il est dans ma tête.

Le changement est bon. Le changement est nécessaire. Le changement est vital.

– Mais je ne comprends pas en quoi l'herbe, ça t'aide. Ça te rend pas plus… paranoïaque ?

Je secoue la tête.

– Il y a deux types d'herbe : la sativa et l'indica. L'indica est bonne pour la relaxation et le soulagement de la douleur. Elle n'a pas d'effet hallucinogène.

– Tu parles comme une vraie professionnelle, commente-t-il. J'ai jamais essayé ces trucs.

– Ouais. Et je peux pas te blâmer de détester. C'est pas juste, ce qui s'est passé ici, avec ta famille et tout ça. D'autant plus que l'herbe est légale partout ailleurs. J'aurais dû être plus sensible à la question. Je suis désolée. Parfois, j'oublie ce qui est important pour moi. Ou… qui.

Youssef cligne des yeux, l'air surpris, et au moment où il ouvre la bouche, une image apparaît à l'écran.

Il fronce les sourcils.

– C'est pas ta cuisine ?

La caméra montre une vue d'ensemble de la cuisine et de la pièce de vie en arrière-plan, une partie du réfrigérateur masquant le couloir. Youssef hoche la tête, impressionné.

– Yo, t'as déjà vu le film *Paranormal Activity* ? me demande-t-il en s'adossant à sa chaise.

– C'est l'un des préférés de Sammy. Il adore toute la série. Trop ennuyeux pour moi. C'est comme regarder de la peinture sécher, en attendant que quelque chose bouge tous les quarts d'heure.

Youssef glousse.

– Ça s'accélère à la fin.

En pensant à Sam, je jette un coup d'œil à la GoPro et un sanglot me monte dans la gorge.

– Je rate toujours la fin. Nous… Sammy et moi… on regardait des films tous les vendredis soir, avant. Depuis ses cinq ans, Sammy choisissait toujours des films d'horreur, car il ne voulait jamais les regarder seul. Il avait besoin d'une présence autour de lui pour se sentir en sécurité. L'année dernière, j'ai commencé à manquer nos soirées cinéma, à cause des compétitions d'athlé ou autre. La vérité, c'est qu'à la maison, je me sentais… mal. Je voyais des points noirs partout, je trouvais des morsures que personne d'autre ne voyait, je me grattais tout le temps. J'avais l'impression de devenir folle. Tu sais, ça fait des années que j'ai pas dormi plus de quatre heures par nuit. C'est pour ça que je m'endormais toujours pendant les films. Ça et le Percocet, ça me rendait somnolente. Et puis, un jour, Sammy m'a fait promettre de faire la soirée cinéma avec lui. Et je voulais tenir ma promesse, alors j'ai passé la journée entière sans prendre une seule pilule. Mais… à la dernière sonnerie de cours… j'avais des envies de me jeter contre le soleil, tellement ça me démangeait. Alors je me suis dit : « Pas de Percocet, je vais juste fumer de l'herbe. » Si je me faisais juste un pet, je pensais pouvoir tenir jusqu'à la fin du film, pour une fois. Seulement j'étais en rade et mon vendeur s'était fait pincer. Mon ex… m'a dit qu'il connaissait un type et je lui ai fait confiance. La dernière chose dont je me souviens vraiment, c'est d'être entrée dans ma chambre. Sammy m'a retrouvée la bave aux lèvres. Il s'est avéré que l'herbe était mélangée à du fentanyl.

– Merde, marmonne Youssef.

– L'école m'a expulsée assez rapidement après ça. Mon ex a promis de tout avouer, d'expliquer que c'était lui qui m'avait fourni l'herbe, mais… il l'a jamais fait. Mes parents ont dépensé toutes leurs économies pour me faire soigner. Les gens ont commencé à nous traiter comme des lépreux. Les parents laissaient même plus leurs enfants venir jouer avec Sammy, qui était déjà… si seul.

Youssef se raidit et pose la caméra. À l'écran, la cuisine est toujours vide, aucun mouvement ni aucun signe de Piper. Je soupire.

– L'overdose, c'est le genre d'erreur dont on se débarrasse jamais. Parce que la seule personne qui croit que tu vas vraiment mieux, c'est toi. Mais bon, je le mérite sans doute. Parce qu'au bout du compte, j'avais plus envie de planer que de rester à la maison à traîner avec mon petit frère. J'ai choisi la drogue plutôt que Sammy. J'ai fait honte à ma famille, je nous ai endettés, ce qui nous a forcés à déménager ici. Donc je ne mérite pas de belles choses comme des robes colorées, des amis, des petits amis, ni même une piste d'athlé. Je mérite d'être malheureuse. Mais… quand on était encore en Cali, pendant toutes les semaines de ma désintox, où je faisais l'école à la maison, enfermée dans ma chambre, Buddy et Sammy ont été là pour moi, tu vois ? Ils m'ont jamais traitée comme une ratée, même si c'est ce que je ressentais. Enfin… ce que je ressens, encore maintenant.

Youssef acquiesce lentement et s'avance un tout petit peu, comme pour m'attraper.

– Je peux pas perdre Buddy. (Je lâche un sanglot, la digue s'effondre.) Je peux pas perdre Sammy. Ce sont les seuls qui se fichent que je sois une ratée. Ils me trouvent géniale ! Tu sais ce que ça fait ? Quelqu'un qui pense que t'es super, même si tu passes ton temps à te planter ?

Youssef soupire.

– Je trouve pas que t'es une ratée, moi non plus.

– Mais si, je pleurniche. Tu me détestes !! Et je le mérite.

– Je n'ai pas dit ça. C'est pas parce que je ne te sens pas que je te sens pas, tu piges ?

Je cligne des yeux.

– Ça… veut absolument rien dire.

On rit, son front appuyé contre le mien.

– T'es pas une ratée, Cali, souffle-t-il en suivant d'un doigt le pourtour de ma mâchoire.

Je frissonne à son contact, fermant les yeux, alors que de nouvelles larmes affluent.

– Youssef… je mérite pas quelqu'un comme toi.

– Pourquoi tu continues à essayer de te punir pour une erreur que t'as commise ? C'est le contraire de ce que toute personne qui tient à toi voudrait que tu fasses.

– Comment tu sais ça ? je chuchote, cherchant désespérément des réponses.

– Parce que je… minute. Qu… qu'est-ce que c'était ?

Je rouvre les yeux.

– Hein ?

Youssef fixe le moniteur, s'approche pour voir de plus près.

– Yooo, murmure-t-il, un poing sur la bouche, un doigt tendu.

Je suis la direction indiquée par son doigt.

Dans la cuisine, tout est toujours immobile. En apparence. Mais dans le coin le plus à gauche, la porte du placard inférieur près de l'évier remue légèrement avant de s'ouvrir toute seule.

Je pousse un petit cri, souris à Youssef. C'est ça ! La preuve qu'il nous faut pour montrer à maman qu'il y a vraiment un fantôme. Que je n'ai pas des hallucinations, que je ne suis pas folle. Ouais, c'est super flippant, mais je pourrais fondre en larmes, tant le soulagement est doux. Je dois appeler Sammy et lui dire qu'on a réussi !

– Attends une seconde, marmonne Youssef en plissant les yeux. Qu'est-ce que c'est, ça ?

Sur le bord supérieur de la porte du placard, une petite main apparaît, cramponnée au bois. Le cœur me monte dans la gorge. Je reconnais cette main. Les articulations noueuses, la peau sombre et brûlée, les ongles…

– C'est quoi ce bordel ? je lâche en me penchant plus près.

Une autre main apparaît, puis un pied nu au sol, comme pour se stabiliser, les orteils crochus cliquettent sur le carrelage… avant qu'une vieille femme ne sorte du buffet, en rampant, membre après membre. On sursaute sur nos chaises.

– Oh merde ! on s'écrie de concert.

La femme est petite, ses cheveux fins forment des touffes grises, elle a le visage hagard et le dos voûté. Elle jette un regard de gauche à droite, s'étire, puis se déplace maladroitement dans des haillons en lambeaux qui lui tiennent lieu de vêtements. Sur le tablier noué autour de sa charpente osseuse, on distingue tout juste la tarte brodée sur le devant.

– Elle porte mon pull, je bredouille sous le choc.

Le pull crème tricoté à la main que je croyais disparu après une lessive, si sale qu'il est presque méconnaissable.

La femme ouvre le réfrigérateur et sort le lait d'avoine, qu'elle boit directement à la brique, puis elle se fourre une banane dans la bouche. Ensuite, un yaourt, suivi par des poignées de mon guacamole. Je vais vomir.

– Je vais aller chercher mon oncle, faut qu'il voie ça ! s'exclame Youssef, qui sort de la pièce à tâtons.

La femme a l'air à l'aise, elle ne se presse pas, comme si elle avait déjà fait ça plein de fois. Elle essaie de mordre dans une des pommes qu'on a rapportées de la ferme et grimace, porte une main à sa joue.

Je pense à la dent dans ma poche quand soudain Piper entre dans le cadre, apparemment pas déstabilisée par la présence de la femme, et mon sang se glace. Elles parlent, calmement au début, mais Piper semble confuse, elle secoue la tête… Elle refuse quelque chose.

Juste à ce moment-là, mon téléphone sonne. Maman.

– Maman, j'étais sur le point de t'appeler. Tu ne vas jamais…

– Mari ! VA… MAINTENANT !

– Quoi ?

La ligne est super mauvaise.

– Quelqu'un… la maison ! Chercher Piper… PARTEZ !

Piper dit un dernier mot à la femme avant de s'éloigner. La femme la regarde, puis sort une clé de la poche de son tablier en lambeaux et se dirige vers le sous-sol.

Piper disait la vérité, depuis le début. Personne ne l'a crue. Et maintenant elle est dans cette maison… seule.

– Trouvé… dans Bud… SORS ! MAINTENANT !

La voix de la femme me revient en mémoire.

« *SORTEZ DE MA MAISON !* »

Le téléphone m'échappe des mains quand je me précipite vers la porte.

– Cali ! lance Youssef dans mon dos. Attends !

Mais je suis déjà dans l'allée, les bras en mouvement, j'essaie de battre mon propre record… pour retourner à Maple Street.

23

Les lumières sont allumées. Toutes. De loin, la maison brille comme une torche. La porte d'entrée est grande ouverte, des feuilles sèches soufflées à l'intérieur.

– Piper ! je hurle en grimpant les marches du perron quatre à quatre, remarquant au passage que Sweets est écrasé comme une crêpe de citrouille. Piper, viens ! On doit s'en aller !

Je fonce à la cuisine, où je l'ai laissée. La télé est allumée, Scott Clark crache son vitriol. Le rez-de-chaussée est vide. En revanche, la porte du sous-sol est ouverte.

Oh non !

« *Car la vengeance est entre les mains du Seigneur, mais comme il vous fait à son image, il attend de vous que vous agissiez selon sa volonté et fassiez ce qu'il juge nécessaire. Il parle par l'intermédiaire de ses anges, ses prophètes et ses chefs de communauté qui ont été oints…* »

Je plonge les yeux dans l'abîme. Qui n'est pas aussi noir et insondable que d'habitude. Une douce lumière brille en bas.

– Piper ? je répète d'une voix tremblante.

Silence. Pourtant, elle est forcément en bas.

Prenant une brève inspiration, je descends les marches sur la pointe des pieds. Le bois fin craque et gémit sous mon poids. Je m'agrippe à la vieille rampe, de peur qu'une planche ne cède et que je me casse une jambe, ou pire, en tombant à travers.

– Piper ?

Un mur de chaises et de tables en bois cassées entoure le pied des marches comme un barrage, jusqu'au plafond. Les cartons de déménagement d'Alec ont été poussés dans un coin. Mais derrière tout ça, la lumière brille plus fort. Je me glisse par un espace étroit, le ventre en vrille, et je découvre le reste du sous-sol… clairsemé. Un espace presque vide, le sol poussiéreux, l'air humide et froid, l'odeur de nourriture pourrie. Une épaisse couche de poussière recouvre les étagères nues. Mon pied heurte une boîte de conserve vide qui roule sur le côté, d'autres boîtes de soupe et de légumes vides gisent près d'un tricycle rouillé. Et dans le coin le plus éloigné, deux lits de fortune, faits de chiffons et de draps carbonisés, un paradis pour les punaises de lit. L'unique bougie vacille et je m'arrête net.

Sur un tapis, le spiraliseur à courgettes de maman. Avec la montre d'Alec, le marteau au manche rouge et noir… etc., etc. Un trésor d'objets volés. Quelque chose de familier attire mon attention. Près d'un oreiller fait de rideaux défraîchis, un vieux magnétophone. Celui que maman utilisait pour le journal de la ville quand j'étais petite. Elle me laissait enregistrer des notes et des voix amusantes dessus. Raison pour laquelle je sais comment il fonctionne. J'appuie sur « *play* ».

« *Mari ! Mari, viens ici ! Vite !* »

Mon ventre se serre, le magnétophone glisse de ma main engourdie et atterrit sur une boîte de conserve de… beurre de cacahuètes.

Oh, mon Dieu…

– Piper… je gémis en reculant.

Je remonte l'escalier en trombe, tourne à l'angle sans ralentir et enchaîne au premier étage.

– Piper, où tu es ?! je crie, la voix rauque.

Sa chambre est vide. Peut-être qu'elle se cache. Elle est forcément ici quelque part, c'est obligé ! Je plonge sous le lit, ouvre son armoire. Sur le sol, des couvertures étalées dans une cachette, au fond, ainsi que des sachets de chips vides, des briquettes de jus de fruits et des boîtes de repas préparés.

Elle vivait ici !

Ma tête bourdonne, je cours dans la salle de bains, écarte le rideau de douche. Pas de Piper. La culpabilité m'assaille, elle me contracte les poumons alors que les larmes coulent. Je l'ai laissée seule et maintenant la Hag, ou qui que ce soit, l'a attrapée !

L'odeur aigre me frappe comme une brique en plein visage. Je me couvre la bouche, au bord du vomissement, et me penche au-dessus du lavabo pour le cas où ça m'échapperait, et enfin je la reconnais. L'odeur. Elle est humaine. Une puanteur de corps, brute, mélangée à de la merde et… du sang. L'odeur métallique et cuivrée est si forte qu'on ne peut passer à côté.

Derrière moi, quelque chose bouge. C'est léger, mais perceptible. Je me fige, les yeux rivés à mon reflet. La grande salle de bains est immobile, étincelante de propreté, rien de dérangé. Mais la porte du placard à linge est entrouverte. Et par cette fente sombre, un œil jaune géant me fixe.

Putain. De merde.

Le contenu de mon estomac baratte, tandis que je reste paralysée pendant ce qui me semble durer une éternité. Je me mords la langue pour étouffer un cri, puis j'essaie de la jouer cool, je détourne le regard, comme si je n'avais rien vu. J'ouvre le robinet et me passe de l'eau froide sur le visage. Mais mon souffle court et mes mains qui tremblent doivent me trahir.

Elle sait que je l'ai vue ! Merde, merde, merde…

Un mince filet de sang s'écoule lentement du placard, le long des rainures du carrelage de la salle de bains vers ma basket. Il entoure rapidement le talon de ma chaussure et je me raidis comme une planche. La porte s'ouvre en un lent grincement. Et derrière, ce n'est pas une petite vieille dame qui émerge… mais un homme, un géant. Celui-là même qui se tenait dans ma chambre, la nuit de la fête.

« *Les démons détestent tout ce qui est joyeux.* »

Mon corps refuse de se retourner. Rien au monde ne saura m'obliger à me retourner. Nos regards se nouent dans le miroir. La moitié de son visage a la texture de l'argile sombre. Le feu a brûlé la chair de ses joues, de son cou, ses cheveux ; la peau s'est déformée autour des muscles et des veines, son oreille gauche a disparu. À côté de lui, le sang pleut sur le sol en gouttes assourdies. Il lui manque deux doigts, comme s'ils avaient été arrachés... ou mordus.

Buddy...

La lumière attrape quelque chose de métallique près de sa botte et je me décompose. Dans sa seule main valide, il tient le manche de la hache de Monsieur Stampley.

Une hache. Il tient une putain de hache !

Une alarme incendie silencieuse retentit dans ma tête lorsqu'il pose un doigt sur ses lèvres. Puis, en un clin d'œil, il charge, les lambeaux de ses vêtements volettent derrière lui comme des serpentins, la hache racle le carrelage. Le cri qui m'échappe tandis que je me précipite hors de la salle de bains me glace le sang.

– A... a... attends ! crie-t-il.

Il parle. Il a une voix ! Il est réel. Et cette prise de conscience rend la situation encore pire. Avec sa taille de bison, ses pas lourds sont comme des tremblements de terre qui me poursuivent. Il a une odeur répugnante, mais familière et, malgré ma panique, en même temps que je cours vers la porte, je réalise... que c'est la puanteur du sous-sol, celle qui s'échappait par les conduits d'aération. Celle qu'on sent depuis le début.

En bas de l'escalier, je dérape et me cogne contre le mur ; il en profite pour sauter devant la porte. Je le contourne, direction la cuisine, plus vite. Je passerai à travers la porte vitrée s'il le faut, puis je...

Quelque chose s'enroule autour de ma gorge, m'étrangle. J'ai juste le temps d'avaler une goulée d'air avant d'atterrir sur le dos. Je gargouille un cri et il me tire par le col, me traîne dans la cuisine. Je bats violemment des bras et des pieds.

– NON !

Je frappe l'arrière de sa jambe avec mon coude. Il trébuche, tombe comme un arbre, son poing géant s'enfonce dans mon ventre, me coupe le souffle. Mes yeux sont aveuglés par des étoiles et je me recroqueville.

– A… a… attends, bégaie-t-il en se relevant, les yeux paniqués, la hache toujours à la main.

Je lève les yeux vers le visage de mon futur assassin et, juste à cet instant, d'autres pas entrent en trombe dans la maison.

– Marigold ! hurle Youssef de quelque part, puis une pelle s'envole et frappe l'homme à la tête.

Il grimace, lâche la hache et couvre son unique oreille. Youssef arme un nouveau coup et je m'échappe de sous le géant, qui plaque Youssef au sol avec un grognement.

Debout, j'attrape la poêle en fonte de maman suspendue au plafond, je l'abats sur la tête de l'homme, mais elle ne fait que ricocher. Je frappe encore et encore jusqu'à ce que quelque chose grince derrière nous : la porte du placard s'ouvre à la volée.

– LAISSEZ MON BÉBÉ TRANQUILLE !

La vieille femme sort du placard en hurlant, les bras levés. Abasourdie, je reste pétrifiée. Elle en profite pour bondir et planter deux dents acérées dans mon épaule.

– Ahh !

Je me secoue, à gauche, puis à droite, pour essayer de me débarrasser d'elle. Mais elle se cramponne à mon corps comme un singe, convulsant et mordant, les ongles enfoncés dans mon cou. Je tire sur ses cheveux, ils s'arrachent par poignées.

– À l'aide ! je crie, en frappant sa tête, ses mains, tout ce que je peux atteindre.

Youssef esquive l'homme, se relève d'un bond, balance la pelle et atteint la vieille femme au visage. Elle tombe durement au sol dans un bruit sourd, laissant mon épaule couverte de bave et de sang.

– MA… MAAAN ! crie l'homme.

Maman ?

Mais déjà il fonce sur nous, le visage déformé par la rage.

– Attention ! hurle Youssef en me poussant sur le côté.

WOUF !

La hache fend l'air, sa lame siffle. J'esquive et elle s'enfonce dans le plan de travail avec un craquement.

WOUF !

Je roule pour esquiver la hache que balance l'homme de gauche à droite, un peu au hasard.

– Recule ! crie Youssef, qui brandit une chaise comme bouclier. Cours, Mari !

L'homme le repousse d'une main et la tête de Youssef va s'écraser contre le mur, au pied duquel son corps s'affale mollement.

– NON ! je m'écrie

Voulant courir vers lui, je dérape sur la flaque du sang qui s'écoule des doigts manquants de l'homme et je me mange le sol.

WOUF !

La hache s'enfonce dans le plancher, à quelques centimètres à peine de ma tête. Pantelante et sanglotante, je roule rapidement et me glisse derrière le canapé, en mode commando. Il s'avance à grands pas, dont chacun fait trembler la maison. Il écarte le canapé comme s'il était en carton et lève la hache au-dessus de moi, prêt à me tailler en morceaux.

Ça y est. Je vais mourir.

Je pense à Sammy et à maman et je ferme les yeux en me préparant à l'impact.

BOUM BOUM

Des coups de feu : nous tournons la tête vers la porte d'entrée ouverte.

Monsieur Brown se tient dans la cour, son arme fumante à la main, pointée en l'air. Il fouille du regard l'intérieur de la maison, déconcerté par la scène.

– Madame Suga ? il lance, les yeux écarquillés.

La vieille femme tousse et s'effondre comme une poupée de chiffon.

Près du plan de travail, Youssef gémit et je me précipite vers lui.

– Tirez sur lui ! Tuez l'homme ! je crie à son oncle, plongeant au-dessus de Youssef.

Mais quand je lève les yeux, je ne vois personne. La porte de derrière est ouverte.

L'homme est parti.

24

Madame Suga est assise sur une chaise, au milieu de la pièce de vie, entourée par les ambulanciers et la police. Elle fixe le sol, immobile, sans aucune vie dans les yeux, avec de la bave qui lui coule au coin de la bouche. La Hag n'est pas aussi terrifiante en vrai que dans mon imagination. En pleine lumière, elle n'est rien d'autre qu'une vieille dame pitoyable. Vu qu'elle pèse à peine quarante-cinq kilos toute mouillée, ils ne la menottent pas. Mais ils n'ont pas vu la façon dont elle a jailli du placard.

– Tu vas avoir besoin de points de suture, m'annonce l'ambulancier. Et d'un rappel contre le tétanos.

Dans la salle à manger, l'urgentiste s'occupe de ma morsure à l'épaule tandis qu'un autre examine Youssef, qui tient une poche de glace sur sa tête.

– Est-ce que vous l'avez reconnu ? j'entends le policier demander à Monsieur Brown sur le perron.

– Non, répond Monsieur Brown. Mais à en juger par sa taille… c'est forcément Jon Jon, le plus jeune des garçons.

– Celui qu'ils accusaient d'attouchements sur les enfants ?

– Hum. Ouais, marmonne-t-il.

Youssef et moi échangeons un regard.

– Vous avez vu de quel côté il est parti ? continue l'officier.

– Non. J'étais… bon sang. C'est vraiment Madame Suga là-dedans ?

La douleur s'intensifie lorsque l'ambulancier appuie le bandage sur ma morsure.

La police a fouillé une à une toutes les pièces de la maison. Chaque placard, sous les lits, et tout le sous-sol. Pas de Piper. Et l'homme, ou Jon Jon, a disparu sous nos yeux. Ce n'était pas un fantôme. Pas plus que Madame Suga n'est un fantôme. Ils sont bien réels, et ils vivaient avec nous depuis tout ce temps.

– Je n'arrive pas à croire qu'elle soit encore en vie, murmure quelqu'un dans la cuisine.

– Moi non plus. Elle doit avoir, quoi, au moins quatre-vingts ans maintenant, non ?

Alec fait les cent pas dans la salle à manger, les mains aux hanches.

– Vous ne pouvez pas la forcer à nous dire où est Piper ?

Maman croise les mains, les larmes aux yeux.

– Désolée, Monsieur, elle ne parle toujours pas. Mais nous avons plusieurs unités qui quadrillent la zone. Nous allons retrouver votre petite fille.

Dans le couloir de l'hôpital pour animaux ouvert vingt-quatre heures sur vingt-quatre, Buddy a réussi à régurgiter les deux doigts qu'il avait arrachés à la main de Jon Jon. Maman a jeté un coup d'œil aux doigts et s'est précipitée vers la voiture. Ils sont revenus à la maison en trombe, arrivant juste au moment où Monsieur Brown tirait son coup de semonce.

– Alec !

Monsieur Sterling se tient dans l'encadrement de la porte, vêtu d'un autre de ses costumes noirs impeccables, à croire qu'il dort avec.

– Monsieur Sterling ? dit Alec.

– Je suis venu dès que j'ai su, lance-t-il d'une voix guillerette. Dieu merci, vous allez tous bien.

– Piper est toujours portée disparue, le corrige sèchement maman.

– Oh, là, là ! Quelle horreur ! Mais je suis sûr qu'elle va bien. Notre police est la meilleure du pays. Ils la retrouveront. (Il jette un coup d'œil par-dessus son épaule.) Vous avez pas mal de monde dehors, qui attend.

En effet, des dizaines de voisins se tiennent devant chez nous, derrière le ruban de signalisation, qui scrutent la maison avec une curiosité mêlée d'effroi. Le bourdonnement de leurs voix inquiètes nous parvient à l'intérieur. Notre quartier, jusqu'alors isolé, ressemble à un concert en plein air.

– Et ils peuvent continuer à attendre, grogne maman. Il faut retrouver Piper !

– Si vous voulez, je peux aller leur parler, propose Sterling, tranquille. Leur expliquer la situation et les rassurer. Peut-être qu'ils peuvent aider à la recherche. Ils connaissent le coin mieux que nous.

Alec, bouleversé, se contente d'acquiescer, les larmes aux yeux. Maman le prend dans ses bras.

– Ce serait génial, merci, répond-elle.

Monsieur Sterling tend le cou pour regarder dans la cuisine.

– Waouh, imaginez ça. Une femme… qui vivait au sous-sol. Toutes ces années.

Madame Suga lève brusquement la tête au son de la voix de Monsieur Sterling. Avec un cri rauque, elle se lève et charge, les bras tendus vers son cou.

Et la troupe de policiers qui l'entoure apprend de la manière dure qu'elle est plus agile qu'il n'y paraît.

***

La foule se tait tandis que les ambulanciers transportent Madame Suga attachée sur une civière à roulettes. Stupéfaits, tous regardent la matérialisation physique de leur légende urbaine que l'on emporte. Madame Suga pose sur eux un regard furibond, puis elle lève les yeux vers la maison et sa colère semble fondre, l'expression de son visage se mue en une profonde tristesse, son menton tremble. C'est peut-être la première fois qu'elle se trouve aussi éloignée de sa maison depuis plus de trente ans.

À côté de moi, Youssef saisit ma main et y exerce une légère pression.

– Allez-y doucement, dit quelqu'un. C'est une vieille dame.

Et pourtant, elle est tellement plus que ça.

Un officier s'approche de maman et d'Alec sur le perron.

– Nous allons l'emmener à l'hôpital, l'examiner et essayer de la faire parler. Nous espérons qu'elle nous révélera où se trouve votre fille.

Madame Suga ne quitte pas la maison des yeux, même lorsque les portes de l'ambulance se ferment.

Je lève les yeux vers la maison voisine, vers les feuilles de lierre qui bruissent dans la brise.

– Comment ils ont survécu à l'incendie ?

Youssef pose sur moi un regard étonné.

– Hein ?

– Tu m'as dit que la maison avait été incendiée alors qu'ils se trouvaient à l'intérieur. Alors comment ils ont pu sortir sans que personne les remarque ?

Il contemple la maison, un bras passé autour de ma taille. Et je me penche contre sa chaleur enivrante, sa sécurité.

– Mes amis, je sais que vous avez tous peur. J'ai peur aussi. (Monsieur Sterling s'adresse à la foule depuis le perron comme s'il était en chaire.) Mais nous devons rester rationnels. Cet homme est très dangereux. Il a kidnappé une enfant, une petite fille blanche nommée Piper. Alors laissons les autorités s'en occuper.

La foule s'agite, comme hypnotisée. Ils ne savaient pas, pour Piper, et ses mots semblent avoir été choisis dans un but délibéré : kidnappé. Peur. Dangereux. Petite fille blanche.

Quelqu'un crie :

– On a un cinglé dans les rues !

– Vous vous rappelez qu'il tripotait les enfants ?

– C'était une rumeur, vous n'avez pas oublié ? lance Monsieur Brown depuis son pick-up, pour tenter de calmer les esprits.

– La police l'a trouvé ? demande une femme, une pointe d'hystérie dans la voix.

Monsieur Sterling enfonce les mains dans ses poches, l'air attristé.

– Je crains que non. Et je ne vais pas vous mentir, je ne suis pas sûr qu'ils le trouvent. Ça fait des décennies que cet homme échappe à tout contrôle.

La foule lâche un petit cri, des chuchotements fusent de partout.

– Quoi ?

– Pourquoi ?

– Comment ?

– Faut qu'ils l'attrapent avant qu'il s'en prenne à nous !

– Qu'est-ce qu'on va faire ?

La tension est à son comble, l'air est électrique. Je me colle un peu plus contre Youssef, ses bras se crispent.

– Eh bien, la police ne peut pas tout, reprend Monsieur Sterling. C'est là que vous intervenez. Après tout, qui peut mieux assurer la sécurité de ses rues que les gens qui y vivent ?

– Punaise, qu'est-ce qu'il fout ? marmonne Youssef.

Je jette un coup d'œil à maman et Alec, qui observent Monsieur Sterling avec le même air confus.

– Et... oh... Je ne sais pas, lâche encore Monsieur Sterling, qui joue la gêne avec un haussement d'épaules. Peut-être que pour le retrouver, il nous faudrait reproduire ce qu'on a fait par le passé. (Il marque une pause.) L'enfumer.

La foule est sidérée par sa suggestion, mais, lentement, les gens hochent la tête.

– Merde, lâche Youssef.

– Ouais, crie Monsieur Stampley. On lui met le feu !

À l'unisson, la foule crie son approbation.

– Qu'est-ce que vous foutez, bon Dieu ? intervient Alec, qui attrape Monsieur Sterling par le bras. Ma fille est quelque part, là, dehors et vous attisez la haine de la foule !

Tout sourire, Monsieur Sterling lui tape sur l'épaule.

– Allons, allons, Alec, ne vous inquiétez pas pour ça. Je suis sûr que ça ira très bien. Les bonnes gens de Maplewood feront attention. Ils veilleront à ce qu'il n'arrive rien à votre fille. Mais on ne peut pas laisser un maniaque se promener dans les rues. Pensez aux enfants.

– C'est ce que je fais ! Je pense à *mon* enfant !

Monsieur Sterling ne réplique rien, il se contente de nous regarder tour à tour sur le perron, puis il sourit à nouveau.

– Bon. On dirait qu'il ne me reste plus grand-chose à faire ici. Je vais… rentrer à la maison.

Alec veut se jeter sur lui et maman le retient à grand-peine.

Monsieur Sterling m'adresse un sourire narquois et retourne à sa voiture.

Il s'est joué de nous.

Pendant ce temps, le grondement de la foule s'amplifie.

– Eh bien, qu'est-ce que vous faites plantés là ? crie Monsieur Stampley. Faut qu'on le trouve, ce salaud !

– J'ai de l'essence chez moi, propose quelqu'un.

– Non. Oh non, bredouille Youssef en se précipitant vers la foule, et je le suis.

– On a des feux d'artifice !

– On peut pas le laisser dans la rue comme ça, pas question.

– Les filles seront plus en sécurité, prévient une femme sur un ton enfiévré. Faut faire quelque chose, vous autres ! Faut régler ça !

– Attendez, vous tous ! intervient Youssef, qui grimpe sur la plate-forme de son pick-up. Faites pas ça ! Vous avez vu les dégâts que les feux peuvent causer. Ils risquent d'anéantir tout le quartier !

– Qu'est-ce que tu fais, mec ? crie Monsieur Brown à Monsieur Stampley en l'attrapant par le col. Et si les feux se propagent ! Les gens d'ici ont déjà du mal à s'en sortir. On peut pas tout brûler, il nous restera plus rien !

– Tu sais bien qu'on peut pas le laisser en vie, lui chuchote Monsieur Stampley en se débarrassant de ses mains. Tu le sais bien. À moins que tu veuilles envoyer ton père à Big Ville.

Les yeux de Monsieur Brown s'arrondissent. Quelque chose, un non-dit, passe entre eux. Il recule alors, au moment où la foule se disperse. La chasse à Jon Jon est ouverte.

Pendant que Youssef continue d'essayer de raisonner tout le monde, je repère Monsieur Watson parmi la foule, les yeux rivés sur l'ambulance de Madame Suga qui s'éloigne. Je cours me planter devant lui.

– Vous saviez, je siffle.

Monsieur Watson ouvre la bouche, puis prend son chapeau et le serre entre ses mains.

– Je… n'étais pas sûr.

– Comment ! Il y avait une famille entière qui vivait dans notre sous-sol et vous ne le saviez pas ?

– La Fondation… ils nous avaient interdit de descendre à la cave. Ils nous ont fait signer des papiers, comme quoi ils avaient tout mis sur écoute et que si on y allait, ils nous poursuivraient et qu'on perdrait tout ce qu'on avait. Mais… il y avait quelque chose là-dedans qui ne me plaisait pas.

– C'est pour ça que vous veniez vous garer dans notre quartier la nuit ?

Il fixe le sol, honteux.

– Oui. Je me demandais si vous aviez vu ou senti des choses folles comme moi. J'arrivais pas à dormir la nuit, tellement j'y pensais. Si c'était vraiment un fantôme, je me disais que vous alliez partir.

Soudain, les policiers qui se pressaient dans la maison passent en courant, un peu comme le faisaient les ouvriers qui travaillaient à la maison, à la fin de leur service.

– Eh ! leur crie maman. Où allez-vous ?

Un policier s'arrête sur la pelouse.

– On a reçu l'ordre de se replier et d'évacuer la zone.

– Quoi ? Pourquoi vous partiriez ? On a clairement un gros problème ici !

L'officier hausse les épaules.

– On obéit aux ordres. Si j'étais vous, je partirais aussi. Cet endroit est sur le point de partir en fumée. La révolte chez ces gens… ils sont comme des animaux.

– Ces gens ? répète Alec, rejoignant maman. Ce sont les citoyens que vous êtes censés servir et protéger ! Vous ne pouvez pas partir comme ça !

L'autre hausse encore les épaules.

– Comme je l'ai dit, je vous suggère de partir d'ici tant que vous le pouvez encore.

Alec secoue la tête, furieux.

– Pas sans ma fille !

– Comme vous voulez. On a évoqué des barrages routiers. Personne n'entrera ou ne sortira de la zone de Maplewood pour la nuit.

Dans la rue, il ne reste qu'une grappe de personnes. Youssef se précipite vers moi.

– On va chercher les pompiers ! Ils viendront pas si on leur colle pas au cul.

– Et Piper ? Faut qu'on la retrouve !

Il désigne mes parents.

– Séparez-vous pour la chercher. Cali, je peux pas laisser brûler ma ville. C'est tout ce qu'on a !

Ça, je le sais mieux qu'il ne le pense. Monsieur Brown s'avance, le front moite.

– Youssef, tu pars du côté Est. Je vais à Midwood. On a besoin de toute l'aide possible. (Il se tourne vers ce qui reste de la foule.) Vous autres, vous savez ce que vous avez à faire. Rassemblez vos affaires au cas où faudrait partir en urgence. Et on utilise les tuyaux.

La foule se disperse, chacun retourne chez soi en courant. Youssef m'attrape par la main, m'attire dans ses bras et me murmure à l'oreille :

– Je te promets, dès que j'ai mis les pompiers à l'œuvre, je reviens vous aider à chercher Piper. On va la trouver.

J'acquiesce, retenant des larmes nerveuses avant de lâcher le seul être qui me confère un semblant de sécurité et de le regarder dévaler la rue.

– Marigold ! crie maman derrière moi, les clés en main alors qu'ils courent vers la voiture. Alec et moi allons faire un tour en voiture pour essayer de trouver Piper. Reste ici, au cas où elle reviendrait.

– Non ! j'aboie, en les suivant. Je viens la chercher aussi !

– Non, Mari, insiste Alec, les yeux rougis. C'est dangereux.

– Faut qu'on divise nos forces, je rétorque. Et qu'on travaille ensemble pour la trouver avant qu'il soit trop tard !

Maman me regarde droit dans les yeux, puis elle hoche la tête à contrecœur.

– OK, très bien ! Mais ne quitte pas Maple Street et appelle si tu as le moindre problème.

– S'il te plaît, Mari, me supplie Alec. S'il te plaît, fais attention.

Pendant qu'ils sautent dans la voiture, je m'accroche à la vitre du côté conducteur.

– Je suis désolée. Je n'aurais jamais dû la laisser seule.

– Écoute-moi, répond Alec en prenant mes mains. Ce n'est pas ta faute. On va trouver Piper. Et ensuite, on va se barrer d'ici. Ensemble. OK ?

Je hoche la tête, en répétant le mot « OK », puis il démarre et quitte l'allée.

Dès qu'ils sont hors de vue, je me souviens soudain que mon téléphone est toujours chez Youssef. Mais Piper pourrait se trouver dans n'importe laquelle de ces maisons. Et qui sait quand la foule déchaînée va débarquer. Il faut que j'essaie.

***

Dans la maison, la hache de Monsieur Stampley est toujours au sol, là où Jon Jon l'a abandonnée. Je la ramasse, ainsi qu'une lampe de poche, et je cours à toute vitesse vers le jardin secret. Je dois fouiller chaque recoin de chaque maison de ce quartier. Elle n'a pas pu aller bien loin.

La température a chuté, ma respiration forme un nuage de vapeur et, si c'est possible, les maisons de Maple Street semblent plus flippantes que jamais. Peut-être parce que je ne sais pas quelles créatures pourraient y rôder, telles des ombres invisibles. Mes pas résonnent dans l'étrange silence. Je saute par-dessus le trottoir craquelé et, juste au moment où je m'apprête à foncer dans les broussailles, quelque chose en haut de la rue attire mon attention. Une palette recouverte d'une bâche beige est posée à l'angle de Sweetwater, comme un gros cadeau d'anniversaire oublié. La couleur claire de la palette détonne, trop visible parmi les décombres et les ordures de la rue.

Je m'en approche et tire sur la bâche, curieuse. On dirait du matériel abandonné – une pile de briques, du bois de chauffage, du petit bois et un énorme bidon d'essence.

Une fusée de feu d'artifice hurle dans le ciel, l'illuminant de rouge.

Deux pâtés de maisons plus loin, je vois une palette similaire sous un lampadaire. Tous le matériel nécessaire, flambant neuf, pour brûler sa propre ville. Et tout à coup, je comprends : c'est ça, le plan de la Fondation depuis le début. Ils savaient que Madame Suga et Jon Jon étaient encore en vie. Ils savaient que les gens de Maplewood seraient prêts à tout pour se protéger. Et les inciter à brûler leurs propres maisons, c'est un moyen bien pratique de se débarrasser d'une communauté tout entière et de s'offrir l'opportunité parfaite de construire un tout nouveau Cedarville. Mais d'abord, pour lancer le projet, ils devaient trouver quelqu'un d'assez fou pour emménager sur Maple Street. Des étrangers qu'appâterait la perspective d'un logement gratuit. Ils ont utilisé notre famille comme des pions dans leur jeu.

Échec et mat.

L'air de la nuit sent le bois brûlé. Au loin, je vois le rougeoiement de la première maison, ainsi que la fumée. Une foule applaudit. La masse de gens avance trop vite. Trop vite. Ils seront bientôt de retour dans le quartier. Je dois trouver Piper. Et fissa. Si Youssef n'arrive pas à convaincre les pompiers de venir, on risque de ne pas s'en sortir vivants.

Dans le jardin secret, mes pots sont vides et mon outillage de fortune en tas près de la porte.

– Piper ! j'appelle. Piper, tu es là ?

Je baisse le rayon de la lampe de poche, car je remarque une série d'empreintes de pas dans la terre, qui se dirigent vers l'avant de la maison.

Des empreintes qui ne sont pas les miennes.

En suivant les pas, via la cuisine, la salle à manger et le pied de l'escalier, je tourne à un coin et suis surprise de découvrir un ensemble d'étagères, une bibliothèque, dans ce qui devait être le salon, et dont les fenêtres donnent sur Maple Street. Comme chez nous. Sauf qu'une étagère est inclinée par rapport aux autres. Et c'est exactement là que les empreintes de pas s'arrêtent, a priori. Je tape du poing contre le mur, puis avec le pied. Creux.

À l'aide de la tête de la hache, je pousse l'étagère étonnamment légère sur le côté et découvre une trappe contenant une échelle en métal.

– Piper ? je crie, et ma voix me revient en écho.

Merde.

Ravalant ma peur, je glisse la lampe de poche dans mon tee-shirt et descends l'échelle. Une marche, deux marches, je me retrouve dans un tunnel tout juste assez large pour une seule personne. Il est haut et étroit, ses murs sont faits de matériaux divers – roche, ciment, fragments de briques, verre et des milliers de capsules de bouteilles en fer blanc. Je projette la lumière de ma lampe dans ses profondeurs, mais je n'éclaire que quelques mètres. Après, c'est l'obscurité totale.

– Ohé ?

Un bruit d'eau qui goutte retentit quelque part à proximité. La hache serrée dans ma main, je commence à marcher. Le tunnel s'élargit à mesure que j'avance, jusqu'à ce que j'arrive dans une salle, avec deux voies séparées : une bifurcation. Laquelle a pris Piper ?

– Merde, je marmonne, et ma voix résonne.

Quelque chose bouge devant moi dans l'obscurité et je balance la lumière dans cette direction.

– Ohé ? Piper ?

Le courage m'a abandonnée, je suis prête à m'enfuir quand je repère une faible lueur au loin. Je cours dans cette direction, à la lumière mouvante de ma lampe de poche. Le tunnel rétrécit à nouveau, mon souffle se fait court.

S'il te plaît, sois là, s'il te plaît.

Le boyau se termine par un court escalier et une porte en bois mince et déformé, juste entrouverte, d'où jaillit de la lumière. Je fixe la porte, le cœur battant, la main levée, figée.

Tu as parcouru un tunnel sombre sans savoir où tu allais et tu as peur d'un morceau de bois ?

– C'est juste du bois, c'est juste du bois, je chantonne à mi-voix, tout en écartant résolument chaque information liée aux punaises de lit qui menace de surgir à mon esprit.

Je pousse la porte d'un coup d'épaule et je tombe sur… une cave. Pas n'importe quelle cave… le sous-sol de notre maison ! Les lits de fortune sont exactement là où je les ai vus tout à l'heure, la bougie presque entièrement brûlée. Je fais volte-face, observe de haut en bas les grandes bibliothèques qui, là aussi, cachent l'entrée du tunnel secret.

Et la puanteur désormais familière et inimitable monte de derrière moi ; mes yeux s'embuent, les larmes jaillissent.

Oh non.

Je pivote à nouveau et là, recroquevillé dans un coin, fondu dans l'obscurité, se tient Jon Jon. Un géant, prêt à me tuer.

25

Voilà où j'ai merdé. En partant du principe que Jon Jon aurait filé depuis longtemps, qu'il aurait fui la foule partie brûler la ville. C'est ce que j'aurais fait, moi. Vous voyez, la réaction la plus rationnelle, quoi.

Sauf que là, on n'a pas affaire à quelqu'un de rationnel. On parle d'un type qui a passé des décennies caché dans notre sous-sol avec sa mère. On est en plein *Psychose* d'Alfred Hitchcock.

La mâchoire secouée de soubresauts, Jon Jon pose ses yeux jaunes sur la hache encore dans ma main. En un instant, le sous-sol se réduit à la taille d'un placard, mes poumons se contractent. Il pourrait facilement prendre le dessus sur moi, m'arracher la hache et me tailler en pièces. Ma tête se vide déjà de son sang quand une pensée me frappe : c'est la deuxième fois que je suis sur le point de mourir aujourd'hui.

Mais je ne me laisserai pas abattre aussi facilement. Je lève la hache comme une batte, change de position et lâche à travers mes dents serrées :

– Où est Piper ?

Avec une grimace, il tend le cou, comme pour mieux entendre.

– S'il vous plaît, dites-moi juste… où elle est ! je le supplie.

Il cligne des yeux plusieurs fois avant de lever les bras, sa main sanglante maintenant enveloppée dans un morceau de rideau. J'empoigne plus fermement la hache et recule.

– Je ne veux pas vous faire de mal. Je vous le jure, j'ajoute en secouant la tête, la voix tremblante. Mais… s'il vous plaît. Ce n'est qu'une petite fille.

Jon Jon fait un pas en avant et je pousse un cri rauque, prenant mon élan avec la hache.

– A… a… attendez, me supplie-t-il en tressaillant. V… vous cherchez votre sœur, c'est ça ?

J'ouvre la bouche, prête à le corriger, puis je me ravise : je dois lui faire comprendre qu'elle est importante pour ma famille… et pour moi.

– Oui, je souffle. Je cherche ma sœur.

Le changement est bon. Le changement est nécessaire. Le changement est vital.

– Je peux v… v… vous emmener là où elle est, annonce-t-il en hochant la tête pour me faire signe d'approcher.

Un coup d'œil à ses mains sales, ses ongles longs couverts de boue, et je serre la hache plus fort.

– Qu'est-ce qui me garantit que je peux vous faire confiance ? je crache.

Et tout en parlant, je m'approche subrepticement des marches, juste au cas où je devrais détaler. Dehors, un bruit nous fait tourner la tête vers la porte de la cave. Des voix. Des cris. Jon Jon se rue dans l'escalier.

– Attendez ! Où vous allez ? je crie en m'élançant à sa poursuite.

Pour un gars aussi grand, il est rapide et silencieux, quand il le veut.

Un bruit de verre brisé, si près qu'on dirait qu'il provient de l'intérieur de la maison. Jon Jon traverse le couloir et se glisse dans le salon. Plaqué au mur, il regarde à travers les stores.

– Regarde, murmure-t-il, pour m'inviter à le rejoindre.

Je me mordille la lèvre, puis je lui emboîte le pas, collée au mur pour regarder moi aussi par la fenêtre.

Dehors, une foule se rassemble autour de la maison du jardin secret. Ils ont trouvé la palette et en font bon usage : ils jettent des briques à travers les carreaux déjà cassés, allument des torches imbibées d'essence.

– C'était la maison de ma sœur, indique Jon Jon d'une voix blanche, le visage indéchiffrable.

À l'intérieur, la fumée enfle, les flammes prennent de l'ampleur, le feu dévore les rideaux moisis. La main sur la fenêtre, je regarde la baraque brûler. *C'était aussi la mienne*, j'ai envie de lui dire. Mon jardin secret, un endroit où je cultivais mes rêves, même s'ils étaient ridicules.

Jon Jon s'écarte du mur.

– F… faut se dépêcher !

Il s'élance dans le couloir, léger comme une plume, pour retourner au sous-sol, et je cours après lui. Il pousse la dernière bibliothèque. Qui révèle un autre tunnel.

– Viens. Viens, insiste-t-il, essayant de me faire entrer. C'est par là.

– Non ! je rétorque sèchement. Où est Piper ?

– J'essaie de te dire, fait-il, tâtonnant avec les mots. Je te dis d'attendre. Viens. Je vais te montrer.

Je jette un coup d'œil à l'intérieur, puis je désigne l'entrée d'un geste du menton.

– Passez en premier.

Il est hors de question que je le laisse prendre le dessus sur moi.

Aussitôt il hoche la tête, se penche et entre. Je serre la hache plus fort et le suis. Ce tunnel est plus étroit que l'autre, mais bizarrement ordonné et chaleureux. Une guirlande de vieilles lumières de Noël qui pendent le long de la paroi rocheuse éclaire notre chemin. Méfiante, je laisse quand même deux mètres entre nous.

Tout en avançant, Jon Jon m'adresse un sourire nerveux par-dessus son épaule.

– C'est mieux, non ? Mieux ?

Est-ce qu'il cherche vraiment mon approbation, là ? J'ai une hache pointée sur sa tête.

– Ouais, je marmonne. Mieux.

– Papa a construit les tunnels il y a très, très longtemps.

– Pourquoi ? je lâche, incapable de contrôler ma curiosité.

– Papa détestait le froid. L'a creusé ces tunnels pour qu'on puisse tous se déplacer en hiver. Ça lui a pris presque deux ans.

Il s'arrête brusquement et fait volte-face, les sourcils froncés. Je sursaute, recule et resserre ma prise sur la hache.

– Où y z'emmènent maman ?

Reste calme, Mari.

Là, il faut être stratège. Toute mention de sa mère pourrait déclencher une nouvelle crise de Hulk Je-Pète-Tout et je n'ai pas assez de place ici pour me défendre.

– Euh… à l'hôpital.

– Ah. Elle va revenir ?

Je déglutis.

– Je… ne sais pas.

Jon Jon se frotte les mains, il a l'air de réfléchir.

– Maman… elle est plus comme avant. Je lui ai dit de laisser la petite fille tranquille, mais elle pouvait pas. Elle est toujours en colère. Mais elle voulait pas ça.

Je ferme les yeux.

– Vous êtes venu dans ma chambre.

Jon Jon cligne des yeux plusieurs fois.

– Ah bon ? Ah… Maman dit que je marche dans mon sommeil parfois. C'était… ma chambre, quand j'étais petit.

– Pourquoi vous essayez de nous foutre la trouille, depuis le début ? C'était quoi ce bordel ?

Jon Jon fourre les mains dans ses poches trouées, mais il ne croise pas mon regard.

– L'homme a dit, si on vous fait fuir, on aura pas à partir. On pourra rester.

– Quel homme ?

– J'sais pas. Maman vient de me le dire. Elle dit qu'il possède plein de maisons.

Monsieur Sterling… forcément. C'est peut-être pour ça qu'elle a essayé de l'attaquer.

– Mais… comment il a su que vous étiez encore en vie ?

Il hausse les épaules.

– J'sais pas. Il savait, c'est tout. Depuis longtemps.

Toujours sceptique, je recule encore d'un pas.

– Et pourquoi vous m'aidez maintenant ?

Il se tortille, son épaule se contracte.

– C'est maman… elle est allée trop loin. En faisant du mal à ce petit garçon. On fait pas de mal aux enfants. Mais… c'est ma maman.

Les yeux de Jon Jon se détournent, sa bouche tremble. Dans la lumière, je remarque que le peu de cheveux qui lui reste est tout gris. Puis je me souviens de l'histoire de Jon Jon, accusé d'avoir tripoté des enfants dans le voisinage. Comment tous les habitants se sont retournés contre lui, alors que tout ça n'était finalement qu'un mensonge. Il était si jeune quand c'est arrivé. Je prends une profonde inspiration et abaisse ma hache : ce n'est pas lui, le monstre. Les vrais monstres, ce sont ceux qui l'ont rendu comme ça.

– Je sais, je murmure.

Jon Jon se mordille la lèvre et se remet rapidement en marche. Le chemin descend maintenant. Je glisse la hache sous mon bras. Au bout du tunnel, il exerce une pression contre un mur peint de manière à ressembler à de la roche. Ça grince, ça s'ouvre et nous pénétrons dans l'obscurité.

– Fais attention, me prévient-il. Le bois est pas bien solide.

À mesure que mes yeux s'acclimatent à l'obscurité, je découvre mon environnement. Nous sommes dans une autre maison, différente, mais bâtie selon un plan similaire. On se croirait à l'intérieur d'une cheminée en brique géante. Les murs sont noircis, le mobilier carbonisé, le bois détrempé. Le peu de lumière qui l'éclaire provient des fissures aux fenêtres condamnées, des lianes rampent à l'intérieur.

Nous sommes dans la maison d'à côté.

Je fais un pas et Jon Jon tend la main pour m'arrêter. Il montre du doigt le plafond, l'énorme trou où le premier et le deuxième étage ainsi que le toit se sont effondrés, déversant le contenu de la maison dans le vestibule. L'air, chargé en moisissure, est encore imprégné d'un soupçon de fumée, même après toutes ces années.

Après avoir levé les yeux vers les étoiles, je reporte mon regard sur le tunnel. C'est donc comme ça qu'ils ont survécu aux incendies. Ils se sont échappés, et on ne les a plus jamais revus.

Les fenêtres condamnées étouffent les voix à l'extérieur, mais la meute est proche, et cette maison doit être la prochaine sur leur liste. Nous devons nous dépêcher.

– Où est Piper ? je demande encore, avec de plus en plus d'urgence dans la voix.

Jon Jon semble mal à l'aise, je le vois fouiller la pièce des yeux.

– Maman l'a emmenée ici, mais… je ne sais pas où elle l'a mise.

– Piper ? je crie.

L'écho de ma voix me répond.

Boum. Boum.

Le bruit nous fait lever brusquement la tête à tous les deux. Je recule, mes bras deviennent mous.

Les mêmes bruits sourds que dans mon rêve.

– Est-ce qu'il y a quelqu'un… d'autre… ici ? je bredouille, le dos crispé.

Jon Jon secoue la tête.

– Non. Que maman et moi.

OK. Toute sa famille est morte. Ils sont restés seuls pendant des années… jusqu'à ce qu'on emménage à Maple Street.

Dehors, les voix sont plus fortes maintenant.

– C'EST LÀ QUE TOUT A COMMENCÉ !

Jon Jon se baisse d'un coup, comme s'ils risquaient de le voir à travers les murs.

– Non, non, non, non, pleurniche-t-il.

Il se couvre les oreilles, se recroqueville au sol.

Je devrais peut-être leur dire qu'on est là. Peut-être qu'ils pourraient nous aider à trouver Piper. Mais en regardant Jon Jon, je réalise qu'ils n'écouteraient pas un mot de ce que je leur dirais. Ils agissent dans la peur, ils veulent du sang.

Boum. Boum. Boum.

Je contourne Jon Jon. Malgré le trou, le reste du plancher semble relativement stable, le bois solide. Mais l'escalier de devant n'est qu'un tas informe au milieu du vestibule, donc il doit y avoir un autre moyen de monter.

– Jon Jon, comment j'accède à l'étage ? je chuchote.

– Non, non, non, non, continue-t-il de marmonner en se balançant d'avant en arrière.

Un cri strident suivi d'un « boum » retentit autour de nous. Une fusée d'artifice est tirée au-dessus et la pièce s'éclaire de rouge. Jon Jon se couvre la tête comme si une bombe avait explosé. Il bredouille pour lui-même, mais trop fort. Ils vont nous repérer. Et j'ai besoin de lui pour trouver Piper.

La lumière des torches de la foule déchaînée passe à travers les fissures des fenêtres condamnées.

– Jon Jon, s'il vous plaît. Il faut qu'on bouge.

Il ferme les yeux et secoue la tête. Les voix, le feu, la fumée… Il est terrifié, il est en train de revivre son pire cauchemar. Je m'accroupis devant lui.

– Jon Jon, je vous jure que je ne les laisserai pas vous faire du mal. Je vais vous sortir d'ici. Mais on doit trouver Piper !

Il secoue la tête, fort.

– Non, non, non… Je le mérite. Je le mérite.

– Vous ne méritez rien de tout ça. Vous ne méritez pas de vous faire du mal après ce qu'ils vous ont fait.

Il pleure.

– Non, non, non. On a tué ce petit garçon. On voulait juste récupérer notre maison. Et on l'a tué.

– Qui ? Sammy ? Sammy est vivant ! Vous ne l'avez pas tué.

Jon Jon arrête de se balancer assez longtemps pour lever les yeux vers moi.

– Il est vivant, je vous le jure, je répète. Vous n'avez fait de mal à personne. Par contre, si on ne sort pas d'ici,

Piper pourrait mourir. Je pourrais mourir. C'est ça que vous voulez ?

Jon Jon prend une seconde pour réfléchir. Enfin, il se lève, s'essuie le visage et montre l'arrière de la maison.

– P… p… par ici, bégaie-t-il en s'engageant dans le couloir de son pas traînant.

Derrière nous, des briques volent. On s'enfonce dans la maison au pas de charge pour aller nous cacher derrière un mur.

Dans la cuisine, un bout d'escalier mène au premier étage. Nous montons, en prenant garde à ne pas appuyer trop fort sur les marches. Je jette un coup d'œil au rez-de-chaussée par le trou. Deux planches sont arrachées à la fenêtre du salon. Du verre se brise et la pièce s'enflamme.

Oh non…

– Faut y aller, déclare Jon Jon.

– Non ! Pas sans Piper. Où votre maman a-t-elle pu la mettre ?

Jon Jon regarde autour de lui, accablé.

– Piper ! j'appelle.

Boum boum. Boum boum.

Elle doit nous entendre. On chauffe.

– Qu'est-ce qu'il y a là-bas ? je demande, désignant une porte à droite du trou.

– Le bureau de papa.

Plaqués au mur, on progresse comme sur une corniche sur ce qui reste de sol, les flammes sont tout près de lécher nos talons.

Deux autres cocktails Molotov sont lancés, le feu devient brûlant. Une fumée noire commence à envahir la maison.

Jon Jon regarde fixement les flammes en pleurant. Il est terrifié. Je n'aurais pas dû l'obliger à faire ça.

– Jon Jon, vous pouvez partir, je lui propose. Je vais la trouver. Ne vous inquiétez pas !

Il secoue la tête et continue d'avancer, le visage baigné de sueur à cause de la chaleur étouffante.

– Elle est là ! s'écrie-t-il, avant de faire irruption dans la pièce.

Mais le bureau est sombre et vide. Une fenêtre est cassée, des plumes d'oiseaux jonchent un grand bureau en acajou. Je retourne dans le couloir et tends l'oreille.

– Séparons-nous ! je crie. Vous regardez là, en bas, moi je vais vérifier cette pièce.

Jon Jon hoche la tête et fait le tour du trou. J'ouvre la porte suivante, me heurte à un grand lit à baldaquin, des boîtes de soupe sur le matelas poussiéreux. Je baisse les yeux vers le sol. Des empreintes de pas.

– Piper ?

BOUM BOUM

– Attendez ! Elle est là ! je crie dans le couloir.

Le son… il vient de derrière le lit, qui bloque une porte juste derrière.

– Piper, tiens bon ! J'arr…

Et juste au moment où j'attrape le matelas, je les vois. Des punaises de lit. Des vraies cette fois, une famille entière agglutinée dans le coin, des taches de sang formant un tableau noir éparpillé.

– Ohh, ohhh, bon Dieu, je gémis.

Je relâche le matelas et recule jusqu'à percuter un mur, mon poignet plaqué contre moi, la main serrée comme un poing. Et les yeux fixés sur cette main. Les œufs invisibles sont maintenant sur ma peau. J'essaie de forcer ma bouche à appeler à l'aide. Où est Jon Jon ? Est-il parti ? S'est-il enfui ? Je ne pourrais pas lui en vouloir.

BOUM BOUM BOUM BOUM

Cours, cours, cours, sors d'ici, elles sont sur toi maintenant, il te faut de l'eau de Javel, un sèche-cheveux, brûler tes vêtements, peux pas respirer, besoin d'air, non, besoin d'eau chaude, cours, cours, cours…

Mais Piper… Je ne peux pas la laisser.

Dans un sanglot mêlé de paroles plus ou moins cohérentes, j'aspire une bouffée d'air, saisis le matelas et l'écarte du cadre de lit. Puis, de toutes mes forces, je pousse de l'épaule le sommier en hurlant, priant que ce cauchemar se termine. *Réveille-toi ! Réveille-toi !*

Jon Jon arrive en trombe et, poussant derrière moi, écarte facilement le sommier, ce qui nous libère un chemin jusqu'à la porte.

– Piper, je suis là, je halète.

Entre deux quintes de toux causées par la fumée, je remue la poignée… verrouillée.

– Piper, recule !

Je lève la hache et l'abats sur la poignée. Et encore. La poignée se brise. Jon Jon passe les doigts à l'intérieur, remue et ouvre la porte d'un coup sec. Et là, dans le coin du placard… je vois Piper. Poignets et chevilles liés, bouche bâillonnée. Les yeux exorbités, elle crie à travers le chiffon sale. Nous ne tardons pas à la libérer et, aussitôt, elle saute dans mes bras en sanglotant.

– Pardon, pardon, pleure-t-elle.

Et puis elle tousse, et puis nous toussons tous. La fumée monte, elle remplit la maison barricadée, nous étouffe alors que nous ressortons en file indienne dans le couloir.

On est plus proches de l'avant de la maison. En levant les yeux, je peux voir le ciel nocturne, les feux d'artifice qui explosent en scintillements bleus au-dessus de nous, la fumée noire qui tourbillonne.

– Par ici, dit Jon Jon, qui ouvre une autre porte au fond du couloir.

Il nous fait entrer dans une pièce plongée dans le noir, puis il claque la porte. Je ne vois même pas ma main devant moi. Piper se cramponne à ma taille.

– Comment on va sortir d'ici ? crie-t-elle.

Aucune idée. Le feu est trop important. On risque de brûler vifs en essayant de regagner le tunnel.

BOUM !

Piper glapit et s'accroche plus fort.

– Qu'est-ce que c'est ?

Un autre « BOUM » et le bruit du bois qui éclate.

– Jon Jon ?

BOUM !

Jon Jon s'élance et heurte de l'épaule les planches qui barricadent une fenêtre. Une planche s'envole dans la nuit et de l'air doux entre à l'intérieur. Je prends Piper par la main.

– Viens.

CRAC !

Le plancher cède sous mon pied, engloutit ma jambe, et je passe à travers avant de m'accrocher aux rebords.

Des flammes lèchent mes jambes qui pendent dans le vide.

– Ahhh !

– Mari ! hurle Piper en s'accrochant à mes bras. Noooon ! Au secours !

Jon Jon bondit et, d'une seule main, parvient à m'extraire du trou. De petites étincelles de feu saupoudrent mon legging. Je donne des coups de pied furieux, tape dessus. Ma cheville est couverte de sang là où le bois m'a entaillé la peau. Jon Jon déchire un morceau de sa chemise et l'enroule autour de la blessure. La douleur est aveuglante, je me mords le bras pendant qu'il serre le nœud dans l'espoir d'arrêter le saignement. Une fissure s'ouvre dans le sol et nous sommes soudain comme perchés sur un lac recouvert d'une couche de glace trop fine. Le feu grésille en dessous de nous. Le sol va s'effondrer d'un instant à l'autre. Je repousse les mains de Jon Jon.

– Pas le temps ! Il faut qu'on sorte d'ici !

Il hoche la tête et m'aide à me relever. Les dents serrées, je pousse un cri et traverse la pièce en boitant, ma basket imbibée du sang qui coule. Piper tousse, je la pousse près de la fenêtre. C'est un saut de deux étages, et l'arrière de la maison est une jungle de lierre et d'arbres.

– Doucement, petite, dit Jon Jon à Piper avec un sourire plein de fierté. (Il la soulève sur le rebord de la fenêtre, tire sur une branche proche.) Accroche-toi à ça.

Suivant son raisonnement, je grimpe sur une des branches basses et, malgré ma cheville douloureuse, je me déplace jusqu'à étreindre le tronc de l'arbre avec reconnaissance.

Je ne peux pas descendre, pas comme ça. Piper s'avance jusqu'à moi et nous nous trouvons assises côte à côte.

– Tiens bon, je halète en passant un bras autour d'elle. Lâche pas.

Le visage couvert d'une fine couche de sueur, Piper relève les yeux vers la fenêtre.

– Allez, Jon Jon, dit-elle en tendant la main vers lui.

Mais Jon Jon secoue la tête. Pas comme s'il était pétrifié par la peur, non son visage exprime plutôt de la résolution.

– Qu'est-ce que vous faites ? Venez !

Il secoue encore la tête. Et je sais à quoi il pense.

– Non, j'insiste. Venez avec nous ! Ils comprendront. On vous aidera !

Soudain, une vive lumière blanche éclaire le visage de Piper, qui tressaille en poussant un cri et manque tomber.

– Accroche-toi ! je crie.

Je me cramponne à son bras alors que la torche nous éclaire l'une et l'autre.

– Eh ! crie une voix d'homme depuis le sol. Eh, les gars ! Il y a des enfants derrière !

Jon Jon s'éloigne de la fenêtre pour rester caché. Il ne viendra pas. Si nous sortons ensemble, ils l'attraperont et, vu comme la foule est déchaînée, il ne sera peut-être même pas livré à la police.

– Cachez-vous ! je lui chuchote, en serrant Piper dans mes bras. Faut vous cacher !

Il nous regarde tour à tour, Piper et moi, avant de se précipiter dans le brasier, de contourner le bord du trou géant et de redescendre par les escaliers.

– Sautez, les filles ! crie l'homme en bas, que la foule suit, maintenant. Sautez ! On va vous attraper ! Sautez !

Je jette un dernier coup d'œil par la fenêtre, et j'aperçois Jon Jon qui court vers le tunnel… les vêtements en feu.

26

C'est Pop-Pop qui répond à nos coups désespérés à la porte. Il nous scrute à travers ses lunettes à triple foyer, impassible. Piper est cachée derrière moi, le visage enfoui dans mes vêtements.

On empeste la fumée, nos affaires sont couvertes de cendres et de suie noires. La morsure à mon épaule saigne et ma cheville est en vrac. En bas de la rue, une foule toujours aussi déchaînée met le feu à une autre maison, applaudissant à chaque explosion du brasier. J'enroule un bras autour d'une Piper grelottante et je lève le menton.

– Est-ce qu'on peut entrer ? S'il vous plaît.

Pop-Pop grommelle, mais ouvre la porte.

Aussitôt, je pousse Piper à l'intérieur et je me dirige directement vers la salle de bains en traînant la patte. OK, notre maison n'est pas (encore) en feu, mais je ne me sentirais pas en sécurité de m'y trouver seule. Pop-Pop retourne au salon, dans ses pantoufles qui crissent sur le sol, et se plante devant la télé allumée sur les infos locales.

– Pas bien de laisser entrer des étrangers à cette heure de la nuit, marmonne-t-il en s'affaissant sur son fauteuil. C'est la folie, dehors. Une bande de voyous dans les rues.

J'enlève ma basket et ma chaussette, retire le bandage de fortune de Jon Jon et je plonge ma cheville dans la baignoire, dont j'ouvre le robinet. Je prends une inspiration sifflante entre mes dents serrées, le sang rouge vif s'écoule dans un tourbillon.

Piper est assise sur le bord de la baignoire et m'observe, le visage blême, les yeux vitreux.

– Je pensais qu'elle était mon amie, balbutie-t-elle entre deux reniflements.

– Ouais, je soupire en attrapant quelques feuilles de papier toilette pour tamponner la coupure. Je sais.

Elle baisse les yeux vers ses mains, puis sa voix se brise.

– Pourquoi personne ne m'aime ?

La vue de Piper en larmes me brise le cœur. Alors je m'assieds à côté d'elle.

– Piper, je t'aime, moi.

– Non, c'est faux ! Tu me détestes, braille-t-elle. J'aurais dû mourir dans cet incendie. Sammy et Buddy ont été blessés et tout est ma faute.

– Ce n'est pas ta faute. Elle t'a dupée. Pourquoi tu devrais te faire du mal, à toi, à cause d'une… erreur ?

Les mots sonnent vrai. Même à mes propres oreilles.

– Mais je n'ai pas d'amis, hoquète-t-elle entre deux sanglots.

– Eh bien, moi, je suis plus que ton amie. Je suis ta sœur. On est sœurs. Ce qui veut dire qu'on doit veiller l'une sur l'autre. On doit toutes les deux faire mieux, maintenant, parce que c'est nous contre le reste du monde. OK ?

Elle acquiesce doucement en se séchant les yeux, puis désigne ma cheville.

– Grand-mère disait qu'il faut nettoyer les bobos pour qu'ils ne se salissent pas, sinon on tombe malade.

Je souris.

– C'est très vrai. Tu veux m'aider ?

On fouille dans le meuble sous le lavabo et on trouve de l'alcool dénaturé. Je me mords le poing en nettoyant la plaie, puis Piper l'enveloppe dans une serviette, qu'elle scotche. Inutile d'essayer d'aller à l'hôpital. Je prends trois Tylenol et prie pour que mon pied ne tombe pas d'ici à demain matin.

De retour dans le salon, j'assieds Piper sur le canapé avec une couverture et vais chercher deux gobelets d'eau à la cuisine.

Épuisée, avec ma cheville qui me lance, je me laisse tomber sur les coussins, vaguement consciente des punaises de lit qui pondent des œufs sur mes bras, mais trop faible pour les combattre.

Aux informations, le Wood ressemble à une zone de guerre, un brasier de maisons englouties par des boules de feu. Un hélicoptère tourne au-dessus de nos têtes, ses caméras zooment sur les gens qui jettent des briques et les voisins qui essaient d'éteindre le feu sur leur toiture avec des tuyaux d'arrosage. Pas un camion de pompiers, pas une voiture de police en vue. Le titre indique : « Émeutes à Maplewood ».

Un présentateur annonce : « *La Nuit du Diable a commencé tôt dans le quartier de Maplewood à Cedarville...* »

Exactement ce que voulait la Fondation.

– Papa va bien ? me demande Piper, les yeux rivés à l'écran et la couverture serrée contre elle.

Bonne question : impossible de savoir où sont passés maman et Alec dans tout ce bazar. J'étais censée les appeler quand... oh merde !

Je fonce. Mon téléphone est toujours sur le sol de la chambre de Youssef. Pas de réseau. Je ne peux même pas envoyer de SMS et le dernier reçu est de Tamara.

MEUF ? Tu vas bien ? Maplewood brûle !

– Merde, je grogne en me frottant les tempes.

Je retourne m'affaler sur le canapé. Mon épaule me fait mal et ma cheville saigne à travers la serviette. Je ne peux plus bouger, il faut que je garde mon pied en hauteur. Une chose est sûre, je ne vais pas pouvoir courir de sitôt.

– Animaux, marmonne Pop-Pop en fixant l'écran. Qui croient pas au Seigneur.

Le regard que je lui lance pourrait cramer les derniers cheveux de sa tête. *Ce ne sont pas des animaux*, j'ai envie de crier, pas seulement à lui, mais à tous ceux qui voudraient bien m'écouter. Tout ça n'est qu'un jeu ! Pourquoi personne ne le voit ?

C'est peut-être ça, justement. Peut-être qu'ils ne voient pas ce que la Fondation empêche le monde de voir. Comment peut-on voir plus haut, quand on se noie ? Mais ça va s'arrêter aujourd'hui. Je vais m'assurer, quitte à ce que ce soit ma dernière action sur cette terre, que tout le monde sache ce qui s'est passé ici ce soir et pourquoi. Je vais faire savoir au monde ce qu'on a fait de ce quartier, dire la vérité que les médias n'ont pas voulu voir, la crier partout. Je vais partager toutes les recherches de Tamara, publier mon propre livre s'il le faut. Je vais sauver notre maison, notre ville, de cette prise de contrôle. Ma mission est à l'épreuve du feu, elle au moins, et ça fait du bien.

Le changement est bon. Le changement n'est pas toujours nécessaire. Mais le bon changement est très certainement vital.

– Ils l'ont attrapé, ce Jon Jon ? demande Pop-Pop sans nous regarder.

Piper se crispe et je lui tape sur la jambe en secouant discrètement la tête.

– Non, je réponds à Pop-Pop. Pas encore.

– Pfff, grommelle-t-il, puis il change de chaîne pour retrouver Scott Clark.

« *Ainsi l'authenticité de votre foi, plus précieuse que l'or périssable qui cependant est éprouvé par le feu.*" 1re épître de Pierre, *chapitre 1, verset 7. Enfants de Dieu, ce que vous plantez dans la foi, ne le déterrez pas dans le doute. Le Seigneur compte sur vous pour répandre son évangile, sa parole juste. Comment voulez-vous que vos graines poussent si vous ne faites pas ce que le Seigneur vous commande…* »

Piper se penche vers moi et murmure :

– Tu crois qu'il va bien ?

Les larmes me montent aux yeux et je hoche la tête.

– Ouais. Et si c'est pas encore le cas, il ira bien. Je vais m'en assurer.

Elle réfléchit un moment, puis ajoute :

– On devrait lui laisser des sandwichs avant d'aller se coucher. Pour qu'il n'ait pas faim. Il aime le thon.

Un si petit geste, si tendre… et puis je réalise que… c'est ce qu'elle fait depuis le début. Elle a caché les Peoples, les a gardés en sécurité.

– Oui, j'acquiesce, tout sourire, en la serrant contre moi. Je trouve que c'est une super idée.

« *Et je leur créerai un prophète comme toi, du milieu de leurs frères. Je mettrai mes paroles dans sa bouche, et il leur dira tout ce que je lui commanderai." Enfants de Dieu, le Seigneur m'a demandé de vous parler ce soir, de faire sa volonté… car les pleurs peuvent durer toute la nuit, mais la joie vient au matin. Je ne vous égarerai pas. Faites-moi confiance.* »

REMERCIEMENTS

Une ou deux choses :

1. Ce livre constitue ma première aventure officielle dans l'horreur – un genre dont j'ai été amoureuse toute ma vie –, mais j'ai quand même pu garder un pied dans le thriller psychologique. Le meilleur des deux mondes ! J'espère que vous avez apprécié.

2. L'épisode 22 de la saison 1 de ma série télévisée préférée de tous les temps, *The Twilight Zone : la Quatrième Dimension*, constitue la colonne vertébrale du livre. La fin des « Monstres de Maple Street » illustre parfaitement le thème :

« Les outils de la conquête ne sont pas nécessairement constitués de bombes, d'explosions et de retombées. Les pensées, attitudes, préjugés sont des armes que l'on trouve uniquement dans l'esprit des hommes. Pour mémoire, les préjugés peuvent tuer, la suspicion peut détruire et la recherche irréfléchie d'un bouc émissaire, née de la peur, a ses propres retombées – sur les enfants et les enfants à naître. Et le plus dommage, c'est que ces choses-là ne peuvent rester confinées… à la Quatrième Dimension. »

Non seulement ce roman est un livre de la pandémie mais c'était aussi la première fois que je faisais l'expérience d'un véritable blocage : la page blanche. J'ai râlé, pleurniché et piqué quelques crises dignes d'un gosse. Je tiens donc à féliciter mon éditeur, Ben Rosenthal, pour avoir surmonté avec moi ces problèmes et difficultés.

À mon agente littéraire, Natalie Lakosil, merci de t'être toujours battue sans relâche pour répondre à mes besoins et d'avoir été ma pom-pom girl. Je t'apprécie plus que je ne saurais le dire. À mon agente cinématographique, Mary Pender, merci de voir mon potentiel et de demander ce que je vaux, plus les intérêts.

À Erin Fitzsimmons et Jeff Manning, merci pour cette superbe couverture. C'est vraiment un classique emblématique !

Un grand bravo à l'équipe publicité et marketing de HarperCollins. Je sais que vous avez tous dû vous adapter comme des fous tout en jonglant avec un million de projets pendant une pandémie mondiale : sachez que vos efforts sont remarqués et appréciés. Merci pour votre soutien inconditionnel à ma carrière.

Un grand merci à mes bêta-lecteurs et autres amateurs d'horreur, Mark Oshiro et Lamar Giles, ainsi qu'à Kwame Mbalia et Justin Reynolds pour avoir fait partie du conseil d'écriture. Merci à Dhonielle Clayton, Nic Stone et Ashley Woodfolk de m'avoir encouragée à ne pas me contenter de moins que ce que je mérite.

Merci à tous les blogueurs, critiques, Instagrammeurs et TikTokeurs qui ont crié sans relâche leur soutien à mes livres. Vous m'apportez énormément de joie.

Merci à mes parents d'avoir surveillé mon vilain petit chien pendant que je reprenais mes esprits et mon inspiration lors de retraites d'écriture, et pour être des vendeurs infatigables de mes livres.

Et surtout, merci à R.L. Stine. Je suis honorée d'avoir votre nom sur la couverture américaine de ce livre. Je ne serais pas l'écrivaine que je suis aujourd'hui sans votre inspiration. J'essaie de ne pas pleurer en écrivant ces mots, alors je vais simplement vous les dire : merci de m'avoir sauvée.

Composition réalisée par
Nord Compo à Villeneuve-d'Ascq

Imprimé en France par
CPI Bussière
en mai 2023
N° d'impression : 2069984